ALEX CIARAN

Do lado mais escuro

SHIRLEY SOUZA

ALEK CIARAN

Do lado mais escuro

PANDA BOOKS

SUMÁRIO

Antes do despertar 7

PARTE I • A ORIGEM
- I   O templo de pedra 13
- II   O lado de fora 26
- III Despertar 39
- IV Evolução 57
- V   Destino 67

PARTE II • REVELAÇÕES
- VI   Visão ou sonho? 95
- VII Efeito colateral 101
- VIII Proteger e atacar 107
- IX   Não há humanos entre os Anuar 125
- X   Reflexos da realidade 147

PARTE III • O CAVALEIRO DO DRAGÃO
- XI   O fogo 160
- XII De volta ao lar 169
- XIII Meses em dias 178
- XIV Sangue de dragão 205

PARTE IV • TEMPO DE GUERRA

XV	Quando não houver saída...	217
XVI	Desaparecer	246
XVII	Traições	251
XVIII	Instáveis	268
XIX	Encaixe imperfeito	283
XX	Conselho de Guerra	301
XXI	Nem todo sangue é vermelho	322
XXII	Do lado mais escuro	348

ANTES DO DESPERTAR

"Para os filhos da noite, a Escuridão é a Luz."

*"Beijei você porque tive vontade, Alekssander.
Você é um menino agora, mas será um guerreiro em breve.
Beijei a sombra do guerreiro que vejo em você."*

*"Nem tudo é como parece. A realidade é muito
mais ampla do que conseguimos ver."*

"Ela está morta, Alek. De volta à roda da vida."

*"Você sabia que há guerras entre os diferentes povos da Escuridão?
Guerra entre irmãos de essência.
E acontece o mesmo com os seres da Luz!"*

*"Não, Alek. Não encontrei a verdade.
Os dois lados mentem. São iguais."*

"Você é aquilo que escolhe ser."

"Com o poder não pode caminhar a culpa."

"É sua irmã, sim. Gêmea, mas não é como você, garoto!"

"Tudo está ligado, Alekssander!"

Alek acordou exausto, ofegante, encharcado de suor. O silêncio era absoluto.

Sentia cada músculo do corpo. Era como se não tivesse dormido nada e o cansaço da batalha ainda fosse o mesmo... ou pior.

Sua mente também não parecia ter descansado nem um pouco.

Agitado, ainda com dificuldade de digerir tudo o que acontecera nas últimas horas, o retorno para Dagaz o incomodava particularmente.

Sentou-se na cama, colocou os pés no chão e ficou observando o céu noturno pela janela que esquecera aberta. A lua quase cheia, ainda alta, brilhante, reinava no céu escuro. Os olhos observavam o mundo, mas a mente revivia a batalha com os Renegados e sua decisão de desintegrar Dario, o líder deles. A lembrança o atormentava.

Alek sentia asco de si mesmo. Não conseguia gostar daquilo em que se transformara. Além disso, a recepção em Dagaz não fora a esperada. Anuar não estava na cidade. Ninguém sabia dizer para onde fora o líder da Luz ou quando voltaria.

Alek quis levar Lucas consigo para o castelo, mas Martim o convenceu de que não seria uma boa ideia fazer isso sem a permissão de Anuar. O guerreiro abrigou o humano em sua casa e orientou Alek a localizar Silvia, a velha curandeira, em busca de ajuda para cuidar do amigo.

Para o Sombrio, nada saía como o esperado, nada seguia o rumo de sua vontade. Foi fácil encontrar Silvia, e ela praticamente se ofereceu para ir até Martim. Estava curiosa por conhecer o humano. Alek quis acompanhá-la, mas sabia que o melhor era aguardar no castelo. Esperar... Precisava falar com Anuar assim que possível! Logo que ele regressasse, seria avisado.

Levantou-se e caminhou até a janela. O frescor da noite era mais intenso do lado externo do quarto. A cidade dormia. Viu as estranhas sombras vivas deslocando-se sobre a floresta, ao longe. O que seriam elas afinal? Sempre que observava o céu de sua janela, estavam ali, mas, assim que deixava de olhá-las, pareciam se esvair de suas memórias.

Ficou observando a lua, toda aquela claridade suave e absoluta.

"Onde estará minha irmã? O que estará fazendo depois de tudo o que causou? Será que Ela consegue ter uma noite tranquila de sono?"

A lua saiu de foco e Alek desequilibrou-se. Uma vertigem forte o atingiu e desapareceu em um instante.

Tudo o que precisava era dormir, mas não queria... Não queria tanta coisa, e ainda assim sua vontade não significava nada. Acima de tudo, não desejava acumular mortes. A imagem de Dario uniu-se à memória das outras mortes que causara. Os Anjos da Escuridão incinerados com o golpe da tempestade. Os Renegados ardendo com a luz azul dos anjos. Os outros tantos destruídos com o poder de seu braço de dragão. Mortes demais. Não devia se tornar a arma pela qual Anuar ansiava. Não... não podia. E por mais que relutasse, parecia que todas as suas ações o aproximavam desse destino. Seria uma poderosa arma mortal, muito em breve.

Uma tristeza doída o fez fechar os olhos e as lágrimas escorreram. Em silêncio. *"Sou um guerreiro?"* Com certeza se transformara em um. Não voltaria atrás nas escolhas que fizera. *"Mas não sou apenas um guerreiro. Sou o Sombrio."*

Fitou o céu como se olhasse o vazio. *"Por que minha irmã não foi ao meu encontro? Será que não está pronta para o conflito, como Dario disse? Não acho que essa seja a razão."*

A lua mais uma vez balançou diante de seus olhos e Alek sentiu-se zonzo. Tentou firmar o olhar. O que seria aquilo? Uma mulher dançava na lua? Estaria alucinando?

— Você precisa conhecer, Alek!

Ele ouviu a voz suave. Não sabia dizer se estava em sua cabeça ou ali no quarto, próxima a ele. Segurou-se no parapeito, desequilibrado pela tontura.

— Você precisa conhecer a verdade. Olhe para o passado e veja! Veja!

• PARTE I •
A ORIGEM

Quando Tulan nasceu, uma nova estrela brilhou no céu.

A garota acreditava nisso.

A mãe morrera enquanto ela nascia e fora transformada em estrela, para observar a filha lá do alto e protegê-la.

De fato, no mundo de Tulan, quando alguém bom morria, tornava-se estrela, desde que optasse por isso e não escolhesse voltar para a roda da vida.

Só os verdadeiramente bons tinham a chance de escolher.

Tulan ainda não sabia que a mãe não era uma pessoa verdadeiramente boa...

I
O TEMPLO DE PEDRA

A menina gostava de correr livre pelos corredores escuros e gelados de Monte Dald, o mosteiro construído em meio à cordilheira de Oblitus, encravado na parede rochosa como esculpido pela própria natureza, fundido de tal forma a ela que se tornava imperceptível aos olhos de quem observasse aquela montanha.

No templo, poucos aposentos recebiam a luz do sol e, em muitos quartos e corredores escuros, ardiam tochas e lamparinas, o que conferia uma aparência trêmula às sombras refletidas nas paredes.

Dentro de Monte Dald era sempre inverno, mesmo que o verão dominasse o lado de fora. O frio emanava do interior da cordilheira. O fogo era o grande companheiro dos Monges do Destino, ardendo no fogão, nas tochas, nas lareiras e criando recantos aconchegantes na imensidão daquela construção milenar, mesmo em lugares nunca tocados pelos raios solares.

Para quem visitasse o mosteiro pela primeira vez, Monte Dald pareceria uma fortaleza, não um local sagrado. Havia mais guerreiros armados transitando por todos os recantos, treinando de maneira incansável, do que monges meditando, orando ou entoando cânticos...

A menina sentia-se bem ali, em meio àquela agitação que contrastava com a frieza da construção. Ela conhecia cada reentrância oculta pelas sombras, transitava livre por todos os andares de Monte Dald, sempre envolta no grosso casaco de lã negra que a mantinha aquecida, ainda que se afastasse por horas de uma fonte de calor. Poucos lugares eram proibidos a Tulan.

A pequena acompanhava diariamente a agitação intensa do treinamento guerreiro e não imaginava que algo pudesse, de fato, ameaçar a segurança de Monte Dald. Não considerava possível nem mesmo algum ser vivo chegar até o templo sem a orientação de um dos monges pelas tortuosas e perigosas trilhas que subiam a encosta da montanha. Por isso, não entendia a atenção devotada à formação quase obsessiva de tantos guerreiros destinados a proteger o mosteiro.

As crianças de Monte Dald iniciavam o treinamento ao completarem três ciclos de vida – começavam juntas, descobrindo dons, afinidades com os elementos e definindo seu papel na história dos Monges do Destino. Logo após a iniciação, trocavam as pesadas roupas de lã por calças e uma túnica de mangas curtas, de tecido grosso e rústico, escuro como uma roupa encardida, da mesma cor que as paredes da montanha. A troca da vestimenta facilitava muito a movimentação dos aprendizes, principalmente nas atividades físicas, mas nem de longe essas vestes aqueciam tanto quanto o manto destinado aos pequenos não iniciados. O fato era que, ao passarem pelo ritual que os conectava a Oblitus, os Monges do Destino não sentiam o frio da mesma maneira que antes e não necessitavam da proteção do manto de lã.

Uma vez que selavam a conexão com a cordilheira, a iniciação passava a ser visível por todos: após a cerimônia, a criança ganhava uma mancha negra irregular na mão esquerda, a qual crescia sob a pele e atravessava da palma para a parte externa da mão, parecendo mover-se como se fosse viva. O formato da mancha dava uma primeira indicação sobre os dons a serem desenvolvidos no aprendiz, acusando se ele seria um monge guerreiro, escriba, leitor ou invocador do Campo do Destino.

A conexão com Oblitus crescia conforme os aprendizes desenvolviam seus dons, dedicavam-se a eles, e isso também era visível: com o passar do tempo, a mancha irradiava grossos veios que subiam pelo braço esquerdo dos aprendizes, sempre em movimento pulsante; depois ganhavam o ombro e parte do peito dos monges; então, atingiam o pescoço e, por fim, o rosto. Os monges mais velhos e experientes tinham a metade esquerda da face coberta por muitas dessas ramificações negras, que se moviam como serpentes sob a pele, e até mesmo a íris de alguns recebia um contorno negro irrequieto.

Por essa transformação, para evitar os olhares curiosos que provocavam em outros povos do Mundo Antigo, quando saíam do mosteiro sempre usavam um longo casaco cinzento com capuz, que ocultava seus braços e lhes mantinha o rosto protegido da atenção de estranhos.

Foi com a idade de três ciclos completos que Tulan percebeu que não pertencia àquele lugar. Antes disso, era uma criança como as outras, ainda que menor, aparentemente menos forte, cuidada pela coletividade, cercada de carinho e atenção. Via a todos como irmãos, e era assim vista por eles.

Tudo mudou quando a proibiram de acompanhar os amigos à iniciação. Não seria iniciada. Percebeu-se diferente e foi percebida assim. Separou-se da irmandade e não encontrou um meio para reconectar-se a ela.

Dia após dia, seu isolamento cresceu: a exclusão das horas de treinamento dos pequeninos ampliou-se para todos os momentos. Com o passar das semanas, deixou de ser envolvida nas brincadeiras, não era mais convidada a participar e tampouco bem recebida quando tentava incluir-se. Não se sentia mais à vontade com eles nos momentos de alimentação. Até para dormir foi retirada do lugar que sempre lhe pertencera, levada para o canto do dormitório, na cama escura que por alguma razão ficava separada das demais e nunca fora ocupada. Talvez, desde o início, estivesse reservada a ela.

Enquanto a alegria crescia nos novos aprendizes de Monte Dald, em Tulan, a tristeza mostrava seu poder.

O desenvolvimento físico da garota permaneceu mais lento, e ela viu os antigos companheiros amadurecendo, enquanto continuava uma criança. O tempo transcorria em outro ritmo, isolando-a ainda mais.

O questionamento foi natural, nasceu dessa separação forçada daqueles que, até então, a rodeavam. A resposta que ouviu de todos expunha que ela era uma forasteira e, por essa razão, seu destino seria diferente. Tulan, ainda tão pequena, passou a perguntar sobre sua origem e, conforme o tempo avançava, as dúvidas se aprofundavam. Desejava entender quem era, de onde viera, qual seria esse seu Destino, qual o motivo para ser isolada.

Os mais velhos, que podiam falar com liberdade sobre o evento – ou melhor, sabiam o que devia ser dito –, contavam que mestre Salkhi a trouxera em uma noite tempestuosa, mas, quando perguntava de onde viera, respondiam que isso não importava... que passara a existir para eles no momento em que Salkhi atravessou o portal do templo com a menina nos braços, e isso bastava.

Não bastava.

Mestre Salkhi, ao longo dos primeiros ciclos, lhe deu pouca informação, pistas soltas como migalhas que formavam uma trilha a ser percorrida.

Quando atingiu o amadurecimento equivalente a uns cinco ciclos, Tulan já havia perturbado mestre Salkhi infinitas vezes com esses questionamentos, e as narrativas reunidas apontavam que sua mãe falecera durante o parto. Tulan a imaginava uma pessoa doce, boa, e torcia para ela ter se transformado em uma estrela que pudesse observá-la do céu a cada noite.

Sabia-se que, quando a garota nasceu, o tempo era de fome e guerra disseminada pelo mundo. Luz e Escuridão combatiam mais uma vez: de maneira visceral, buscavam encontrar o poder que mudaria o equilíbrio das forças – nascera o Sombrio, a criança prevista em visões antigas, mestiça, filha da Luz e da Escuridão, capaz de dominar ambas as forças, uni-las ou destruí-las.

Todos os seres, voluntariamente ou não, estavam envolvidos nessa busca sangrenta, de modo que nenhuma família poderia acolhê-la.

Foi nessa época que chegou aos braços do Monge do Destino, membro de um dos poucos povos que permaneciam neutros e à margem do conflito. Sob uma tormenta, o bebê fora trazido até ele, enquanto comprava provisões na vila.

Nada mais Salkhi sabia sobre a origem da criança, cuja mãe não conhecera, tampouco a mulher que a entregara, uma andarilha cigana sem paradeiro certo, que seguia pelo mundo como uma folha ao vento.

Quando reuniu as peças dessa pequena história, Tulan passou a desconfiar de que não era a verdade completa. Nos últimos ciclos, usufruía a companhia de Salkhi por muitas horas diárias. Desde que as outras crianças iniciaram o treinamento, novas rotinas foram impostas a Tulan: ajudar em tarefas cotidianas — o que tomava algumas horas do dia; perambular sozinha pelo mosteiro — o que fazia por muitas horas todos os dias; ficar entre as crianças menores, que ainda não haviam iniciado o treinamento — o que fez por alguns meses, mas logo se aborreceu e deixou tais atividades de lado; permanecer sob os cuidados de Salkhi, quando ele não estivesse em uma missão ou treinando os jovens monges guerreiros — o que era a escolha preferencial da menina.

Nessa convivência diária, Tulan logo percebeu que Salkhi desviava o olhar e afastava-se dela ao repetir a versão dos fatos sobre seu passado. As marcas negras de seu braço, pescoço e rosto pareciam se agitar em um ritmo diferente. Sua impressão era a de que até os curtos cabelos negros de Salkhi se eriçavam.

A menina já havia notado que o mestre mirava na profundidade dos olhos de seu interlocutor enquanto falava algo importante. Seu corpo forte e grande mantinha-se imóvel, como se fosse parte da montanha; as manchas negras aquietavam-se, ficando praticamente inertes, apenas acompanhando o pulsar da respiração. Não era comum adotar aquela postura fugidia e contraída, como se esperasse um golpe repentino. Pelo que ela vinha observando, Salkhi só fazia isso quando ocultava informações que não desejava revelar. Crianças identificam com facilidade as fraquezas dos adultos, e aquele era um ponto fraco do monge.

Apesar de essa origem obscura atormentar os pensamentos de Tulan de tempos em tempos, não era uma perturbação contínua, apenas um incômodo que se acentuava em momentos de extrema solidão, um sentimento agudo de não pertencimento, de não se encaixar; isso lhe doía como um espinho fincado na planta do pé...

Tulan não podia lembrar, mas, quando chegara a Monte Dald, ainda não tinha um mês de vida, estava fraca, debilitada por um resfriado, e o Conselho do templo não foi favorável à sua permanência. Não recebiam aprendizes de fora: os Monges do Destino nasciam ali, vindos de uma linhagem que se perdia na origem do tempo.

Claro que aconteceram tentativas de aceitar os poucos aprendizes que chegaram até o mosteiro sozinhos, em busca de conhecer os segredos do Destino. Contudo, nenhuma dessas situações teve êxito. As práticas dos monges, quando iniciadas pelos forasteiros, sugavam-lhes a energia vital, eles adoeciam e não podiam partir.

Todos os Monges do Destino, ao começarem o treinamento em Monte Dald, permitiam que suas vidas se ligassem intimamente a Oblitus e, a partir daí, não sobreviviam por muito tempo longe da cordilheira, pois precisavam da energia do local para manterem-se bem. No caso dos forasteiros, também não sobreviviam por muito tempo dentro do mosteiro. A conexão era incompleta, defeituosa.

Por essa razão, o Conselho repreendeu mestre Salkhi por trazer uma criatura tão frágil para Monte Dald, um bebê que não poderia escolher por si mesmo.

— Mas ela não sobreviveria ao inverno se eu não fizesse isso... — argumentou.

— Pois não sobreviverá muito mais do que alguns ciclos aqui em Monte Dald, você sabe, Salkhi. Em três ciclos deverá ser iniciada... a conexão com Oblitus sugará sua vida — concluiu mestra Amidral, a mais antiga Monja do Destino, líder do Conselho.

Amidral era pequena, tinha uma aparência delicada; os longos e volumosos cabelos prateados desciam em cachos até o meio das costas. A pele era quase tão negra quanto os veios que lhe cobriam o rosto. Apesar dos muitos ciclos de vida, não tinha a pele marcada pelo tempo.

Este era um dos efeitos da conexão com Oblitus: o corpo dos monges permanecia bem, como no auge de sua forma física. Ficavam assim até o momento da morte, quando se desfaziam em uma lama negra, que era reabsorvida pela cordilheira. Amidral analisou a situação com calma e concluiu:

— Talvez o destino dessa criatura fosse morrer em seus primeiros dias e voltar à roda da vida.

— Não é possível que esse seja o destino dela! — refletiu Salkhi. — Qual seria o propósito disso? Essa criança é muito especial para ter esse destino.

— E de fato não é isso o que vejo no Livro — comentou mestre Golyn, enquanto acompanhava as possibilidades do destino do bebê no Livro Eterno e ficava claro quem ele era.

Golyn era alto, extremamente magro e, embora aparentasse ter uns quarenta anos humanos, era quase tão velho quanto Amidral, em breve completaria trezentos ciclos de existência. A cabeça nua deixava transparecer os muitos veios negros que se agitavam como que refletindo o ritmo de seus pensamentos. O que antes havia sido um contorno negro de sua íris hoje tomava toda a esclera esquerda, destacando a cor dourada do olho, que parecia aceso em meio àquela negritude pulsante. Golyn tinha um jeito suave de falar, capaz de emanar tranquilidade. Concentrado no Livro Eterno, como se houvesse encontrado um enigma, expôs:

— A história de vida dela está confusa por enquanto, são muitas as possibilidades abertas, várias ainda ilegíveis. No entanto, as linhas definidas não revelam a morte próxima, tampouco a conexão com Oblitus.

— Aguardemos o tempo passar, então... — concluiu Amidral — e observemos de perto o que seu destino vai revelar.

Salkhi assumiu a responsabilidade de cuidar do bebê nas primeiras semanas, até que se curasse do resfriado e pudesse ser inserido entre as crianças do templo. Foi ele quem escolheu o seu nome. Na verdade, o nome veio a ele em um sonho...

"Como mantê-la a salvo em Monte Dald?", foi o questionamento que o monge se impôs nos dias que se seguiram à reunião do Conselho, buscando a resposta em cada momento de meditação.

Algumas noites depois, ainda quando o tempo das chuvas antecedia o inverno que se aproximava, Salkhi teve o sonho que revelou a natureza guerreira da menina — pelo menos foi assim que o mestre interpretou a imagem da garota coberta de sangue, em meio a uma grande batalha. Seria chamada de Tulan, a batalha.

Pediu nova audiência aos mestres do mosteiro.

— Podemos mantê-la aqui sem a iniciar nas artes do Destino. Vi isso em um sonho. Podemos treiná-la nas habilidades de combate e torná-la uma guardiã do templo, uma monja guerreira...

— Viu isso em um sonho, Salkhi? Pelo que sei, não possui esse dom — questionou irritada mestra Shuurga, monja escriba, cujo dom era justamente enxergar o Destino nos sonhos.

Shuurga era a mais nova mestra do templo, as manchas negras ainda subiam por seu pescoço, sem lhe atingir a face. Assumira a posição depois da morte de seu antecessor. O temperamento quente refletia-se na cabeleira vermelha. Quando Shuurga era uma aprendiz, por diversas vezes foi tema de discussão no Conselho: seria a herdeira natural de Delkhii, o antigo mestre escriba; desenvolvera seus dons por completo, possuía uma conexão forte com Oblitus, mas não tinha a serenidade necessária a um membro do Conselho, o que os preocupou por muito tempo. Shuurga não mudou com a idade e, como foi eleita pela cordilheira, após a morte de Delkhii, assumiu seu lugar na liderança dos monges escribas.

— Penso que a longa meditação me levou ao sonho, Shuurga... — Salkhi sabia que isso era possível, apesar de incomum.

No templo, cada monge tinha um dom, e os dons se complementavam... Nenhum monge conhecia todos os segredos do Destino. Dessa maneira, o equilíbrio reinava em Monte Dald desde a origem da existência.

Golyn encerrou a discussão:

— Sim, isso é possível... compreendo agora o que não entendia antes... — disse, lendo o Livro Eterno. — Esse é um dos caminhos abertos, vejo bem aqui! Ela permanecerá viva se não for iniciada. E, com certeza, será uma grande guerreira.

— E Oblitus permitirá? — questionou Shuurga.

— Ao que parece, sim... — respondeu Golyn, consentindo com a cabeça.

— Você sugere treiná-la apenas com habilidades de combate, correto? — quis saber Amidral, dirigindo-se a Salkhi. — Sem a magia dos elementos? É isso o que propõe?

— Pode não ser o mais eficiente, reconheço, Amidral... Mas isso a manteria viva, como disse Golyn. Ela não precisaria fazer a conexão com a montanha.

— Também a tornaria uma ameaça, pois poderia partir, abandonar o templo quando bem quisesse, já que não seria iniciada e não estaria ligada a Oblitus... — contrapôs Shuurga, irritada.

— Não teria como revelar nossos segredos, uma vez que não os conheceria — concluiu Amidral, entendendo aonde Salkhi queria chegar.

— Discordo! Devemos encarar que mantê-la aqui, por si só, ameaça nossa existência. E se ela fugir quando estiver maior, ainda que não conheça nossos segredos, será capaz de guiar quem deseje chegar até o mosteiro — opôs-se Shuurga novamente.

— Nenhum dos monges previu sua chegada em nosso templo... — Amidral disse, pensativa. — O Sombrio não aparece descrito em nossa história até o momento em que você chegou com a criança nos braços, Salkhi... Só ali o Livro Eterno nos revelou como sua trajetória emaranhava-se à nossa. Isso me faz pensar que ninguém suspeitará de sua estada em Oblitus. Se a criança nos foi dada sem que antes nos fosse avisado, o Destino deve ter suas razões, Shuurga... Pode ser essa a explicação para as gerações de monges guerreiros que vimos nascer, tão mais numerosos do que os monges que trazem os outros dons. Não nos questionamos sobre isso há décadas? E no caso de ela nos abandonar, podemos redesenhar os caminhos que trazem ao templo. Essa ameaça seria contornada com certo trabalho, reconheço, mas nada impossível para nós.

Salkhi, aliviado, abriu um sorriso quando ouviu a conclusão de Amidral:

— Por agora, deixemos assim... Penso que devemos continuar acompanhando o destino de Tulan e rever a situação da menina quando for oportuno.

E prosseguiram dessa maneira, dando atenção ao que o Livro Eterno revelava sobre os caminhos de Tulan e avaliando o destino da menina de tempos em tempos.

Viram a curiosidade crescente da criança antes que ela se manifestasse e se prepararam para isso, decidindo o que deveria ser revelado à pequena.

— Todos concordam que sua origem deve ser mantida em segredo? Que ela não deve saber que é a Sombria? – concluiu Amidral na reunião que antecedeu o aniversário de três ciclos de Tulan.

— Parece ser o melhor... para nós e para ela – consentiu Shuurga.

— Mas devemos considerar que não será possível represar esse rio para sempre – alertou Golyn.

— Represaremos o quanto pudermos, irmão – concluiu Salkhi, questionando a si mesmo até quando a verdade permaneceria oculta e o que aconteceria ao ser revelada.

A cada novo dia, Tulan passava muito tempo sozinha. Enquanto todos viam aumentarem as horas de estudos, afazeres e treinamentos, ela percorria os corredores vazios e escuros de Monte Dald. Poucas tarefas lhe foram passadas no princípio. Pelo que se recordava, sua única obrigação até completar cinco ciclos era peneirar a farinha usada na produção do pão a cada manhã. No restante do tempo, ou estava com Salkhi, ou ninguém imaginava o que poderia estar fazendo.

Uma menininha destemida, de longos cabelos negros e olhos cinzentos arregalados e curiosos, sem supervisão, que cabia em qualquer reentrância e, por isso, aprofundava-se nas rachaduras que levavam ao interior e aos recantos de Oblitus, chegando até mesmo a lugares desconhecidos dos Monges do Destino. Nenhum deles tivera tempo ocioso suficiente para as explorações que Tulan empreendia.

Foi logo no início que descobriu a trilha estreita e ascendente que saía de uma das janelas do refeitório e levava ao Pico Escarpado, onde encontrou três imensas fênix. Quando contou isso a Salkhi, ele a advertiu para manter-se distante, explicou o quanto aquelas aves eram especiais, que precisavam de tranquilidade e não de uma menina xereta entre elas. Narrou como eram capazes de renascer das próprias cinzas e buscavam o templo quando esse momento se aproximava. Tulan, contrariando as advertências do mestre, passou a visitar o pico sempre que podia, na esperança de assistir a um renascimento, mas o máximo que conseguiu foi presenciar momentos de sono ou descanso daqueles seres; nos melhores dias, chegou a vê-las limpando as próprias penas que, sob a luz do sol, bruxuleavam como o fogo.

Também encontrou a câmara reluzente que, em sua visão de menina, era o coração encantado de Oblitus: brilhava em um azul cintilante, parecendo pulsar, e, lá no alto, havia uma pequena abertura para fora da montanha. Sob seus pés, o chão se constituía em parte por pedras e em parte por areia bem macia. Tulan visitou a câmara infinitas vezes, era seu lugar predileto de brincar e de ficar só... Sempre que estava ali, sentia-se conectada à cordilheira, como se fosse parte dela, parte de algo... No coração de Oblitus, não era uma pária.

Tulan tentou mostrar a câmara para Salkhi, que a desconhecia por completo. Não havia registros do lugar nos textos ou nos mapas do templo. Mas o corpo do mestre guerreiro era grande demais para a estreita abertura por onde Tulan se esgueirava, e ele não conseguiu vislumbrar o que a menina descrevia.

O mestre encantava-se ao comprovar que, por mais que fizessem para manter a ignorância de Tulan, ele mesmo tinha o que aprender com a pequenina e até sobre o lugar onde vivia e a respeito do qual considerava tudo conhecer.

Depois, Tulan encontrou a trilha que descia até o rio subterrâneo, responsável por abastecer de água Monte Dald. Isso ajudou a solucionar o problema que os monges enfrentavam havia mais de vinte ciclos para fazer a manutenção das tubulações. Não tinham acesso às estruturas desde que a trilha que conheciam sofrera um desabamento, tornando-se inutilizável.

Foram diversas as descobertas da menina, até que Amidral decidiu que estava na hora de interromper as explorações de Tulan.

— É tempo de iniciar seu treinamento nas artes do combate, Salkhi. Precisamos manter essa menina ocupada e longe de confusões. O que mais ela descobrirá em Monte Dald?

— Iniciarei o treinamento amanhã, Amidral. Farei isso após o término do acompanhamento dos outros aprendizes... Ainda assim, ela terá boa parte do dia livre, sem que eu possa supervisioná-la.

— Penso que devemos aumentar sua participação nas tarefas de rotina do templo, ocupá-la mais, talvez com a limpeza dos aposentos – sugeriu Shuurga.

— Recomendo que lhe seja ensinada a história de nosso povo e de todos os povos do Mundo Antigo – falou Golyn. – O Livro Eterno mostra que sua sabedoria crescerá e não penso que combate ou mesmo nossas tarefas cotidianas vão contribuir para isso.

— E o que você sugere, Golyn?

— A menina é curiosa, de natureza questionadora. Sugiro que a alimentemos com boas informações, selecionadas e fornecidas por nós. Que aumentemos a convivência com ela, dividindo a responsabilidade com Salkhi. Assim não ficará tão solta. Sempre terá um de nós por companhia.

— Ultrajante sua proposta, Golyn! — rebateu Shuurga com rispidez. — Somos mestres! Não temos tempo a perder com uma criança que nem sequer é capaz de aprender nossos dons! Foi Salkhi quem a trouxe. Ela é um fardo dele, está bem claro.

— Penso que menospreza o que não compreende, Shuurga — disse Golyn calmamente, quase sussurrando. — A Sombria não é uma criança como as outras. Não conhecemos esse ser. Não sabemos do que ele é capaz. O que pode ou não aprender? Quais dons traz em si? Talvez sejamos nós que tenhamos o que aprender com Tulan. Talvez estejamos sendo presunçosos ao pensar que temos o que ensinar a ela, ao julgar o que deve ou não lhe ser ensinado... Afinal, a própria cordilheira revelou à menina segredos que nunca nos mostrou, e nosso povo está aqui há eras.

— Basta! — comandou Amidral. — Se o Livro Eterno diz que a menina se tornará sábia, entendo que Oblitus começou a ensiná-la antes de nós. E concordo: ela mesma já começou a nos ensinar algo. É hora de fazermos nossa parte.

II
O LADO DE FORA

A partir dessas decisões, as andanças de Tulan diminuíram muito, assim como seu tempo livre. Ainda conseguia visitar o coração de Oblitus, espiar as fênix, fazer explorações ocasionais, principalmente quando os mestres se ausentavam do templo por alguma razão, mas no dia a dia assumiu uma rotina bem definida.

Pela manhã, continuava na tarefa de cuidar do preparo do pão, agora participando de todas as etapas, até retirá-lo cheiroso do grande forno.

Depois, passava algumas horas em companhia de mestre Golyn, com quem conversava sobre tudo. Ele sempre tinha uma boa história para lhe contar, sempre estava disposto a responder às suas perguntas, ainda que nem sempre o fizesse por completo. Por meio das narrativas de mestre Golyn e pelas imagens dos grandes livros que ele folheava, Tulan conheceu uma infinidade de povos que habitavam o Mundo Antigo e passou a sonhar com o dia em que veria esses seres diante de si.

Após o almoço, Tulan seguia para o encontro com mestra Amidral, que procurava treinar a menina na arte de meditar. Os resultados não avançaram com o tempo, porque a pequena se aborrecia em repetir essa rotina dia após dia, ainda que gostasse de ficar perto de Amidral. A mestra emanava uma sensação boa, como se fosse um ninho pronto a recebê-la. Por isso, era frequente que essas sessões de meditação terminassem com Tulan dormindo, buscando apoiar a cabeça nas pernas cruzadas de Amidral que, em silêncio, aceitava e, em segredo, sorria sem baixar a guarda. Tulan era uma pequena menina na sua aparência, mas um ser desconhecido por todos. O que de fato seria a Sombria?

No meio da tarde, Tulan encontrava-se com Salkhi, que passou a ensiná-la a arte de lutar com um bastão de madeira. Aquilo a divertiu por pouco tempo. A menina queria mesmo era aprender a manusear as armas que via os guerreiros carregando pelo templo: armas cortantes, perfurantes, que brilhavam e atraíam seu olhar. Salkhi dizia que chegaria a hora, mas antes Tulan deveria dominar o bastão.

Aos seis ciclos, a garota considerava que seria capaz de vencer qualquer criança da sua idade em uma luta com o bastão, ainda que estivessem bem maiores que ela. Talvez até derrotasse alguns dos mais velhos... Quando falava sobre isso, Salkhi fazia várias negativas com a cabeça, emitia pequenos estalos contrariados com a boca e retomava os movimentos mais básicos do treinamento.

Shuurga, mantendo seu julgamento inicial, não participou dessa rotina de Tulan; continuou afastada da menina e não contribuiu em seus aprendizados.

Pouco depois de completar dois ciclos de treinamento, Tulan recebeu uma notícia empolgante: iria à aldeia ao pé de Oblitus buscar suprimentos.

Salkhi organizara a comitiva que faria a viagem e incluíra a pequena nos planos. Os mestres julgavam que chegara a hora de Tulan ver o mundo, começar a conhecê-lo para além das narrativas de Golyn. Todas as crianças de Monte Dald passavam a participar dessas comitivas após a iniciação, e não seria justo manter Tulan mais tempo apartada do universo fora do templo.

E, para que os de fora não estranhassem uma não iniciada daquela idade andando entre os Monges do Destino, vestiram Tulan como um deles, com a calça, a túnica e o casaco de longas mangas e capuz. A mão esquerda, desprovida da mancha negra, foi enfaixada com ataduras, como se estivesse ferida.

Assim, a menina seria vista por todos como uma criança do Destino, ainda que essa não fosse a verdade.

A roupa não aquecia tanto quanto o manto de lã, mas Tulan gostou da liberdade que lhe dava, mais leve e flexível. Não voltaria a usar o manto, mesmo que o inverno lhe congelasse os ossos... Salkhi sorriu ao ouvir tais palavras e despenteou os cabelos da garota.

Em uma manhã fria, dominada por um vento uivante, quando o sol despontou no céu, Tulan saiu do templo pela primeira vez, na companhia de Salkhi e mais quinze monges guerreiros. Naquela expedição, nenhuma outra criança ou aprendiz seguiria com o grupo. Salkhi avaliara que o melhor seria garantir a segurança de Tulan. Cinco guerreiros iam à frente, conduzindo um grande carro de madeira. Se retornar ao templo com ele carregado seria cansativo, descer com ele leve e ágil pelas trilhas perigosas se revelou um desafio. Os outros se dividiam em grupos de três ou quatro guerreiros, mantendo uma distância entre eles. Tulan e mestre Salkhi seguiam ao final da comitiva, o que a afligiu.

— Mestre, posso seguir mais rápido, se quiser, podemos ir à frente de todos!

— Não seguimos por último por sermos os mais lentos, Tulan, e sim por sermos os mais fortes. Guardamos a retaguarda para que os outros caminhem despreocupados à nossa frente.

Isso não a convenceu: não se considerava mais forte do que aqueles guerreiros treinados cujos corpos pareciam feitos apenas de músculos.

A viagem seria longa: dois dias descendo a encosta de Oblitus até chegarem à aldeia de Khen Öngörökh; um ou dois dias de compras; três ou quatro dias para retornarem ao templo, trazendo os suprimentos — isso se as condições climáticas ajudassem.

E, como o tempo era o companheiro constante da longa caminhada, Tulan aproveitou-o ao máximo para encher Salkhi de perguntas, já que os outros guerreiros agiam como se a garota não estivesse ali.

Foi numa dessas conversas que a menina revelou:

— Sabe, mestre, não entendo pra que vocês servem. Na verdade, acho que monges guerreiros não servem pra nada!

Salkhi riu, divertindo-se com a pequena, tão segura de suas opiniões.

— Só nós? E os outros monges, servem pra algo em especial? — questionou.

— Com certeza! Os monges escribas são importantes porque veem o Destino nos sonhos. Ainda dormindo, as visões deles são reveladas no Livro Eterno.

— Verdade... eles são bem úteis dormindo... — Salkhi falou provocativo.

— Não só dormindo! — retrucou Tulan em tom de repreensão. — Quando acordam, passam o tempo todo fazendo as tarefas do templo como se não tivessem nenhum dom especial. Limpam, cozinham, consertam... Fazem TUDO e vocês não ajudam em nada! Se eles não sonhassem, a gente não teria como conhecer o Destino. Acho que nem ia existir o templo! Nem vocês iam existir!

— Você tem razão, Tulan, os escribas são nossos elos com o Destino...

— Tá vendo? — e fez uma cara de "você não sabe de nada". — Daí tem os monges leitores, que conseguem acompanhar aquelas linhas tortas, todas misturadas do Livro Eterno.

— Um momento, menina! Você já folheou o Livro Eterno?

— Só um pouquinho... — respondeu, aproximando o indicador do polegar e encolhendo-se. — Dei umas olhadinhas nas vezes que o mestre Golyn me deixou sozinha pra fazer não sei o quê. Mas não entendi nada! De verdade! Você já viu aquilo? É uma bagunça!

— Nunca vi. Pra isso existem os monges leitores! SÓ ELES podem folhear o Livro Eterno! Entendeu?

— Hum-hum... Eles conseguem interpretar aquela bagunça... e viajam pelo mundo! Passeiam muito!

— Não, não passeiam. Só os monges leitores possuem a habilidade de manter a conexão com Oblitus mesmo estando distantes do templo por meses. Nenhum outro monge consegue tal façanha. Adoeceríamos se passássemos tanto tempo longe do templo. Por isso, os leitores viajam. Eles percorrem o mundo para levar mensagens importantes do Destino.

— Faz sentido. Aí, tem os monges invocadores, que são bem pouquinhos, certo?

— Correto. É bem raro precisarmos invocar o Campo do Destino. Por isso, são raros os monges que nascem com esse dom.

— A mestra Amidral é uma delas, né? Mestre Golyn explicou que ela consegue projetar esse Campo do Destino quando um fato muito importante para o mundo deixa de acontecer. Aí, lá dentro do campo, o Destino é corrigido...

— Esse evento é raríssimo, pois poucos são os seres capazes de ludibriar o Destino.

— Mestre Golyn falou que é tão raro isso acontecer que virou lenda no Mundo Antigo... que alguns acham que o Campo simplesmente se manifesta. Disse que nem imaginam a relação dele com os Monges do Destino...

— Você de fato entende nosso povo como uma verdadeira Monja do Destino!

— Eu não sou uma de vocês! — rebateu Tulan, cortante, e silenciou por alguns momentos.

Salkhi não sabia se devia retomar a conversa ou tentar falar mais sobre quem ela era — assunto um tanto espinhoso. Esperou e, minutos depois, a garota continuou:

— Então... não entendo pra que servem os monges guerreiros! Vocês não ajudam a gente em nenhuma das tarefas do templo. Não cozinham, não limpam, não consertam, não costuram... não fazem nada! Quando não estão de vigia, estão treinando, sempre lutando, correndo, escalando e fazendo coisas que não me deixam ver. Ah! E comendo... Vocês comem MUITO! Mestre Golyn me explicou que vocês são preparados para proteger o templo. Mas proteger do quê? Vocês não servem pra nada!

Não vejo nenhuma conexão de vocês com o Destino. E nunca lutam de verdade! Só treinam.

— Precisamos estar preparados.

— Preparados pra quê? Ninguém consegue encontrar o templo, quanto mais atacá-lo! Acho que vocês só são úteis quando saem para buscar suprimentos. Igual agora!

Salkhi gargalhou.

— Talvez seja essa a nossa função... buscar suprimentos!

— Não faz sentido! Pra que tantos monges guerreiros se a função de vocês for apenas essa?

— Você acha que buscar suprimentos é tarefa simples, menina? Espere e verá! — e gargalhou de novo.

Além das muitas conversas que teve com Salkhi, a viagem deixou outras lembranças gravadas na memória de Tulan. O caminho foi uma delas. A trilha estreita e íngreme constituiu um desafio durante toda a descida, transformando-se em um inimigo agressivo na subida de volta ao templo — principalmente quando os perigos desse caminho receberam o reforço de uma chuva congelante que soprou sem cessar nos dois últimos dias de viagem. O cansaço físico marcou a maior parte da jornada, exaurindo até o guerreiro mais forte da comitiva. Ainda assim, em todos os momentos, mesmo nos mais difíceis, era possível observar a paisagem fascinante.

Quando ainda estava nas alturas de Oblitus, a imensidão do que podia ser visto impressionava. O mundo se revelava enorme, assim como a cordilheira... tão cinzenta quanto os casacos usados pelos monges. Apenas nos picos mais altos se espalhava a cobertura branca da neve.

Conforme desciam, Oblitus se fazia maior, uma muralha rochosa, intransponível.

A cada pausa de descanso ou de alimentação, tanto no trajeto de ida quanto no de volta, Tulan olhava para todas as direções, tentando sem sucesso localizar Monte Dald. Mesmo tendo saído de lá, não conseguia identificar o mosteiro em meio às montanhas, era como se não existisse. E, se não estivesse seguindo os monges guerreiros, não saberia identificar a trilha.

A maior parte do trajeto era árida, com poucos arbustos retorcidos pelo vento dominante na montanha. O verde das árvores, que se acumulavam em uma floresta ao pé de boa parte de Oblitus, visto das alturas, assemelhava-se a um manto colorido que contrastava com os tons de cinza da cordilheira.

— Vamos passar por aquela floresta? — perguntou em certo momento.

— Não. Seguiremos por um caminho mais rápido, que levará direto a Khen Öngörökh.

— Seria bom se pudéssemos andar em meio àquelas árvores... Só vi árvores nas imagens dos livros... devem ser incríveis de perto.

— Quem sabe em uma próxima jornada? — Salkhi respondeu, lembrando-se de quando tinha vontades parecidas com as de Tulan. — E fique tranquila que você verá algumas árvores em nosso caminho!

E ela realmente as viu e as considerou sensacionais. Altas e fortes, outras finas e repletas de galhos, mas todas mais rígidas do que imaginara. A variedade também a encantou, conseguia perceber as diferenças entre os troncos, as folhas, as cores. Eram tão diversas quanto as pessoas, cada qual com características próprias.

Outra memória marcante daquela primeira viagem foi o silêncio. Os monges guerreiros não eram festivos como os escribas. Em suas manhãs no mosteiro, quando participava da produção do pão, sempre era envolvida pela cantoria dos monges escribas, ou por alguma história engraçada que fazia todos gargalharem. Apesar de não a tratarem como uma igual, Tulan estava entre eles e comungava dessa alegria. Pelo menos por algumas horas diárias... E mesmo quando circulava sozinha por Monte Dald, ouvia os monges escribas desempenhando as mais diversas obrigações, sempre acompanhados de uma alegre agitação.

Os monges guerreiros, ainda que também barulhentos, tinham outro jeito: gritavam durante os treinos, emitiam sons guturais a todo instante e entoavam mantras com tamanha força que a vibração da voz deles reverberava dentro do mosteiro, fazendo tremerem os objetos.

Ali não... No mundo de fora, os monges guerreiros eram silenciosos. Caminhavam quietos ou conversavam em tom baixo, como se sempre alertas a algum perigo. Não houve mantra, urros, gritos, nada durante toda a viagem. Mestre Salkhi destoava dessa seriedade, brincava e gargalhava, mas Tulan percebeu que ele agia assim apenas com ela. Quando estava com os demais guerreiros, parecia tão cinzento quanto eles.

Ver o povoado crescendo no horizonte pela primeira vez também virou uma memória especial. As pequenas construções eram tão diferentes do templo! Tão mais suaves e frágeis! Os telhados cobertos de um tipo de palha verdoenga... as paredes brancas... a fumaça saindo de algumas chaminés... umas construções de madeira... o barulho que se fez ouvir quando se aproximaram... o cheiro de comida misturado a um odor acre de sujeira.

A diferença de seu universo conhecido se mostrou bem mais intensa ao entrarem no povoado. Tulan encantou-se ao ver muitos dos seres estampados nos livros de mestre Golyn agora caminhando diante dela.

Mais tarde, passou horas rememorando, sem conseguir definir o primeiro ser que vira. Em alguns momentos, lembrava-se claramente de ter encontrado o elfo com o corpo todo desenhado, andando sem camisa apesar do frio, cantando bêbado e pedindo moedas a quem se aproximasse. Em outros, tinha certeza de primeiro ter visto a fada que passara voando no meio da comitiva, pedindo licença a todos, aos berros, com muita pressa. E, como essas, muitas outras imagens se confundiam em sua memória, o que coincidia com a confusão real do povoado.

Tulan não percebeu, mas Salkhi manteve-se muito próximo a ela por todo o trajeto, como um pai zeloso cuidando da pequena e curiosa filha.

Ela tentava conter seu espanto ao reconhecer um novo ser em meio aos tantos que circulavam pelo povoado. Repetia para si mesma os povos aos quais pertenciam, como que testando seus conhecimentos: fada, elfo, goblin, gigante, salamandra... eram muitos.

A hospedaria para onde se dirigiram assim que entraram em Khen Öngörökh foi um presente para a menina. No lugar havia um amplo refeitório no térreo, e quartos espalhavam-se por dois andares. A agitação de vozes, nos mais diferentes tons, misturadas a uma música alegre e ao cheiro de comida, despertou a vontade de se perder naquele salão, mas mestre Salkhi manteve a mão firme em seu ombro, guiando-a para a mesa onde jantariam.

Para seu desespero, Tulan foi mantida sentada quietinha, ao lado esquerdo de Salkhi, e seu grupo comeu em silêncio, não cantou, não dançou, manteve-se sério, olhando para todos sob o capuz cinzento, como se os advertissem a manter distância — o que parecia ser compreendido e respeitado. Foi assim até que uma pequena criatura, com a pele coberta por tantas verrugas que chegavam a lhe obstruir os olhos, aproximou-se vagarosamente, tentando ocultar-se, o mais que podia, sob um manto velho e encardido. Tulan não conseguiu definir a que povo ela pertencia, não vira nada parecido nas imagens mostradas por mestre Golyn.

Imaginou que os monges fossem se colocar de pé e apresentar as armas a qualquer momento, e surpreendeu-se ao ouvir uma voz fina e trêmula dizer:

— Quanto tempo, mestre Salkhi!

— Minha cara Lúcia! De volta a este canto esquecido do mundo? Junte-se a nós, ainda há muito alimento à mesa.

— Aceito o convite... — respondeu, pigarreando e sentando-se em um espaço que os monges abriram no banco, ao lado direito de Salkhi, revelando bastante dificuldade em locomover-se.

Após uns instantes de silêncio, que afligiram Tulan, enquanto Lúcia comia um pedaço de pão, Salkhi perguntou:

— Por que se esconde sob esse manto, Lúcia?

— Pelas mesmas razões que vocês se escondem sob os seus... Não quero atrair olhares! Ando cansada das reverências dadas aos anciãos... O manto e um feitiçozinho que realizei garantem meu anonimato por aqui.

— Chegou há pouco?

— Na verdade, não. Estou aqui há mais de mês... renovando o feitiço e cansada de me manter escondida...

— Tamanho esforço deve ter um motivo e tanto!

— Estava aguardando a vinda de um de seus monges guerreiros, mas não imaginava encontrar justamente você! Veja só como são os deuses... ou o Destino, se assim preferir... – e riu uma risada muito estranha, musical.

— Esperava meu povo por qual razão, Lúcia?

— Tenho assuntos a tratar com o Conselho de Monte Dald – falou e arregalou os olhos de tal forma que as verrugas formaram um contorno irregular em suas íris rosadas e brilhantes.

— Sabe que nenhum de nossos monges, nem mesmo eu, tem autorização para guiar alguém até o templo.

— Já cheguei sozinha até ele outras vezes, não?

— Isso é verdade, mas por que, então, aguardou nossa vinda desta vez?

— Estou velha, Salkhi. Estamos velhos! Apesar de você não aparentar... Não há por que me arriscar a subir tudo sozinha... E o que tenho para tratar com o Conselho é importante. Não posso correr o risco de morrer pelo caminho.

— Imagino que seja de fato importante... se a fez esperar por tanto tempo, e ainda ocultando sua identidade.

— Tenho uma informação que não compartilhei com os outros anciãos... Não penso que devam saber por enquanto. Tampouco devem descobrir que vim conversar com vocês. Diz respeito aos Monges do Destino, e decidi que devo revelá-la ao Conselho de Monte Dald. Espero contar com o apoio desses fortes guerreiros e guerreiras que o acompanham para me ajudar a chegar àquele pico maldito! Quem sabe, carregando-me! – e riu musicalmente mais uma vez.

Ao olhar de repreensão de Salkhi, Lúcia reagiu com um erguer de ombros e complementou:

– Não dá para dizer que Oblitus seja bendita... com tantas mortes que acumula! E mesmo a vocês ela escraviza e suga! Você bem sabe!

– Já discutimos isso. Melhor não voltarmos a esse ponto!

– Certo, certo... – disse enchendo uma tigela de sopa. – Posso contar com a ajuda de vocês?

– Sem precipitações, velha amiga... A que diz respeito essa informação?

– É sobre a ameaça que se aproxima, a razão pela qual, nas últimas gerações, você tem tido bem mais trabalho que os outros mestres para treinar tantos novos guerreiros... Penso que descobri o que o Destino ainda não revelou a seus monges escribas!

A aparente indiferença dos monges guerreiros desapareceu com essa fala da pequena criatura, que, pela terceira vez, riu sonoramente.

– Consegui a atenção de todos vocês, não foi?

– Boroo – Salkhi falou pensativo –, você é a mais experiente aqui. Fique na liderança da comitiva. Amanhã cedo retornarei com Lúcia para Monte Dald.

– Mas vamos sozinhos? Não é arriscado dois caminhantes desafiarem Oblitus por dias de viagem?

– Por que caminhar quando podemos voar? – respondeu Salkhi.

– Não posso voar! – rebateu Lúcia, nervosa.

– Você é pequena, a levarei sem problemas. Não quer chegar logo ao mosteiro?

– Bem, sim... sim... – respondeu insegura.

– Fique tranquila – Salkhi disse divertido. – Não a deixarei cair! – E voltando-se para Boroo: – Cuide de Tulan; ela ficará sob sua responsabilidade!

Boroo concordou com um gesto de cabeça, mas a garota desesperou-se:

— Eu quero voltar com você! — resmungou chorosa.

— Não há como eu voar tão alto carregando Lúcia e você, Tulan. E seu interesse pelas novidades, acabou? Amanhã, vocês irão ao mercado, sem dúvida uma aventura imensa!

Tulan estava contrariada, mas sabia que não adiantaria argumentar. Fora decidido.

☉

Mais tarde, já deitada no quarto escuro, ouvindo alguns dos guerreiros ressonarem, Tulan ainda fervilhava mergulhada em questionamentos e inseguranças.

— Mestre... — chamou baixinho, buscando descobrir se Salkhi estava acordado.

— Se não dormir, não recuperará a força do corpo. Amanhã seu dia será cheio e o meu também, Tulan. Devemos repousar.

— Por que você veio andando até aqui se pode voar? — arriscou. Sabia que Salkhi se sentia impelido a responder às suas perguntas.

— Porque nem todos de nossa comitiva podem voar, apenas os guerreiros do ar. É importante permanecermos juntos. E a jornada é igualmente cansativa, seja pela terra, seja pelo ar... Garanto a você.

— Então, por que voará amanhã?

— Para chegar mais rápido, ainda que exausto.

— E por quê...

— Precisamos dormir, Tulan.

— Por que vai me deixar? — perguntou em um ímpeto, revelando o que de fato a afligia.

Salkhi a viu como a menina que era, frágil e solitária. Estendeu a mão para tocar-lhe a cabeça, na cama ao lado da dela.

— Sabe aquela sua dúvida?

— Qual?
— Aquela sobre o papel dos monges guerreiros?
— Hum-hum.
— Eu também a tenho. Não sei por que temos tantos guerreiros... Não foi sempre assim, e nenhum de nós entende por qual razão isso vem mudando.

Tulan sentia o corpo vibrar com uma estranha eletricidade, como se prestes a descobrir um segredo imenso. Salkhi continuou:

— Assim como você, Tulan, eu e todos os Monges do Destino não conhecemos a função de tantos guerreiros quando não há luta, não há ameaça... Mas o Destino tem determinado que assim seja. E Lúcia, ao que parece, desvendou esse mistério. Não acha que vale a pena voltar voando para o mosteiro?

— Sim, mestre, sim! Quando descobrir a resposta, você me conta?
— ... Conto...
— Promete?
— ... Prometo... – e Salkhi disse isso retirando a mão dos cabelos de Tulan e virando-se para o outro lado. – Mas, por agora, vamos dormir.

Tulan demorou a dormir, porque pressentia que algo mudaria em sua vida quando a resposta viesse.

III
DESPERTAR

Quando Tulan acordou de seu sono agitado, mestre Salkhi já havia partido. Boroo respeitou as indicações recebidas e assumiu a guarda da menina, mas sem o afeto que Salkhi demonstrava.

Logo após o café da manhã, o grupo de guerreiros seguiu para o mercado, que se revelou um encantamento completo para Tulan. As muitas barracas montadas ao ar livre conferiam um colorido barulhento àquelas ruas de pedras. Comerciantes anunciavam seus produtos aos gritos, alguns cantarolando, outros fazendo rimas, a maioria apenas berrando. O som de uma música alegre vinha de algum lugar, misturando-se à algazarra de vozes. Passaram a manhã percorrendo parte das barracas, selecionando, negociando e comprando as provisões que abasteceriam o mosteiro por todo o inverno que se aproximava. O pagamento era feito em pedras preciosas, extraídas do interior de Oblitus, razão pela qual tratavam os monges como clientes especiais. Tulan continuou na missão de reconhecimento dos seres que circulavam pelo mercado, ou que vendiam seus produtos.

— Este deve ser um dos maiores mercados do Mundo Antigo! — falou após algumas horas de imersão naquele lugar.

Boroo riu.

— Não mesmo! Este é um povoado pequeno, serve de passagem para muitos viajantes, encravado em meio a lugar nenhum. Por isso é tão movimentado e tem um mercado bem sortido: é um ponto de abastecimento pra quem passa, mas nem de longe é o maior, Tulan.

A menina se pôs a imaginar como seria o maior mercado... e não conseguia definir.

— Você disse que Khen Öngörökh está no meio de lugar nenhum... Então, Monte Dald também está?

— Sim. Estamos tão distantes dos outros povos do Mundo Antigo que, para boa parte deles, nem existimos. Muitos nunca viram um de nós.

— Nem um monge leitor viajante?

— Nenhum... Agora volte a observar, em silêncio. Precisamos fazer as compras para o inverno. Quanto antes acabarmos, mais rápido poderemos retornar ao mosteiro. Guarde suas perguntas dentro de si.

Tulan impressionou-se com a quantidade de itens comprados, o que logo lotou o carro de madeira que trouxeram e ainda se acumulou em sacos pesados carregados nos ombros dos guerreiros. Desconfiou de que não conseguiriam carregar tudo montanha acima e não entendeu quando ouviu Boroo comandar:

— Vamos voltar à pousada. Precisamos organizar os suprimentos... Se continuarmos nesse ritmo, conseguiremos comprar tudo hoje e poderemos partir amanhã cedo.

— Como vamos levar tudo isso, Boroo?

— Você vai saber logo, logo, Tulan.

— E ainda falta comprar mais?

— Sim! Pelo meu controle, serão necessárias mais umas três rodadas como esta.

A incredulidade de Tulan desapareceu ao acompanhar os monges até a hospedaria e vê-los pegando alguns dos vários sacos pretos que haviam trazido. Não eram maiores do que um saco de farinha, como os muitos acomodados no carro de transporte. Os produtos comprados foram colocados dentro deles e, mesmo sem aumentar de volume, os sacos armazenavam pelo menos cinco vezes mais do que aparentavam. O que antes lotara o carrinho e os ombros dos guerreiros, agora estava guardado em meia dúzia de sacos negros, acomodados em um canto do depósito da hospedaria.

— Que incrível isso! — comentou Tulan.

— São sacos com propriedades especiais, tecidos no mosteiro e encantados por lá – explicou Boroo. – Reduzem o volume do que transportamos, mas não o peso... infelizmente...

Curiosa, Tulan aproximou-se de um dos sacos e tentou movê-lo. Impossível. Foram necessários dois guerreiros para erguer cada saco e ajeitar tudo no canto do depósito.

— Esse carro vai ficar bem pesado! – concluiu a menina.

— Por isso somos muitos, para revezarmos na condução do carro na jornada de volta. O que não é fácil, como você verá. Agora que o carro está vazio, voltemos ao mercado! – comandou Boroo.

Repetiram esse processo mais três vezes e, ao fim da tarde, o carro estava carregado de sacos pretos cheios, e os monges, cansados e famintos. Naquela noite, Tulan, exausta, nem conseguiu entreter-se com a animação do salão. Comeu e dormiu ali mesmo, debruçada na mesa. Não acordou nem quando o guerreiro Khairga a pegou no colo e a levou para a cama.

Antes de o sol nascer foi acordada por Boroo; precisavam se aprontar e partir logo. O tempo estava mudando e era certo que pegariam chuva em parte do trajeto, o que dificultaria muito a viagem. Naquela madrugada, os monges guerreiros eram os únicos no salão tomando o desjejum, o que fizeram em instantes. Com o céu ainda escuro, empurraram o carro de carga para fora da vila, rumo à trilha que os levaria a Monte Dald.

Tulan observava com admiração a força dos monges que empurravam o carro. Seis assumiram essa função. Os outros se dividiram em dois grupos, um diante do carro, outro na retaguarda. Tulan seguia próxima a Boroo, atrás de todos, como viera com Salkhi.

Foi ao fim do primeiro dia de viagem, quando já viam Khen Öngörökh de uma certa altura, como o pequeno povoado que de fato era, e os monges já preparavam o lugar de repouso e acendiam o fogo para enfrentar o frio da noite enluarada, que o ataque aconteceu.

Tulan não conseguia dizer como começou. Lembrava-se de ter sido empurrada para o centro, para perto do carro de suprimentos.

Algum dos monges ordenou que fosse para baixo do carro e, em instantes, todos os guerreiros haviam formado dois círculos, um próximo dela e outro externo. Sob o carro, Tulan viu Taifun erguer-se no ar, desaparecer do campo de visão dela e comandar:

— Apenas proteger, guerreiros! Não há necessidade de ferir gravemente os infelizes!

Tulan tentava ver quem seriam os infelizes, mas não conseguia. Vislumbrava apenas uma luz azul, como um escudo projetado pelos Monges do Destino. Sentia-se eletrizada por, enfim, vê-los em combate! Já estava pensando em sair do esconderijo quando Khairga foi atirado ao chão, rompendo o círculo externo, lançado no ar por uma força invisível. O campo de luz se desfez, e Tulan viu olhos acesos em verde espalhados pela escuridão que já dominava Oblitus.

— São lobisomens! — gritou Boroo, do círculo externo. — Preparem-se para o combate direto! E não se intimidem em dar a eles uma lição!

As armas, antes ocultas sob os mantos cinzentos, foram reveladas.

— Precisamos ensinar esses malditos Ciaran a nos respeitar! — gritou Gal, no círculo interno, bem próximo de Tulan, no momento em que um grupo invadira o acampamento e o combate de fato se iniciara.

Tulan viu um grande lobisomem pardo e feroz aproximar-se de Gal a toda velocidade. O monge guerreiro acendeu o próprio corpo em chamas, como se fosse todo de lava incandescente, e Tulan entendeu como ele fazia aquilo, viu a conexão do monge com a fogueira que ardia próxima a ele, compreendeu que o fogo alimentava a magia, que Gal sugava o fogo e o tornava vivo dentro de si. Quando o lobisomem pardo saltou para atingir Gal, o monge esticou os braços na direção do agressor e lançou um jato de fogo líquido que o incandesceu. O grito foi horrendo e o combate, interrompido. O lobisomem envolvido naquele fogo mágico foi queimado vivo, em segundos. Uma série de uivos invadiu o ar, em imensa agonia coletiva, e todos os lobisomens se retiraram, escondendo-se na Escuridão, da qual eram filhos.

— O que você fez, Gal? — gritou Boroo, caminhando na direção do monge guerreiro, que ainda se concentrava para apagar o fogo que ardia dentro de seu corpo.

— Você disse para não nos intimidarmos! Ensinei aos Ciaran por que devem nos respeitar. — Tulan saiu de baixo do carro e viu que, enquanto falava, o fogo ainda ardia dentro de Gal e iluminava o interior de sua boca, deixando-o com uma aparência assustadora.

— Não temos autorização para usar os elementos em combate! E foi desnecessário. Poderíamos ter resolvido a situação apenas com nossas armas — repreendeu Boroo.

— Por que não usar o que nos foi dado por Oblitus? Poderíamos matar todos se continuássemos a lutar corpo a corpo. Pelo menos teríamos de ferir a maioria para intimidá-los e acabar com o ataque. Desse jeito apenas um deles perdeu a vida. E nenhum de nós foi ferido.

Boroo silenciou por uns instantes, talvez concordando com o que Gal alegara, mas sentenciou:

— Terei de reportar o ocorrido a mestre Salkhi. Tente usar essa argumentação com o Conselho. Precisamos prosseguir a viagem agora! Não é seguro permanecermos aqui, expostos a um novo ataque Ciaran.

— Eles não se atreverão... sabem o que podemos fazer, sabem que não se trata de lendas, que realmente dominamos os elementos.

— Ainda assim, vamos em frente. Descansaremos algumas horas na madrugada, antes do raiar do dia.

Não houve mais ataques à comitiva. Apenas o cansaço e a chuva, que se iniciou no terceiro dia de subida, desafiaram a resistência dos monges guerreiros. Todos tinham empenhado ao máximo suas forças para chegar ao mosteiro no terceiro dia, mas a chuva não permitiu. Subir a encosta molhada empurrando o pesado carro de carga exigiu muito mais esforço.

Tulan ansiava pela chegada. O que vira Gal fazer não lhe saía da mente. Ela reconstruía passo a passo o golpe: a conexão com o fogo, o deixar-se incendiar, tornar-se o fogo vivo e a expansão, atirando o fogo líquido sobre o ser da Escuridão. Dentro dela nascia a estranha certeza de que seria capaz de fazer aquilo, de alguma maneira... Sentia-se impelida a testar. Mas como? Não desejava matar ninguém. Precisaria experimentar sem correr o risco de alguém ver ou ser atingido mortalmente. Essa ansiedade era maior do que a canseira que pesava em seu corpo. Precisava chegar logo a Monte Dald!

No final da manhã do quarto dia de subida, a comitiva cruzou o portal do mosteiro, ainda sob a chuva gelada. Salkhi os aguardava, com outros monges guerreiros que descarregariam os suprimentos. O mestre deu boas-vindas a todos. Os monges guerreiros se organizaram em linha, diante de Salkhi, e Tulan se colocou entre eles. Salkhi esboçou um sorriso, mas o conteve a tempo, antes que alguém o percebesse. Mesmo cansados e encharcados, os monges guerreiros não demonstraram nenhum desapontamento por permanecer ali, no átrio, relatando o acontecido ao mestre:

— Os monges leitores avisaram que algo além da chuva se impôs ao caminho de vocês. Golyn disse que foram Ciaran, correto, Boroo?

— Sim, mestre. Lobisomens. Atacaram na primeira noite de retorno. Vieram em um grande grupo e nos surpreenderam.

— Disseram o que desejavam?

— Não. Apenas armaram a emboscada e iniciaram o ataque. Tentamos nos defender, mas conseguiram acabar com nosso círculo de proteção.

— É... Golyn disse que houve uma explosão de força. Só não estava claro de quem veio. Quem usou a magia dos elementos?

— Eu, mestre — disse Gal, dando um passo à frente dos demais.
— Você sabe que contrariou nossos princípios.
— Mestre, penso que o dano causado foi menor dessa maneira. Apenas um Ciaran foi morto no combate, os demais fugiram.
— Compreendo...

Tulan percebeu que Boroo, ao lado dela, retesou-se. Gal também não entendeu a reação de Salkhi, esperava uma dura repreensão. No momento em que ouviu a avaliação do mestre, fez um mínimo gesto com a cabeça, repuxando-a para trás, demonstrando seu desconcerto a quem o observasse com atenção.

Salkhi continuou:
— Em uma situação normal, você seria punido, Gal. Mas, depois do que Lúcia nos revelou, tudo mudou. Guerreiros, vão descansar. No jantar, eu e os demais membros do Conselho reportaremos a todos os Monges do Destino o que a anciã nos disse. Entenderão melhor o que não compreendem agora, eu garanto a vocês. Podem ir.

Os monges se dispersaram, e Salkhi caminhou em direção a Tulan, que parecia ansiosa por escapulir.
— Tulan, como foi para você a experiência do combate?
— Eu achei incrível!
— Era o que eu imaginava... Mas o combate não é incrível, menina. É terrível. Uma vida se perdeu e muitas outras poderiam se perder, como disse Gal.
— Mas foi a vida de um ser mau.
— Não o julgue assim, Tulan. São poucos os verdadeiramente bons. Da mesma maneira, poucos são os completamente maus. A grande maioria dos seres traz dentro de si o bem e o mal, em constante movimento, buscando o equilíbrio.
— Mestre, os Ciaran nos atacaram. Mereceram o que Gal fez.
— Sim, atacaram. Mas desconhecemos a razão do ataque. Não temos a visão da situação completa. Então, não podemos julgar.
— Acontece que não fizemos nenhum mal a eles.

— Pelo que sabemos, não. Ainda assim, é melhor manter nossa mente aberta. Dessa maneira, criamos uma disposição para novas interpretações... vamos remontando os acontecimentos aos poucos. E o restante da viagem, proveitoso?

— Tenho medo de dizer que foi tudo incrível e você responder que não devo julgar sem analisar o todo...

Salkhi gargalhou.

— Vá tomar um banho, menina. Seu cheiro não está nada bom. Depois coma e descanse. À noite nos veremos.

— Mestre...

— Sim?

— Se a fogueira não estivesse acesa, Gal conseguiria fazer a magia do mesmo jeito?

— O que disse? Quem lhe falou sobre a relação da fogueira com o que Gal fez? — Salkhi ficou muito sério, incomodado com a observação de Tulan.

— Ninguém falou... — Tulan percebeu que havia cruzado uma linha perigosa. — Eu só achei...

— Você é muito observadora, Tulan. Mas esse tipo de conhecimento não pode ser revelado aos não iniciados. Esqueça isso, combinado? E descanse.

Tulan saiu correndo, antes que Salkhi lesse em seus olhos o que ela de fato já sabia sobre a magia praticada por Gal. O mestre ficou por alguns instantes parado ali, no meio do átrio, sozinho.

"É impossível que Tulan realmente saiba algo sobre a magia do fogo", pensava. *"Deve ter feito alguma relação mais ingênua, talvez Gal estivesse próximo à fogueira. Só pode ser isso. Mas, então, por que minha intuição me diz que não, que não é nada disso e que devo ficar atento a essa menina?"*

Tulan fez o que mestre Salkhi lhe recomendou, pelo menos em parte. Banhou-se e voltou a vestir o velho casaco de lã, que antes se arrastava pelo chão e hoje não ia muito abaixo dos joelhos. Não lhe foram dadas novas vestes de iniciados, e a garota voltara a ser diferenciada até pelo que vestia.

Ficou pronta em tempo de almoçar com todos e observou, à mesa do Conselho, que Lúcia ainda estava no templo. Também notou que muitos dos guerreiros com que viajara não estavam ali. Deviam ter ido descansar do esforço da jornada.

Assim que terminou a refeição, retirou-se sorrateiramente, antes que pudesse ser localizada por mestra Amidral e fosse chamada para retomar as sessões de meditação.

Iria para o coração de Oblitus. Lá poderia experimentar... Só precisaria levar uma tocha.

Porém, assim que saiu do refeitório, cruzou com Yaria, a monja escriba que, durante o dia, cuidava das vestimentas do mosteiro. Ela carregava nas mãos um conjunto de calça e túnica.

— Aí está você, esfomeada! Tentei encontrá-la no banho, mas já havia corrido para almoçar. Aposto que, pelo tempo empenhado dentro da água, nem retirou toda a sujeira acumulada! E, pelo visto, já engoliu tudo de que precisava e, agora, vai dormir. Estou certa, pequena selvagem?

Tulan apenas concordou com um gesto de cabeça.

— Bem, essas roupas são para você. Coloque-as logo. Os mestres não querem que fique circulando com esse manto velho. Chama muita atenção. E temos visita, não queremos que a anciã desconfie que você não é uma de nós... Isso não seria bom, não mesmo...

— Por que não? — Tulan perguntou desconfiada, pegando as roupas das mãos de Yaria.

— É... bem... não seria bom... porque ela poderia espalhar por aí que estamos acolhendo gente de fora para viver entre nós, e tudo ficaria muito complicado! Agora vá! Vá se trocar! Hoje você não terá seus treinamentos. Então, fique no quarto, descanse.

Mais uma vez, Tulan concordou apenas com a cabeça.
— Ah! Yaria...
— Sim?
— Devo enfaixar a mão de novo?
— Não, não, não. Não é necessário. Em meio a todos os Monges do Destino, a anciã não será capaz de ver sua mão e de notar que não traz a marca da iniciação.
— Certo. Obrigada — disse, e caminhou em direção ao quarto. Iria trocar-se antes de seguir para o coração de Oblitus.

Como sempre, foi fácil perambular por Monte Dald sem ser percebida. Como sua altura não lhe permitiu apanhar uma tocha, Tulan levou uma lamparina acesa. Sabia que nada havia na câmara para fazer uma fogueira, então pegou apenas um pedaço de madeira da lareira do quarto e seguiu o plano.

No coração de Oblitus, Tulan sentou-se bem ao centro, sob aquela abertura que existia lá no alto. Colocou a madeira seca à sua frente, derrubou sobre ela um pouco do azeite da lamparina e viu a lamparina apagar-se.

Sabia que aquilo podia acontecer, por essa razão trouxera as pedras de fogo. Esfregou uma contra a outra com força e, em poucos minutos, acendeu a chama que passou a consumir a madeira. Tulan tentou repetir o que vira, puxar para si o fogo que ardia diante de si, nada. Empenhou-se no exercício muitas vezes, mas nada acontecia.

Frustrada, ela refletiu sobre o que estava fazendo de errado e pensou na conexão com Oblitus, na mancha negra que não tinha. Entristeceu-se. Nunca teria essa conexão... Mas sentia que poderia conectar-se ao fogo. Só precisava descobrir como.

Ficou ali, quieta, olhos fechados, abraçando os joelhos e apoiando a cabeça neles. O barulho da madeira estalando com o fogo criava um ritmo constante. Em sua mente, entoou um dos mantras que ouvira tantas vezes no treino dos monges guerreiros e que seguia o mesmo ritmo daquele crepitar da madeira incendiada. Sem mudar de posição, Tulan sentiu o calor do fogo crescer, percebeu a luminosidade dele à sua frente, seu tremular, mesmo de olhos fechados. Era como se aumentasse e ocupasse o espaço ao redor dela. Ergueu a cabeça e respirou o fogo, e ele entrou por suas narinas, incendiando seu interior, mas sem que ela se sentisse queimar. A sensação era como se transformar em fogo, ser fogo. Tulan levantou-se devagar, mantendo a atenção ao fogo líquido borbulhando em seu corpo, preenchendo-o. Viu suas mãos acesas, tomadas por ele. Uniu as mãos diante dela, como Gal fizera, esperando lançar um jato de fogo, mas nada aconteceu.

"Não há o que atacar... Preciso ter algo para atacar!", pensou, e sentiu-se aflita. Não queria ferir ninguém, mas precisava descobrir se podia fazer aquilo. *"O que eu posso usar como alvo? Já sei!"*

Jogou areia sobre a madeira ardente, e o fogo que lhe preenchia o corpo desapareceu após alguns instantes de a pequena fogueira ser extinta. Tulan saiu correndo, abandonando a lamparina apagada e o pedaço da madeira enterrado. Atravessou o templo, rumo ao refeitório. Tudo estava vazio àquela hora, no início da tarde. Todos se ocupavam com seus afazeres, e ninguém atentou para uma menina saindo pela janela e subindo a trilha para o Pico Escarpado. Eufórica, não a atrapalhou o cansaço da viagem, tampouco o caminho escorregadio. A chuva dera uma trégua, mas deixara um mundo encharcado para trás. Tulan seguiu, decidida. Se desse sorte, iria saber logo do que era capaz.

No alto do Pico Escarpado, o vento uivava forte e gelado. Tulan nem se deu conta de que não sentia o frio machucar seu corpo. Era como se estivesse aquecida pelo fogo que havia pouco acendera dentro de si.

Sob a proteção das grandes pedras do Pico Escarpado, em um recanto que parecia uma gruta devido ao encaixe das pedras, estava uma das velhas fênix no ninho, limpando suas penas com um ar de extremo cansaço. Tulan aproximou-se falando:

— Você sabe o que vou fazer?... Bem, acho que sabe! Desculpe, eu não sei se isso vai te causar dor, mas preciso descobrir se eu consigo... Você entende, não é? Eu sei que você não vai morrer... Pelo menos, não vai morrer pra sempre. Talvez isso até te faça bem... te ajude a ficar mais forte...

Enquanto falava, Tulan pegou uns poucos gravetos secos de um dos ninhos vazios e, com as pedras, acendeu uma minúscula fogueira.

A fênix a observava, mais próxima do que em qualquer outra de suas visitas, sem demonstrar medo ou reação alguma.

Tulan fechou os olhos, em pé sobre a montanha. O vento forte espalhava seus cabelos, fazia as vestes grudarem em seu corpo e ameaçava apagar o fogo frágil aceso entre as pedras. Mas a menina foi mais rápida. Concentrou-se e, olhos fechados, sentiu o calor do fogo, seu ritmo, e o inspirou. Puxou o fogo para dentro de si e incendiou-se mais uma vez. Foi fácil, não precisou de nenhum esforço ou da concentração de antes. Quando sentiu o corpo todo borbulhando com o fogo líquido, estendeu os braços na direção da fênix, abriu os olhos e gritou o mais alto que podia:

— Sharakyn!

Um jato fortíssimo de fogo líquido saiu de suas mãos, atingindo a ave e incendiando-a. A fênix não gritou; não emitiu som algum. Deixou-se consumir em seu ninho até se transformar em cinzas.

Tulan assistiu a tudo ainda sentindo o fogo dentro de si, demorando para aquietar-se dessa vez. Um misto de euforia e medo agitava seus sentimentos, fazendo-a respirar ofegante e mantendo o fogo aceso. Havia conseguido! Era capaz de executar a magia do elemento. Mas e se tivesse matado a fênix? Se tivesse matado aquela ave para sempre? Nunca conseguiria perdoar a si mesma. Ou conseguiria?

A agitação cresceu conforme assistia a tudo virar cinzas e nenhuma amostra de renascimento emergir da incineração. O fogo de seu corpo apagou-se e foi substituído por um aperto no peito, uma angústia temperada com culpa.

Tulan arregalou os olhos quando viu a última brasa que ardia no ninho mover-se em meio às cinzas. E tal qual aconteceu quando observou Gal em combate, Tulan compreendeu o que se dava. A pequena brasa tornou-se puro fogo. Fogo vivo. E alimentou-se das cinzas. Sugou com força o ar ao seu redor, fazendo fogo e ar se mesclarem em uma espiral viva. Pulsou. Cresceu. O fogo pulsante, disforme, tornou-se ave, apenas na forma. Ainda era fogo e ardia. Intenso. Mas tinha a forma de uma fênix. Abriu as asas de chamas. Gritou anunciando sua chegada. A jovem fênix renasceu das próprias cinzas, olhando para Tulan com curiosidade. Aos poucos, o fogo apagou e a ave apareceu tal qual fora antes, ainda que menor, com mais viço, penas mais brilhantes, sem traço do olhar cansado. No interior de seus olhos, Tulan ainda viu o fogo arder.

A menina sentia-se imensamente feliz!

Depois de alguns minutos se deu conta: *"E se os monges descobrirem? O que vai acontecer comigo? Será que o Livro Eterno vai revelar o que fiz?"*.

Mais uma vez aflita, percebendo que aquela era a maior travessura que já cometera, levantou-se, despediu-se de sua jovem amiga e voltou correndo para o mosteiro... Aflita sim, mas satisfeita com sua façanha.

༄

Tulan regressou com o sol se pondo. Não percebera que passara tanto tempo no Pico Escarpado. A agitação do mosteiro com os preparativos do jantar tornou impossível entrar no refeitório sem ser vista. Até porque a janela fora trancada. Estava ali, encolhida, pensando se batia ou não para chamar a atenção de alguém, quando a localizaram – ela não soube como.

Então a puseram para dentro, bronqueando por mais uma vez estar onde não devia. Avisaram que contariam à mestra Amidral, mas Tulan não se importou. Ouviu em silêncio a bronca e já se preparava para sair quando mestre Golyn apareceu esbaforido no refeitório.

— Alguém aqui sabe onde está Tulan?

— Bem aqui, mestre! — um dos monges avisou, apontando para a menina.

— Venha comigo! — Golyn disse, aproximando-se dela e tomando-a pela mão, nervoso. — Você não fez isso, fez? Por Oblitus! Você fez, não fez?

Enquanto saíam apressados, um dos monges escribas que arrumavam as mesas para o jantar comentou:

— Nem precisamos contar nada! Golyn deve ter visto no Livro Eterno que Tulan voltou a incomodar as fênix! — alguns sorriram, outros balançaram a cabeça, meio conformados com a constante rebeldia da menina.

Tulan foi puxada por Golyn em alta velocidade até a sala de livros onde costumava ter aulas. Seguiram praticamente correndo e em silêncio. O mestre a colocou para dentro, fechando a porta atrás de si. Então, agachou-se em frente a ela, olhando em seus olhos, e perguntou:

— Você realmente fez isso???

Tulan ficou em dúvida sobre o que responder, pensou se o Livro Eterno a teria dedurado tão rápido. Ergueu os ombros e fez uma expressão indicando desconhecer a que Golyn se referia.

— Ora, vamos, Tulan! O Livro Eterno revelou uma nova linha de sua história... Você usou a magia de fogo em uma das fênix do Pico Escarpado. Não foi?

— O Livro explicou direitinho dessa vez, hein! — reagiu a menina. — Quando Gal usou a magia, ele não apontou o dedo desse jeito, disse que "alguém" havia usado a magia dos elementos... Agora, comigo deu todos os detalhes... Que dedo-duro!

— Então é verdade?! — Golyn arregalou tanto os olhos que parecia que eles saltariam das órbitas a qualquer instante. — Fique aqui! Não saia! — e partiu agitado, trancando a porta do aposento para garantir que Tulan o aguardasse. Pouco depois, retornou com Amidral e Salkhi.

— O que você fez, menina! — Amidral perguntou nervosa, assim que a porta foi fechada.

— A mim me intriga "como" ela fez! — Golyn falou com voz esganiçada.

Tulan estava assustada com aquela agitação toda. Estranhamente, só conseguia ver e não responder.

— Salkhi, você precisa dar um jeito nisso; verifique se é seguro deixá-la livre ou se é melhor contê-la sozinha em um aposento — Amidral ordenou. — Não podemos deixar Lúcia desconfiar de nada! Ela partirá amanhã, aí poderemos tratar dessa situação em conselho. Por enquanto, você resolve isso. E resolva logo porque o jantar já vai ser servido e precisamos tratar daquele assunto com todos os nossos. Golyn, você vem comigo... — e, saindo, completou: — Não se atrase, Salkhi! E, por favor, dê um jeito nessa situação.

A porta foi fechada. Salkhi estava atento a Tulan, observando-a com seriedade, uma mão cruzada sobre o peito e a outra coçando o queixo, em um movimento repetitivo. Ela continuava parada, assustada. Não o encarava nos olhos. Desviava o olhar a todo instante, pausando apenas por alguns segundos em um ponto e logo saltando para o outro... a boca contraída.

Depois de alguns minutos, Salkhi falou:

— Aquilo que você disse sobre Gal ter usado o fogo da fogueira... logo que chegou... Bem... Você viu, não foi? De alguma maneira enxergou todo o processo, não foi? Assistiu a toda a comunhão dele com o fogo. Compreendeu como ele se tornou fogo...

Tulan abaixou os olhos e fez um movimento de concordância.

— Aprendeu vendo. Isso parece impossível, mas eu compreendo. Agora, como conseguiu reproduzir a magia? Vamos, Tulan, responda! — pediu exasperado.

— Eu não sei — respondeu em um fio de voz.

— E por que atacou a fênix?

— Porque ela não podia morrer. Lembra? Você me ensinou... — ela explicou, mantendo o tom de voz bem baixo.

— Entendo, você não queria ferir alguém, apenas ver se conseguia, é isso?

Mais uma vez ela concordou com um gesto de cabeça.

— Por ora, não temos tempo de conversar com calma. Posso confiar em você, Tulan? Se deixá-la sair, irá jantar conosco e seguir para o quarto, depois, para dormir? Promete que fará apenas isso hoje e que continuaremos a conversa amanhã?

— Sim, mestre, prometo.

— Então, vá, Tulan. Junte-se aos nossos irmãos. Você também merece ouvir o que será dito. E cumpra o que me prometeu.

Quando Tulan chegou ao refeitório, todos estavam comendo ou se servindo e ela não foi notada naquela agitação. Ao final do jantar, mestra Amidral pediu a palavra:

— Penso que todos vocês foram avisados de que faríamos um pronunciamento hoje. Lúcia, a anciã, nos trouxe uma informação para além do que o Livro Eterno nos revelou, sobre um futuro para o qual devemos nos preparar desde já... ou melhor, para o qual já estamos sendo preparados pelo Destino. Todos vocês sabem que, há tempos, Olaf, o líder dos Anjos da Escuridão, busca tomar para si o posto de líder dos Ciaran. Há alguns ciclos, ele passou a acreditar que, para tornar-se o líder da Escuridão, deve encontrar e dominar o Sombrio.

No salão, todos se agitaram, o que não fez sentido apenas para Lúcia, Tulan e as crianças, as únicas que não sabiam do paradeiro do Sombrio.

— Olaf anseia por dominar o Sombrio mais do que tudo neste mundo. Pelo relato de Lúcia, Olaf considera que pode descobrir o paradeiro do Sombrio com a nossa ajuda e o Livro Eterno, para então fazer do Destino o que bem lhe agradar.

Novamente a agitação, e Shuurga tomou a palavra:

— Olaf não é um inimigo comum. Como Amidral disse, há muito tempo ele vem lutando para assumir a liderança dos Ciaran. Provocou inúmeros conflitos sangrentos entre seus iguais. E muitos mais com povos da Luz e mesmo com os neutros. Considera-se o herdeiro da serpente, e tem feito de tudo para diminuir o tempo de comando dela. Olaf constitui a ambição cristalizada e representa uma manifestação intensa da Escuridão. É notória sua crença de que a Escuridão deve reinar sobre todos e de que ele deverá ser o líder supremo na Era da Noite Sem Fim. Pelo que Lúcia nos contou, Olaf aprisionou alguns dos nossos monges leitores. Não sabemos ao certo quantos. E não temos como prever o que ele será capaz ou não de fazer para nos convencer a ajudá-lo... ou a servi-lo.

Salkhi pediu a palavra:

— Toda essa situação nos fez compreender o motivo de sermos tantos monges guerreiros nascidos nas gerações mais recentes. Devemos nos preparar. A guerra se aproxima de Monte Dald. Não hoje. Talvez não amanhã. Mas com certeza chegará. E, graças a Oblitus, estaremos prontos para ela!

— Graças a mim, você quer dizer... — Lúcia falou baixo, e apenas os mestres a ouviram.

A reação ao discurso de Salkhi foi de aprovação. Os monges guerreiros gritaram empolgados. Os demais uniram-se a eles. E os mestres trocaram olhares cúmplices. As últimas palavras de Salkhi despertaram o efeito esperado, dissipando a apreensão e gerando um estranho entusiasmo, como se todos ansiassem pela guerra.

Em seu canto, Tulan observava a cena com certo distanciamento. Não conseguia compartilhar a empolgação dos Monges do Destino. Achou melhor fazer o que havia prometido, e assim se levantou e seguiu para o quarto. Quando seus companheiros chegaram para deitar, Tulan já dormia e sonhava com o fogo líquido pulsando em seu corpo, e com diversos seres incendiando-se em desespero ao redor dela. E isso não lhe causava qualquer desconforto.

IV
EVOLUÇÃO

A manhã seguinte chegou gélida, com o sol escondido sob pesadas nuvens. Lúcia partiu antes que as atividades do dia começassem, escoltada por dois monges guerreiros. Seguiu por terra, pois se recusou a voar novamente.

Após o café da manhã, avisaram Tulan de que deveria permanecer no aposento dos livros, lendo textos que mestre Golyn havia separado para ela. Teria de ficar ali até novas orientações. Enquanto Tulan lia sobre os Anjos da Escuridão, povo que até a noite anterior desconhecia, o Conselho de Monte Dald se reunia para discutir a situação protagonizada por ela no dia anterior e, também, seu futuro.

— Avaliando os problemas que nos aguardam no tempo que virá, não está evidente que passou da hora de nos livrarmos de Tulan? — questionou mestre Shuurga. — A garota é uma bomba-relógio! Enganou-se quem acreditou que seria possível controlá-la, mantê-la longe de nossos conhecimentos!

— Nunca imaginamos que ela pudesse aprender apenas observando alguém usar a magia dos elementos... e uma única vez! — contra-argumentou mestre Salkhi.

— E isso é fascinante — disse mestre Golyn —, precisamos admitir. Não só o fato de ela ter visto a magia se estruturar, como Salkhi explicou, mas o de ter conseguido reproduzir o que viu! Executou a magia com perfeição... Fez em um dia o que nossos aprendizes levam anos para conseguir.

— É perigoso demais mantê-la entre nós! — sentenciou Shuurga. — Quanto mais tempo ela permanecer aqui, mais poderá aprender!

Não teremos qualquer controle. Além disso, Olaf virá justamente buscá-la. Ela representa nossa destruição!

— Mandá-la embora não evitará o conflito. Penso que, a esta altura, tendo capturado vários de nossos leitores, Olaf descobriu que ela está conosco e virá de qualquer maneira — refletiu Salkhi. — Algo me incomoda nesta história...

— A mim também. Como ele soube de nossa relação com a Sombria? — Amidral questionou.

— Talvez só tenha nos mirado por nossa relação com o Destino, como Lúcia disse. Talvez tenha torturado alguns de nossos monges leitores e só assim feito a conexão completa... Se é que realmente sabe que a Sombria está aqui — Shuurga sugeriu.

— Eles não revelaram nada! — Golyn defendeu os seus. — Morreriam antes. A fonte de Olaf é outra, e ele deve buscar nossa ajuda para encontrar a Sombria, pois não acredito que saiba que ela está entre nós; se assim fosse, o ataque já teria ocorrido.

— Qual é a real intenção dele, então? Obrigar o Livro Eterno a lhe revelar o paradeiro da Sombria? Subjugar os monges leitores? Sinto que o cenário é o mesmo... — Shuurga o enfrentou.

— São muitos os nossos problemas... Por enquanto, deveríamos resolver um deles: por que é ruim o fato de Tulan aprender? — inquiriu Golyn. — E se ela for capaz de aprender tudo a que assistir? Até hoje a mantivemos distante dos treinamentos de nossos guerreiros, dos sonhos dos escribas, do aprendizado dos leitores ou dos invocadores... No primeiro contato que ela teve com a magia, foi capaz de reproduzi-la. Como eu disse, nenhum de nossos aprendizes consegue isso antes de anos de preparação! Isso é admirável! Devemos reconhecer.

— Sua empolgação me preocupa, Golyn — Shuurga rebateu. — Receio que não esteja vendo a situação com clareza.

— Receio que nenhum de nós seja capaz disso, Shuurga — mestra Amidral manifestou-se. — Desconhecemos a natureza sombria e estamos diante dela pela primeira vez. Talvez possamos aprender com

Tulan. Talvez estejamos nos arriscando demais ao mantê-la entre nós. O Livro Eterno nos revela muito pouco sobre isso. No entanto, está claro, por enquanto, que o caminho de Tulan e o nosso devem permanecer unidos. Mesmo que ela parta, Olaf virá até nós em busca da menina, ou de conhecimentos que levem a ela.

— Da mesma maneira que não foi aleatório o nascimento de tantos monges guerreiros nos anos que se passaram — refletiu Salkhi —, penso que o despertar de Tulan, aqui entre nós, também não é obra do acaso. O que Lúcia nos contou nos levou a compreender a mudança que vivemos; enfim entendemos que os monges guerreiros serão necessários e deverão estar prontos. A meu ver, só nos falta compreender nossa relação com Tulan, mas é fato que tal conexão existe.

— E como você sugere que busquemos essa resposta, Salkhi?

— Shuurga, ou aguardamos o Destino nos revelar, ou iniciamos por onde Golyn sugeriu: procurando entender como Tulan conseguiu executar a magia que apenas nossos monges de fogo mais treinados são capazes.

— Eu concordo com você, Salkhi — apoiou Amidral. — Primeiro precisamos compreender isso, para depois decidir como agiremos.

— Eu sugiro que testemos a menina, expondo-a ao treinamento de nossos aprendizes, para identificarmos tudo que ela é capaz de aprender.

— Não há como testarmos isso, Golyn! — exasperou-se Shuurga. — Se ela aprender, terá aprendido. Não é um teste. O que estaremos criando? Um monstro?

— Talvez a guerreira que vi em meus sonhos, quando Tulan ainda era um bebê — sugeriu Salkhi.

— O treinamento será inevitável, Shuurga — avaliou Amidral. — É melhor ela aprender conosco e sentir-se parte de nós do que ser deixada de lado e se voltar contra nós... Uma ameaça escurece nosso futuro. Uma grande ameaça. É mais seguro não transformarmos Tulan em parte dela.

— E temos um tema delicado pela frente. Chegou o momento de revelar a Tulan quem ela é. Isso o Livro Eterno deixa claro — sentenciou Golyn.

Todos silenciaram por alguns instantes.

— Devemos fazer isso em conjunto — Amidral concluiu.

— Vou buscar a menina... — Golyn falou e saiu.

༄

Tulan entrou na sala do Conselho apreensiva; aquele era um dos poucos lugares que ela não explorara em Monte Dald. Temia o que enfrentaria junto aos mestres.

Após a grande porta de madeira escura, a sala se revelava magnífica. Não dava para precisar se fora escavada na montanha ou se ocupava uma caverna natural, perfeitamente circular. Era um espaço tão grande quanto o quarto onde dormia com as crianças do mosteiro, mais de vinte camas caberiam ali. Toda a estrutura era de pedra escura, da mesma cor de Oblitus. No chão, mandalas rebuscadas, esculpidas e coloridas com diferentes pedras incrustadas. As paredes eram muito lisas e regulares, polidas com precisão. Na região oposta à porta de entrada, uma abertura, semelhante a uma fenda, pela qual qualquer um dos monges passaria com facilidade. A escuridão da fenda contrastava com a luminosidade da sala circular, que trazia um lustre enorme pendurado a uns três metros de altura, no qual ardia uma centena de velas tão grossas quanto o punho de mestre Salkhi. Muitas tochas queimavam na parede, dispostas a uma distância regular. Ao centro da sala, contornando uma das mandalas, dispunham-se quatro cadeiras de pedra, que mais lembravam tronos antigos e desconfortáveis, cada uma ocupando a posição de um dos pontos cardeais. O espaço era quente, apesar de não haver uma lareira ardendo ali.

Tulan foi colocada no centro da mandala e observou tudo isso com encantamento, enquanto os mestres a avaliavam e preparavam-

-se para iniciar a difícil conversa. E antes que Amidral começasse, Tulan falou, apontando para a fenda:

— É dali que vocês retiram o sangue de Oblitus para o ritual de iniciação dos monges, certo?

Pegos de surpresa, os mestres se entreolharam como buscando definir o caminho mais seguro a trilhar. Shuurga tomou a iniciativa.

— O que sabe sobre isso?

— Li em um dos livros de mestre Golyn — e todos olharam preocupados para ele — que cada Monge do Destino, quando é iniciado, recebe um pouco do sangue de Oblitus. O líquido negro, aquele que vocês bebem durante a cerimônia, corre pelo interior da cordilheira. Após a iniciação, passa a correr dentro de vocês também. É o sangue de Oblitus que conecta os monges à montanha e garante suas habilidades. O livro fala que apenas aos mestres é revelado como extrair o sangue da montanha, mantendo-o vivo.

— Acho que esse livro não deveria ter sido parte de suas leituras, mas... como sabe que é dali que vem o sangue? — Golyn perguntou, meio se desculpando com os demais mestres e apontando para a abertura na parede.

Tulan ergueu os ombros.

— Não sei. Eu apenas sinto. Do mesmo jeito que descobri os lugares na montanha. Eu sinto...

— O que sente, menina? — Amidral a observava com muita atenção.

— Sinto que a força de Oblitus é maior ali dentro. Muito maior... — respondeu, fechando os olhos, com o braço direito estendido e a palma da mão aberta na direção da fenda. — Vocês não sentem?

Os mestres nada disseram. Apenas se entreolharam.

— Tulan — Amidral começou —, precisamos descobrir como você foi capaz de realizar o ataque do fogo líquido.

— Eu aprendi quando Gal atacou o lobisomem.

— Isso nós entendemos. O que não compreendemos é como replicou a magia sem a conexão com Oblitus. Dentro de você não pulsa o sangue negro.

— Acho que não preciso dele.

— Como não precisa? Todos nós precisamos do sangue negro para ativar a magia — rebateu Shuurga.

— Deve ser porque eu sou a Sombria.

Os mestres se agitaram com a fala da menina.

— Desde quando você sabe disso, Tulan? — Salkhi perguntou.

— Saber eu não sabia, não. Só sabia que eu era diferente... Faz anos que vocês deixaram isso bem claro pra mim. Aí, quando ouvi vocês dizerem que Olaf virá em busca do Sombrio, percebi a reação dos monges, os olhares, o incômodo de quem estava ao meu lado. Todos ficaram com medo. Eu sou a Sombria, não sou? Olaf vem atrás de mim, não é?

— Sim, você é — Golyn confirmou. — Mas não temos certeza de que Olaf sabe que você vive entre nós.

— É... não temos. Eu só acho que vocês deviam ter me contado antes... — disse muito séria, olhando para Salkhi.

— Faríamos isso hoje. Aí está a razão pela qual a chamamos aqui — Salkhi explicou com seu costumeiro tom carinhoso.

Tulan ergueu mais uma vez os ombros.

— Agora já sei. Estou com fome. Posso ir?

Os mestres se entreolharam, e Amidral consentiu. Assim que Tulan fechou a porta atrás de si, Shuurga deu vazão à sua ira.

— Como vocês comungam com isso? Ela é uma aberração! Apenas eu enxergo a verdade?

— O que você sugere que façamos, Shuurga?

— Ora, Golyn! Temos de nos livrar da menina! E logo!

— Livrar-nos dela não nos afasta do conflito. Você não consegue entender isso? — Salkhi perdeu a paciência com a mestra dos escribas.

Amidral e Golyn ficaram em silêncio.

— Então, o que VOCÊ sugere, Salkhi?

— Que a treinemos. Que a tornemos uma de nós. Que a façamos ser a mais poderosa guerreira dentre nós. E, principalmente, que façamos de tudo para tê-la ao nosso lado.

— Impossível que você não enxergue que esse será o nosso fim! — Shuurga levantou-se e deixou a sala do Conselho.

Os demais entoaram o mantra antes de sair, mas não foi o mesmo sem a quarta força dos Monges do Destino.

☉

Aprender o golpe do fogo acendeu muito mais do que o corpo de Tulan. Acendeu seu desejo de evoluir. Ela sabia que podia ir além e queria.

Precisava dos mestres para isso.

Tinha a sensação de que Golyn estava a seu lado e lhe ensinaria o que pudesse. Ele queria compreender a natureza da Sombria, e Tulan percebia essa curiosidade. Um ajudaria o outro.

Com Amidral, a menina poderia aprender a projetar o Campo do Destino, mas duvidava de que a mestra lhe ensinasse isso.

Salkhi a amava, a protegia, e Tulan tinha certeza de que ele a prepararia para que fosse capaz de defender-se de qualquer ameaça.

Shuurga era perigosa. Tulan manteria distância dela.

Tal análise nada ingênua foi se revelando precisa com o passar do tempo.

Poucos dias depois de sua ida à sala do Conselho, Salkhi a chamou. Era o início de uma tarde, horário em que o mestre estaria envolvido com o treinamento de seus guerreiros. E estava. Conduziram Tulan à torre de observação. Estivera ali quando ainda era muito pequena. Lembrava-se vagamente de que Salkhi a carregava nos braços. Mas nenhuma de suas memórias se comparava ao que via naquele momento. A imensidão do mundo conseguia ser ainda maior daquele ponto de observação. O vento também a encantava. Era intenso demais. Uivava. Sentia que ele seria capaz de envolvê-la e levá-la consigo.

Em apenas uns segundos tudo isso foi percebido e pensado, somente o tempo necessário para Salkhi terminar as instruções que dava a um monge em treinamento e voltar-se para ela.

— Pronta para descobrir se consegue se conectar ao ar assim como se conectou ao fogo, Tulan?

Ela ficou insegura. Na torre, só treinavam os monges de nível mais avançado, muito mais velhos que ela e com muito mais conhecimento também. O que acontecia ali extrapolava as aulas de flutuação que as crianças comentavam no dormitório. Dali, os monges guerreiros do ar atiravam-se no abismo em um mergulho espetacular e treinavam a batalha em pleno voo, manipulando ventos e tempestades. Tulan atentou para tudo ao seu redor, mas era informação demais, não conseguia entender... e Salkhi percebeu.

— Calma, Tulan. Chamei você aqui para uma aula intensiva. Mas não pretendo que saia alçando voos de águia em instantes.

Ainda assim, ela não se sentiu mais tranquila.

— Este é o lugar de Monte Dald onde a conexão com o ar é a mais intensa. Vamos, sente-se à minha frente e observe.

Salkhi sentou-se no chão diante de Tulan, com as pernas cruzadas, as mãos pousadas com suavidade sobre os joelhos, e fechou os olhos, respirando cada vez mais profundamente. Tulan concentrou-se, deixando a ansiedade de lado, e viu o ar entrando no corpo de Salkhi, cada vez com mais intensidade e volume, invadindo e preenchendo todo o corpo dele em espiral. A cada respiração, o mestre parecia conduzir o ar para mais partes do corpo, preenchendo os dedos das mãos, os fios de cabelo, tudo. O ar rodopiava em seu interior, agitado, alegre. E quando o mestre estava repleto dele, começou a flutuar e se pôs a mais de um metro acima do piso da torre. Então, abriu os olhos e esticou uma das mãos para Tulan, dizendo:

— Venha!

Ela queria ir. Então, agiu como dias atrás. Concentrou-se, isolando-se da agitação externa, do barulho do treinamento dos outros monges, das vozes... deteve a atenção no som do vento, forte, poderoso, uivante. Respirou fundo, tomando o controle de si. Deixou o ar entrar. Cada vez mais profundo, cada vez mais intenso. E quando se sentiu repleta, desprendeu-se do chão. Leve, muito leve e feliz. Abriu os olhos e encontrou os de Salkhi à sua frente, sorrindo.

— Como eu supunha! — ele celebrou. — De primeira!

Ela sorriu.

— A próxima lição é voar. É comum fazermos isso em alturas bem menores, mas, se a ideia é nos dedicarmos a um treinamento intensivo... vamos tentar. Se você despencar, pode ter certeza de que eu a buscarei e a apanharei antes que bata em qualquer coisa.

Tulan concordou em silêncio, imaginando se o mestre conseguia perceber o quanto aquela fala a assustara.

Ele atirou com força os pés para trás e esticou os braços ao longo do corpo, deitando no ar e, ao mesmo tempo, impulsionando-se com o movimento das pernas. Com isso, Salkhi foi parar longe. Então, pairou no ar, em pé, e acenou para Tulan, incentivando-a a experimentar.

Ela concentrou-se para ganhar um pouco mais de altura, ainda flutuando, e fez como Salkhi. Seu corpo foi lançado no ar, assim como o dele, mas, quando o impulso acabou, ela não flutuou como ele... caiu.

A sensação da queda foi horrível. Em desespero, passou a se debater. Sentiu o corpo esvaziar, a leveza desaparecer. Para ela, demorou tempo demais até ser apanhada por Salkhi e levada de volta à torre. Estava envergonhada. Não esperava falhar.

— Por hoje chega, Tulan. Amanhã tentaremos novamente.

— Eu posso tentar agora, mestre! Eu consigo!

— Sei que pode. Mas seu corpo precisa de tempo para compreender o que aconteceu. Não importa só o ar dentro de você, o que está ao seu redor também. Terá de rever tudo o que aconteceu em sua memória e compreender. Isso leva tempo. Vá se encontrar com mestre Golyn; ele também tem o que lhe ensinar.

Tulan calou e obedeceu. Frustrada.

Esse foi o primeiro de muitos treinamentos da menina nos tempos que se seguiram e, também, o primeiro de muitos fracassos.

Tulan aprendeu que não era infalível e que a persistência a fazia melhor. Passou a dedicar-se mais até mesmo aos treinamentos físicos, porque compreendeu que ali também a persistência apresentaria resultados ao longo do tempo.

Ler as mensagens do Livro Eterno foi ainda mais difícil do que aprender as magias dos elementos ou treinar combate direto com os monges guerreiros. Isso porque o texto do Livro mudava de acordo com o leitor, revelando a cada um o que ele precisava saber. Então, observar mestre Golyn lendo não ajudava muito. Ela entendeu o processo logo no início, mas decifrar o Destino mostrou-se desafiador. Preferia os momentos em que Golyn se dedicara a lhe ensinar tudo sobre os mais diversos povos do Mundo Antigo.

Com Amidral, nada aconteceu. Apenas continuaram com o treino meditativo, o que agora causava prazer em Tulan. A meditação ajudava-a a recuperar-se de todo o cansaço físico e mental, a rever seus aprendizados e a perceber o que escapara à sua percepção.

Shuurga mantinha-se distante e recusava-se a participar da formação da Sombria, como era esperado.

V
DESTINO

Se a vida de aprendiz mudou muito naqueles dias, a vida social de Tulan não sofreu grandes alterações. Após a revelação de que ela era a Sombria, todos os Monges do Destino demonstraram não mais se sentirem obrigados a tratá-la como uma criança comum. Seu isolamento aumentou porque, ao que parecia, muitos a consideravam responsável pela ameaça que pairava sobre o futuro do templo.

As crianças continuaram não sabendo de sua natureza, então, o tratamento que davam a Tulan permaneceu indiferente; ainda não era como elas e não tinha autorização de falar sobre seus aprendizados.

Essa regra funcionou apenas no início.

Decorrido algum tempo de treinamento, seus rápidos avanços nas artes guerreiras começaram a atrair a atenção de todos.

Os dias passaram, as estações da natureza se revezaram e a vida foi se transformando, seguindo seu ritmo natural.

Cada vez mais, os monges buscavam meios para poder assistir a um dos treinos da menina e comprovar a veracidade de tudo o que cochichavam pelos corredores de Monte Dald.

— A Sombria derrotou Boroo no combate de água!

— Taifun foi derrubado por Tulan em pleno voo. Ele não conteve o golpe da Sombria.

— Foi ela que fez tremer o chão do mosteiro, não foi Khairga! Parece que falta pouco para ela dominar todos os golpes de terra!

Conforme comprovavam a verdade dos boatos, os cochichos se multiplicavam.

Foi nessa época que Tulan deixou o dormitório coletivo e passou a dormir nos aposentos de mestre Salkhi. Só estaria com as outras crianças durante as refeições e, ainda assim, monitorada. Ela tinha dúvidas se a medida fora tomada para garantir sua tranquilidade ou a segurança das crianças do Destino.

Contudo, essa situação não causou desconforto em Tulan. Seu dia era repleto de atividades na companhia dos guerreiros mais velhos e dos mestres Salkhi, Golyn e Amidral. Conseguira até mesmo fazer certa amizade com alguns dos aprendizes de combate. Gal era o mais próximo e se dedicava a ensinar-lhe tudo o que podia ser feito com o fogo. Mesmo após as horas de treino, os dois praticavam o domínio do elemento. Conversavam bastante sobre a batalha que viria, e Gal parecia ansiar por ela.

Nos poucos momentos livres, Tulan treinava sozinha ou perambulava por Oblitus. Agora que sabia voar, não havia limites para suas explorações.

Quando as estações do ano completaram seu ciclo, Tulan dominava a arte guerreira quase em sua totalidade – fogo, ar, água e terra não mais ofereciam desafios. Lutava de igual para igual com os monges adultos. E não havia quem a vencesse em qualquer combate. Muitas foram as vezes em que Salkhi precisou contê-la para que o treinamento não resultasse em um ferimento grave do oponente.

Pouco depois de completar oito ciclos de vida, Tulan teve um sonho. Nele, viu-se perdida em um cenário de batalha, coberta de sangue. Corpos mutilados a rodeavam. Eram os corpos dos Monges do Destino.

Acordou assustada, gritando. Salkhi acalmou-a, e ela contou a ele o que sonhara. O monge a ouviu em silêncio e compreendeu melhor o sonho que ele mesmo tivera havia anos.

— Isso não é real, é? Não vai acontecer, certo?

— Pode ser apenas um reflexo de seus medos. Pode ser o que nos aguarda.

— Mas os Monges do Destino não podem estar ameaçados assim... Podem? Não podem deixar de existir...

— Não é possível saber o que de fato reserva o ataque de Olaf.

Por muitas eras nos consideramos importantes demais para sequer vislumbrar um final como esse. Penso que somos tão arrogantes que não temos a capacidade de prever algo assim, mesmo que o Livro Eterno mostre. Não enxergamos.

— Eu não quero que isso aconteça!

— Nossa vontade não controla tudo, Tulan.

— Mas como será o mundo se todos vocês morrerem? Quem irá ver o Destino e cuidar dele?

— O Destino continuará a existir sem nós, mesmo que queiramos negar isso.

Tulan chorou, abraçando Salkhi com força. Apesar de não se sentir parte dos Monges do Destino, eles eram seu mundo conhecido. E de Salkhi ela recebia afeto e sentia um imenso carinho por ele. Estava ligada ao mestre e não queria perder esse vínculo. Não suportava se imaginar sozinha.

☉

Quando o início do verão deixava o céu mais azul e voar tornava-se imensamente prazeroso, o Destino se cumpriu.

Durante a meditação de Tulan em companhia de Amidral, um dos aprendizes apareceu dando o alerta:

— Mestra, Üg retornou ao templo. Está ferido e diz que traz uma mensagem que só pode ser transmitida na presença da Sombria. O Conselho espera vocês na sala de cura.

Sem que nada fosse dito, as duas levantaram-se e seguiram ao encontro do monge leitor, que permanecera longe de Monte Dald por quase um ano.

Üg estava gravemente ferido e não seria possível fazer nada para salvá-lo. Essa foi a primeira constatação de Tulan e Amidral.

Ele começou a contar que o ataque movido por Olaf estava em andamento. Em poucas semanas, as forças inimigas chegariam ao mosteiro. Então, olhou para Tulan e disse:

— Você precisa saber que... — Üg se contorceu de dor, tentou falar, mas ninguém compreendeu, começou a verter sangue pela boca. A respiração foi ficando fraca, muito fraca. Era terrível a sensação de só poder assistir à cena sem ter como ajudá-lo. Seus olhos demonstravam uma agonia imensa, ele já não tinha forças para lutar. Üg morreu, e Shuurga não perdeu um instante sequer para concluir com sarcasmo:

— Ao que parece, ela não precisava saber...

— Não — garantiu Golyn, segurando o Livro Eterno, um tanto aflito —, algo deveria ser dito. Todos os nossos caminhos sumiram... — e virava as páginas nervoso... — O Destino não se cumpriu! E nosso Destino está ligado ao que Üg precisava falar.

— Se é assim... Amidral, será preciso invocar o Campo do Destino — Shuurga concluiu seca, como se desse uma ordem.

Ela consentiu com um gesto de cabeça. Tulan sentiu-se elétrica, observando-a dançar. Com movimentos leves e precisos tecia fios de luz e formava uma rede complexa, que revelou uma mandala prateada luminosa. Uma vez pronta, Amidral fez um gesto liberando-a e a mandala expandiu-se ao redor deles, envolvendo-os em sua luminosidade, tornando-se tridimensional. Aos poucos, um vasto campo materializou-se, o templo desapareceu e o clima tornou-se ameno, com uma brisa suave soprando e balançando a grama. Üg estava vivo e confuso.

— O Campo do Destino? — perguntou.

— Sim — Golyn respondeu.

— Sombria, sua mãe está viva!

Tulan ficou desconcertada com a revelação tão direta.

— Eu a conheci entre os aliados de Olaf que me capturaram. O Livro Eterno me revelou sua identidade. Ela é uma feiticeira cigana, uma Anuar. Seu nome é Gálata. Aliou-se a Olaf. E você tem um duplo, Tulan, um irmão gêmeo, um Sombrio — continuou Üg. — Não sei onde ele está e sua mãe também não sabe... Ela tentou de tudo para que eu descobrisse seu paradeiro, mas o Livro Eterno revelou apenas que está vivo. Pelo que vi, enquanto fui seu prisioneiro, ela não contou a Olaf sobre a existência de seu duplo. E parece que o anjo também não sabe se você é um garoto ou uma menina. Não se interessou por isso. Gálata temia que eu revelasse detalhes sobre quem você é. Vigiava-me o tempo todo. Parece não desejar que mais ninguém saiba da existência de seu irmão ou do fato de você ser uma garota. Assim que constatou que eu não seria capaz de localizar o paradeiro dele, me soltou. Então, ordenou que me caçassem e matassem.

— Quem o feriu? — Tulan perguntou.

— Sua mãe. Antes de me soltar. Não imaginava que eu conseguiria chegar até aqui. Desconhece a força da ligação que temos com Oblitus, o que nos faz sempre regressar. Está feito. Posso me tornar parte da montanha.

Üg parou de respirar, enfim em paz; o Campo do Destino se desfez e todos se viram de volta à sala de cura.

Após alguns instantes de silêncio, Shuurga falou:

— Gálata e Olaf? Luz e Escuridão juntas?

— De fato, isso é bem estranho... A não ser que...

Golyn se deteve, receoso de seu próprio pensamento.

— O que pensou, Golyn? — Amidral identificou a perturbação do mestre.

— Passou-me pela cabeça que essa ligação não seria estranha se um dos anjos fosse o pai da Sombria.

— Uma ligação de amor... — Amidral refletiu.

— Não sei... — Salkhi parecia não concordar. — Já ouvi muitas histórias sobre Olaf, e nelas não há espaço para o amor. Tampouco em meio a seu exército. Desconheço se algum anjo da Escuridão contraria essa natureza. E se fosse amor, qual a razão para Gálata ocultar a existência do duplo de Tulan? Ou mesmo que ela é uma menina?

— Bom, agora está confirmado que Olaf deve conhecer o paradeiro da Sombria ou, ao menos, considera que nós saibamos onde a encontrar. E mais, descobrimos quem revelou a Olaf nossos laços com a Sombria. Foi uma cigana que entregou o bebê a você, não foi, Salkhi?

— Foi, Golyn.

— Se não foi a própria mãe de Tulan, era alguém ligado a ela... — concluiu.

— E, com o empenho que Olaf vem dedicando a essa caçada, a própria líder Ciaran não saberá que guardamos a Sombria? Ou que o senhor dos Anjos da Escuridão busca por ela? — Shuurga questionou.

— Duvido... — Golyn refletiu com segurança. — Olaf é tão ardiloso e ambicioso que consegue manter seus atos em segredo.

— Precisamos nos preparar para o combate, agora que sabemos que estão a caminho — Salkhi falou e em seguida saiu da sala.

— Providenciaremos o ritual para que Üg se integre a Oblitus — Shuurga concluiu e se foi, acompanhada de Golyn.

Amidral e Tulan ficaram sozinhas. Tulan observava o corpo inerte de Üg, como esperando que ele ainda voltasse a falar.

— Eu sei o que acabei de fazer, Tulan — Amidral falou, tirando-a do transe.

A menina a olhou sem entender.

— Mostrei a você como invocar o Campo do Destino. A julgar por seu histórico, você deve ter aprendido como fazê-lo.

Tulan consentiu.

— Espero que o invoque com responsabilidade, apenas quando for realmente necessário.

Amidral saiu e Tulan foi logo atrás, mas não a seguiu. Caminhou para o coração de Oblitus, precisava testar se conseguiria dançar daquela maneira, tecer com a luz e invocar o Campo do Destino...

࿐

Não houve tempo para grandes preparações, pois o ataque aconteceu bem antes do esperado.

No dia que antecedeu o primeiro golpe, do alto da torre, o azul do céu parecia se esticar, tocando a terra em um horizonte mais distante do que o comum. O vento frio soprava nas alturas de Oblitus, com um uivo fino e penetrante, atravessando as vestes dos monges guerreiros que montavam guarda na torre de vigia.

Os cabelos escuros e longos de Tulan esvoaçavam, dançando ao ritmo dos uivos, contrastando com os cabelos vermelhos e muito curtos de Gal, que refletiam o brilho do sol e pareciam incendiados em contraste com o céu azul. Um fogo inerte, sem movimento.

Apesar da sensação de frio, ela achava bom sentir o vento.

Sabia que os inimigos logo chegariam. Um anjo fora avistado no dia anterior, provavelmente um batedor que verificava o caminho. A guerra romperia em breve, mas o vento trazia a sensação de que tudo era possível e, no momento, ainda sentia a vibração da paz.

Desde que iniciara seu treinamento, a torre se tornara o lugar predileto de Tulan. Ela gostava de escapar da vigilância dos guerreiros e subir ali apenas para olhar o mais longe que pudesse. Após sua viagem a Khen Öngörökh em busca dos suprimentos, não saíra mais da montanha. E olhar o mundo dali reavivava a sensação de que tudo era muito maior do que conseguiria imaginar...

Algumas vezes, sentava-se entre os guardas, recostada em uma das paredes de pedra, sentindo a frieza delas. Quando ficava de pé, tinha a sensação de que o vento poderia erguê-la sem que nada fizesse para isso. Mas, antes que fosse arrastada pelos ares, sempre aparecia um dos olhos de águia para puxá-la pela roupa e mandar que saísse da torre, que voltasse para o chão e retomasse seus afazeres.

Ali, no alto, Tulan percebia o quanto Monte Dald era especial, e já sentia saudades do tempo que vivera no lugar, do tempo que logo acabaria.

– Você não deveria se esconder? – perguntou Gal.

Cada guerreiro olhava para o ponto mais distante do horizonte, em todas as direções da torre, esperando avistar a chegada do inimigo.

Gal observava as montanhas ao Norte, que se erguiam para além da floresta que cercava o povoado de Khen Öngörökh. Atento.

— Por que me esconder? — Tulan estava ao seu lado, nas pontas dos pés, para conseguir ver por cima da mureta que circundava toda a torre.

— Os Anjos da Escuridão conseguem ver nossa essência. Se chegarem e a virem, saberão que você é a Sombria.

— Eu sei me defender.

— Se você entrar na batalha, eles terão a confirmação de que é a Sombria. Nenhum de nós é capaz de dominar todos os elementos como você.

— Eu poderia usar apenas um dos elementos... Confundi-los...

— Não, não poderia — falou com sua voz forte mestre Salkhi, que se aproximara sem que eles percebessem

— Tá bom! Eu sei... — Tulan retrucou contrariada. — Não devo participar do combate. Preciso buscar proteção e esperar que tudo acabe — falou de maneira mecânica, decorada.

— Algum sinal deles?

— Ali... — respondeu Gal, apontando para a fumaça escura que subia do lado norte, para além da floresta.

— Desse lado tudo tranquilo... — disse Taifun, que observava o Sul, e soltou um suspiro, que foi quase totalmente encoberto pelo vento.

— Eles virão do norte. É certo... — Salkhi revelava um peso triste nessa constatação.

— O fogo ainda não apagou? — Tulan perguntou.

— Não. Com certeza incendiaram o povoado para além da floresta — Gal respondeu.

— Essa noite a lua ficará cheia... — Boroo verbalizou o que o mestre pensava, mas não comentava.

— Lobisomens! — Tulan concluiu.

Do lado de dentro de Monte Dald a agitação era intensa. Os monges leitores, que viajavam pelo mundo, sentiram o chamado de Oblitus e regressavam ao templo.

Essa chegada tumultuada se unia ao movimento dos monges escribas, leitores e invocadores que estavam no templo e não deveriam participar do combate. Eles e as crianças retiravam-se para um salão pouco utilizado do mosteiro. Ficava sob o atual refeitório e suas janelas eram protegidas apenas por grades, permanecendo abertas ao vento que sempre soprava nas alturas de Oblitus. Um lugar frio, mas seguro. Para chegar até ele, o único caminho era a trilha íngreme, descoberta por Tulan ciclos antes, a mesma que levava ao rio subterrâneo. Naquele momento, carregavam alimentos, cobertas e lenha pela passagem estreita na parede de pedras. Os mestres não os acompanhariam, permanecendo na sala do Conselho.

Salkhi discordava dessa decisão. Para ele, Amidral, Shuurga e Golyn não ajudariam em nada. Ao contrário, seriam motivo de preocupação. Mas os três decidiram que deveriam permanecer ali, e assim foi.

O mestre guerreiro recomendou a Tulan que, ao primeiro sinal do conflito, ainda que no lado externo do templo, deveria ir ao coração de Oblitus, o salão que apenas ela conhecia. Ficaria protegida se ninguém a visse entrar pela abertura na pedra.

Nos aposentos de mestre Salkhi, Tulan não dormiu aquela noite. Estava muito agitada, temendo que seu sonho se concretizasse nas próximas horas.

Enquanto os monges guerreiros descansavam e alguns montavam guarda, a noite avançou e, nas primeiras horas da madrugada, Tulan não suportou mais ficar ali, sozinha.

Saiu e começou a andar pelo templo. Uma apreensão a incomodava demais. Caminhou até a sala dos livros e tentou ler o Livro Eterno. Muitas linhas se apagavam, abruptamente. Talvez sinal do conflito... mas eram linhas demais! E o conflito nem se iniciara...

Foi em direção ao refeitório, sem saber o motivo... e fez o caminho mais longo, passando em frente à trilha que levava ao rio subterrâneo. Talvez fosse bom espiar como todos estavam lá embaixo. Que mal haveria? Daria tempo de ir e voltar antes que alguém percebesse a falta dela.

Conforme avançava na trilha íngreme, seu peito se agitava.

O silêncio reinava. Absoluto.

Deviam estar todos dormindo.

Faltando alguns metros para chegar ao antigo salão, Tulan sentiu um odor estranho. Ferro? Sangue? Era muito forte.

Acelerou.

Seu grito só foi ouvido por Oblitus.

Não havia ninguém vivo ali.

Todos mortos.

Cortados. Rasgados. Com marcas de garras e dentes.

Corpos dilacerados.

Crianças e monges forravam o chão do salão. Piso e paredes tingiam-se de vermelho.

Tulan tremia, os pés mergulhados no sangue das pessoas com quem convivera por toda a vida.

Quem os atacara? Lobisomens? Como seria possível? Como teriam entrado sem ninguém ver?

E onde estariam agora?

No templo!

Já estavam lá antes mesmo de ela ter entrado na trilha.

Precisava avisar aos monges guerreiros.

Tulan percorreu o caminho de volta dominada pelo desespero. Tropeçou e teve a calça e o joelho rasgados por uma pedra pontiaguda. A dor incomodou, mas não a deteve.

Quando chegou ao templo, sabia que precisava ser cuidadosa. Tudo estava aparentemente tranquilo. E se encontrasse todos também mortos e despedaçados?

Deixou o cuidado de lado e correu em direção aos aposentos

de mestre Salkhi. No meio do caminho, o silêncio deu lugar a uma mistura de gritos, uivos, rosnados. Parecia distante. Pensou no pior.

Nada no quarto de Salkhi.

Onde estariam?

A sala do Conselho?

Seguiu para lá.

— Não mate esse, Boroo! Ele permanecerá conosco! — ordenou a voz forte de Salkhi, e ela sentiu um alívio repentino.

Em frente à sala do Conselho, muitos lobisomens jaziam, estirados no chão. Apenas um era mantido vivo, contido por quatro monges. O corredor estava tomado por guerreiros. Alguns pareciam ter apenas assistido ao combate, outros demonstravam ter lutado, mas somente pela proximidade dos lobisomens mortos e sujos de sangue. Não aparentavam sinal algum de cansaço. Ao vê-la, Salkhi demonstrou um misto de preocupação e irritação.

— Onde você se meteu, Tulan? Por que saiu do quarto sozinha? Você não...

— Estão todos mortos, mestre — ela o interrompeu.

— Esses estão. Manteremos aquele para ver no que se transforma pela manhã e se conseguimos fazê-lo falar.

— Não, mestre... as crianças, os monges, estão todos mortos! — falou, chorando em desespero, e caiu no instante seguinte, desacordada por um golpe desferido por um dos guerreiros em sua cabeça.

Não viu a comoção que se seguiu. A revolta dos guerreiros. O julgamento prematuro que sofreu. Na opinião de todos, apenas ela poderia ter aberto o templo ao ataque dos lobisomens. Era muito provável que teria participado da ação. Tulan não viu a dificuldade para conter os guerreiros que decidiram que matariam a fera que restara e ela mesma. O comando de Salkhi para um grupo descer a trilha e verificar o grande salão. Os mestres reunindo-se e levando Tulan inconsciente para a sala do Conselho. A emoção dominando aqueles treinados para sempre seguirem a razão. A dor tornando-se soberana. O desespero.

Não precisavam de confirmação das mortes. O que sentiram com a revelação de Tulan mostrou que tudo acontecera de fato.

◦

Quando despertou, estava na sala do Conselho, deitada sobre um manto no chão, com mestre Amidral observando-a.

— Está se sentindo bem, Sombria?

Tulan não respondeu. Chorou. Só conseguiu chorar e pensar na cena dos corpos mutilados. Amidral permaneceu em pé, olhando-a com frieza.

— É melhor você ficar aqui. Até tudo estar resolvido.

Tulan não entendeu.

— Você está pronta para me explicar como os lobisomens entraram e chegaram até meu povo, Sombria?

Então era isso? Amidral desconfiava dela! E aquela dor na cabeça? Alguém a atingira?

— Como você conseguiu agir sem que nossos guerreiros vissem?

— Eu não fiz nada! — gritou.

— Só pode ter sido você. Todos concordam e o Livro não revela nada além. Fique aqui até tudo se esclarecer. Em pouco tempo o sol nascerá e aquela fera voltará à forma humana. Aí poderá nos revelar como fez isso. Por agora, agradeça por ainda estar viva. Se não fosse Salkhi, você seria executada antes mesmo de recobrar a consciência.

Sozinha, trancada na sala, sentiu-se desamparada.

Eles não conseguiam explicar de que modo os lobisomens haviam entrado e encontrado a trilha tão facilmente. Como chegaram ao grande salão sem serem vistos.

Ainda assim, Tulan não entendia por que pensavam que ela tinha algo a ver com o ataque. O fato de não ser uma deles novamente a colocava no lugar de pária.

— Mas eu morreria por eles! — disse em voz alta, no momento

em que percebeu o julgamento que recebia.

E, ao mesmo tempo, pensou com ódio: *"Não. Eu não morreria por vocês! Não mais!"*.

Depois de horas que, para a menina, pareceram dias, Salkhi veio buscá-la.

— Venha comigo, Tulan!

— Mestre, eu não fiz nada! — e o choro rompeu mais uma vez, com força.

Salkhi pegou-a no colo, aninhando-a como fazia quando ela ainda era muito pequena.

— Eu sabia que não tinha sido você, Tulan. Mas todos se opuseram a mim. Agora não importa. Já conhecem a verdade. Vamos até o quarto. Precisamos cuidar desse ferimento em sua cabeça, do seu joelho, e limpá-la... tirar o sangue dos nossos monges de você.

Quando todas as lágrimas se esvaíram, Tulan acalmou-se. Salkhi contou-lhe que a luz do dia revelou a resposta do que precisavam entender:

— Os lobisomens mortos e o aprisionado vivo voltaram à sua forma humana. Os mais de vinte lobisomens que atacaram e mataram nosso povo eram todos monges leitores que chegaram nos últimos dias ao templo. O sobrevivente parece não se lembrar de ter sido atacado por um lobisomem em suas viagens... Algum feitiço deve ter removido suas memórias. Mas lembra-se muito bem do que fez na noite passada, e seu desespero é tremendo. Diz que agiram impulsionados por uma força incontrolável, como se fossem fantoches.

Tulan sentia-se anestesiada; parecia ouvir uma narrativa dos livros de Golyn e não estar envolvida nos acontecimentos.

— Foi uma manobra de ataque eficiente, mas cruel demais... — Salkhi concluiu exausto. — Usar os nossos para nos trazer a morte é um início de guerra que nunca vi antes.

— E todos concluíram que fui eu... — ela disse em um tom frio. Algo mudara em Tulan. O julgamento precipitado que fizeram fortaleceu, de um jeito brutal, o fato de que ela não era um deles.

— Não pense assim. Faremos o ritual para que os monges e as crianças iniciadas voltem a fazer parte de Oblitus. Você me acompanha?

Seria a primeira vez que Tulan veria o ritual. Normalmente teria dito sim movida pela curiosidade e vontade de aprender. Naquela manhã, Tulan disse sim movida pela dor.

֎

Foi mais fácil levar os mortos para a caverna subterrânea que abrigava o rio. Trazê-los para o pátio externo do templo, onde se realizavam os rituais, demandaria tempo e esforço tremendos. Lá, no interior de Oblitus, os monges guerreiros e os mestres entoaram o mantra grave e vibrante. Tulan manteve-se calada.

Os corpos mutilados vibravam, reagindo ao som. A menina sabia que o sangue negro se preparava para deixá-los. Mas não aconteceu como ela imaginava. A vibração preencheu os corpos dos iniciados e os enegreceu. Todos se transformaram no sangue negro, desfizeram-se em uma lama negra.

Oblitus alimentara seus monges e, agora, os restos deles alimentavam a montanha, que absorvia o líquido escuro por completo.

Ao final do mantra, não restava sinal algum dos iniciados.

De volta ao grande salão, apenas os corpos dos mais jovens, ainda não iniciados, restavam. Todos foram recolhidos pelos monges guerreiros e levados para a grande pira erguida no átrio de entrada do templo. A cena era horrenda. A dor, indescritível. Ali foram cremados.

Nenhum monge guerreiro chorou. Tampouco os mestres. O semblante de todos estava pesado. Trancaram seus sentimentos em algum lugar distante.

Tulan fazia força para não chorar, mostrar-se forte, mas as lágrimas continuavam a correr por seu rosto, sem controle.

No meio da tarde, o ritual de despedida terminou. Os monges

guerreiros e os mestres se alimentavam no refeitório, conversando em pequenos grupos, quando uma das sentinelas entrou e dirigiu-se à mesa em que os mestres se reuniam.

— Todos a seus postos de combate! — ordenou Salkhi e foi prontamente atendido.

Ele passou por Tulan sem olhar para ela. Golyn aproximou-se.

— O céu escureceu, tamanho é o número de Anjos da Escuridão que se aproximam. Devemos nos proteger.

— Ela não deve vir conosco! — repeliu Shuurga.

— E eu não vou! — rebateu Tulan, ríspida. — Não preciso me esconder como você!

Por alguns instantes, a menina ficou sozinha no grande refeitório.

"Melhor aproveitar e separar parte dessa comida como provisões...", pensou. *"Não! Eu vou para o combate!"*

Tulan queria se convencer de que aquela luta não era dela: *"Não vale lutar por essa gente. Eles sempre vão me condenar pelo Destino que terão"*.

Começara a preparar uma trouxa com comida, quando disse para si mesma: *"Salkhi não. Ele nunca vai me julgar. Nunca ficará contra mim. Lutarei por ele"*.

Tulan abandonou as provisões e correu para a torre, fora de si. Mas, quando lá chegou, não viu Salkhi.

— Gal, você viu mestre Salkhi?

— Tulan, não era pra você estar aqui!

— Você viu Salkhi?

— Ele voou com os monges do ar; tentarão bloquear os anjos antes de chegarem ao templo. Estão ali! — e apontou na direção da escuridão onde uma tempestade se formava.

Tulan viu a mancha negra que se tornava cada vez maior e, indo ao encontro dela, os muitos guerreiros do ar, que pareciam poucos em relação ao que encontrariam. Ainda conseguiu distinguir o contorno de Salkhi mais à frente de seus guerreiros, invocando os ventos e soprando com força o batalhão de anjos.

Ela se preparava para voar quando um único anjo ganhou altura, destacando-se de seu exército alado.

— Só pode ser Olaf! — Tulan disse e sentiu que era verdade.

Ele estendeu a mão e, no mesmo instante, o corpo de Salkhi acendeu em azul. Segundos depois, desfez-se em cinzas.

— NÃO!!! — Tulan gritou enquanto a arrastavam escada abaixo.

— Me solte, Gal! Vou arrancar as entranhas de Olaf!

— Você viu do que ele é capaz? Salkhi nem teve chance de reagir! Precisamos evitar até a mínima possibilidade de ele capturá-la, Tulan. O que Olaf faria se a dominasse? Seria o fim de tudo o que não se submetesse a ele!

— Eu o queimo vivo! Eu o destroço antes disso! Eu vou transformá-lo em uma poça de sangue!

— Você nunca esteve em um combate real... Não sabe o que está falando. Salkhi não iria querer que você se transformasse nisso!

— Salkhi não existe mais! — e, falando isso, percebeu que a única pessoa por quem daria sua vida já não estava ali. Calou-se. Parou de se debater.

Tulan agiu como se respeitasse a vontade do mestre guerreiro, mas, na verdade, não tinha mais motivo para participar daquele combate. Não havia pelo que lutar.

Calmamente, sem que ninguém visse, foi para o coração da montanha. De início, pensou em sair pela abertura no teto da caverna, voar, ir embora dali... mas poderia ser vista por quem a caçava.

Sentou-se no centro da câmara e meditou. Algo se conectou a ela durante a meditação, mostrou-lhe o que acontecia na cordilheira. Tulan concluiu que era Oblitus e entendeu que se conectava a ela para lhe revelar o que devia saber, como fazia durante o sono dos monges escribas.

Tulan viu a batalha acontecer, os anjos invadirem o templo e os monges guerreiros os enfrentarem com coragem. Mas as armas de que dispunham e a magia dos elementos não davam conta de impedir o avanço da Escuridão e das forças de Olaf, que sempre seguia à frente, destroçando quem se impunha ao seu caminho. Olaf era o mais impiedoso e sanguinário dentre os guerreiros. Era fácil perceber o prazer em seu rosto a cada corpo que transformava em nada.

Ela sentiu vontade de sair do esconderijo e enfrentá-lo, mas a força da montanha a manteve quieta, inerte.

"Espere. Espere. É importante esperar."

A todos, Olaf dava uma chance.

— Entregue-me o Sombrio!

E, como não obtinha a resposta, matava o inimigo com expressão de prazer.

De olhos fechados, Tulan viu Olaf chegar à sala do Conselho, vazia. Ela não entendeu. Onde estariam os mestres? Ele seguiu direto para a abertura na parede, que ficava oposta à porta da sala. Andou por uma trilha estreita e alcançou um lago escuro, como se conhecesse o trajeto. Às margens do lago encontrou Shuurga, que o aguardava, mirando seu reflexo no sangue de Oblitus.

— Fiz o que pediu — ela falou. — Amidral e Golyn estão mortos. Não tiveram tempo de reagir. Agora fazem parte do sangue de Oblitus — concluiu, indicando o lago com um gesto de cabeça.

— Bom saber que recebeu a mensagem que lhe enviei no sonho — Olaf falou com voz de trovão. — Gálata garantiu que você compreenderia e faria o que ordenei...

E Olaf inspirou profundamente, retorcendo-se sobre si. Ao erguer-se, sua expressão era terrível.

— Você prometeu não me fazer mal! — Shuurga desesperou-se.

Olaf soltou um sopro, um simples sopro. Não direcionado a Shuurga, mas ao lago, que se cristalizou.

— Não! — Shuurga gritou. — O que você fez?

— Acabei com o acesso ao sangue da montanha. Ele ainda vive, mas não chegará até vocês como antes. Não será tão fácil prosseguir. Preciso cuidar para que meus inimigos não tenham forças para se voltarem contra mim. Você compreende, não? — questionou com cinismo.

— Você exterminou meu povo!

— Não. Pelo menos, não ainda. Você é a mestra escriba e viverá. Terá monges guerreiros a liderar. Poucos, mas terá. E eles poderão procriar. Vocês são dados a aumentar seu número. Com o tempo, quem sabe, os Monges do Destino retornarão.

— Mas sem o sangue de Oblitus nunca teremos novos monges.

— Isso não me diz respeito... — deu de ombros. — Não vejo o Destino de ninguém... — e sorriu. — Onde o Sombrio está?

— Você matou tantos e não descobriu onde uma criança se enfiou?

— Não me provoque, mulher. Ninguém sabe seu paradeiro. É fato. Mas a criança reaparecerá. E quando isso acontecer, garantirei que a entreguem a mim. Estarei observando. Muitos dos meus permanecerão cuidando de tudo. Não posso ficar aqui por muito mais tempo, ou logo alguém confirmará o que fiz e o que busco. Anuar e Ciaran estão atentos aos meus movimentos. Desconfiam de minhas ações e intenções. E como também procuram pelo Sombrio, não quero que a atenção deles recaia sobre este canto distante do mundo. Deixarei alguns de meus guerreiros cuidando da montanha. Garanta que os seus lhes obedeçam e não arrisquem suas vidas à toa. Caso contrário, não nego que terei prazer em transformá-la na única sobrevivente dos Monges do Destino. Temos um trato?

Depois de alguns instantes de silêncio, Shuurga respondeu:

— Temos.

E Olaf saiu, não só da sala do Conselho, mas de Monte Dald, levando consigo a maior parte de seu exército alado, deixando para trás incontáveis mortos e pouco mais de algumas dezenas de monges guerreiros feridos.

O transe de Tulan se desfez; ela abriu os olhos ofegante. Não poderia sair dali, voltar para o templo. Shuurga daria um jeito de capturá-la. Também não poderia sair imediatamente pela abertura no alto da câmara. Os Anjos da Escuridão manteriam guarda. Por quanto tempo?

"Eu devia ter voltado para pegar os suprimentos."

Não aceitava como Oblitus permitira que tudo acontecesse. Como deixara que tanto sangue de seu povo fosse derramado...

Questionou-se sobre os monges serem de fato o povo da montanha ou apenas aqueles que serviam a ela.

༄

Horas depois, Tulan adormeceu de exaustão, e uma estranha inquietude a despertou no meio da madrugada.

"Preciso ir!", ela sentia que o momento chegara. Não podia ficar mais tempo ali, se enfraquecer com fome e sede. Devia arriscar e partir.

Concentrou-se para acalmar suas emoções e flutuou até a abertura no alto da câmara. Do lado de fora, na noite enluarada, não viu ninguém. Voou para o outro lado da cordilheira, o lado oposto ao percorrido pelo exército inimigo, uma região pouco explorada por ela. Não sabia aonde ir.

Naquela madrugada começou o que seria uma longa trajetória em sua vida, repleta de fome, dor, aflição e aprendizado.

A partir daquele dia, Tulan deixou a sensação de segurança para trás. Também deixou seu nome no passado.

Passou a responder por "Ela", que nada dizia a respeito de si. Ela, a criança... alguém como tantas outras crianças do Mundo Antigo.

༄

Nos ciclos que se seguiram, Ela conheceu boa parte do Mundo Antigo, em uma constante peregrinação fugitiva. Não podia ficar mais do que poucas semanas em cada lugar, pois sempre a alcançava a notícia de que Olaf procurava uma criança especial, que viajava sozinha. Recompensaria bem quem a entregasse aos seus comandados.

Fazia de tudo para esconder os próprios dons porque muitas crianças, ao manifestarem qualquer dom, foram entregues a emissários do Anjo da Escuridão, como se fossem Ela. Nenhuma recompensa foi paga e nenhuma criança, devolvida.

A peregrinação involuntária pelo menos se revelou frutífera em relação aos aprendizados. A cada novo destino, observava de perto os mais diferentes povos... de perto o bastante para aprender. Se, ao despertar o primeiro dom, a menina não desejava ferir ninguém, tempos depois daquele dia úmido no alto de Oblitus, Ela não conseguia dizer a quantos ferira. Tampouco a quantos matara.

Precisava sobreviver.

Apenas isso.

Ela aprendeu cedo que não podia confiar em ninguém, fosse em um ser neutro, da Luz ou da Escuridão. Todos eram iguais e a entregariam a Olaf se tivessem uma oportunidade.

Se dependesse dela, ninguém teria tal oportunidade.

E a Sombria aprendeu, dia após dia. Atenta, dedicada, cada vez mais comprometida a garantir que, se um dia encontrasse o Anjo da Escuridão, seria Ela a única sobrevivente.

Por mais que tentasse permanecer incógnita, vivendo nas sombras, de restos do que colhia, da mendicância, sempre alguém a notava e resolvia se aproximar. Os que assim fizeram deixaram de existir em bem pouco tempo.

Alguns conseguiram feri-la. Não foram poucos. Mas nenhum ferimento foi o suficiente para neutralizá-la.

Dois ciclos depois daquele ataque a Monte Dald, Ela acumulava várias cicatrizes em seu pequeno corpo: marcas de lâminas, garras, mordidas, ferroadas, picadas, queimaduras, e o ponto negro deixado por uma flecha em seu ombro direito, o qual, apesar de cicatrizado, nunca parara de doer. Ela fora caçada como um ser desprezível e aprendera a caçar a todos também com o mesmo julgamento. Saía do papel de caça para o de caçadora cada vez com mais facilidade.

Foi nessa época que capturou um desses emissários de Olaf, uma salamandra adulta, bonita e perigosa. Não percebeu quando a criatura se ocultou na fogueira feita às margens de um riacho, aguardando que Ela adormecesse. Acordou sufocando, sem ar, envolta em uma fumaça tóxica exalada pela salamandra.

Bastou o golpe de água, que aprendera com Boroo tempos antes, para apagar a figura incandescente. Ao contrário dos caçadores anteriores, a salamandra não foi morta de imediato; Ela adquirira a tranquilidade suficiente para controlar-se antes de destruir o que a ameaçava. A Sombria decidiu interrogá-la. Queria entender como a encontravam, por mais que fizesse para permanecer oculta. Descobriu que sua mãe a seguia. A ligação existente entre Ela e a mãe funcionava como uma bússola, sempre indicando onde a encontrar. Impossível ocultar-se. A prisioneira não soube explicar como, mas Gálata estava em sua mente, impelindo-a, guiando-a pelos caminhos onde procurar pela Sombria. Era Gálata quem garantia essa caçada sem fim à filha. Era sua mãe a responsável por cada ferimento, cada marca que trazia em seu corpo. Sua mãe a transformara em uma assassina, determinando que vivesse em pura desconfiança, dor e solidão.

Se o ataque dos Anjos da Escuridão a Monte Dald fora terrível, a vida solitária era ainda pior. A Sombria não dormia uma só noite tranquila, não se permitia criar qualquer tipo de vínculo com lugares ou seres viventes.

Em muitas ocasiões alguém se aproximou dela, vendo-a como a criança maltratada que era. Apiedando-se. Vinha para lhe oferecer alimento, abrigo, uma roupa limpa... Nas poucas vezes em que Ela aceitou a ajuda, apenas por não ter mais forças para fugir, a recepção dócil não durou mais do que dias.

O ser, antes receptivo, passava a observá-la como uma ave de rapina olha um pequeno rato. Pouco depois, vinha o ataque. Possuídos. Todos eles, possuídos por Gálata. Era doloroso descobrir que, em cada uma dessas vezes, sua mãe usara tais criaturas como fantoches.

Mais um ciclo se cumpriu até Ela ter o primeiro contato direto com a mãe – ou algo parecido com isso. Àquela altura, já dominava muitos dons. Mais do que qualquer ser do Mundo Antigo sequer conhecia. Assim como fizera com os lobisomens, no dia do ataque aos Monges do Destino, Gálata dominou a mente de um menino, que não tinha mais do que cinco ciclos de vida.

Ele se aproximou da Sombria, que demorou a perceber que não era um menino comum. Essa foi a aproximação que mais a ameaçou, quase garantindo que a capturassem.

O garoto, sozinho, indefeso, implorou ajuda e Ela cedeu. Alimentou-o, levou-o consigo, abrigou-o no casebre abandonado em que se escondia havia algumas semanas. Depois de poucos dias convivendo com a criança, percebeu em si sentimentos que imaginava ser incapaz de voltar a experimentar: carinho, ternura, compaixão. Surpreendia-se rindo ao assistir às palhaçadas do menino, corriam juntos para mergulhar no rio, preocupava-se ao não conseguir encontrá-lo quando brincavam de esconde-esconde. André era o nome dele. André trouxe à vida da garota uma leveza que rompeu suas defesas.

Foi horrível surpreendê-lo misturando hera venenosa na refeição. Tulan identificou o que acontecia e decidiu conversar com a mãe antes de matar o menino. Aquilo acabou com o que restava de amor dentro de si.

Depois dessa vez, Tulan manteve muitas conversas com sua progenitora ao longo dos anos, momentos esclarecedores sempre finalizados com sangue e um novo período de fuga.

Além de facilitar a aproximação dos emissários de Olaf, Gálata sempre tentava dominar a mente da filha, assim como fazia com seus fantoches. E isso Ela não permitiria nunca! Muitos inocentes encontraram a morte subjugados pela mãe, liquidados pela filha. Grande parte não era de fato inocente, mas um bando de idiotas que se oferecia à caçada, sonhando com a recompensa impossível.

Muitos ciclos de peregrinação haviam transcorrido quando passou por Dagaz, a cidade de areia dos Anuar. Lá, a menina conseguiu capturar um elfo que estava sob o domínio de Gálata e ameaçava a Sombria havia meses, cada vez mais próximo, cada vez apertando mais o cerco. Era muito difícil não chamar a atenção para si em grandes cidades e, por isso, temia que o elfo se tornasse uma ameaça de fato perigosa ali. Por tal motivo decidiu capturá-lo antes que tudo se agravasse. Fez isso atraindo-o para a pequena floresta que contornava Dagaz. A noite estava sem lua e não foi difícil para a Sombria tornar-se imperceptível entre as árvores. Já fazia algum tempo que conseguia mudar a aparência da própria pele com perfeição, aprendera com a metamorfa que antecedera o elfo na caçada. Sua aparência ficou em tudo semelhante a uma sombra e, em Dagaz, as sombras que se moviam eram bastante comuns.

Quando o elfo percebeu, estava no chão, com a Sombria sobre o peito dele e uma lâmina de fogo em sua garganta.

— Minha filha, por mais que mate meus enviados, você nunca me atingirá.

Foi a primeira vez que sua mãe a chamou de "minha filha" e isso não saiu de sua mente por muito tempo.

— Por que insiste em me perseguir? O que quer comigo?

— Olaf precisa de você.

— E por qual razão você faz o que ele quer?

— Quando vocês nasceram, eu não sabia o que fazer. Nem sequer imaginava que seriam gêmeos. Temi por nossas vidas.

— E hoje é minha mãe quem mais ameaça a minha vida! Não lhe parece contraditório?

— Você não entende. Ele evitou que eu fosse destruída, depois que a parteira levou vocês de mim. Precisei fugir porque todos iriam tentar localizar vocês, e eu seria punida por gerar o Sombrio. Olaf me acolheu e me ocultou por anos. Propôs me ajudar a localizar meu filho roubado. É claro que não agiu por bondade. E eu sempre soube de suas intenções, mas precisava da ajuda dele.

— Eu serei o pagamento? Então, por que tenho a impressão de que você não quer que me capturem viva?

— A duplicidade tem seus mistérios, filha. Eu a observo de perto desde que saiu de Monte Dald. Sempre desconfiei que um de vocês seria mais flexível, dócil, possível de dominar. O outro, bem... a ele só restaria temer, pois poderia a todos destruir. Olaf não imagina isso, porque não sabe que são dois. Dois Sombrios. Ele deseja dominar o Sombrio e usá-lo como uma arma. Bem sei que você não será subjugada. Não poderá ser usada. Você não pode viver, filha.

— É certo que ninguém vai me usar... Mas eu vou viver! Garanto.

— Você é a destruição. Acabará com todos...

— Talvez... E meu irmão? Você já o domina?

— Seu irmão foi levado de mim logo após o nascimento, quando você ainda estava protegida em meu ventre. Não tenho sinal de seu paradeiro. Apenas sei que ainda vive. Não pouparam a vida da cigana que o levou, e eu não consegui encontrá-lo entre os Ciaran ou os Anuar. Está claro que você não é o Sombrio que servirá a alguém ou trará um novo equilíbrio de forças ao Mundo Antigo. Mas Olaf não sabe disso... senão se uniria a mim para eliminá-la, e seu irmão seria o caçado. O anjo deseja se tornar imbatível. Conta com você para isso.

— Olaf está com você?

— Sempre — e riu. — Bem... quase sempre.

— Ele continua sem saber da existência de meu irmão?

— Por enquanto, sim. Mas logo saberá. Terei de revelar a verdade. Preciso da ajuda dele para encontrar meu filho. Não conseguirei sem que Olaf me auxilie. Filha, eu desejava tê-la comigo, mas todos os oráculos insistem em alertar que o melhor é destruí-la.

— Quanto a isso, discordamos, mãe.

A Sombria degolou o elfo com um só golpe.

Decidiu que devia parar de fugir. Precisava encontrar um meio de usar esses fantoches vivos para se aproximar de Gálata. Como não era possível ocultar-se de sua mãe, iria reverter o jogo, caçando-a como fora caçada nos últimos tempos. Encontraria quem de fato transformava sua vida em um sofrimento absoluto.

Mas, ao contrário do que sua progenitora tentava fazer, Ela não a mataria. De jeito nenhum! Apenas a dominaria. Faria com que sentisse todo o terror que a acompanhava desde que saíra de Monte Dald. Iria acorrentá-la e a arrastaria bem perto de si, por onde fosse, sob eterna dor. Veria cada um de seus atos. Assistiria a cada morte que acontecesse em seu caminho. Gálata sentiria o que a filha sentia.

☙

Foi na Floresta de Ondo, entre os Renegados, que Ela encontrou seu mais longo período de descanso. Dario reconheceu que seria mais esperto aliar-se a Ela do que tê-la como inimiga. A mente de um Renegado não se abria a qualquer tipo de domínio, da Luz ou da Escuridão. Com eles, a Sombria aprendeu a extrair a essência usando o artefato. Chegou até mesmo a experimentar o que seres da Luz e da Escuridão traziam de mais puro em si. Não houve segredo dos Renegados que Ela não desvendasse.

Com o tempo, essa força renegada dominada pela garota permitiu-lhe ocultar sua verdadeira essência e integrar-se a um grupo cigano, retomar suas origens – como gostava de pensar. Assim, garantia a própria segurança e a fidelidade do "seu povo" era mantida pelo medo, pelo domínio, o que não a incomodava. Passou a vagar pelo Mundo Antigo com o grupo, disfarçar sua essência em meio a eles, camuflar-se, e isso manteve Gálata longe a partir de então.

Regressava a Ondo com regularidade, para de fato descansar e esperar. E Ela esperou, pacientemente, ciclo após ciclo. Aguardou o momento de obter a presa que desejava. Manteve-se oculta até que a atenção de Olaf se desviou para a notícia de que o Sombrio fora localizado entre os humanos. Enfim, seu irmão entrava em cena.

A antiga disputa recomeçou, e a Sombria conseguiu o que desejava: com as atenções voltadas para o recém-chegado ao Mundo Antigo, não foi difícil capturar Gálata em um ataque preciso, quando Olaf se distanciou dela. Permitiu aos Renegados provarem da essência da mãe, extraindo-a diversas vezes, debilitando-a de maneira irrecuperável. Acorrentou-a como idealizara: de todas as maneiras possíveis. No corpo, as grossas correntes garantiam a prisão física da cigana. Na mente, o sofrimento originou uma prisão intransponível. A Sombria invadiu os pensamentos de Gálata, como aprendera com um Ciaran, e a obrigou a experienciar as memórias de todos os horrores que vivera, compartilhou com ela todas as piores lembranças, todo o sofrimento que experimentou e que impôs a quem a perseguiu. Para onde ia, sempre levava a mãe acorrentada perto de si. Não poupou Gálata de nenhuma dor e, por mais que a cigana tentasse, não conseguia sair desse universo de lembranças terríveis. Por mais que abrisse os olhos, não enxergava o mundo ao seu redor. Enquanto a Sombria desejasse, estaria presa em meio à dor, ao sangue, à destruição de suas memórias... estivesse dormindo ou acordada.

Agora, tanto tempo depois do ataque a Monte Dald, enquanto dançava em volta do fogo que "seu povo" acendera sob o luar, lembrava-se de tudo como se a história não fosse sua.

Não estava mais sozinha, tinha os Renegados e os ciganos, que a serviam. Nenhum deles era de fato o seu povo, assim como os monges nunca foram. Ninguém era. Mas Ela tinha um irmão, um duplo, igual a Ela, ou quase... Só não conseguia definir se isso era bom ou ruim.

Ele precisaria entender que nenhum outro ser vivente, além dela, poderia de verdade ser um amigo, alguém em quem confiar. Ele entenderia?

Alek tinha de perceber logo que o combate não era o caminho, ou Ela seria obrigada a destruí-lo. Mesmo sem querer.

Qual seria a relação com seu duplo, afinal?

Iria descobrir.

Bebeu um copo de vinho de um só gole e voltou a dançar, a girar ao redor da fogueira. O mundo era um borrão colorido. A música animada a envolvia.

Tentava esquecer-se de si mesma por alguns instantes, apenas para se sentir mais leve.

Não conseguia.

Além do irmão que a preocupava, sabia que se aproximava o dia em que enfrentaria Olaf... Sentia isso em cada osso do corpo. Só não conseguia definir se o que sentia era uma estranha empolgação ou medo. Talvez seu irmão fosse útil para esse enfrentamento. Estremecia ao se lembrar da luz azul que o vira projetando contra os Renegados... tal qual Olaf fizera com Salkhi, anos antes.

Sombrio e Sombria poderiam se complementar? Ou ele seria mais um a desejar destruí-la?

Respirou fundo.

Não iria resolver nada naquela noite enluarada.

Por ora, apenas dançaria e celebraria a vida, saboreando o tilintar das correntes de sua mãe, que se fazia ouvir ao redor de sua tenda.

• PARTE II •
REVELAÇÕES

VI
VISÃO OU SONHO?

Alek foi despertado por Talek, o pequeno goblin serviçal do castelo Anuar. Ele estava desorientado.

— Por que o senhor Sombrio não dormiu na cama? O chão é muito desconfortável! — Talek quis saber.

Sentia-se mais dolorido que na noite anterior, a cabeça não parava de girar; tentou levantar-se e quase caiu.

— O senhor Sombrio bebeu muito hidromel no jantar? Foi isso? Vou buscar uma beberagem para curar o mal-estar.

— Não, Talek. Eu nem bebo! Preciso chegar até a cama.

O goblin observou aflito a movimentação cambaleante de Alek. Se ele se desequilibrasse, nada poderia fazer para evitar a queda. Era muito pesado para o goblin oferecer qualquer tipo de apoio.

— Melhor? — perguntou, observando Alek sentar-se e respirar fundo.

— Que horas são, Talek?

— Passa de meio-dia, senhor.

— Céus! Eu apaguei!

— Quer que eu lhe traga a refeição?

— Anuar retornou?

— Ainda não, senhor Sombrio.

— Não precisa trazer comida. Daqui a pouco vou até a cozinha.

— Se precisar, estarei bem ali fora, senhor!

— Eu sei. Pode deixar que o chamo. E, Talek... — o goblin se deteve um instante. — Chega de me chamar de senhor. Já falamos sobre isso.

— Sim, senhor Sombrio. Quer dizer... sim, Sombrio... — e forçou um sorriso, saindo em seguida, apressado.

Alek ficou um tempo sentado, esperando o corpo voltar ao normal. O que fora tudo aquilo? Um sonho? Uma visão? Uma alucinação? Sua mãe estaria mesmo viva? E ela fora capaz de fazer tudo aquilo com sua irmã? Tanta dor... tanto sofrimento...

Precisava falar com seus amigos. Pensou nisso e levantou-se. Rápido demais. Nova vertigem.

— Calma! — disse em voz alta, para convencer a si mesmo.

— Oi, Alek! Falando sozinho?

Na janela, Gerin estava acocorado, sem o manto, com as asas à mostra e os olhos em chamas observando o amigo com estranhamento.

— Gerin! — Alek festejou. — Faz tempo que chegou?

— Não. Só vi você pedindo calma sei lá pra quem.

— Pra mim mesmo. Não estou me sentindo bem.

— Então, melhor deixar você descansar.

— Não! Preciso falar com você e com os outros.

— Que bom! Eu vim mesmo buscar você! Nossos companheiros nos esperam na casa de Martim.

— Acho que não é uma boa ideia eu voar. Estou bem enjoado. Vou andando e encontro todos lá. Pode ser?

— Claro. Até já!

Alek precisava de mais um tempo. Lavou o rosto, vestiu-se e saiu do quarto devagar, certificando-se de que o manto cobria por completo seu braço de dragão. O goblin não estava por ali. Conforme se afastava do quarto, foi se sentindo melhor. Era como se algo ali sugasse sua vitalidade. Passou pela cozinha, pegou uma maçã e saiu mastigando.

Caminhou até a casa de Martim com calma, observando o movimento de Dagaz e tentando se afastar das memórias de tudo a que assistira naquela noite. Era como se tivesse vivido aquelas experiências e emoções da irmã.

"Será que Ela realmente consegue aprender os dons apenas pela observação?"

Apalpou seu braço de dragão sob o manto e sentiu um quê de inveja de Tulan. Se bem que Ela também tinha suas cicatrizes... *"Será que minha mãe é mesmo um monstro?"*

Na casa de Martim, Lucas ainda dormia. Acordara durante a noite, agitado, mas Silvia o fizera beber uma de suas poções. A curandeira garantiu que era melhor o humano dormir até o veneno se dissipar de seu corpo.

— Veneno?

— Você acha que aquelas teias foram tecidas pelo quê? — Abhaya perguntou, entrando na casa e deixando seu arco e sua aljava em uma cadeira. — Ainda bem que os aracnídeos não comeram nenhum pedaço dele... nem botaram ovos em sua carne!

— Gerin comentou que você não estava se sentindo bem... — Silvia falou e aproximou-se dele, esticando-se para colocar a mão na testa de Alek.

— Estou melhor; acho que tem a ver com a visão que tive essa noite.

— Visão? — Verônika se interessou.

— Pra ser bem sincero, não sei se foi uma visão, um pesadelo ou uma alucinação... — e Alek contou aos amigos a origem de sua irmã, mas não teve coragem de revelar o que sabia sobre a sua maneira de aprender, de despertar dons. Contou tudo sobre o que vira a respeito da mãe, e de como a irmã a mantinha acorrentada.

Quando terminou, estavam todos quietos, incomodados. Gerin foi o primeiro a falar:

— Será que tudo isso é verdade? Será que... — e hesitou um instante, buscando as palavras certas. — Será que você não imaginou isso tudo?

— Não sei — Alek respondeu, sincero.

— Muito do que está aí é verdadeiro — Verônika analisou e pareceu que seus olhos se tornaram ainda mais dourados ao se concentrar. — E boa parte disso você não tinha como saber. A ambição de Olaf e seu desejo por liderar os Ciaran você já conhecia, assim como sua busca pelo Sombrio. Mas a existência dos Monges do Destino não... Correto?

Alek concordou.

— Você os conhece, Verônika? — Martim estranhou.

— Nunca os encontrei, mas já passei por Khen Öngörökh — a elfa explicou. — Faz bastante tempo! No povoado, todos comentavam sobre a destruição do mosteiro e dos monges, falavam como a vida por lá se tornou difícil sem os clientes que melhor pagavam... Procurei saber mais sobre o mosteiro e o que teria provocado tal destruição, mas ninguém me deu muita informação. Todos demonstravam medo ao falar sobre o acontecido.

— Parece que tem muita verdade no que você viu, Alek — Abhaya comentou pensativa. — Com certeza todos temeriam acusar Olaf de um ato como esse...

— E será que foi sua irmã quem lhe contou tudo isso? — Silvia refletiu.

— Não faço ideia.

— Se foi Ela, é preciso ter cuidado... pode ter contado apenas parte da verdade. Somente o que lhe interessa que você conheça.

— Eu sei, Silvia. Já pensei nisso.

— Não acho que foi Ela — Verônika refletiu. — Há muitos detalhes que Ela não conheceria, como as conversas entre os mestres, ou mesmo as cenas que não presenciou.

— E se foi sua mãe? — Gerin agitou-se. — Alek, sua mãe está viva! Pode ser o jeito de ela pedir socorro!

— Não acho que minha mãe pediria socorro revelando tudo o que fez... E não sei se tenho de comemorar ou de me preocupar por ela estar viva.

— Nossa, Alek! — Abhaya fez uma cara de desaprovação. — É sua mãe!

— Por que "nossa!"? Ela caçou Tulan e, ao que parece, me caçaria também se não estivesse acorrentada. Penso que só queria usar um de nós!

— Eu não gosto desse seu lado escuro, Alek... — Abhaya comentou, e ele ia rebater, mas não teve tempo.

— E se isso não for verdade? — Silvia pensou alto. — Quer dizer, pelo que sabemos, seus pais morreram quando você nasceu.

Se Gálata não morreu, como ela perdeu você? Como acompanhou apenas Tulan?

— Pelo que vi, eu nasci primeiro e a cigana que me levou foi morta. Por essa visão-sonho aí, parece que eu fui tomado dela logo que nasci, né?

— Os Ciaran devem ter retirado você da tal cigana e a matado... aí o esconderam no mundo dos humanos — Martim refletiu em voz alta.

— Esperem... — Gerin acelerou ainda mais os pensamentos e o ritmo da fala. — Se sua mãe está viva, seu pai também pode estar, Alek! Será que foi ele quem pegou você dessa parteira? Afinal, ele era um Ciaran, e você foi guardado pelos Ciaran! E ele não mataria sua mãe... mas mataria essa outra cigana.

— Guilherme, o Cavaleiro do Dragão! — Verônika falou com admiração e, pela segunda vez, Martim a fitou com estranheza e um certo ciúme.

— Preciso falar com Draco, talvez ele saiba de mais detalhes — Alek disse e, no mesmo instante, o corpo todo vibrou como se avisasse que era isso mesmo que devia fazer.

— Por ora, você precisa resolver outro assunto... — Martim sentenciou.

— A situação de Lucas, eu sei. Mas depois de acertar tudo com Anuar, irei até Draco.

— Eu vou com você! — Gerin não perdeu tempo.

Silvia ausentou-se por alguns instantes e apareceu com um colar nas mãos.

— Aqui, Alekssander. Tome isto — e foi se esticando para pendurá-lo no pescoço dele, já que Alek era bem mais alto que ela.

Alek abaixou-se um pouco para facilitar e, em seguida, apanhou o círculo de metal nas mãos, observando seu reflexo nele.

— O que é isto?

— Uma proteção. Seja lá quem se comunicou com você, agiu enquanto estava acordado. Foi o fluxo da visão que o desacordou. E o desgastou... Você não dormiu, entrou em uma espécie de transe e por essa razão está tão cansado. O espelho de prata irá protegê-lo. Se esse alguém quiser se comunicar com você de novo, precisará se identificar e pedir sua permissão.

— Nossa! Legal! Obrigado, Silvia — agradeceu, revirando o artefato entre os dedos.

— Não o tire do pescoço! — ela ordenou.

— Não vou tirar — e colocou o colar para o lado de dentro da roupa, ocultando-o.

— Agora, sente-se que vou lhe trazer comida e bebida. Você precisa se fortalecer.

Todos acompanharam Alek ao redor da mesa e continuaram a conversar sobre detalhes de sua visão. Antes de voltar para o castelo, ele foi ver Lucas, acomodando-se por alguns minutos ao lado do amigo, que dormia tranquilo. Alek observou as ataduras em diversos pontos do corpo de Lucas. Não notara as picadas antes.

— Força, Lucas! — disse baixinho.

Lucas abriu os olhos por alguns instantes e falou:

— Eles tinham os olhos brancos, Alek. Fiquei com medo, muito medo... — e apagou novamente.

— Ele vai ficar bem, Silvia?

— Claro que vai, Alek. Já curei males piores!

— Não em humanos...

— Não em humanos... — ela murmurou, mas recobrou a confiança em seguida. — Não até agora. Logo ele estará por aí, andando por todo canto, querendo conhecer tudo e dando bastante trabalho a você; não se preocupe.

Alek saiu com o coração apertado. Precisava resolver a situação com Anuar antes que, de fato, se transformasse em um problema.

VII
EFEITO COLATERAL

O agito costumeiro do grande salão envolvia os muitos povos do Mundo Antigo, que ali encontravam abrigo e refeições fartas. As Cavernas, propriedade dos anões havia muitas gerações, eram o pouso certo para os viajantes de todas as origens.

Anões ricamente enfeitados passavam a toda velocidade, cruzando nas mais diversas direções, sempre carregando travessas pesadas, repletas de comida e bebida ou com pilhas de pratos e canecas. O tilintar de correntes e medalhões, balançando nos pescoços dos anões naquela correria frenética, se misturava à algazarra da conversa animada. Fundia-se a essa familiar barulheira a cantoria do grupo de músicos elfos, que se instalara em um palco improvisado, depois de convencerem Ostegard, o velho proprietário das Cavernas, de que aquilo agradaria aos clientes, deixaria os ânimos mais suaves, diminuiria as eventuais brigas e até a necessidade da vigilância contínua dos Renegados.

Foi esse último argumento que conquistou Ostegard. Jamais gostara da presença dos Renegados e da forma como impunham ordem ou resolviam conflitos, desintegrando os poucos hóspedes que ousaram estremecer a neutralidade da hospedaria. Eram um mal necessário. Mas, sem a vigilância do líder Dario, pareciam menos estáveis, e Ostegard pensava que, se a música fosse um caminho, o melhor seria testar essa solução alternativa.

Agora, ouvindo os elfos se esgoelarem em meio ao jantar, começava a duvidar se fora mesmo uma boa ideia.

Em uma das mesas, um grupo animado de três bruxas e dois faunos acompanhava a cantoria. Próximo a eles, quatro orcs estremeciam a mesa com as batidas de suas canecas de cerveja, que usavam para seguir o ritmo das canções. Mas a grande maioria nem parecia notar a novidade musical das Cavernas.

Aquela não era mesmo uma noite comum na hospedaria. A lua de sangue, que reinava no céu, deixava os ânimos mais à flor da pele, fazendo emanar uma sensação de que absolutamente tudo seria possível em uma noite rara assim... Tudo mesmo! Até um ghoul escolher ficar na companhia de seres que normalmente preferiria devorar.

Ghouls não costumavam ser clientes frequentes por ali, mesmo porque a hospedaria não servia carne de homens ou mulheres em suas refeições. Então, era natural que aquele visitante atraísse os olhares de todos. Pelo menos de todos que tivessem coragem para encará-lo ou espiá-lo por alguns instantes.

Olhando por cima dos óculos de lentes grossas, Ostegard tentava definir qual era o hóspede que conversava com aquele carniçal na mesa menos iluminada do salão, aquela que quase sempre ficava desocupada por ser a última atendida pelos anões.

Não conseguia identificar a figura encapuzada, e tinha a sensação de que sua imagem, desfocada, vibrava. Impossível vê-la com nitidez, fosse com a ajuda das grossas lentes ou sem elas.

Se conseguisse enxergar além do feitiço que envolvia o misterioso personagem, Ostegard notaria o contraste entre sua figura delicada e a criatura de dentes afiados e pele enrugada que o acompanhava.

— Não gosto nada de atrair tantos olhares — disse o ghoul, irritado. — Não sei por que decidiu que nossa conversa deveria acontecer aqui.

— A melhor maneira de se ocultar é colocando-se bem à vista, onde ninguém o notará.

— Pra você é fácil falar, escondido aí no meio desse feitiço. Está me dando até enjoo olhar pra você e ver tudo mexendo, fora de foco.

— Então não olhe, oras!

— Vamos terminar logo com isso, por favor. Por que a necessidade tão imediata de conversarmos?

— Veja!

A figura desfocada esticou o braço direito e apenas essa parte de seu corpo pôde ser vista com nitidez. A mão era forte, da cor da areia, a não ser pelo dedo anular, que parecia estar murchando e tinha um tom acinzentado.

— A putrefação... — o ghoul observou com certa curiosidade, sem tocar a mão estendida.

— O que quer dizer com "a putrefação"? Sabia que algo assim poderia acontecer?

— Saber eu não sabia. Mas não é tão inesperado...

— Aconselho a parar com joguetes — respondeu irritado e recolhendo o braço. — Se não era inesperado, por que não me alertou sobre isso?

— Você estava mais interessado em outras coisas quando me procurou. Duvido que se deteria por conta de um alerta sobre um possível efeito colateral.

Fez-se silêncio entre eles, por alguns instantes.

— Isso irá se espalhar?

— Possivelmente — o ghoul respondeu, concordando com a cabeça e parecendo prestar mais atenção no que os elfos começaram a tocar do que na situação de seu interlocutor. — Eles são bons; pena que a acústica daqui amplia tudo na mesma proporção... Os ruídos do salão se misturam demais à música! Ostegard poderia arrumar uma solução para isso!

— Sério que você pensa que iremos discutir a qualidade da música?

— Desculpe! — o carniçal pareceu fazer força para se concentrar. — A sua... situação...

— Há como revertê-la?

— Não creio. Mas, talvez, seja possível estabilizá-la.

— O que devo fazer?

— Parar de ingerir a essência.

— Mas isso não diminuiria minha conexão? Eu não voltaria a ser como antes?

Efeito colateral 103

— Provavelmente, sim... Como antes, mas com um dedo ruim, Avaz.

— Não ouse me chamar assim! Já deixei de ser Avaz há muito tempo e não pretendo voltar a sê-lo. Trate-me com o respeito que mereço. Não se considere intocável, Lahm.

— Não tenho essa presunção.

— É bom mesmo. Há algum outro caminho possível?

— A essência que ingere não é viva. Da maneira que os seus fazem a extração, acabam por matar o "doador" — e sorriu ao dizer doador. — Se ele morre, a essência se decompõe. É natural que o processo gere putrefação ao longo do tempo. Principalmente pela quantidade que você consome.

— Se a essência fosse viva...

— Esse é o raciocínio, meu caro senhor que não posso nomear. Ainda assim, para evitar o avanço da putrefação, recomendo fortemente que interrompa sua dieta por enquanto... — mais uma vez sorriu, mostrando os dentes afiados e batucando os dedos na mesa. — Verdadeiramente gostei desses elfos! A noite não foi de toda perdida. Boa música sempre faz bem. Precisa de mim para algo mais?

— Você conhece alguma maneira de extrair a essência sem eliminar a vida?

— Além daquela usada por nossos amigos — e com a cabeça fez um gesto em direção ao Renegado mais próximo, oculto nas sombras —, não. Pelo que sei, apenas eles foram eficientes nisso.

— Sabe de alguém que possa me ajudar?

— A encontrar uma maneira diferente ou a usar um dos extratores?

— Ambas as opções são válidas.

— Usar um extrator para obter essência na quantidade que você consome é meio inviável, não? E os Renegados nunca fariam isso por você. Fora que apenas eles conseguem manipular aquele artefato... e são bem irredutíveis em seus valores. Sobre outras opções... Hummm... Bem, talvez Ciaran seja um caminho.

— A serpente?

— Ela é muito antiga e sabe muito sobre nosso mundo. Todos reconhecem sua sabedoria, tanto os seres da Escuridão quanto os da Luz. Você deveria reconhecer também.

— Ela nunca me ajudaria...

— Com certeza, não. Quer dizer, não por vontade própria, claro. Mas Olaf anda buscando aliados para tomar o lugar dela. Entende? Diz que é chegado o momento de um novo líder Ciaran e já não esconde mais de ninguém o que pretende fazer. Defende que é tempo de uma liderança mais intensa e menos pacifista... Clama pela Era da Noite Sem Fim.

— Interessante...

— Penso que ele não iria se importar com suas intenções em relação à serpente se pudesse contar com guerreiros para destruí-la. Até mesmo porque Olaf nada pode fazer contra ela abertamente sem que ele próprio seja destruído. Essas leis antigas são um tanto estranhas, não? Bom... antes de eliminar a serpente...

— Posso descobrir aquilo de que preciso.

— Terminamos? Estou faminto e não poderei ingerir ninguém em terras neutras. Ainda mais com tantos Renegados por perto. Terei de andar muito até chegar a um cemitério.

— Desapareça, Lahm. E deixe chegar aos ouvidos de Olaf que podemos ter um interesse em comum.

— Deixarei, meu caro senhor que não posso nomear, mas a quem um dia hei de devorar.

E, antes que pudesse ser repreendido, o ghoul sumiu em meio ao tumulto do grande salão.

O homem da cor de areia também não esperou mais para ser atendido. Já havia conseguido o que viera buscar ali. Levantou-se e seguiu para a saída do salão. Do lado de fora, caminhou em direção às cavernas, como se fosse para o próprio aposento.

Apenas Ostegard o viu partir e ficou observando-o até que desapareceu em uma caverna. O velho anão olhou para a lua plena e avermelhada no céu e disse para si mesmo:

— Naquele aposento não há hóspede... Um encontro bastante suspeito em território neutro... Isso não pode ser bom, não mesmo...

Mas uma gritaria interrompeu seu pensamento, desviando sua atenção para o interior do salão. O elfo líder do grupo musical subira em uma mesa para chamar a atenção de todos, e o efeito foi dramático. Muitos que já tinham terminado sua refeição levantaram-se e começaram a dançar, tornando ainda mais caótica a circulação dos anões e suas bandejas carregadas. Ostegard deixou de pensar no mistério que presenciara e concentrou-se em colocar alguma ordem em seu domínio.

VIII
PROTEGER E ATACAR

Alek se revirava na cama, não conseguia pegar no sono. A lua cheia iluminava seu quarto, deixando-o repleto de sombras. Sentia a mente exausta, totalmente ocupada pela visão da noite anterior e pela preocupação com Lucas. Queria desligar-se de tudo, dormir e ter uma noite tranquila. Levantou-se e fechou as persianas de madeira. O quarto ficou um pouco mais escuro, mas a luz do luar encontrava brechas por onde entrar.

Nada de Anuar... Como ansiava por resolver a situação de Lucas logo!

Os dedos viravam o espelho de prata preso ao seu pescoço de um lado para o outro, sem que se desse conta do que fazia. Se pudesse, não estaria em Dagaz. Não pertencia àquele lugar e não desejava pertencer. Se não fosse Lucas, partiria em busca de Garib e do Cavaleiro do Dragão.

Garib.

Foi incrível reencontrá-la!

Alek recordou a pele tatuada e pálida, como a conhecera, e logo reviu, em seus pensamentos, a nova Garib, de pele cor de mel e cabelos longos e cinzentos. Duas lindas versões. Começou a relaxar, mas despertou por completo ao pensar no beijo que ela lhe dera e na reação de Abhaya.

Em nenhum momento dessa sua nova vida tivera tempo para pensar no que sentia. Abhaya lhe dava medo em algumas situações... Às vezes lhe provocava raiva, em outras... o encantava. O que mais o incomodava é que Abhaya não o aceitava como ele era. Parecia querer que ele se moldasse apenas com a Luz, deixando a Escuridão de fora. Com Garib era diferente, sentia-se um garoto perto dela, não sabia como agir. Ela o deixava sem chão, perdido. E podia ser quem era, sem amarras.

Complicado.

Será que estava apaixonado por uma delas? Ou pelas duas?

Foi salvo desses pensamentos pela batida em sua porta.

— Senhor Sombrio, Anuar acaba de regressar e deseja vê-lo.

Alek pulou da cama.

— Vou me vestir... Apenas um minuto, Talek.

O encontro se deu em uma pequena sala do castelo, uma espécie de escritório ou minibiblioteca, onde Anuar costumava fazer reuniões particulares. O líder guerreiro estava vestido como se regressasse de um evento de gala, com uma roupa branca adornada de bordados dourados, luvas e capa. Claramente acabara de chegar, mas já estava muito bem-informado a respeito de tudo.

A recepção de Anuar foi pior do que Alek imaginara.

O artefato recolhido no campo de batalha nem mesmo impressionou o guerreiro cor de areia.

— Você acha que nunca vi um extrator de essência de perto? — Anuar perguntou irritado. — Apenas um Renegado é capaz de usá-lo. E eles sempre fazem isso em benefício próprio.

Se fosse apenas esse o descontentamento, Alek poderia ter lidado com a situação, mas o presente resultou em um momento muito mais estressante.

— Qual a sua intenção ao trazer um desses para cá? Por que imaginou que eu me interessaria pelo artefato, Sombrio? — Anuar questionou, manuseando o aparato, sem olhar para Alek.

— Bem, é um objeto raro... — procurara algo melhor para dizer, mas era difícil.

— De fato é raro... Mas o que o fez pensar que isso serviria como uma compensação ao humano que você trouxe até nós?

— Pensei que poupar a vida dos Anuar seria, sim, uma boa compensação!

— O que quer dizer?

Alek sabia que o assunto era delicado; não deveria demonstrar que conhecia as suspeitas sobre a origem do poder do líder dos Anuar.

— Os tributos pagos aos Renegados exigem o sacrifício de seres da Luz, não?

— Sim... apenas de criminosos — Anuar demonstrou certo alívio ao ouvir tais palavras.

— Pensei que, se pudéssemos usar o artefato, tais mortes não seriam mais necessárias! A extração poderia ser feita sem findar a vida, ainda que causasse dor. Pelo que ouvi, a extração dos Renegados é mais precisa e eficiente.

— E você imagina que não pensei nisso antes? — questionou, recobrando o tom agressivo.

— Pensou? — Alek estava inseguro e, ao mesmo tempo, curioso.

— Claro! Você deve saber que são poucos os lugares do Mundo Antigo em que os Renegados podem montar suas bases. Costumam ser regiões perigosas, ou que constituem o único caminho a ser percorrido para um dado destino.

— Conheço apenas a Floresta de Ondo.

— Não é o maior covil... se assim posso me referir aos refúgios desses sugadores. Já capturei dois líderes Renegados ao longo de minha vida. Dois tolos que exigiram mais do que o justo como tributo. Apenas eles carregam os extratores, apenas os líderes. Tenho outros dois artefatos como esse guardados. Nunca funcionaram.

— Bem, eu pensei que, sendo o Sombrio, talvez conseguisse usar um desses.

Anuar o observou por alguns instantes, girando o artefato nas mãos.

— Fique com ele, então. Se conseguir ativá-lo, será considerado um presente digno. Por ora, o foco de nossa conversa deve ser outro: seu amigo é um problema a ser resolvido com urgência. Vou mandar Martim e Verônika o levarem de volta ao mundo dos humanos agora mesmo.

Alek pegou o artefato já duvidando de que conseguiria fazer alguma coisa com ele. Não sabia o que dizer sobre Lucas, mas precisava defender sua estadia no Mundo Antigo. Tinha medo de que se tornasse alvo da Sombria, caso regressasse para casa.

— Se você levar Lucas de volta, ele estará sozinho. Não tem mais ninguém além da tia, que foi morta por minha irmã.

Alek falou da irmã esperando uma reação de surpresa de Anuar, mas não foi isso o que aconteceu, e foi ele quem se surpreendeu ao ouvir:

— Primeiro, não sabemos se foi realmente sua irmã quem fez isso.

— Desde quando você sabe sobre minha irmã, Anuar? Pensei que essa seria uma novidade para você.

— Pensou errado, Sombrio. Estou atento aos movimentos de seu duplo desde o ataque que você sofreu no Campo do Destino. Tânia revelou a existência dela quando foi interrogada.

Alek lembrou-se do que Silvia dissera tempos atrás: Anuar tinha métodos para sempre extrair a verdade, e que não teria sentenciado Tânia à morte se ela ainda não tivesse revelado quem comandara aquele ataque à comitiva que escoltava o Sombrio.

— E por que você não compartilhou isso comigo?

— Porque considerei que seria efetivo saber mais sobre ela para entender se seria uma ameaça para você, ou se poderíamos promover um encontro de família! Mas vocês foram mais ágeis do que eu e, pelo temor que você revela sobre a segurança do humano, creio que não teremos um reencontro feliz de irmãos...

— Ela atacou Lucas para me atrair.

— Volto a dizer que não sabemos se a história é essa... Além disso, os Anuar não têm qualquer responsabilidade sobre o humano.

Não interessa a mim se o garoto ficará sozinho ou não. O que me diz respeito é o problema que significa ter um humano entre nós.

— Mas ele poderá ser alvo de um novo ataque. E eu, com certeza, irei resgatá-lo.

— Não tente me manipular. Não apenas ele pode ser alvo de um ataque, Sombrio! Todos os que eram próximos a você correm o risco de ser usados na tentativa de atraí-lo, manipulá-lo. Todos são alvos potenciais. Você será tolo o suficiente para cair em cada armadilha, por mais óbvia que seja?

— Serei tolo o suficiente para salvar meus amigos!

— E o que espera? Que resgatemos a todos os seus antigos amigos e os abriguemos? Que seja formada uma pequena colônia humana em meio aos Anuar? Você viu de perto que estamos em guerra. E o inimigo não é apenas um. Os humanos não podem se defender de um ataque Ciaran ou de sua irmã, ou de qualquer criatura que resolva atacá-los em nosso mundo! Até um goblin como Talek pode se tornar perigoso para eles.

— E o que espera que eu faça?

— Esqueça-os, Sombrio! Você não pode se responsabilizar por eles. Nem sequer é um deles!

— Se Lucas não ficar aqui, eu também não fico — apelou.

— O que quer dizer? Para onde iria?

— Se Lucas não puder permanecer no Mundo Antigo, eu voltarei com ele para minha casa.

— Ora, que asneira! Sua casa é aqui. Poupe o meu tempo, Alekssander. Isso não é negociável!

— Eu sou um prisioneiro?

— Não sou tolo para acreditar que eu poderia prendê-lo, Sombrio. E nem vejo qualquer função nisso. Mas você precisa se preparar! Não está clara a ameaça que o cerca? Como você seria treinado no mundo humano? Como poderia evoluir, despertar seus dons? Seria mais um alvo fácil!

— Certo, mas... — Alek buscava uma saída. — Já que estamos conversando abertamente, é bom assumir que as chances de vocês também melhoram comigo do lado dos Anuar...

— Presunçosa sua postura! Você pode ser mais forte que cada um de nós, mas, com certeza, não é mais poderoso do que a nossa união. Você daria conta de um exército, Alekssander?

Alek permaneceu quieto. Com certeza, não derrotaria um exército sozinho.

— Sabemos que lidamos com seu duplo e lhe digo: há outras ameaças além dela. Presumo que sua irmã não seja simples, mas já lidei com seres muito complexos antes. Com certeza, para nós, é melhor contarmos com sua parceria. Mas não tire conclusões sobre o que desconhece, não assuma que não teremos como lidar com a Sombria ou com qualquer outra ameaça sem você.

— Desculpe. Sei que é um grande guerreiro, Anuar. Mas, de verdade, não pretendo permanecer no Mundo Antigo se Lucas for levado daqui. Travarei minhas próprias batalhas, mesmo que seja para descobrir que não estou pronto para elas.

Anuar silenciou e andou pela sala alguns instantes.

— Agora o humano está em tratamento. Vou conversar com o Conselho e verificar que solução recomendam. Voltaremos a falar nos próximos dias. Por enquanto, o humano é sua responsabilidade. Se ele acordar, certifique-se de que não causará problema algum. E amanhã você deve retomar o treinamento. Preparamos um campo de batalha digno do Sombrio. Pelo que os mestres identificaram, você aprende por meio da prática. Então, terá muita prática daqui por diante. Para que fique pronto para a guerra, vou trazer a guerra até você!

Alek sentiu-se impelido a responder que não tinha qualquer interesse em se tornar a arma de Anuar. Estava evidente que o guerreiro só pensava em ativar suas habilidades de combate. *"Campo de batalha para meu treinamento? Trazer a guerra até mim? Ridículo!"*

No entanto, reconheceu que não estava em posição de iniciar outro conflito. Então, calou-se. Despediu-se e, ao retirar-se, ouviu:

— Espere! Pensando melhor... falarei com o Conselho depois. Seu amigo será transferido para cá e ficará sob a guarda do castelo. Enviarei um mensageiro até Martim ainda agora. Descanse hoje, porque amanhã você retribuirá minha generosidade com sua dedicação.

Alek estranhou aquela mudança abrupta e começou a se arrepender de ter trazido Lucas para Dagaz. Era nítida a alteração no tom de voz e na postura de Anuar. Ficou claro que o líder guerreiro identificara que Lucas poderia ser uma ferramenta interessante, um instrumento para manipular o Sombrio.

"Um problema de cada vez...", tentou se convencer, agradeceu e voltou para o quarto.

Com mais essa preocupação, é claro que a noite não foi contemplada por um sono tranquilo.

Na manhã seguinte, assim que acordou, Alek foi informado de que Lucas já estava hospedado no castelo. Para sua surpresa e irritação, o amigo não fora acomodado em um dos muitos quartos das torres, mas no subsolo, em um aposento que mais parecia uma cela.

— Como ele está? — perguntou, aproximando-se do amigo.

— Continua dormindo mais tempo do que fica acordado, assim como você nos períodos de recuperação.

— Silvia, bom saber que você continuará responsável por cuidar do Lucas.

— Não poderia ser diferente. Sei que ele é importante para você. Anuar não se opôs quando me ofereci para permanecer nessa função.

— Mas por que mantê-lo neste lugar?

— Os boatos correm, e Anuar quer evitar situações extremas. É melhor que espalhem que temos um humano como prisioneiro do que como hóspede.

— Ele sempre se preocupa com as aparências. Impressionante! Não vou deixá-lo agir dessa maneira. Vou levar Lucas para meu quarto.

— Não faça isso, Alek. Ele está bem abrigado aqui. Será bem-cuidado. Não vale a pena criar esse enfrentamento com Anuar. Você tem muito mais com que se preocupar. Já viu o campo de batalha que ele preparou para seu treinamento? Martim quase foi preso quando trouxe Lucas e viu toda a estrutura. Teve uma discussão feia com mestre Forbek sobre a sua segurança... Sei que você está além de nossa compreensão, mas Anuar irá colocá-lo à prova. Não será fácil.

— Forbek? Então, retomo o treinamento com os ataques dos elementos...

— Não apenas. Forbek foi escolhido para comandar o campo de batalha. Ao que parece, apenas ele e Gerd se dispuseram a isso. E, com o passado seu e de Gerd...

Alek passou a mão pela cabeça nua e lembrou-se do mestre da palavra tentando desintegrá-lo, da dor que sentira, do que lhe contaram sobre a reação de Anuar.

— Acho que Anuar preferiu Forbek, certo?

— Isso mesmo... De nada lhe servirá um Sombrio destruído. Ele quer garantir que poderá fazer uso da arma que está criando.

— Sabe, Silvia... Cada vez mais, acho que você estava certa ao me dizer que não há diferenças entre os seres da Luz e os da Escuridão.

Silvia sorriu.

— Anuar já sabia da existência de minha irmã desde o ataque no Campo do Destino... Dá para acreditar nisso?

— Hummm... Então, conseguiu mesmo fazer Tânia falar.

— Eu lembro que, naquela época, você tinha me alertado sobre isso.

— Anuar tem o dom de extrair a verdade...

— Mas, ao que parece, não tem o costume de revelar a verdade.

— Não se não for interessante para ele. Bem, vá se preparar, Alek. Concentre-se no que precisa fazer. Se Lucas acordar, eu o aviso na mesma hora.

Alek concordou em silêncio. Seu estômago roncou sonoramente, lembrando-o de que estava sem café da manhã. Despediu-se de Silvia e foi comer decidido a satisfazer Anuar, mas por pouco tempo. Precisaria pensar em uma estratégia que garantisse a segurança de Lucas e lhe permitisse buscar respostas... Eram tantas as que queria! Enquanto comia, decidiu que primeiro iria ao encontro de Draco, Cavaleiro do Dragão, e, quem sabe, descobriria alguma informação sobre o pai. Também precisava entender quem estava por trás daquela visão estranha sobre o passado de Tulan. Mas tinha a sensação de que isso iria se esclarecer sem que fizesse esforço.

Passou por seu quarto antes de seguir para o campo, onde era aguardado. Queria alguns instantes de solidão. Lavou o rosto, na tentativa de esfriar a cabeça. Olhou-se no espelho e estranhou mais uma vez o reflexo ali estampado. Sentiu falta do rabo de cavalo... do Alekssander que não era mais. Apalpou o braço esquerdo, pensando em tudo o que mudara nos últimos tempos.

"*Você é quem escolhe ssser, Alekssssander...*", ouviu o sibilo em sua mente.

— Ciaran, é você? — perguntou em voz alta.

"*Melhor não pronunciar meu nome, SSSSombrio. Precisamosss nosss encontrar. Muito temosss a tratar.*"

Alek concentrou-se para responder em pensamento:

"*Está difícil sair daqui... Não sei se você sabe, mas...*"

"*Sssei de tudo, Alekssssander. Acompanho seusss movimentosss de perto. Fique tranquilo, não o colocarei em risssco. Apenasss permaneça alerta. Avisarei quando chegar o momento certo. Ssserá em breve. Cuidado com Forbek, ele preparou muito bem o desafio para você. Não tente absssorver tudo, não será posssssível. Use seusss donsss de proteção e ssselecione o que quer aprender, só se deixe ssser atingido pelo que maisss lhe interesssssar. Não podemosss correr o risssco de você ssse ferir e passssar muito tempo em recuperação... desacordado... Em breve nosss veremossss."*

"*Ciaran, espere!*"

Alek estava só. Não tinha notado a serpente esgueirar-se em sua mente. Tão concentrado que estava em seus problemas, tornara-se exposto, frágil. Precisava manter-se atento, como dissera Ciaran.

Sobre as roupas confortáveis, claras, como era tão característico dos Anuar, colocou o manto com capuz. O dia parecia quente para a vestimenta, ainda mais para o treinamento que o aguardava, mas não via outra forma de ocultar o braço de dragão.

Quando saiu do quarto, deu de cara com Talek. O goblin o aguardava em pé do lado de fora, bem próximo à porta, encarando-a.

— Bom dia, Talek. O que faz aqui?

— Bom dia, senhor Sombrio. Anuar me enviou. Ordenou que eu ficasse aqui aguardando até que estivesse pronto.

— Muito bem, Talek! E por qual motivo me aguarda?

— Anuar deseja que o senhor Sombrio siga para o campo de batalha. Como não conhece o local, eu devo guiá-lo até lá.

A caminho do campo, Talek perguntou baixinho:

— O senhor Sombrio visitou o humano?

— Você sabe a respeito de Lucas?

— Todos sabem! Quer dizer, cada um diz uma coisa, mas todos concordam em um ponto: há um humano entre nós! — a última frase foi dita de uma maneira sussurrada e ameaçadora.

— Sei... Você pode me acompanhar da próxima vez em que eu for vê-lo. Isso se quiser conhecer o humano.

— Eu bem que gostaria, Sombrio, mas não posso... Anuar proibiu todos de andar pelos subterrâneos. Não é bom desrespeitar a vontade de Anuar. Nada bom!

Alek acompanhou o goblin até o pátio interno do castelo, onde havia um bonito jardim que, naquele momento, era cuidado por seres verdes e longilíneos, que lembravam gravetos. Duvidou que treinaria com eles. Então, olhou meio confuso para Talek, e o goblin respondeu com um gesto para cima.

A cabeça de Alek moveu-se até o queixo apontar para o alto e a nuca encostar nas costas.

No ar, algo flutuava como uma ilha. Não dava para ver o que havia lá em cima, mas o tamanho e a altura em que estava eram impressionantes.

— Como chegamos lá?

— Elas nos levam... — respondeu, apontando para o que parecia ser um colete salva-vidas branco com pequenas asas.

— Claro... — Alek pareceu bem inseguro.

— Eu não preciso ir. O senhor Sombrio sobe sozinho. Devo retomar meus afazeres com os demais.

— Sei... Quer dizer... não sei, não. Não faço a mínima ideia do que fazer.

— O senhor faz assim e assim — o goblin fez gestos indicando que deveria vestir o colete alado sobre a cabeça, encaixando os braços nas aberturas laterais. — E pronto.

Alek fez o indicado e, assim que colocou o aparato, sentiu-se um tanto ridículo, as asas não pareciam grandes o bastante para erguê-lo do chão. Em nada se comparavam às asas de Gerin.

— Pronto? — perguntou inseguro.

— Hummm... deveriam funcionar... — Talek pareceu intrigado. — Já sei!

— É impressão minha ou você não faz ideia de como esse negócio funciona?

— Nunca usei um desses, senhor Sombrio. Não voo. Mas já vi muitos dos nossos usarem. Penso que faltou um detalhe...

— O quê?

— Cócegas! Precisa fazer cócegas no voador para ele bater as asas.

Proteger e atacar 117

— Tá brincando.

— Não compreendo, senhor.

— Você está falando sério?

— Claro, senhor Sombrio. Vamos, faça cócegas no voador.

A expressão de Alek demonstrava o quanto se sentia desconfortável naquela situação. Timidamente fez cócegas leves na parte do voador que lhe cobria a barriga.

As asas estremeceram.

— Com mais vontade, senhor Sombrio. Vamos, vamos! — Talek indicou com gestos o movimento rápido dos dedos nas próprias axilas.

— Assim? — Alek perguntou, repetindo o gesto, e vupt! Alçou voo a toda velocidade. — COMO PARO ESTA COISA??? — gritou.

O goblin não respondeu e, num instante, Alek atingiu a altura da ilha flutuante.

— Até que enfim nos dá o ar de sua presença, Sombrio... — Forbek disse tão logo o viu despontar no céu. — O senhor pode parar de voar e se apresentar agora — esbravejou no segundo seguinte, vendo que Alek continuava a ganhar altura.

— Não sei como parar isto!

— Oras! Assopre seu voador! Com suavidade! Como pode não saber isso?

Dessa vez, Alek não duvidou da instrução. Pôs-se a assoprar o voador, de leve, na altura dos ombros e do peito, e foi descendo calmamente. Como subira em linha reta, desceu na mesma direção. Não iria pousar no campo de treino, mas Forbek o apanhou bronqueando:

— Está vendo essas tiras? Segure-as e direcione seu voo da próxima vez.

Alek sentiu-se aliviado quando Forbek lhe arrancou o voador e nem se importou com os risinhos dos diversos seres que assistiram à cena e o aguardavam para o treinamento.

Só então observou o lugar. Vasto, um campo com algumas construções estranhas sobre as quais não tinha a menor ideia do que seriam.

Forbek entregou o voador a alguém e aproximou-se dele.

— Tivemos muito trabalho para preparar este lugar, Sombrio. Espero que valorize nossos esforços. Quanto a vocês — disse aos que observavam e ainda pareciam divertir-se —, não se deixem enganar. Ele pode parecer um tolo, ele pode até mesmo ser um tolo, mas é perigoso!

Alek não gostou do que ouviu, mas permaneceu quieto.

— Vocês foram escolhidos para treiná-lo em combate. Poucos conseguirão provocar algum dano a ele... mas é provável que muitos de vocês não sobrevivam ao dia de hoje — os ouvintes ficaram sérios, e todos os traços de diversão sumiram.

Alek encarou Forbek, ia dizer que não mataria ninguém, mas o olhar que recebeu de volta do mestre o calou.

— Como é o primeiro dia, começaremos com a batalha um a um. Tritan, prepare-se.

Alek não sabia identificar a que povo Tritan pertencia; embora o corpo lembrasse o de um humano, era coberto por escamas brilhantes que refletiam as cores ao redor. O rosto, muito diferente, tinha um quê de cabeça de peixe, mas meio achatada, sem testa ou nariz. Enquanto Alek o observava, Tritan soltou seu primeiro golpe, uma onda sonora que fez tudo vibrar ao redor e arremessou Alek para longe.

"*Me defender...*", recordou o conselho de Ciaran sentindo o corpo doer e um tremendo bafo de peixe que acompanhara o golpe da criatura.

Nem tinha se colocado em pé quando Tritan desferiu o segundo golpe. Alek achou meio nojento o jato escuro que ele lançou pela boca. Pelo menos, dessa vez, teve tempo de projetar o campo de força que aprendera com Tânia. O líquido escuro bateu no campo e não o ultrapassou. Alek observou que, ao atingir o chão, o líquido borbulhava como se estivesse fervendo.

Afastou-se dali, ainda dentro do campo que projetara. Tritan não desistiu. Agachou-se e tomou uma posição que, para Alek, lembrava um sapo. Ao bater as mãos no chão, foi como se água brotasse da terra com uma força tremenda. Alek sentiu o jato bater em sua proteção e precisou recuar um pouco para não se desequilibrar. Aí, notou que a água minava sob seus pés, dentro da bolha de proteção. Teve de abrir o campo que o protegia porque, em segundos, a água lhe atingiu os joelhos. Se não desmanchasse o campo de força, logo estaria mergulhado nela. Pensou rápido; não queria matar ninguém, como Forbek previra. Ao mesmo tempo que o campo de força se desfez, lançou contra Tritan o golpe que aprendera com ele próprio, mas com uma força bem maior. A onda sonora lançou seu oponente para longe, praticamente para a extremidade do campo de batalha que devia ter, pelo menos, uns dois quilômetros de extensão.

Forbek não se conteve e aplaudiu.

— Excelente, Sombrio! Aprende rápido, muito rápido. Mas eu quero mais! Vamos ver o que consegue contra um de meus liches. Volatile, é seu momento!

Alek viu um ser encapuzado sair do nada, como se estivesse camuflado na paisagem antes de ser convocado. Estava a uns duzentos metros de distância e, conforme se aproximava, evidenciava a aparência cadavérica, a pele ressecada cobrindo os ossos que ainda não estavam expostos. No lugar dos antigos olhos, brilhava uma luz arroxeada. E o manto que lhe cobria o corpo parecia ter sido rico no passado, repleto de bordados e pedrarias, mas agora se desfazia, decompunha-se como o próprio lich. Ele caminhava devagar em direção a Alek, apoiando-se em um cajado de madeira escura adornado com diversos símbolos entalhados em toda sua extensão. Alguns desses símbolos também estavam acesos, com o mesmo brilho arroxeado dos olhos da figura cadavérica. Alek não esperou a aproximação total para erguer seu campo de proteção e, então, ouviu o manifesto de Forbek:

— De novo isso? Vamos direto à batalha, Sombrio! Chega de perder tempo com essas defesas inúteis!

Enquanto aguardava a lenta aproximação, Alek concentrou-se para tentar ler os pensamentos projetados no ar pelo lich. Mas era como se refugiar no vazio; nada emanava dele. Foi assim que Alek se deu conta de que enfrentaria um morto-vivo.

"Como isso pode ser uma criatura da Luz?", pensou e ouviu em seguida:

– Não importa o que é agora, Sombrio, mas o que foi em vida! – A resposta de Forbek o fez lembrar-se de que ele era um Ser do Pântano e, portanto, podia ler os pensamentos que projetava.

Nesse seu instante de distração, o lich, que havia pouco estava distante, aproximou-se perigosamente. Tudo aconteceu rápido demais. Alek levou um susto ao ver o cajado tocando seu campo de proteção, a barreira se desfazendo como se fosse areia, o cajado descendo veloz e atingindo-lhe o ombro. Foi imobilizado. Completamente rígido, nem piscar conseguia.

Via e ouvia tudo ao redor, mas não movia um músculo sequer. Percebeu a ponta do cajado acender com um fogo vermelho intenso e ouviu Forbek gritar:

– VOLATILE, O QUE PENSA QUE ESTÁ FAZENDO?

E não ouviu mais nada. Foi envolvido em uma grande bolha de água, lançada por Forbek, e sentiu algo se abrir em seu pescoço. Assustado, percebeu que estava respirando dentro da bolha de água e deduziu que, agora, tinha brânquias. Continuava tão imóvel quanto antes. A água que o envolvia o protegeu da imensa bola de fogo que o lich lançou em sua direção, apagando-a por completo.

Percebeu que Forbek gritava enlouquecido com o lich e desejou saber o que ele falava, mas a bolha d'água o isolava de tudo ao redor. Assustou-se ao ver que o lich atacara Forbek, lançando uma espécie de jato de lava na direção do mestre, que se defendeu com uma rajada de vento tão forte que mudou a direção do golpe inimigo contra ele próprio. Nada aconteceu ao lich envolvido no fogo líquido. Ele apenas bateu o cajado no chão, e uma trilha de fogo cresceu na direção de Forbek. O mestre ergueu as duas mãos aos céus e produziu um trovão tão forte que Alek sentiu a bolha de água onde estava estremecer. Uma chuva absurdamente intensa desabou, tornando invisível tudo o que estivesse a mais de dez passos de distância. Antes que Volatile lançasse outro golpe, Forbek, aos berros, arrancou um pequeno frasco que trazia preso a uma fina corrente em seu pescoço e o atirou ao chão. O lich caiu inerte. A bolha de água que protegia Alek se desfez. A chuva torrencial não cessou.

— Algum de vocês leve o Sombrio para os cuidados de Silvia — ordenou Forbek. — Ela saberá resolver essa imobilidade. O treino acabou por hoje. Malditos liches!

Alek foi pego por trás, sem ver quem o conduziu para baixo e o entregou para Silvia, que já esperava em seu quarto, avisada do que acontecera.

— De novo, Alek! Pelo menos, desta vez, não terei de remendar nada... — comentou, analisando-o por todos os lados.

Ela borrifou um líquido gosmento e fedorento por todo o corpo de Alek e dentro de sua boca também. Então o colocou deitado em sua cama. Alek sentiu os olhos arderem muito em contato com a gosma.

— Parece um ranho — falou com muita dificuldade, sem mover a boca, sentindo a voz arranhar a garganta.

— Que bom que sua voz já voltou... Logo seus olhos voltarão a se mover também. Quanto ao resto do corpo... talvez só pela manhã.

— Estão ardendo... meus olhos.

— Com certeza. Ranho de verme é muito ácido. Vai resultar em uma bela conjuntivite. Mas cuido disso depois. Não tem remédio melhor para a imobilidade de um lich que um bom ranho de verme.

— Eu tenho brânquias? — sussurrou quase sem fôlego.

— Se você ficar quieto, será melhor... eu acho... E não, não tem brânquias — e Silvia saiu do quarto, deixando-o sozinho.

Instantes depois, Forbek entrou esbaforido.

— Ah, Silvia já o cobriu com o antídoto! — falou, tapando o nariz com a mão. — Vamos ver o que ela arrumará para cuidar de seus olhos. Já estão impressionantemente vermelhos.

Alek continuou quieto.

— Malditos liches! Quando perdem a razão se tornam insuportáveis! Fique quieto aí, Sombrio — e riu de si mesmo, pensando no conselho que acabara de dar. — Você não tem outra opção, não é mesmo? Tenho de reportar a Anuar o ocorrido. Ele não vai gostar nada... Se opôs à minha intenção de envolver liches no treinamento e... afinal, parece que nosso líder estava certo. Pelo nosso bem, trate de se recuperar logo!

Saiu.

Alek sentia-se mal, muito mal. Quase não enxergava mais; parecia que uma camada opaca lhe cobria os olhos. A queimação não cedia.

De repente, piscou. A visão não melhorou em nada, mas conseguir fechar os olhos era bom. Instantes depois, ouviu Silvia:

— Abra os olhos, Alekssander.

Ele obedeceu e viu a curandeira aproximar uma pinça grande e, com ela, arrancar a pele grossa que lhe encobria os olhos. A visão melhorou um pouco, tornando-se menos opaca.

— Você está ficando bom em curar-se... Seu corpo está se recuperando bem rápido — Silvia colocou um pano encharcado sobre os olhos dele.

O alívio foi imediato.

— Não feche os olhos; deixe-os abertos para receber o medicamento. Logo, não arderão mais.

— Silvia, o que aconteceu lá em cima? — a voz saiu um pouco mais alta, mas ainda rouca.

— Acho bom você tomar mais um pouco disso... — ele sentiu Silvia abrindo-lhe a boca e despejando o ranho de verme. O gosto era muito amargo e a sensação daquilo entrando em seu corpo era nojenta, nauseante. — Você não vai conseguir falar quando essa meleca cristalizar aí dentro... Mas a gente dá um jeito. Aconteceu que

Forbek, mais uma vez, usou um de seus liches. Ele não se cansa disso. Os liches são poderosos e nada confiáveis. Quanto mais antigos, menos identificam quem é inimigo ou aliado, todos se tornam alvos potenciais. Foi isso o que você viu, Alek.

— Forbek o matou? — perguntou com muita dificuldade, sentindo-se enrijecer por dentro.

— Sim. Destruiu o filactério, o pequeno frasco, não foi? Um lich tem sua essência guardada em um receptáculo, Alek... é assim que se tornam poderosos e imortais... se é que dá para dizer que um lich é um ser vivo... Bem, quando o receptáculo é destruído, acabou. Ele deixa de existir. Forbek tem obsessão por esses seres. Envia emissários a todos os cantos do Mundo Antigo para encontrar filactérios e, com isso, arrebanhar liches sob seu comando... Até deixarem de obedecer a ele, como aconteceu justo hoje. Hummm, acho que já deu! Diga AAAAA...

Alek tentou, mas não emitiu som algum. Sentiu Silvia abrindo-lhe a boca e, como estava com os olhos cobertos, não a viu enfiar a pinça grande e puxar uma pele grossa de sua garganta. A sensação lhe deu ânsia, mas, assim que a pele saiu, o mal-estar passou.

— Que alívio! — falou em um tom normal de voz.

— Poderoso ranho de verme! — Silvia sorriu. — Alek, continue quieto. Volto logo.

— Por que não fica aqui?

— Porque seu amigo acordou. Preciso cuidar de vocês dois.

— Lucas acordou? — mas ela já não estava ali para lhe responder.

IX
NÃO HÁ HUMANOS ENTRE OS ANUAR

A recuperação de Alek seguiu o ritmo previsto por Silvia. Na manhã seguinte, ela puxou de todo o corpo dele a pele grossa em que o ranho de verme se transformara. A toalha que lhe cobria os olhos, e que fora trocada muitas e muitas vezes, também foi removida. Enxergava perfeitamente. Antes de mais nada, apalpou o pescoço procurando brânquias. Nada!

— Poxa! Eu tinha certeza de que elas estavam aqui — Alek parecia desapontado.

— Eu disse que não havia nada parecido com brânquias quando você chegou. E, convenhamos, brânquias não iam combinar nem um pouco com seu braço de dragão! Água e fogo não combinam! — e gargalhou.

Alek não viu graça alguma. Colocou-se de pé e começou a se mexer. Estava cansado, sentia-se dolorido, mas nada permanecia imobilizado.

— Silvia, mais uma vez você me salvou. Obrigado!

Ela sorriu e respondeu em tom irônico:

— Melhor guardar os agradecimentos. Penso que ainda o salvarei muitas e muitas vezes...

— Credo! Tá rogando praga?

— E você precisa disso, Alekssander? Antes desse campo de batalha você já arrumava confusão. Agora, nem precisa procurar... A confusão vai desabar sobre sua cabeça.

Ele permaneceu quieto, avaliando o que teria de enfrentar e

lembrando-se de Leila, sua avó, dizendo-lhe algo parecido. Passou a mão pela cabeça e...

— Silvia, você não disse que meus cabelos nasceriam de novo?

— Eu disse que TALVEZ isso acontecesse. TALVEZ! Você quase foi desintegrado, lembra? Espero que nada pior do que isso lhe aconteça... de verdade.

— E tem coisa pior?

— Pode ter certeza. Bem, hoje você descansa. Amanhã retoma os treinos. Tome um banho para tirar esse cheiro do corpo. O ranho de verme é eficiente, mas seu odor é nojento.

Só então Alek se deu conta de que estava fedendo. Era um cheiro que lembrava o de carniça, mas fazia tantas horas que estava coberto por aquilo que já nem percebia mais. Ela continuou:

— Vou pedir para Talek trazer comida. Depois, tente dormir.

— Dormir? Eu vou tomar um banho e procurar Lucas!

— Fique tranquilo. Ele está bem.

— Ainda trancafiado no subsolo do castelo?

— Não! Está em um quarto no alto da torre principal, logo abaixo do aposento de Anuar. Ao que parece, ele chamou alguém, um tutor, acho, para apresentar o Mundo Antigo a Lucas; quer que o humano se ambiente, antes que saia por aí e surte com o que encontrar pelo caminho.

— Quem é o tutor?

— Não sei. Não tenho acesso àquela ala do castelo.

— Depois do banho, vou até lá.

— Sem autorização de Anuar, ninguém sobe à torre.

— Espere... Ele isolou Lucas, é isso? — ela não disse nada. — Quero ver quem vai impedir o Sombrio de chegar até Lucas!

— Lá vem mais confusão!

Alek tomou seu banho acompanhado de muita irritação. Se era briga que Anuar queria, teria uma... e das grandes!

Vestiu-se como de costume, colocando o manto para esconder o braço de dragão, o que o irritou especialmente naquele momento. Não tinha a mínima vontade de ocultar quem era de verdade. Se os Anuar não aceitavam que o Sombrio tivesse um braço que revelava sua ligação com a Escuridão, o problema era deles!

O quarto de Alek ficava na ala leste do castelo, e a torre principal, na ala central. O caminho que levava a ela era longo e tortuoso, o que fez Alek se perder por duas vezes e irritar-se ainda mais.

Enquanto andava, pensava em tudo o que poderia usar para tirar os guardas de seu caminho sem os machucar. Mas nenhuma das estratégias idealizadas funcionou.

A torre não era guardada por nenhum ser do Mundo Antigo, mas por magia. Uma barreira invisível detinha quem tentasse subir os degraus: por mais que se esforçasse, não ultrapassava o terceiro degrau. Sem dúvida, um *loop* bizarro. Alek não fazia ideia de como lutar contra aquilo.

– Senhor Sombrio, saia daí!

Talek parecia bravo de verdade.

– Como faço pra ultrapassar este maldito degrau?

– Não faz. Se Anuar não quer que o senhor Sombrio suba, o senhor Sombrio não sobe!

– Que insuportável! E para de me chamar de senhor Sombrio!!!

Alek caminhou de volta até o quarto, seguido de perto por Talek. Resmungou o caminho todo, até que teve uma ideia.

– Talek, quem aqui na cidade pode se teletransportar? – perguntou pensando nos filmes de ficção científica que assistira na companhia de Lucas.

– O quê?

– Ir de um lugar para o outro, como se fosse mágica. Um de vocês deve saber fazer isso. Não?

– Usando um portal? Poucos têm autorização para portais... –

advertiu. – E aqui no castelo não pode abrir portal, não.
– Não, sem portal.
– Hummm... Isso é coisa de tengu! Nada bom.
– Tengu? O que é tengu?
– Tengus são traiçoeiros, aprontam muito, roubam crianças... hummm... salvam crianças também. Não gosto de tengu.
– Você conhece um tengu? Há algum aqui em Dagaz?
– Kurutta é o dono da Taverna da Lua. Mas o senhor Sombrio não deve se aproximar de um tengu. Não mesmo...

Antes de chegar ao quarto, Alek deu meia-volta e seguiu rumo à saída do castelo. Dessa vez, Talek não o seguiu.

– Onde posso encontrar Kurutta? – Alek perguntou ao entrar na Taverna da Lua que, àquela hora do dia, tinha poucos funcionários limpando e organizando o local.

Todos olharam para ele e, vendo um jovem, retomaram os afazeres. De trás do balcão, uma pequena fada esverdeada perguntou:
– Quem procura Kurutta?
– O Sombrio!

O efeito foi o esperado. Todos interromperam suas tarefas e ficaram imóveis, sem saber se comemoravam aquela chegada ou se buscavam onde se esconder.

A fada fez uma pequena reverência com a cabeça.
– Seja bem-vindo, Sombrio! Venha comigo, por favor!

Alek acompanhou a pequena criatura esvoaçante por um corredor estreito, que ficava atrás de uma porta bem camuflada, do lado de dentro do balcão. Ela não tinha mais de um metro de altura, ele avaliava mantendo distância, e parecia menor que sua ex-mestra Stella, especialista em invocação. A aparência delicada e frágil, entretanto, não garantia se era pacífica ou capaz de atos piores do que o uso de cadáveres reanimados, como sua antiga tutora. O melhor seria manter uma distância segura.

O lugar cheirava a álcool rançoso, como uma bebedeira na manhã seguinte deve cheirar. Apesar das várias portas nas laterais do corredor, existia apenas uma no seu final, de frente para aquela pela qual entrara. Seguiram para lá.

Ao chegarem, a fada deu três leves batidas na porta e falou:

— Kurutta, ele está aqui...

Alek estranhou a forma como foi anunciado.

Ela abriu a porta e apenas recebeu o sinal de espera do tengu, oculto atrás de um grosso livro. De onde estava, Alek notou que ele virava a página, lia mais um tanto e soltava um suspiro satisfeito. Então, sorrindo, abaixou o livro, olhou para ambos e falou:

— Bem-vindo à minha humilde casa, Sombrio. Desculpe o momento de espera, mas era um instante de muita tensão no *Andar tortuoso da morte branca*. Precioso romance. Repleto de situações impressionantíssimas! Conhece?

Alek respondeu com um aceno negativo, fazendo força para não revelar sua surpresa. O tengu era um ser vermelho, com longas barbas brancas, nariz incrivelmente comprido e asas como as de um pássaro.

— Você sabia que eu viria? — disse após alguns instantes, quando o tengu fazia um sinal com as mãos para a fada ir embora e fechar a porta atrás do visitante.

— Talek me avisou.

— Talek? Mas eu acabei de sair do castelo!

— Nossa comunicação por correspondências é bem ágil; estou certo de que já deve conhecê-la.

Alek consentiu com a cabeça. Não conseguia definir por que o goblin tomara tal atitude.

— E por que ele o avisou de minha chegada?

— Para que eu estivesse aqui para recepcioná-lo, claro! Sou um ser das montanhas, meu caro rapaz. Só me mantenho aqui na Taverna da Lua quando necessário. Preciso da floresta para me sentir bem, e ela precisa de minha proteção. Estava em meu lar, lendo esta obra impressionantíssima, quando Talek me contatou. Transportei-me direto pra cá... se é que me entende... – concluiu com um sorriso e uma piscadela.

– Parece que Talek lhe contou mais, não?

– Escreveu sobre seu interesse na minha capacidade de me transportar... sem usar minhas asas ou minhas pernas – e sorriu mais uma vez, apontando para as asas e as pernas e mostrando todos seus dentes brancos.

Não sabia se agradecia a Talek ou se o goblin tinha lhe causado um problema. O tengu percebeu sua hesitação.

– Não encha a cabeça com pensamentos inúteis, rapaz! Eles sempre ocupam muito mais espaço do que os assuntos que realmente merecem nossa atenção. Talek é um goblin bastante tolo, mas foi útil. Há tempos queria ter a oportunidade de conhecê-lo. Inclusive sei que já frequentou meu estabelecimento, mas nunca tivemos uma oportunidade como esta. Desejava descobrir se é tão interessante quanto seu duplo.

– Você conhece minha irmã?

– Claro! Estive com Ela por algum tempo, no passado, e ensinei-lhe muito do que sei. Aprendiz eficiente. Tornou-se incrivelmente hábil tanto nas artes marciais quanto nas habilidades mágicas. Aprimorei muito do que Ela aprendeu com os Monges do Destino. Claro que não lhe revelei tudo... Nunca poderia correr o risco de ser superado por um aprendiz, entende?

Alek não entendia.

– Você é um aliado de minha irmã?

– Sou um aliado de mim mesmo, Alekssander. O que foi? Surpreso por eu não o tratar por Sombrio? Títulos não significam nada, rapaz. Eu mesmo já tive muitos e abandonei todos. Não sou um aliado de Tulan. E não serei um aliado seu. Mas posso lhe ensinar muito, assim como o fiz com seu duplo. Nada mais justo que contribuir para o Equilíbrio.

— Não sei se devo confiar em você.

— Sábias palavras. Confiança plena abre caminho para a ruína. Mas sei que tem interesse por minhas habilidades. Quer dizer, pelo menos por uma delas.

— Preciso aprender para...

— Eu sei... Talek explicou... quer chegar ao amigo humano que Anuar tomou para si.

— O que mais Talek lhe contou? — questionou irritado.

— Apenas o necessário. Convenhamos que não foi muito esperto de sua parte entregar a Anuar alguém que de fato é importante para você. Deu ao guerreiro da areia um instrumento que pode ser usado para manipular suas vontades, Alekssander.

Alek sabia disso, mas era amargo demais perceber que isso era tão óbvio para alguém que acabara de conhecer.

— Mas não se preocupe; podemos mudar a situação. Não será simples. Tampouco, ligeiro. Mas tudo é reversível. Ou... quase tudo.

— Por que você me ajudaria contra Anuar?

— Não estou contra ou a favor de ninguém. Como disse, sou pelo Equilíbrio. E há muitas ameaças ao Equilíbrio atualmente. Muitos são os que se interessam por conseguir mais poder a qualquer custo. Espero que aprenda tão rápido quanto sua irmã, porque tempo você não tem. Logo, logo, precisará utilizar mais dons do que imagina! Vamos ao que interessa: você aprende como Ela? Basta observar o que faço?

O tengu percebeu a hesitação do interlocutor.

— Ora vamos! Há limites para a desconfiança. A esta altura, já deve saber que sua irmã aprende observando...

Essa era uma confirmação daquela estranha visão que tivera.

— Não? Se não sabia, sabe agora. E você, como aprende?

— Para que devo lhe contar, para que saia espalhando aos quatro ventos?

— Por quem me toma, rapazote insolente? Só disse isso a você, até este momento. E não pretendo dizê-lo a mais ninguém.

Entenda: vocês se complementam! Precisam se compreender para que descubram como se complementam. Só assim o Equilíbrio será mantido.

— Parece que minha irmã não aprendeu isso com você...

Dessa vez, foi o tengu quem demonstrou não saber o que dizer.

— Você mostra estar bem informado. Então, deve conhecer as tentativas de minha irmã de me matar.

— Ora! É mais bobo do que eu imaginava! Seu duplo não tentou matá-lo, Alekssander! Tulan o protegeu! Não é Ela quem o caça! Mas a mim não cabe explicar-lhe tudo. Abra os olhos e veja!

— Você é aliado dela. Só pode ser!

— Bem, perdemos nosso tempo. Não há como colocar nada em um copo já cheio... ele transborda. Você está repleto de ódio e medo. Só poderá aprender algo comigo quando se liberar desses sentimentos que o cegam. — Dizendo isso, abraçou o grande livro e desapareceu.

Alek ficou alguns instantes ali, buscando controlar sua ira. Talek estava certo, não devia ter procurado o tengu. *"Até parece que eu ia cair nessa cilada!"* Mas... o tengu dissera que eles poderiam reverter a situação, recuperar Lucas. Dissera tantas coisas. Seriam verdades? Precisava descobrir. Ia abrir a porta e voltar ao castelo quando ouviu atrás de si:

— Já esvaziou o copo?

— Você não foi embora?

— Fui falar com Verônika — respondeu, colocando o livro sobre a mesa e caminhando em direção a Alek.

— O quê?

— Ela já foi minha aprendiz, sabe que sou confiável. Verônika não tinha o conhecimento de que treinei seu duplo. Isso porque não devia mesmo saber. Ninguém devia. Agora sabe. Assustou-se. Mas, ao contrário de você, compreendeu a necessidade de prepará-lo e garantir o Equilíbrio.

Alek continuou mudo.

— Ela disse que não sabe exatamente como você aprende, mas me garantiu que precisa experimentar, aprende de maneira prática. É assim?

Silêncio.

— Ah! Vamos descobrir agora mesmo! — o tengu agarrou Alek e a sensação foi como se ele deixasse de existir. Sentiu-se leve como um vapor... Por um segundo, vislumbrou o vazio, o mesmo em que se refugiava para não pensar... No instante seguinte, sentiu-se condensar, tornar-se líquido e, então, pesado e preso no próprio corpo. Estavam ambos no alto de uma montanha nevada.

— O que aconteceu? — perguntou confuso.

— Sua primeira lição, Alekssander. Agora, mostre-me o que aprendeu!

Alek estava bastante agitado. O frio o fazia tremer. Olhava para os lados quase não acreditando.

— Como faço isso?

— Pense aonde iremos, permita-se deixar de estar aqui. Sinta o lugar aonde vamos. Esteja presente nele e iremos para lá — explicou Kurutta, sem desfazer o abraço que dera em Alek.

Instantes depois, estavam no antigo quarto em que vivera por tantos anos. Os pertences dele todos ali, o cheiro da casa, de Leila.

— Aonde nos trouxe? — Kurutta se soltara dele e observava o cômodo com atenção. Correu até a porta, espiando como um animal atento e desconfiado. — Não pode ser... O mundo humano?! Você fez isso? É extremamente perigoso!

Girou nos calcanhares, apanhou o pulso de Alek e voltaram para a saleta na Taverna da Lua.

— Mundo dos humanos, nunca! Não pode! Compreendeu??? De jeito nenhum. Você não deve ficar visitando nada nem ninguém por lá! Com certeza há quem vigie tudo. Não desenhe um alvo em sua testa, Alekssander! E não coloque os humanos em risco!!! Eles não fazem parte desta história!

— Alguém vigia minha casa? Quem?

— Por outro lado... Parabéns! Aprendeu a primeira lição ainda mais rápido que seu duplo — continuou o tengu, ignorando o questionamento do aprendiz.

— Kurutta, eu PRECISO saber: alguém vigia minha casa?

— Precisa nada! Se não soube até hoje é porque não precisa.

Alek sentiu um arrepio. Já ouvira aquilo antes.

— Você conhece Garib?

Uma gargalhada foi a resposta.

— Boa aprendiz, Garib. Muito boa! Apesar de impulsiva demais. Por hoje, acabamos. É bom voltar para o castelo. Anuar não ficará muito feliz ao saber que você não está lá, dormindo como um gatinho dócil. Logo teremos nosso próximo encontro, aprendiz.

— Não adianta discutir com você, né?

— Aprende rápido mesmo! Muito bom! Adeus por hoje — pegou o livrão e sumiu.

Alek deu de ombros. Afinal, aprendera o que viera buscar, não? Então, melhor praticar. Fechou os olhos, concentrou-se e, quando os abriu, estava em seu quarto no castelo Anuar! Só não comemorou porque ao abrir os olhos viu que o quarto não estava vazio, Silvia o aguardava, sentada na cama, e sua cara não era das melhores.

— Então é verdade que foi ter com Kurutta. Um tengu, Alekssander! Onde estava com a cabeça?

— O que há de errado com tengus?

— Eles são neutros, nada confiáveis... Não devem sua lealdade a ninguém.

— Gosto disso.

— Não, não gosta. Tengus só pensam em si! Você nem sabe do que gosta ou não! Mas não vim aqui para discutir. Alek, descobri quem está cuidando de seu amigo. Não é um tutor, nem nada próximo a isso. As intenções de Anuar não são boas. Nada boas!

— Um simbionte? — Abhaya parecia horrorizada.

— Anuar não está brincando, quer mesmo ter o controle sobre você, amigo — Martim concluiu.

— O pior de tudo é que foi inútil eu ter recorrido ao tengu! Me dei conta de que não posso me transportar para um lugar em que nunca estive, que não conheço.

— Alek, conhecer Kurutta não pode ser considerado inútil. Muitos outros adjetivos podem ser usados... inútil não. Kurutta é um grande mestre quando deseja sê-lo, mas insuportável quando quer. Pelo que percebi, ele está disposto a ensinar-lhe muito.

— Não sei se posso confiar nele, Verônica.

— A questão não é essa. Ele pode tornar-se um guia importante em sua jornada...

— Mas o foco aqui é o Lucas, não? — Gerin retomou o rumo da conversa. — E se eu o levasse voando até o quarto onde ele está?

— Com certeza deve ter uma barreira de proteção, como na escadaria... — Alek refletiu.

— Mas, se você enxergar lá dentro...

— Posso me transportar!

— Perigoso. Não vai ajudar em nada... — Martim parecia desanimado.

— Se o simbionte estiver ligado a Lucas, pode ser muito mais que perigoso! — Abhaya ainda parecia chocada com a ideia.

— Eu consigo dar um jeito nele, não? — Alek não sabia ainda o que estava enfrentando.

— Se você o destruir enquanto estiver conectado a Lucas, vai destruir parte do seu amigo também — Verônika explicou.

— Lucas está perdido... — Abhaya lamentou.

— O que quer dizer com isso? — Alek perguntou de forma ríspida.

— O simbionte nunca irá deixá-lo, você não entende?

— Não! Claro que não! Essa criatura deve ter uma fraqueza.

— Tem várias... — Verônika afirmou.

— Então!!! — Alek fazia um gesto com a mão direita, como que apoiando o que a guerreira dissera.

— Acontece que a fraqueza dele passa a ser a fraqueza de Lucas também, Alek. — Ela continuou: — Se houve a ligação, um depende do outro agora.

— E por que Anuar fez isso?

— Um humano entre nós é muito incômodo, Alek... — Martim refletiu. — Penso que essa foi uma solução prática que ele encontrou para transformar seu amigo em algo diferente de um humano.

— Um mutante com duas mentes em uma só. E uma delas é serviçal de Anuar — Gerin concluiu.

— Com isso, ele resolve dois problemas — Verônika completou o raciocínio. — Lucas deixa de ser um simples humano, e Anuar obtém total controle sobre alguém que é muito importante para você.

— Você precisa falar com Anuar, Alek... Dê a ele o que quiser para que retire o simbionte de Lucas.

— Nada disso, Abhaya! — Verônika reagiu. — Sabemos quem é Anuar! Ele não terá limites em suas exigências.

— E o que eu faço?

— Procure Ciaran... — Martim falou, e todos se voltaram para ele. — Ela deve saber como lidar com o simbionte. Originalmente os simbiontes eram seres da Escuridão.

— E como Anuar tem um deles como aliado? Mais um que mudou de lado? Vocês são muito complicados! Não fazem ideia do quanto! Dividem tudo em lados pra depois ficar trocando de posição, misturando as histórias. Não faz qualquer sentido! Vou falar com Anuar. Só ele pode me dizer aonde quer chegar de verdade.

Nenhum dos amigos pareceu aprovar tal decisão.

— E vou falar com Kurutta. Ele disse que poderia me ajudar a resolver tudo. Se Verônika confia nele, talvez valha a pena procurá-lo de novo.

Verônika consentiu com um gesto de cabeça.

— Também vou procurar Ciaran. Há muito para conversarmos.

As três decisões pareceram satisfazer a todos, ainda que parcialmente, menos a Abhaya, que continuava emburrada.

— Alek, talvez seja útil para você manter esse seu novo dom longe do conhecimento de Anuar — aconselhou Verônika.

— O de me transportar?

— Sim.

— Concordo. Aliás, a cara que vocês fizeram quando cheguei aqui foi impagável! — e, rindo, Alek desapareceu, voltando a seu quarto.

Primeiro, foi procurar um serviçal do castelo para que enviasse um recado a Anuar. Queria falar com ele com urgência.

— Anuar não está no castelo, senhor Sombrio — respondeu a fada que ajeitava as flores nos vasos à porta do quarto.

A noite foi terrível, dormiu pouco e mal. Fechava os olhos e visualizava Lucas e o simbionte, em versões mais e mais assustadoras. Na manhã seguinte, pediu a Talek que requisitasse um encontro com Anuar. Ficou no quarto esperando, impacientemente, e a resposta veio horas depois:

— Anuar não pode recebê-lo, senhor Sombrio. Disse que, se já está em condições, deve retomar seu treinamento.

— Onde ele está agora?

— Na saleta dos livros. Em reunião.

— Com quem?

— Não sei dizer, mas não quer ser perturbado. Colocou dois guardas bem na porta, nem eu pude entrar.

— Se não vai por bem, vai por mal.

O goblin foi atrás de Alek, perseguindo-o pelo caminho até a entrada da saleta.

— Preciso falar com Anuar — disse firme aos guardas que cuidavam da entrada. Nenhum deles parecia amigável. Se bem que as expressões dos centauros responsáveis pela guarda pessoal de Anuar nunca eram amigáveis.

— Ele não pode recebê-lo, Sombrio.

— Eu disse ao senhor; vamos voltar para seus aposentos, por favor — Talek comentou, puxando de leve o manto de Alek, em uma tentativa de apaziguar o que percebia ser uma situação perigosa.

— Desculpem, não fui claro. Eu vou falar com Anuar.

Os centauros entreolharam-se com uma expressão esquisita, como que se divertindo com a situação. Um deles respondeu:

— É melhor ouvir sua babá aí e ir descansar, menino.

Acabou de falar e flutuou no ar, imóvel. Alek usou pela primeira vez o dom completo que aprendera no Campo do Destino. Não sabia se provinha de Tânia, como o campo de proteção que já usara outras vezes, mas conhecer de quem experimentara não lhe afetava a habilidade de reproduzi-lo.

O segundo centauro o atacou de pronto. Talek fugiu correndo, assustado.

Era óbvio que não tinha pensado direito naquilo...

Como iria manter um deles no ar e se defender do outro?

Tentou. Não conseguiu. Quando projetou o campo de proteção, o primeiro centauro despencou no chão. A altura da queda não foi suficiente para feri-lo. Agora dois centauros irritados o atacavam, e não queria machucar nenhum deles. De novo usou o golpe recém-aprendido no campo de batalha e, com uma onda de som fortíssima, atirou para longe um centauro, que bateu contra uma parede e não se levantou.

— Essa doeu... — disse, desviando-se de um golpe do outro guarda, que ainda o atacava. — Peraí!

O guarda parou um instante, Alek estendeu um dedo da mão direita e tocou o ombro do centauro. Nada aconteceu.

— Ué! — Alek tentou paralisá-lo como o lich fizera com ele, mas não funcionou.

O centauro aproveitou a aproximação e golpeou fortemente a

lateral de Alek com o cabo da lança. O Sombrio se contorceu de dor e, antes de receber o novo golpe, envolveu a ambos em uma imensa bolha de água, assim como Forbek fizera, e, enquanto o centauro se debatia, tentando nadar para a superfície inexistente e já quase sem fôlego, Alek levou a mão ao pescoço e comemorou:

— Sabia que eram brânquias! Mas por que você não as tem? — perguntou ao centauro, que pareceu não entender o que dissera, apenas empenhado em nadar sem sair do lugar.

— Mas o que é isso?! Como ousa atacar meus guardas?

A bolha se desfez, centauro e Alek caíram no chão, estatelados, e a água se dispersou por toda parte.

— Finalmente! Consegui chamar sua atenção! — Alek falou, levantando-se, e percebeu que Anuar olhava para o pescoço dele.

Em um ato reflexo, colocou a mão e sentiu as brânquias fechando-se, desaparecendo.

— Não lhe disseram que eu não podia atendê-lo?

— Disseram, mas eu preciso falar com você.

Anuar o olhava, de cima para baixo, irritado.

— Gosto de ver que está aproveitando o treinamento que lhe proporcionei. De fato aprende novos dons como eu esperava. Mas não desejo que os use contra mim e em meu próprio lar... lar onde o recebi tão bem... a você e a seu amigo humano.

— Anuar, sem rodeios. Você sabe por que estou aqui. Quero ver Lucas. Quero que você arranque o simbionte dele e quero...

— É muito querer para quem não tem poder, Sombrio... E já sabe sobre Cosmos, então. Bom, isso me poupa explicações. Deveria me agradecer e não vir até a mim como quem declara guerra.

— Não estou declarando guerra alguma!

— Como não? Veja o que fez!

Alek sabia que Anuar queria suas desculpas, mas não tinha a intenção de satisfazê-lo.

— Anuar, o que pretende com Lucas?

— Estou adaptando seu amigo ao nosso mundo. Quando a simbiose entre ele e Cosmos for concluída, poderá viver entre nós sem causar maiores problemas. Não era isso que queria?

— É óbvio que eu não queria que você grudasse um parasita nele!

— Cosmos não é um parasita. Lucas revelou-se curioso logo que acordou. Ao contrário do que eu esperava, não causou qualquer tumulto em seus primeiros contatos com nosso mundo. Não teve nenhuma espécie de surto. Era como se já esperasse que nossa existência fosse possível. A curiosidade dele me incentivou a escolher Cosmos como seu tutor...

— Tutor? Ele vai se fundir a Lucas.

— Não há forma mais eficiente para o aprendizado. Será bom para ambos. Você deveria me agradecer! E pedir perdão pelo mau comportamento, é claro – disse, fazendo um gesto que mostrava tudo encharcado ao redor e os dois centauros.

— O que você quer de verdade, Anuar? – Alek perguntou com raiva.

— Ora! Você sabe, Sombrio! Chega de impertinência. Basta de demora. Torne-se o que você deve ser e me seja útil! – respondeu em um só ímpeto, revelando uma agressividade desconhecida por Alek. — Seja o guerreiro de que preciso e seu amigo estará seguro, será preservado... Bem, pelo menos a maior parte dele será.

Alek começou a erguer o braço esquerdo, mas se conteve.

— Não pense em se erguer contra mim, Alekssander. Você ainda não está pronto para isso. E, quando estiver, terei mais dos seus valiosos amigos... para costurar uma boa armadura contra a sua ira. Foi você mesmo quem me deu o que eu precisava. Então, se quer brigar com alguém, procure um espelho! Assuma que você causou tudo isso!

— Foi você quem matou a tia de Lucas!

— Não fale asneiras. Admito que eu nem mesmo havia pensado nisso. Não tinha percebido o quanto se importava com seus amigos humanos, Sombrio, até trazer Lucas a mim e implorar para que eu o acolhesse. É você, e apenas você, o culpado por essa situação. Se estamos falando abertamente, Sombrio, está bem evidente que nunca pretendeu me servir. A mim ou a ninguém. O que fiz foi tirar-lhe a opção. Agora, vai me servir como um bom soldado serve a seu comandante. Estou certo?

Silêncio.

— ESTOU CERTO? — Anuar questionou gritando com força, como uma ordem.

— Está — Alek respondeu, olhando para baixo.

— Que bom. Então comece por obedecer a minha ordem para descansar, recuperar suas forças, e amanhã retome seu treinamento. E não se dê uma importância que não tem, Sombrio. Você faz parte de meus planos, mas é apenas uma peça neles. Uma peça. Quero que você se esforce para não ser uma peça descartável. Acompanharei de perto seus resultados. Seja meu melhor guerreiro. Seja o melhor guerreiro que existiu e garanta o bem-estar de Lucas e de qualquer outro amigo que eu vier a hospedar.

Anuar observou Alek com atenção.

— Sei que borbulha por dentro. Acredite, já experimentei essa sensação. Acredite também quando lhe digo que o melhor é se transformar no que eu quero que seja...

— Sua arma... — Alek grunhiu.

— Não poderia definir melhor. Vejo que compreendeu. Guardas, acompanhem o Sombrio até seu quarto e não saiam de lá. A partir de agora, você não sai quando bem quiser e nem recebe visitas sem que eu concorde. Vamos parar de agir como se tudo estivesse bem. Não está. Já desperdiçamos demais o tempo que não temos.

Anuar voltou para sua saleta e, antes que fechasse a porta ou que os centauros assumissem sua posição, Alek viu lá dentro, de relance, um vulto escuro mover-se como uma sombra. Seguiu com os dois guardas, sem resistir, embora por dentro fosse inteiro resistência. Sabia que Anuar escondia mais do que uma sombra no interior daquele escritório e sentia-se muito incomodado ao pensar no que ou em quem poderia ser.

Trancaram a porta do quarto à chave. Ficou alguns segundos pensando no que fazer. Caminhou até a janela, de onde observou a cidade. Tentou abrir o vidro, sem êxito. Selado. Pensou em quebrá-lo, mas do que adiantaria? Provavelmente um feitiço manteria a passagem fechada. Fora feito prisioneiro, e isso merecia atenção. Enfim sua condição estava bem clara. Anuar não fizera qualquer rodeio dessa vez. Revelara todas as suas intenções. *"Todas? Quem estava com ele naquela saleta?"*

Precisava de ajuda.

Devia falar com alguém, contar o que estava acontecendo em Dagaz. Poderia se transportar, mas temia que um guarda entrasse no quarto durante sua ausência. Não queria ameaçar ainda mais a vida de Lucas.

Sentou-se na cama, olhando pela janela. Fechou os olhos, buscando uma solução dentro de si. Anuar era perigoso, e isso estava cada vez mais evidente. Um guerreiro capaz de tudo para conseguir o que queria. Para que ele tanto ansiava pela arma mais poderosa de todas? Contra quem desejava lutar?

Quieto, agoniado e perdido em meio às preocupações, um pensamento se formou aos poucos: Ciaran o contatou mesmo a distância. Falou em sua mente mesmo não o vendo. Alek sabia que a conexão entre ele e a serpente era maior do que qualquer outra. Selada pelo veneno que corria em seu corpo. Seria capaz de contatá-la?

"Sim... você é capaz, Aleksssander. Essstou com você a cada inssstante."

Alek sentiu um arrepio.

"Eu preciso de ajuda, Ciaran. Anuar assumiu que sou seu prisioneiro e fez de Lucas refém. Deixou claro que deseja que eu me transforme na arma dele."

"Acompanho tudo de perto, Sssombrio. O jogo de Anuar é ainda mais complexo que isssso. E maisss perigoso. Quando a luz da lua iluminar ssseu quarto, vá para o Labirinto."

"E se alguém entrar aqui? Vão achar que fugi e tudo pode piorar. Temo por Lucas."

"Tudo vai piorar. Masss você está certo em evitar que isssso ocorra agora. Peça ajuda a ssseu visitante."

"Visitante?"

Nesse mesmo momento, Alek teve a estranha sensação de que algo se movia atrás dele. Abriu os olhos, e sua ligação com Ciaran se desfez. Ainda de costas para a porta, ouviu:

— Já acabou esse sei lá o quê que você estava fazendo?

Não precisou se virar para saber quem era o visitante.

— Faz bastante tempo que não venho ao castelo — ele continuou falando em tom baixo —, ainda bem que acertei o quarto. Seu amigo Gerin conseguiu me explicar direito. Já pensou a confusão que ia dar se eu aparecesse diante de um daqueles centauros mal-encarados que fazem a guarda de Anuar?

— Kurutta, que bom te ver!... Hummm... eu acho... — Alek celebrou inseguro, também mantendo o tom baixo de voz para que ninguém os ouvisse do lado de fora. Levantou-se e foi na direção do tengu, que estava perto da porta do quarto.

— Honestamente, esperava uma recepção mais calorosa. Mas deixemos isso para uma próxima vez. Fiquei sabendo da chegada de Cosmos ao castelo, dos planos de Anuar para seu amigo humano e da sua... contenção. Vamos chamar assim. As coisas estão ficando feias rápido demais!

— Como você é tão bem informado?

— Goblins podem ser bem úteis quando querem. Talek é um talento!

— Claro... — Alek imaginava qual seria a verdadeira relação entre o tengu e o goblin. — E você veio me ajudar, é isso?

— Óbvio que não! Só você pode se ajudar, Alekssander. Foi muita burrice enfrentar Anuar. Se continuar agindo assim, será difícil dar um jeito em seus problemas.

Alek respirou fundo.

— Kurutta, não é o melhor momento para você fazer a crítica dos acontecimentos.

— Não vim aqui para isso tampouco!

— E pra que veio?

— Vim pelo Equilíbrio — falou em tom superior, fazendo um amplo gesto com as mãos.

— Aham... De novo essa conversa!

— Você precisa se encontrar com alguém hoje, estou certo? — e colocou a língua para fora, imitando um sibilo. — Precisamos garantir que tudo ocorra em segurança.

— Talek não sabe disso.

— Não converso apenas com Talek, menino.

— Você falou com Ci...

— Ora! Ora! Ainda imprudente. Olha o foco!!! Sair daqui, sem que ninguém possa comprovar... sem que isso gere um problema maior para quem está feito de refém por conta de seus atos.

— De novo isso?! Eu sei o que fiz!

— Se você assumir a responsabilidade por suas escolhas, há chance de fazer diferente. Caso contrário, não. Vai ficar repetindo todos os erros. Melhor eu tagarelar sobre o que aconteceu até entrar em sua cabeça do que você fazer o mesmo de novo e de novo. Estou certo?

— Certo. Assumo a responsabilidade. Pensei que poderia negociar com Anuar e nem imaginei que estava dando munição a ele.

— Isso tem nome!

— Burrice, eu sei. Você já falou algumas vezes.

— Não, garoto. É falta de experiência. Quando você tiver seus 120, 150 anos, vai olhar para trás e perceber o quanto era ingênuo. Boboca, mesmo. Até lá, há tempo para melhorar.

"Cento e cinquenta anos?" Alek não sabia o que responder. Calou-se.

— Eu trouxe um... um negocinho que vai ajudá-lo nos próximos tempos — falou, remexendo em um saco de couro preso à cintura.

— Negocinho?

— Um artefato, se prefere assim. Um artefato maravilhoso! Melhorou? Ah! Encontrei o negocinho! — e estendeu para Alek uma bolota de metal escuro, do tamanho de uma azeitona e de superfície áspera como uma lixa, com um pequeno orifício como um pingente que, de fato, mais parecia um negocinho do que um artefato maravilhoso.

— O que é isto? — perguntou, apanhando a bolota na mão direita e girando-a entre os dedos.

— Um ancorador.

— Ancorador?

— Isso mesmo. Agora me agradeça e use-o com sabedoria.

— Ahnnn... Obrigado? Mas pra que serve e como uso isso?

— Tudo tem que explicar? Muito devagar esse processo... O modo de usar é bem simples: mantenha o artefato com você sempre que se transportar. Bem perto mesmo. Melhor, grudado em você.

— E eu devo fazer isso porque... — Alek estava curioso, mas também um tanto irritado com o jeito como o tengu o tratava.

— Se você se transporta usando um ancorador, uma imagem sua fica no ponto de onde partiu. Em tudo igualzinha a você. Como uma casca oca. Aí, se alguém tocar essa casca, o ancorador arrasta você de volta em um piscar de olhos.

— Puxa! Então... — Alek formava uma cena em sua cabeça. — Se eu estiver deitado aqui na cama, de olhos fechados, antes de me transportar... e se alguém entrar aqui vai me ver supostamente dormindo. Certo?

— Isso. Entendeu.

— E se tentarem me acordar, eu vou voltar para cá no mesmo instante.

— Se o tocarem, sim.

— Genial!

— E se lhe enfiarem um punhal envenenado também.

— O quê?

— É um tipo de toque, né? Não dá para negar. Mas acho que você não precisa se preocupar com isso agora.

— Acha?

— Sim! Claro! Anuar quer fazer uso de você vivo. Ninguém vai esfaquear o Sombrio enquanto dorme. Quer dizer, pelo menos não por enquanto. Se Anuar considerar que está sendo obedecido, nada deve ameaçá-lo...

De novo, Alek estava sem saber o que dizer ao tengu.

— Então, o que achou? Artefato maravilhoso, não?

— É. Acho que sim... pelo menos por enquanto, né?

— Isso... isso... entendeu. Bom, já fiz o que precisava fazer. Agora vou. Hoje você vai lá ao Labirinto. Amanhã, quando o castelo dormir, você vai lá para a montanha gelada. Seu aprendizado precisa prosseguir. Então é isso. Até amanhã. Ah, vá agasalhado! — E sumiu sem esperar resposta.

Alek continuou girando o artefato na mão, pensando em como o tengu mantinha relações com Verônika, uma guerreira Anuar, com Ciaran, ou com um de seus aliados — pois sabia que iria encontrar-se com a serpente naquela noite —, e ainda com sua irmã. Ah... e com Talek, não podia esquecer. Como conseguia manter-se ligado a todos os lados? Essa ideia do Equilíbrio não o convencia. Ainda não se sentia seguro com ele. Ouviu o barulho da fechadura e, rapidamente, fechou a mão, escondendo o ancorador.

X
REFLEXOS DA REALIDADE

Talek entrou com o jantar, acompanhado por um centauro.

— Espero que esteja bem, senhor Sombrio — falou baixinho.

— Estou, Talek. Fique tranquilo.

— Espero que tenha compreendido a necessidade de respeitar a vontade de Anuar — disse um pouco mais alto, olhando para o centauro com o canto dos olhos.

— Compreendi, sim — e olhou para o guarda também.

O goblin aprovou com um gesto de cabeça e retomou:

— Espero que...

— Ora, vamos! — interrompeu o centauro. — Chega de conversa! — e fez um gesto com a lança indicando que o goblin deveria se retirar.

Talek abaixou a cabeça e saiu.

A porta foi trancada, e Alek, apesar de não sentir a menor vontade de comer, precisava manter as aparências. Serviu-se de um pouco de comida, deixou a bandeja de lado e se viu apreensivo, ansioso pelo momento de partir. A lua deveria estar alta no céu para que seguisse até o Labirinto... Colocou-se em pé diante da janela, olhando para o céu escuro como quem olha para o relógio à espera de os minutos passarem. As sombras continuavam a mover-se sobre a floresta, até nas noites mais escuras era possível notá-las.

E, mesmo que em alguns momentos pareça se arrastar, o tempo sempre passa.

A lua brilhou acima de tudo, e Alek se percebeu estranhamente calmo. Toda a agitação se diluíra.

Retirou o ancorador do bolso e o prendeu ao colar, junto ao espelho de prata.

"Aqui você fica mais seguro e sempre perto de mim."

Colocou o colar para dentro da roupa e deitou-se. Cobriu-se. Fechou os olhos e tentou rever o Labirinto. Lembrou-se de sua chegada, no que imaginava ser a entrada do porão do casarão em que sua avó trabalhava. Leila. Que doído pensar nela e saber que nunca mais a veria. Que saudades de seus bilhetes, de sua companhia, de seus cuidados, do carinho.

Não!

Precisava se concentrar.

Voltou à escuridão daquele cômodo estranho... à rampa de concreto... à sua descida em velocidade. Chegou a sentir a dor na testa cortada. E se viu no Labirinto de caixas. O cheiro de mofo emanava de toda parte. Abriu os olhos. Não estava escuro como da última vez, mas sim iluminado pela neblina branca, como ele sonhara tempos atrás.

"Conseguiu, Alekssssander! Ssseja bem-vindo!"

Alek olhou ao redor e não viu a serpente; mesmo assim, sabia para onde deveria seguir.

"Então, eu estou aqui realmente?"

"Essstá. Venha ao meu encontro."

Enquanto caminhava, ainda inseguro quanto a estar imaginando ou ter conseguido se transportar, passou a mão pelo braço esquerdo e sentiu a pele de dragão. Depois, percorreu com a mão a cabeça lisa. Isso lhe deu segurança; era ele mesmo que caminhava pelos corredores de caixas, não o Alek do passado, de suas memórias. Não precisou prestar atenção ao caminho. Apenas sabia para qual lado virar a cada bifurcação, a cada encruzilhada.

Andava em um ritmo intenso, mas isso não o impedia de observar as caixas empilhadas que formavam as paredes.

"O que elas guardam, Ciaran?"

"Muitosss segredosss, Alek. Doresss, maravilhasss, horroresss, poder. Não há mais espaço para nada disssso no mundo. Em nenhum mundo."

"É como um depósito."

"Não. É como um refúgio. Tudo aqui é vivo. O Labirinto ressspira. Você vê?"

"Vejo a névoa."

"Correto. Você vê a ressspiração do Labirinto. Tudo aqui ainda vive, masss não pertence maisss ao que existe lá fora."

"Aqui, pelo menos, não deixam de existir..."

"Isso messsmo. Entendeu, Alekssssander."

— Olá, Ciaran! — Alek disse ao virar para a direita e encontrar o que concluiu ser o centro do Labirinto, uma área aberta onde a serpente o aguardava enrolada sobre si mesma.

— Esse é um dosss centrosss do Labirinto, Alek. Não o único.

— Ainda lendo meus pensamentos?

— Sempre que posso. Você mudou muito desssde a última vez que nosss encontramosss — Ciaran observava Alek atentamente.

— Pois é... Perdi meus cabelos e ganhei um braço de dragão — retrucou de um jeito descontraído, erguendo o braço para evidenciá-lo.

— Mudou maisss por dentro que por fora.

Alek ficou calado.

— Meu veneno ainda pulsssa em você, masss já não é maisss meu veneno. É diferente, é ssseu. E são muitosss os donsss que moram em você. Ah! A paralisia do lich!!!

— Não, esse não mora. Tentei usá-lo hoje mesmo e deu em nada.

— Falta-lhe o insssstrumento.

— Qual instrumento?

— O lich o tocou com a mão?

— Eu não me lembro... Hummm... Espere! Não! Usou um bastão.

— O cajado é o inssstrumento do lich.

— Preciso de um cajado? É isso?

— Com você não funcionaria. Avalio que é chegado o tempo de você dessscobrir o ssseu inssstrumento.

— Não entendi.

— A arma de sua essssência, aquela que traz em si.

— Então, ferrou! Nunca vou descobri-la. Pelo que sei, Mildred nem está mais entre os professores que irão me treinar lá no campo de batalha. Até ele desistiu.

— Mildred não conssseguiria lhe ensssinar isssso. É preciso lhe mostrar o caminho.

— E quem pode me mostrar? Você?

— Não. Eu messsma não trago em mim a arma. Não sssou uma guerreira. Kurutta sssaberá como o guiar.

— Kurutta? Você o conhece?

— Todosss conhecem Kurutta. Masss não essstamosss aqui por ele. Ring quer conhecer você.

— Quem é Ring?

— Um dosss refugiadosss do Labirinto — Ciaran desenrolou-se, e Alek imaginou se seria atacado novamente.

— Não ssseja tolo!

Ele ergueu os ombros.

— Não consegui evitar...

Quando ela saiu por completo do lugar que ocupara, algo jazia no chão.

Ele aproximou-se e viu o objeto dourado, de superfície polida, refletindo tudo que o rodeava.

— Ring é um ovo de ouro. É isso?

— Ring é o espelho do mundo, Alek. Tudo o que exissste, exisssstiu ou pode vir a exissstir se reflete em sssua sssuperfície.

— Como uma bola de cristal?

— Bem maisss poderoso que um dessssesss artefatosss. Ring tem consciência e esscolhe o que revelar. Tudo aqui é vivo, não se esssqueça.

— Uma bola de cristal com vontade própria.

— Não. Ring é o essspelho do mundo — falou em um tom sério, repreendendo Alek.

Nesse instante, a superfície de Ring se agitou, como se uma pedra tivesse atingido a face de um lago até então tranquilo.

— Você precisa saber, Alek.

Ele reconheceu a voz suave, mas não teve tempo de dizer nada. O dourado não refletia mais o Labirinto, mas uma sala do castelo. A cor das paredes de areia e toda a decoração eram familiares a Alek, mas não aquele aposento em especial.

— Quanto mais resistir, mais doloroso será! — ouviu uma voz estranha dizer.

Girou em torno de Ring, buscando encontrar o autor da frase.

Uma cama e um guarda-roupa parecidos aos dele ocupavam parte do aposento. Em um canto, alguém se sentava encolhido. Alek sentiu o peito apertar.

— É Lucas!

Ele estava fechado em concha sobre si mesmo. Ring aproximou a imagem.

— Vamos tentar mais uma vez! — a mesma voz estranha falou e era como se viesse de Lucas, mas não era sua voz.

E um tentáculo saiu da coluna de Lucas, como projetado por alguma coisa que estava dentro dele. Ensanguentado, feito de carne viva, sem pele, Lucas gritou de dor.

— Pare de resistir! — a voz ordenou. — Deixe-me fazer parte de você!

— Você não é parte de mim! — respondeu baixo, sem forças.

O tentáculo enrolou-se em torno do pescoço de Lucas e o apertou. O garoto levou as mãos até ele, buscando libertar-se. Sua expressão era de horror e sufoco.

— Lucas!!! — Alek gritou, e viu o amigo cair ao chão desacordado.

A superfície de Ring voltou a refletir o Labirinto, e sua voz suave expôs:

— Cosmos ainda não conseguiu unir-se a ele, mas conseguirá em breve. A resistência do humano está trincando.

— Eu não vou deixar!

— Você não tem como evitar.

— Então, por que me mostrou?

— Para que saiba que ele resistiu e não o julgue no futuro.

— Foi você que me revelou a história de Tulan?

— Sim. Muitas mudanças virão, e não há tempo para que as revelações aconteçam cada qual a seu momento. Há fatos que você precisa conhecer para evitar o pior.

Ciaran aproximou-se.

— Ring tem me ajudado a acompanhar você e a me preparar para o que virá.

— E você confia nele por quê? Se ele escolhe o que lhe mostrar...

— Ring mostra o que precisamosss saber.

— E é ele quem decide?

— Ele esssstá ligado à lei maisss antiga do Universo. A Lei do Equilíbrio.

— Já ouvi isso...

— Não menossspreze, Aleksssander. Sssem o Equilíbrio não há vida.

— E o que ele revelou a você??

— Que Anuar se alia a Olaf para me tirar da liderança dosss Ciaran.

— O quê?

— Penssse com calma. Você viu um Anjo da Essscuridão no cassstelo.

— Não! Não vi!

A superfície de Ring mostrou a cena em que Alek discutira com Anuar e a sombra no escritório.

— Olaf estava no castelo? Então por que não tentou me pegar? Se Ring diz a verdade, é isso o que ele quer, não? Um Sombrio. Não caçou tanto Tulan?

— Ele não é tolo. Precisa do apoio de Anuar para tomar a liderança dosss Ciaran, masss não confiaria nele a ponto de entrar em ssseu domínio. Olaf enviou um dosss seusss emissáriosss para negociar osss termosss da aliança e, pelo que Ring revelou, você e sssua irmã entraram na negociação...

— Olaf quer a ajuda de Anuar para quê? Para derrotar você?

— Para me desssstruir.

— E isso é possível?

— Essstou velha, Alekssssander... Meu tempo há de acabar, pelasss mãosss delesss ou não. Masss Olaf não pode nada contra mim, tampouco será meu sucessssor.

— E quem será?

— Ainda é incerto. O tempo há de revelar. Olaf tem ligação forte com a Essscuridão, masss seu Dessstino não é o de ser o novo Ciaran. Se ele conseguir o que deseja, uma era de conflito e sofrimento se iniciará a quem se opuser a seu poder.

— E por que Anuar vai ajudá-lo?

— Conhece como Anuar se tornou o líder da Luz, certo?

Alek lembrou-se das suposições de Silvia.

— É verdade que ele mata os prisioneiros porque precisa da essência deles?

— Sssim. Corrompeu-se. E o Equilíbrio está cobrando ssseu preço. O que o tornou forte no passssado agora o está dessstruindo. Anuar sabe que não terá forçasss para se opor a Olaf e deseja dessscobrir como reverter sssua sssituação.

— E o que você tem a ver com essa história toda?

— Sou eu que esstou no caminho de Olaf, apenasss isssso — respondeu e desviou o olhar.

— E aqui, no Labirinto, há de tudo... — Alek refletiu.

— De tudo...

— Até o que pode desafiar o Equilíbrio?

— Até...

— E por que você me quis aqui hoje?

— Para lhe apresentar Ring. Ele não conseguiu contatá-lo maisss...

Alek pensou no colar espelhado que trazia sob a roupa. Ciaran prosseguiu:

— Ring precisava lhe mostrar o que acontece com Lucasss. E... — Ciaran parou um instante, fechando os olhos.

— E...

— Também o trouxe para ssselar o elo entre nósss.

— Não entendi.

— Quero que aprenda todosss osss meusss donsss, Aleksssander.

— Por quê?

— Há muito tempo, o líder da Essscuridão é também o guardião do Labirinto. Não tenho como garantir quem ssserá o próximo Ciaran, nem que se importe de verdade com o que aqui vive... Masss posso tornar você o protetor dessste refúgio. Tudo o que sssei não passará para quem me dessstruirá, se você já tiver retido o conhecimento antesss. Preciso fazer isssso antesss que o tempo do conflito retorne. Percebe a importância de ser o novo guardião?

— Acho que sim. Você quer evitar que Olaf se apodere do Labirinto e de tudo o que vive aqui.

— Não temosss como prosssseguir hoje, masss vou esssperar seu retorno. Sempre que puder me chame e venha para cá. Há pouco tempo para tudo o que precisa aprender.

— Você está falando igual a Kuru...

— Senhor Sombrio, acorde!

Alek sentiu um puxão seguido de uma sensação de queda, como a que já experimentara em alguns sonhos. Em seguida, percebeu a pequena mão balançando-o.

— Talek, o que faz aqui? — perguntou, estranhando ao ver que estava tudo escuro ainda.

— Seu amigo alado tentou vê-lo e não conseguiu.

— Gerin estava aqui; o que queria?

— Ele tentou entrar pela janela e não conseguiu...

— Anuar deve ter colocado um daqueles feitiços na janela.

— Aí, ele deu um jeito de entrar na cozinha e me chamar. Eu já estava repousando, mas fui atendê-lo porque, como o senhor Sombrio bem sabe, sou muito prestativo.

— Eu sei, Talek, eu sei... E Gerin disse o que quer?
— Disse! Disse que é urgente e precisa ver o senhor. Pedi que ele o espere na masmorra.
— Quando o Lucas estava lá, era subterrâneo do castelo. Agora é masmorra?
Talek ergueu os ombros e fez cara de "pois é".
— E como você conseguiu entrar aqui? Os guardas não estão aí fora?
— Sim, estão. Eu me transportei.
— Você o quê? Por que não disse que sabia se transportar quando eu lhe perguntei?
Talek de novo ergueu os ombros e fez a mesma cara.
— Você é cheio de surpresas, Talek. Pode voltar para o seu quarto. Darei um jeito nisso. Obrigado por me chamar.
— Não vá irritar ainda mais Anuar!
— Não vou.
Talek, mesmo parecendo não acreditar, sumiu.
Alek voltou a se deitar. O que Gerin teria de tão importante para dizer? Era hora de descobrir...

👁

— Caramba! Você precisa arrumar um jeito de avisar que vai se materializar! Assusta esse negócio de aparecer do nada!
— Gerin, bom ver você também. Talek me avisou que precisava falar comigo.
— Vim buscá-lo pra gente conversar com o Draco. Vamos?
— Calma... Sabe onde o Draco está?
— Neste momento ele já deve ter chegado lá na Clareira da Morte.
— Draco está na Clareira? Como aconteceu? E como sabe disso?
— Depois da nossa conversa, eu percebi que você tinha muito o que fazer e resolvi ajudá-lo. Enviei uma mensagem para ele, dizendo que você queria vê-lo, e ele respondeu avisando que viria esta noite.

Alek ficou olhando para o amigo, pensando se era caso de agradecer a ajuda, mas não foi isso o que falou:

— Você estava mesmo ansioso para que eu falasse com ele, né? E disse que iria junto quando isso acontecesse...

— Tá bom, eu sei a que ponto quer chegar... Assumo que também preciso conversar com o Cavaleiro do Dragão. E ele não viria até aqui só para me encontrar... Então, aproveitei que você quer falar com ele e uni nossas necessidades. Mas... se não quiser ir, pode deixar que eu vou e me desculpo com ele e...

Alek tocou com o braço de dragão o pulso do amigo e, no instante seguinte, estava na Clareira da Morte, ambos com as mãos em chamas.

— O que aconteceu??? Alek, que sensação mais doida! — Gerin se apalpava como verificando se estava inteiro.

— Estamos sozinhos... — Alek constatou olhando em volta. O luar deixava a areia com uma cor avermelhada. Apagou o fogo da mão esquerda, que logo estava como antes, envolta pela garra de dragão.

— Ele deve chegar logo.

— Vamos ver...

Os dois sentaram-se em uma pedra e ficaram alguns instantes em silêncio.

— Sabe, agora sou prisioneiro de Anuar.

— O quê? Foi por isso que não consegui chamá-lo pela janela?

Então, os dois amigos conversaram sobre o ocorrido e os cuidados necessários para lidar com Anuar dali em diante. Estavam tão envolvidos com as estratégias elaboradas que nem perceberam o portal da Escuridão abrir-se atrás deles. Ajeitando-se melhor na pedra, Gerin viu de relance a passagem.

— Alek, tem um portal atrás de nós.

Os dois caminharam até ele e tentaram espiar. Impossível ver o interior de um portal da Escuridão.

— Draco disse que viria até nós?

— Disse. Quer dizer... Não foi bem assim...

— Disse ou não?

— Ele respondeu que o ponto de encontro seria aqui, esta noite.
— Será que devemos entrar no portal?
— Será?
— Gerin, você precisa melhorar essas marcações de encontros...

Alek viu que o amigo estava bem perdido e sem jeito por não ter acontecido como imaginara.

— Bom, vamos lá! — Alek exclamou, entrando no portal, seguido por Gerin.

A escuridão era absoluta e cegou a ambos. Mesmo com seus olhos Ciaran acesos, demorou alguns instantes para Alek enxergar além da escuridão do portal e ver o local para onde tinham ido. Quando o portal se desfez por completo, observaram rochas por todos os lados.

— Uma caverna? — Gerin concluiu, fitando uma estranha tocha na parede, que se assemelhava a uma garra entalhada em pedra.

— Com certeza, mas aonde devemos ir? — Alek observava os dois caminhos a sua frente, tentando escolher um deles. Um parecia levar para cima; o outro, para baixo. — Descemos ou subimos?

— Por mim, subimos. Não gosto muito de lugares fechados...

— E quem disse que subindo encontraremos uma saída?

— Verdade...

— Vocês falam muito e observam pouco! — ouviram uma voz ecoar atrás deles.

— Draco! De onde você veio? — Alek perguntou, virando-se para o cavaleiro. Ele parecia diferente do que Alek se lembrava: os cabelos lisos foram presos em uma longa trança, e uma barba densa lhe cobria o rosto, escondendo parcialmente a cicatriz que atravessava a face esquerda. Também não vestia a armadura vermelha que parecia coberta de escamas, tampouco trazia a espada na cintura. As roupas, simples e soltas, tinham a cor da terra avermelhada que viam ali na caverna.

— Vim daqui mesmo! A entrada está bem aqui, não precisam subir ou descer... — e, dando um passo para trás, sumiu.

Os dois se agitaram e foram checar a parede atravessada por Draco. Sólida!

— Mas o que está acontecendo? — Gerin se mostrava contrariado quando emitiu um: — Opa! — e desapareceu.

Alek parou de tocar a parede e a observou com mais atenção. Olhando para o lugar onde Gerin estava quando sumiu, notou que, em um ponto, na altura de seu quadril, a parede vibrava, formando um desenho que tinha três espirais conectadas ao centro. Colocou apenas um dedo para sentir a textura e passou para o lado de fora, emergindo em meio a um pequeno povoado com casas construídas de pedras. Um pouco à frente, uma fogueira ardia, e Gerin e Draco o aguardavam.

• PARTE III •

O CAVALEIRO DO DRAGÃO

XI
O FOGO

— Pensei que teria de buscá-lo — Draco falou com um sorriso no canto dos lábios.

— Até agora não entendi onde fica essa entrada, saída, sei lá o quê... — Alek olhou para trás e não localizou a passagem na parede de pedras.

— Bem-vindos a Draak, o lar dos dragões.

— Por que trazer a gente lá pra caverna e não aqui pra fora?

— Nossos anciãos não permitem a abertura de portais neste local. Qualquer portal deixa um rastro. Nunca é bom deixarmos rastros de nossos passos. Se rastrearem a caverna, não sairão de lá e ainda terão uma morte dolorosa...

Alek e Gerin trocaram olhares, mas nada disseram.

— E os dragões, onde estão? — Gerin perguntou, tentando quebrar o mal-estar.

— Repousando dentro do vulcão.

— Vulcão? — Alek assustou-se e tentou ver o topo da montanha da qual saíra.

— Draak é um vulcão que dorme há muitas gerações, mas está vivo e seu calor aconchega os dragões. Venham até minha casa; conversaremos com mais conforto lá.

— E a fogueira, não vai apagá-la?

— Não, Sombrio. Em Draak a fogueira sempre arde.

Caminharam um pouco entre as casas que se organizavam por linhas sinuosas, e Gerin não se conteve ao perguntar:

— Por que as ruas não são retas aqui?

— Quando vemos Draak do alto, durante nossos voos, o povoado tem a forma da tríplice espiral, lembrando-nos de nossa conexão com o passado e o futuro...

— E os ciclos de evolução... – completou Gerin.

— E está todo mundo dormindo? – quis saber Alek, observando as moradias escuras e em silêncio, sem se envolver nas divagações dos dois.

— Sim, normalmente não dormimos cedo. A noite é nosso período de maior atividade, mas amanhã deve nascer um novo dragão. Todos estão ansiosos e acordarão com o sol e com os dragões... Iremos fazer vigília até o pequeno nascer!

Após alguns poucos minutos, Draco falou, abrindo a porta de uma casa que, aos olhos de Alek, em tudo era igual às outras:

— Chegamos.

— Vocês não se confundem com as casas todas iguais?

— Não são todas iguais... – e deu três batidas com o indicador na porta, chamando a atenção para alguns símbolos que pareciam ter sido gravados com fogo na madeira. – As runas mostram o nome do cavaleiro ou da amazona que vive na casa.

— Nossa! Nem tinha notado!

Draco revelou um aposento amplo, com mesa, cadeiras, armários, tapetes, lareira e uma panela fumegando no fogo.

— Deixei uma beberagem apurando. Deve estar pronta. Vai ajudar a compensar o pouco sono desta noite.

— Draco, não é o seu nome que está gravado na porta...

O cavaleiro se deteve por um instante ao ouvir o comentário de Gerin.

— Não, não é. É o nome de meu irmão mais velho – e continuou a servir a beberagem em três canecas.

Alek não entendeu a cara de espanto do amigo.

— Quando eu me tornei um cavaleiro – continuou –, ganhei o direito a uma casa e escolhi a que pertencera a meu irmão – fez uma pausa e entregou a bebida aos convidados, já sentados à mesa. – Após sua morte, ninguém quis viver aqui. Todos o consideravam um traidor... mas eu não. Guilherme sempre foi um exemplo para mim. Portanto, eu não quis que meu nome substituísse o dele. Foi a maneira que encontrei de preservar a sua memória.

— Você é irmão de meu pai? — Alek perguntou abalado.

— Sou, Alek. Há tempos queria lhe contar, mas Ciaran pediu-me para aguardar o momento certo. Depois que o vi com esse braço, soube que a hora já havia chegado. Só estava esperando um movimento seu...

— Você é tio do Alek, então? — Gerin perguntou, e viu o amigo erguer as sobrancelhas, evidenciando a obviedade da resposta. — Minha nossa!!!

— Alek e eu temos o mesmo sangue. Pelo menos em parte. A outra parte vem daquela cigana traiçoeira.

— Você conheceu minha mãe?

— Sim, o povo dela viveu aqui perto por pouco mais de um ano. Foi aí que ela e Guilherme se encontraram.

— Por que a chamou de traiçoeira?

— Guilherme se apaixonou por Gálata no momento em que a conheceu, dançando sob a lua, algumas noites depois da chegada dos ciganos. Nosso povo decidiu verificar quem eram e se pretendiam ficar.

— Eles acamparam em território Ciaran? — Gerin queria todos os detalhes.

— Não. Acamparam na Floresta de Keinort, território neutro dominado por Renegados, de quem conseguiram a permissão para ocupar uma pequena área da mata. O líder de Keinort, na época, era de sangue cigano. Alguém desse grupo tinha um parentesco com ele, pelo que me lembro. O que sei com certeza é que Guilherme mudou quando conheceu Gálata. Antes era muito atento, presente a cada segundo da vida. Depois, passou a ser comum encontrá-lo desconectado de nosso mundo, perdido em pensamentos.

— E isso é ruim?

— Para um Cavaleiro do Dragão, sim, Alek. Somos o presente, somos a ponte entre o passado e o futuro. Ocupamos a segunda espiral... Se deixamos de estar plenos no presente, a ponte se desfaz e nosso poder também.

— Ele não vai entender... — Gerin comentou de um jeito cúmplice com Draco.

— Mas é bom que tente; quando se tornar um cavaleiro, precisará lembrar-se sempre disso.

— Peraí... Tornar-me um cavaleiro?

— Sua ligação com o sangue dos dragões é mais intensa do que a de qualquer um dos cavaleiros de nosso tempo. As histórias contam que, no passado, era comum os cavaleiros terem seus corpos metamorfoseados quando se uniam a seu dragão. Mas isso não acontece há eras! Quando vi seu braço, relatei ao Conselho.

— E o Conselho, o que disse? — Gerin estava empolgado.

— Falaram que Alek encontraria o caminho de casa.

— O que isso quer dizer?

Dessa vez, foi Gerin quem ergueu as sobrancelhas para o amigo, em uma expressão que indicava que a resposta era óbvia.

— Que você nos buscaria e encontraria seu destino.

Alek ficou quieto. Sua vida andava agitada e, cada vez mais, a expectativa sobre ele só aumentava. Deu o primeiro gole na beberagem. Era espessa e escura como um chocolate quente, mas o aroma lembrava gengibre e canela.

— Você não explicou o que viu de errado em Gálata... — Alek perguntou depois de tomar a bebida.

— De início, não vimos nada. Quando descobrimos que ela e Guilherme estavam juntos, tudo mudou.

— Por causa da profecia?

— Pra ser sincero, Alek, acho que ninguém se lembrou da profecia na época. Os Cavaleiros do Dragão não se apaixonam. Aceitamos essa realidade no momento da iniciação.

— E vocês têm como controlar isso? — Alek achou bem estranha a ideia.

— Simplesmente é assim. Apenas acontece. E quando Guilherme se revelou apaixonado por Gálata, soubemos que havia algo errado.

— Um feitiço? — Gerin sugeriu.

— Na época pensamos que sim, mas descobrimos, depois, que não. Guilherme apaixonou-se verdadeira e naturalmente.

— E Gálata? — Alek insistiu.

— Não. Ela nunca amou o meu irmão!

— Como tem tanta certeza, Draco?

— Porque ela o matou, Alek.

— O quê?

— Isso mesmo. Os dois foram perseguidos tão logo a gravidez de Gálata se tornou conhecida. Guilherme partiu com o povo cigano, acompanhou Gálata e prometeu defender a ela e ao filho que estava em seu ventre. Ambos foram para um lugar muito, muito distante daqui, em meio ao nada.

— Khen Öngörökh? — Alek perguntou, lembrando-se de que a irmã fora entregue aos Monges do Destino ali.

— Você conhece? Acamparam próximo a esse povoado. Sabiam que não poderiam se esconder por muito tempo, ainda mais quando o bebê nascesse.

— Como você sabe disso tudo, Draco?

— Eu não era um cavaleiro na época, abandonei meu treinamento e acompanhei meu irmão. Todos o consideravam um traidor por ter gerado o que talvez fosse o Sombrio... Eu não pude ficar aqui, entre os que pensavam assim. Nos dias que antecederam o seu nascimento, Guilherme e Gálata discutiram muito. Ela decidiu que o bebê deveria ser dado a uma parteira cigana, que saberia o que fazer para protegê-lo. Meu irmão não aceitava. Garantia que o mais seguro era permanecerem com o bebê. Ele o protegeria. Na noite em que sentiu as primeiras dores do parto, Gálata traiu a mim e a meu irmão. Misturou ervas ao nosso hidromel e nos fez adormecer.

Guilherme sempre foi o mais resistente e não se entregou por completo. Ainda tentou impedir a cigana que levou você nos braços. Eu acordei com os gritos de meu irmão, e vi Gálata ordenar aos homens de seu povo que o detivessem de qualquer maneira. Vi seu sangue jorrar quando lhe cortaram a garganta. Tentei reagir, mas não tinha o controle de meu corpo. Alguém bateu em minha cabeça e apaguei. Quando acordei, tinham levantado acampamento. Eu estava sozinho em meio ao nada. Não encontrei o corpo de meu irmão, apenas o sangue dele manchando o chão.

— Por que o deixaram vivo? — Gerin achou estranha a situação.

— Penso que teriam deixado meu irmão vivo também, se ele não reagisse...

— Você não viu a irmã do Alek nascer?

— Não. Só soube da existência dela em nosso combate em Ondo, junto a vocês, no resgate de Lucas.

— Tem certeza de que meu pai morreu?

— Eu o vi cair. Aquele corte não teria cura. Perambulei por tempos tentando encontrar você, Alek. Ciaran não revelou que o tinha levado para o mundo humano. Acabei por regressar para Draak quando me vi sem rumo. Fui aceito depois de passar por muitas provas.

— Se meu pai é considerado um traidor, como afirma que eu serei um cavaleiro?

— Guilherme deixou de ser considerado traidor quando contei ao Conselho sobre seu braço. A metamorfose nos prova que, antes de ser o Sombrio, você é um dos nossos. Fizeram até uma cerimônia liberando o dragão de Guilherme para escolher um novo cavaleiro. Quando um cavaleiro se perde, deixa de ser a ponte entre o passado e o futuro, seu dragão é condenado a deixar o combate, porque não conseguiu construir um vínculo forte com ele. O seu braço prova que o vínculo foi mais forte do que os que construímos há séculos.

— Foi por isso que seu dragão fez uma reverência para mim em nosso último encontro?

— Hono reconheceu o dragão em você. Bem, sendo este o nosso primeiro encontro, se fez necessário o esclarecimento das nossas histórias antes de vocês encontrarem o Conselho dos Dragões. A lua irá minguar e, na próxima negra, nos revemos aqui; podemos combinar assim?

— Não, espere! — Gerin se manifestou, mas deteve-se diante dos olhares de Draco e Alek.

— Pode falar, menino do fogo... — Draco incentivou, e os dois amigos estranharam o tratamento.

— Entre os meus — começou tímido — também não é permitido apaixonar-se.

Alek o fitou surpreso, lembrando-se de que, havia algum tempo, chegara a acreditar que ele e Abhaya estavam envolvidos.

— Correto. Nem o contato físico lhes é permitido.

— E todos de meu povo são homens.

Mais uma vez, Alek se surpreendeu. Não tinha conhecido outros homens alados além de Gerin e Mildred, mas supunha existir mulheres aladas como seu amigo.

— O que de fato você deseja saber, Gerin?

— Contam que nascemos todos aqui, em Draak. As histórias são muitas; quero saber a verdadeira.

— Vocês nascem de seu antecessor. Se um homem de fogo vem até nós antes de chegar ao fim de sua história, é levado para o interior do vulcão. Um dragão lhe corta o peito com a garra e retira seu coração ainda batendo. Fora do peito, banham o coração na lava que corre nas profundezas do vulcão. Incendeia-se. E um novo homem de fogo nasce do coração em chamas. Um bebê. Os dragões o mantêm protegido até uns dois anos de vida. Quando saem de dentro do vulcão pela primeira vez, eles são levados ao tutor que cuidará dos meninos e os apresentará a seu povo. Vocês nascem entre os seres da Escuridão, para seguir a Luz e garantir o Equilíbrio.

O rosto de Alek estampava a mesma expressão de espanto de Gerin.

— Que história! — falou em tom de desabafo. — Para um deles nascer, o anterior tem de morrer? E "homem de fogo" o descreve melhor do que o "homem alado" que os Anuar usam, Gerin.

O amigo consentiu, e Draco continuou:

— Os Homens de Fogo são raros, Gerin... e serão cada vez mais raros, até que um dia...

— Desaparecerão — Gerin completou.

— Por quê? — questionou Alek.

— Se um deles morre em batalha, não gera sucessor. Se não vem até nós antes de o coração parar de bater, não há como o novo nascer.

— Você sabe quem me gerou, Draco?

— Não, não sei. Posso pedir ao Conselho que o receba junto a Alek, na lua negra. Eles saberão a resposta.

— Agradeço se fizer isso por mim.

Alek julgou entender a importância do pedido de Gerin. Seu povo nascia solitário e era condenado a viver solitariamente até o momento da morte, quando daria origem a um sucessor. Saber quem lhe dera a vida, de alguma maneira, poderia significar algum tipo de vínculo.

— Bom, vamos embora? — Alek disse, levantando-se.

— Vou com vocês, para abrir o portal.

— Não precisa se incomodar, Draco. Não precisamos de portal e não deixamos rastro. Até a lua negra! — Alek e Gerin se despediram de Draco com um gesto de cabeça. Alek segurou o punho do amigo com o braço de dragão, e ambos começaram a queimar, o que chamou a atenção de Draco.

No instante seguinte, o Cavaleiro do Dragão estava sozinho, e Alek deixava Gerin na torre mais alta do castelo de areia.

— Daqui você pode seguir sem mim, Gerin?

— Sim... claro... — respondeu meio desorientado.

Alek não sabia o que dizer.

— Tenho de ir.

— Aham... Até mais, Alek.

— Queria poder te dar um abraço sem a gente se incendiar e virar um farol aqui em cima... Gerin, você não está sozinho. Não vou desgrudar de você nunca! — e sumiu sem esperar a resposta do amigo.

Gerin apenas sorriu. Retirou o manto com a manga toda chamuscada, segurando-o e deixando livres as asas. Atirou-se da torre e alçou voo pelo céu, que se tingia com as primeiras cores do dia.

XII
DE VOLTA AO LAR

O vento era mais cortante no alto de Oblitus do que recordava, e isso lhe dava uma sensação boa. Lembrou-se de mestre Salkhi afirmando que subir ao templo voando era tão cansativo quanto subir caminhando. Dissera a verdade. Parecia que o vento se esforçava para empurrá-la na direção contrária de Monte Dald ou, em alguns momentos, que estava decidido a esmagá-la contra as paredes escuras da montanha.

Do alto, avistou primeiro a torre de observação, um de seus lugares prediletos na infância. Distinguiu os contornos do templo que se camuflava nas reentrâncias de Oblitus. Foi descendo, rumo à entrada do mosteiro. Dali, do lado de fora, tudo parecia igual.

Anunciou a um menino que veio ao grande portão: desejava falar com um dos mestres de Monte Dald. Ele riu e disse que só havia uma mestra ali. Ela observou que, apesar de o garoto já ter passado da idade de iniciação, não trazia nenhuma mancha escura em sua mão.

"Então, Shuurga não conseguiu acessar o sangue de Oblitus", concluiu.

Instantes depois, o menino abriu uma passagem na lateral para que ela entrasse e aguardasse no átrio para ser recebida.

Pensou que veria as marcas dos corpos queimados no chão. Corpos de crianças, todos menores que aquele garoto. Não havia marcas. O templo se mantinha, apesar de não ser mais o mesmo. Era como se algo muito velho lutasse para permanecer de pé.

Um monge cego veio caminhando na direção dela. Uma venda negra lhe cobria os olhos, e uma cicatriz profunda marcava a cabeça nua, revelando que seu crânio fora aberto no passado. O sangue negro tomara toda sua cabeça, pulsava e se remexia pelos dois lados da face. Ela o observou tentando reconhecê-lo, mas não conseguiu. Ele andava com dificuldade, como se sentisse dor a cada passo. Quando estava próximo, disse:

— Quem deseja uma audiência com a mestra do templo?

Reconheceu a voz que, ao contrário do corpo, não trazia as marcas da batalha.

— Uma velha hóspede, Gal.

Uma expressão semelhante a um sorriso se desenhou no rosto do monge.

— Tulan, é você? — e fez um gesto como se quisesse abraçar uma menina, aquela que saíra do templo tempos atrás.

Ela resistiu ao impulso de corresponder ao gesto e, segundos depois, a voz de Shuurga fez Gal se retrair:

— Descobriu quem é nossa visitante, afinal? — Vendo a jovem à sua frente, vestida em um manto ricamente decorado e sem a reconhecer, complementou: — Desculpe a primeira impressão. Crianças e cegos. Posso lhe garantir que este templo já teve dias melhores.

— Eu lembro bem!

Shuurga parou, intrigada:

— Já nos visitou antes?

— Vivi entre vocês.

Percebeu um ar de reconhecimento brilhar nos olhos de Shuurga.

— Tulan, é você?

— Já fui Tulan, não sou mais — notou a hesitação da monja escriba.

— Ora, que modos os meus! Seja bem-vinda! O que a traz de volta ao lar?

"Lar? É... isso foi o mais próximo que tive de um lar."

— Se eu disser "saudades", você acredita?

Shuurga calou-se.

— Pelo visto, não. Não acredita — e fez uns estalidos com a boca, movimentando a cabeça em negativa.

Percebeu a perturbação de Gal e notou outros monges guerreiros se aproximando.

— Então... Digamos que voltei porque chegou o momento de fazer justiça.

— Tulan, você trouxe a destruição ao templo uma vez. Não permitirei que isso aconteça de novo – e, com um gesto, indicou aos monges guerreiros que se posicionassem, formando um círculo ao redor da Sombria.

Ela esperou a formação ser concluída. Observou que Gal ficou fora do círculo. *"Bom para ele"*, pensou.

— Sério que é essa a história que vocês contam a suas crianças? Que a Sombria foi a responsável pelo fim dos Monges do Destino?

— E não foi? – Shuurga questionou em tom desafiador.

— Ora, Shuurga! Melhor do que todos, você sabe que é a verdadeira responsável pelo destino que tiveram.

Os monges guerreiros pareceram perturbados.

— Prendam a Sombria! – ordenou Shuurga.

Tulan apenas estalou os dedos, e os monges que iriam atacá-la ficaram imóveis, presos em seus lugares.

— Você nunca contou a eles o que fez com Amidral e Golyn?

— Cale-se, Sombria! Você não nos trará a ruína de novo!

— Tampouco você, Shuurga. – E, olhando para Gal, falou: – Deixe-me ir ao lago petrificado e provarei que digo a verdade.

— Você não vai a lugar algum! – Shuurga proibiu.

Gal virou a cabeça para um lado e para outro, como se ouvisse os conselhos do céu e da terra. Todos os guerreiros imobilizados, que rodeavam Tulan, olhavam para ele.

— Vamos ver se o que fala é verdade, Tulan.

Shuurga virou-se para o guerreiro com ódio.

— O que disse? O que pensa que está fazendo? Você não dá ordens aqui, Gal!

— Ela não tem motivo para voltar e semear mentiras.

— Como não? Veio terminar o malfeito que iniciou anos atrás! Só um cego como você não vê.

— Não vejo, mas sinto o odor do medo crescer... e ele não é

exalado por Tulan. Com certeza, a esta altura da vida, não oferecemos qualquer ameaça a ela. A Sombria deve poder nos destruir com pouco ou nenhum esforço... Se não o fez até agora, quero saber o que ela tem a nos revelar.

Tulan estalou os dedos novamente, e os guerreiros estavam livres. Os monges abaixaram as armas, sob os manifestos irados de Shuurga.

— Você vem conosco e quieta... — Tulan soprou na direção de Shuurga, que flutuou no ar gesticulando, aparentemente gritando, ainda que nenhum som saísse de sua boca.

O menino que a recebera estava ao lado de Gal, contando a ele o que via.

— Vocês me acompanham? — perguntou a todos.

— Por aqui... — Gal respondeu fazendo um gesto. — Penso que recorda o caminho.

— Sim, lembro bem, mas aprecio que me guie.

Ao entrar na sala do Conselho, estranhou não ver as quatro cadeiras de pedra, mas apenas uma. Olhou com desprezo para Shuurga, que continuava flutuando e ainda se debatendo.

Seguiu para a fenda que levaria ao lago cristalizado. O túnel, estreito e escuro, terminava em uma pequena caverna, iluminada pela luz fraca de alguns lampiões, tomada quase que por completo pelo lago negro cristalizado, tão liso que a superfície refletia tudo ali.

O teto era alto, não dava para vê-lo com precisão, mas tinha-se a noção de que estava a uns cinco metros de altura.

Contemplou o cenário atentamente, com tranquilidade. Afinal, era a primeira vez que estava ali. Um estado de comunhão se apossou dela. Aproximou-se do lago de cristal, abaixou-se e tocou a superfície espelhada, murmurando:

— Estou aqui, minha amiga... Voltei como você pediu.

O guerreiro mais próximo teve o ímpeto de detê-la, temendo o que aconteceria, mas Gal o segurou, como se pudesse ver a cena ao seu redor.

— Deixe-a, Kurkhree. Nada de mal acontecerá.

E parecia que Gal estava certo. Ficaram ali por algum tempo, todos observando a Sombria, que fitava o próprio reflexo no espelho negro, em estado de contemplação. Shuurga aquietara-se, mas continuava impaciente. Então, ela caiu ao chão, livre da prisão da Sombria, no mesmo instante em que o lago se liquefez.

— Não é possível! — exclamou um dos guerreiros.

O líquido negro agitou-se, acordando de um sono profundo. Tulan estendeu os braços para a frente e o líquido se expandiu em muitos tentáculos, tocando-lhe os dedos como pequenas serpentes. De sua superfície emergiram muitas outras ramificações agitadas, bem maiores do que os fios que tocavam as mãos da Sombria. Tulan foi erguida do chão e levada para dentro do lago. Os tentáculos a conduziram para o interior do sangue de Oblitus, e Tulan afundou por completo, desaparecendo.

Kurkhree reagiu de impulso, tentando apanhá-la, mas o lago aquietou-se e sua superfície voltou a ser lisa como a de um espelho, mas agora um espelho líquido...

— Ora, vejam... — Shuurga falou em tom meio divertido. — Parece que Oblitus decidiu afinal nos livrar desse problema.

O olhar de todos indicou repreensão, mas, por mais cruel que fosse, que outra explicação haveria para aquilo?

— Vejam! — o menino que ainda acompanhava Gal, descrevendo tudo o que acontecia para ele, apontava para o lago, que não deixara de observar nem por um instante sequer.

O lago borbulhava em um ponto, bem em seu centro. As bolhas aumentaram de tamanho e de intensidade, como se todo aquele líquido fervesse. Tulan emergiu, coberta pelo sangue da montanha, denso e viscoso. No primeiro momento, quando o menino emitiu o alerta, a impressão dos monges era a de que poderia ser qualquer coisa saindo do lago, até mesmo um novo tentáculo se formando. Mas, aos poucos, o líquido se desprendia do corpo da Sombria, revelando-a em pé, no meio do lago, como se sua superfície fosse sólida novamente. O sangue negro não escorria de seu corpo; saía dele vivo como era, como pequenos animais se contorcendo.

Devagar, ela veio para a margem, caminhando sobre o lago. Ao se aproximar, todos viram os olhos de Tulan totalmente negros.

— Shuurga... Oblitus está tão, tão, tão descontente com você!

Shuurga deu um passo atrás, mas um tentáculo negro se projetou do lago e atravessou o peito da mestra como uma lança. Todos os guerreiros recuaram, menos Gal e o menino. O corpo de Shuurga tornou-se inteiro negro e pulsante, desfazendo-se no ar e reintegrando-se ao lago.

— Oblitus quer que os Monges do Destino voltem a existir. Algumas gerações se perderam, mas ainda há tempo para iniciar os menores entre vocês. Gal irá liderá-los até que vocês voltem a ter quatro mestres.

Então, fechou os olhos e, quando os abriu de novo, não estavam negros, estavam normais.

— O que foi tudo isso, Tulan?

— Justiça, Gal. Há anos, Amidral e Golyn foram assassinados aqui, traídos por Shuurga, que se aliou a Olaf e prometeu me entregar a ele. Planejou tornar-se a líder de Monte Dald... mas nem tudo saiu como ela esperava. No mosteiro que herdou havia muito mais mortos que vivos, e ela não tinha o acesso ao sangue negro. Assim, não conseguiu reerguer seu povo.

Voltaram para dentro do templo e foram todos para o refeitório, onde puderam sentar-se e conversar. Apesar do que acontecera com Shuurga, o clima não era de tensão; estava mais para alívio entre os monges guerreiros e os não iniciados. A notícia de que o lago revivera e que, logo, as iniciações seriam retomadas espalhou-se rapidamente. Ninguém parecia lamentar o destino da mestra.

No refeitório, a Sombria viu que os monges e as crianças não chegavam a um décimo do que foram um dia. Sentou-se à mesa com Gal e foram servidos com pão, queijo e água.

— Tudo está mais difícil desde que você partiu, Tulan.

— Estava, Gal. Com o despertar de Oblitus, vocês voltarão a ter acesso às pedras preciosas e a riqueza regressará ao templo... assim como os iniciados!

— E por que você voltou só agora?

— Andei muito longe daqui e, sinceramente, não tinha planos de regressar. Mas, há algumas luas, Oblitus tem me visitado em sonho. Desejava reavivar o mosteiro e precisava de mim.

— E você voltou para nos ajudar.

— Você não é ingênuo, Gal. Sabe que não voltaria apenas por isso.

— Sim, eu sei. Há muito tempo a julgamos e a condenamos... Merecemos o mesmo de você, não sua piedade.

— Mostraram que eu não era uma de vocês. Doeu, mas foi bom. Permitiu que eu crescesse. Voltei porque Oblitus me prometeu ensinar algo que me interessa.

— Posso perguntar o quê?

— Penetrar e absorver... Tornar-me parte do outro e alimentar-me dele até que se torne, por completo, parte de mim.

Gal calou-se.

— Julga isso terrível, Gal?

— Com certeza.

— Mas é o que a montanha faz com vocês desde sempre! E é o que vocês lhe permitirão voltar a fazer com suas crianças. Se pudesse enxergar, veria como o sangue negro tomou conta de seu corpo, Gal. Você parece ser mais Oblitus do que o monge guerreiro que conheci.

Novamente, Gal ficou em silêncio.

— Não se exaspere. Cumpri o que vim fazer. Parto logo após esta refeição. Devo seguir viagem ainda esta noite para longe da montanha.

— Embora sua intenção não tenha sido essa, você nos ajudou, Tulan. Agradeço em nome dos Monges do Destino. No que depender de mim, terá sempre um refúgio em Monte Dald. Sei que ofereço pouco à Sombria, mas garanto que é sincero — e, acabando de falar, abraçou-a de maneira inesperada.

Ela enrijeceu no primeiro instante, mas o abraço de Gal a fez sentir o abraço de Salkhi, que tantas vezes a envolvera. Retribuiu, sem resistir mais.

Então, levantou-se:

— Adeus, Gal. Que você tenha a sabedoria para dar continuidade à história de seu povo.

— Que nos reencontremos, Tulan.

Ela saiu sozinha, sem que ninguém notasse, mas, do lado de fora do refeitório, o menino a esperava.

— Eu a acompanho até a saída do mosteiro.

— Não precisa.

— Irei assim mesmo. — Poucos passos depois, ele continuou: — Sabe... eu já passei da idade, mas quero ser iniciado.

— Você tem consciência de que pode não suportar e morrer? — perguntou incomodada.

— Sei disso. Mas não vi a morte em meu destino.

— O que quer dizer? — ela questionou, interrompendo a caminhada.

— Quando leio o Livro, as possibilidades são muitas, mas não essa.

— Você lê o Livro Eterno sem ter sido iniciado?

Ficou intrigada. Oblitus não seria responsável pela conexão com o Destino?

Ele colocou o dedo sobre os lábios e sussurrou:

— Não conte pra ninguém!

— Com quem aprendeu a fazer isso? — Tulan abaixou-se para olhar o menino nos olhos.

— Um monge me explicou em meus sonhos.

— Como é esse monge?

— Bem alto e magro. Não tem cabelos, e muitos veios negros se movimentam em sua cabeça. O olho esquerdo é negro, e a íris dourada parece acesa. Ele sempre fala de um jeito suave.

— Golyn!

— Como sabe meu nome?

Ela parou um instante, confusa, observando o garoto. Seria possível? Ele seria o Golyn que conhecera ou teria alguma conexão estranha com ele? O mestre dos leitores não deixara de existir ao ser morto por Shuurga? Não fora absorvido por Oblitus? Teria voltado à roda da vida? E Salkhi? Poderia de alguma maneira também estar ali?

— Preciso ir — disse muito perturbada.

— Sim, eu sei. Na hora certa, você deverá fazer como seu irmão.

— Como?

— O Livro diz que, primeiro, ele se sacrificará. Deixará de ser o que é, pelo bem do outro. Depois, será a sua vez.

Ficou ainda mais confusa e sentia que precisava fugir dali o quanto antes.

— Adeus, Golyn.

— Até o nosso próximo encontro!

— Quem sabe... Adeus, mestre! — disse, sem se dar conta, e saiu estranhamente incomodada com aquela conversa. Só queria ir para longe, bem longe, antes que suas emoções se apossassem de sua razão.

XIII
MESES EM DIAS

No quarto, sozinho, Alek olhava para a sua casca deitada na cama, preocupado.

"O que eu faço agora?"

Pensou em deitar-se sobre ela, mas ficou com medo de não se encaixar, ou pior... quebrá-la. Por essa não esperava. Não havia imaginado que, se retornasse sem ter sido tocado, daria de cara com sua cópia deitada em sua cama.

"Espera... Se eu fosse tocado, voltaria e ela sumiria... Será que é tão simples?"

Aproximou-se e, com receio, estendeu a mão, tocando o ombro da casca. Foi muito esquisito fazer isso. O puxão foi imediato, e a sensação de queda, tão intensa quanto da vez anterior. No instante seguinte, estava na cama... sem que houvesse deitado.

"Melhor não pensar muito nisso..." Virou-se para o outro lado e, logo depois, adormeceu.

— Senhor Sombrio! Senhor Sombrio! Acorde!!!

— Hummm... o que foi? — resmungou de olhos fechados.

— O senhor dorme muito! Já devia estar no campo de treino. Todos estão lá, aguardando sua chegada... e ainda nem tomou seu desjejum.

Alek abriu apenas um dos olhos e viu Talek carregando uma bandeja cheia de alimentos. Fez um esforço e sentou-se na cama, espreguiçando-se.

Para sua surpresa, seu corpo estava menos cansado do que esperava. Devia ser graças à beberagem que Draco lhe dera na noite anterior.

Apanhou a bandeja e agradeceu ao goblin. Prometeu que iria para o campo de treinamento em minutos.

Pensou em sua noite e nas descobertas que fizera... intensas. Refletiu sobre os dias que viriam. Equivaleriam a meses, se sobrevivesse.

Fez como prometeu e, uns quinze minutos depois, vestia o colete para subir ao campo. Dessa vez o voo foi mais fácil, não perfeito, mas chegou até o campo sem ajuda de ninguém. Seria mais simples se pudesse apenas se transportar para lá...

— Bom dia, Sombrio — os olhos amarelos e reptilianos de Forbek o examinavam, como buscando algum traço da paralisação causada pelo lich.

— Bom dia, mestre.

Forbek esboçou um sorriso ao ouvir "mestre".

— Pronto para iniciarmos?

Depois de mais de seis horas contínuas de treinamento, Alek não recordava se havia dito "sim" àquela pergunta.

Dessa vez, nenhum ferimento grave lhe marcava o corpo, mas estava difícil processar tudo o que vira e aprendera naquele dia. Seus reflexos haviam melhorado. Defendera-se bem, neutralizando os oponentes sem lhes causar danos... pelo menos danos graves. Em alguns momentos, para não contrariar as expectativas, colocara em prática alguns dos golpes que absorvera.

Ao que parecia, conseguia absorver bem a maior parte dos dons que decidira aprender. Alguns lhe causaram um breve mal-estar, outros, pequenos machucados, mas nada o feriu profundamente. A atenção plena parecia ser a melhor maneira de defesa.

Silvia estava certa: o corpo dele estava muito melhor em se curar. Alguns cortes e queimaduras aconteceram naquele dia, mas, minutos depois, nenhum sinal permanecia sobre sua pele.

Isso não escapou aos olhos atentos de Forbek.

— Muito bem, guerreiros. Por hoje, dispensados. Você não, Sombrio...

Todos saíram e Alek permaneceu, esperando o que aconteceria. Forbek estava organizando as pilhas de feno, as armas e tudo o mais que fora usado durante as horas de combate. Ele não sabia se devia ajudar ou não. Então, aguardou. Quieto. Uns quinze minutos depois, Forbek parecia satisfeito com a arrumação.

— Então, Sombrio... Dia produtivo, não? Pelo que notei, hoje você aprendeu diversos golpes novos: o bafo da harpia, novas manobras de luta com ugallu, o veneno do homem-escorpião e a flutuação da fada de escamas! E até usou a flutuação em si mesmo... Muito interessante e inovadora a manobra! Parabéns!

— Também aprendi o vômito ácido daquela criaturinha que parecia uma mosca-varejeira; não sei o nome dela...

— A menina furta-cor?

— Se você está dizendo... deve ser. Nojento... Não sei se vou ter coragem de usar. Deve deixar um gosto horrível. Aprendi também a garra de fogo daquele anjo dourado, o golpe de areia e o grito do leão que voa...

— O anzu?

— Ah... e... aquele estalido da árvore que anda, que fez meu corpo todo tremer... parecia que minha cabeça, meus braços e minhas pernas queriam se desgrudar do meu corpo!

— A intenção era essa. Aquele é um golpe de desmembramento. Se aprendeu tudo isso, por que não demonstrou?

— Não deu tempo, e os golpes me pareceram duros demais para o treino, não? Eu poderia ferir alguém seriamente, até mesmo matar.

— Você não deve se preocupar com isso. Todos estão aqui para servirem de mestres e de alvo. Sabem disso. Aceitaram doar suas vidas para que você aprenda.

— Desnecessário... Prefiro guardar esses golpes para o campo de batalha verdadeiro.

Forbek demonstrou gostar do que ouviu.

— Teremos mais treino hoje?

— Não, Sombrio. Hoje você já fez muito. Vá comer e, depois, procure Mildred.

— Mildred? Pensei que ele havia desistido de me fazer encontrar minha arma.

— E desistiu. Mas ensinar a usar a arma essencial não é o único dom de Mildred. Ele é o Homem Alado mais velho de seu povo, viu e viveu muito, acumulou sabedoria ao longo do tempo. Vai passar a ensiná-lo sobre os povos de nosso mundo. Está mais do que na hora de você nos conhecer e parar de inventar descrições absurdas... Mosca-varejeira... Como pode?

— Mestre, eu quero fazer uma pergunta, mas não sei se devo.

— Hummm... Isso não é típico. Você sempre sai falando o que deve e não deve... Diga, o que é?

— Todos os seres do treino de hoje são da Luz, correto?

— Sim.

— Se Anuar deseja que eu me torne o guerreiro perfeito, não devo também treinar com os seres da Escuridão?

— Temos discutido isso... Anuar concorda com sua maneira de pensar. Eu discordo. Trazer os seres da Escuridão aqui para o campo de treinamento não me parece correto. Mas ele tem um aliado misterioso que prometeu contribuir com isso. Ainda não conheço os termos, mas em breve treinará com os seres da Escuridão que não tenham se unido a nós... ou seja, que mantêm seus dons em plena força e sua ligação com a Escuridão bem ativa. Se era só isso, pode ir.

— Obrigado por hoje, mestre.

Alek saiu do treinamento satisfeito consigo mesmo. Sua postura respeitosa e sua dedicação foram reconhecidas por Forbek. Apesar de os olhos dele revelarem a mesma intensidade de sempre, o mestre mantivera uma atitude cordial e, pela primeira vez, não parecia concentrado em descobrir os limites de resistência ou de sobrevivência do Sombrio. Alek tinha a consciência de que aquilo era apenas uma trégua, uma situação frágil, mas iria empenhar-se por mantê-la até convencer o próprio Anuar de que faria tudo para satisfazê-lo.

⁂

Naquela noite, deitado em sua cama, Alek sentia o corpo dolorido pelo dia intenso de treinos e a cabeça embaralhada com a quantidade de informações passadas por Mildred.

— Queria dormir... mas não podia.

Precisava concentrar-se e ir ao encontro de Kurutta, no alto da montanha gelada.

— Caramba! Está muito frio aqui!

— Eu disse pra você vir agasalhado... — respondeu o tengu, olhando para as vestes finas de Alek.

— Esqueci! Peraí...

Sumiu e, instantes depois, reapareceu vestindo um casaco pesado.

— Melhor...

— Você deve estar cansado, mas não me importo. Se quer evoluir, precisa vencer o cansaço.

— Estou aqui, não é?

— É um começo, sem dúvida. O desafio de hoje será dominar a canseira do corpo e a agitação da mente para meditar.

— Meditar?

— Melhor maneira para entender a situação que você vive, para vislumbrar soluções para os problemas que o atormentam, para encontrar o elo com seu duplo.

— Ando correndo tanto que nem tenho pensado na minha irmã. E, pra ser sincero, me preocupo mais com Lucas do que com esse elo com Tulan...

— Pois está errado. Somente o elo pode garantir o Equilíbrio.

— Você diz isso porque não viu o que eu vi! Preciso descobrir um meio de arrancar aquele simbionte do Lucas.

— O simbionte deve sair; não pode ser arrancado.

— E você sabe como fazer isso?

— É preciso conhecê-lo para convencê-lo.

— E como faço para conhecer?

— Meditar é um bom começo.

— E como...

— Primeiro: silêncio!

Alek calou-se.

— Sente-se confortavelmente.

— Aqui, na neve?

— Silêncio!

Quieto, Alek sentou-se na neve e estremeceu. Nem o casaco iria protegê-lo por muito tempo ali.

— Agora, feche os olhos e respire profundamente. Puxe o ar para dentro de si. Sinta o ar preencher seu corpo. Deixe-o atingir sua nuca, descer para seu ventre, correr por seus braços e suas pernas, tornar seus dedos mais leves. Permita que o ar suba para sua cabeça e rodopie lá dentro, então... deixe-o partir. Expire, mas mantenha essa leveza dentro de você. Isso... assim... agora mais uma vez... Juntos.

Aos poucos, Kurutta parou de repetir os comandos e substituiu sua voz por um som metálico, contínuo, parecido com um sino. Depois de algumas repetições, Alek não percebeu que havia se desprendido do chão; estava flutuando.

Quando seu semblante se mostrou calmo e sem sombra da inquietação que trazia havia minutos, Kurutta soprou-lhe nas narinas. Nada mudou na aparência externa de Alek, mas, em seu interior, foi como se repousasse por dias. Voltou ao chão, sentado como antes e sem se dar conta de que flutuara. Ao abrir os olhos, totalmente calmo, perguntou:

— O que aconteceu? Parece que dormi como nunca!

— O sopro da vida sempre ajuda. Cura corpo e alma...

— E me sinto leve, leve... como se fosse uma pena e tivesse flutuado no ar.

O tengu sorriu.

— Kurutta, penso que devo conversar com Ciaran sobre Cosmos.

— Pensa certo.

— Ela disse que você pode me ajudar a encontrar um meio de materializar minha arma de luz.

— Está na hora de começar a dar os nomes corretos às coisas, Alekssander...

— Já ouvi isso hoje.

— A forma de sua essência. Nem todos possuem uma arma interior... A essência pode assumir diversas formas.

— E dá para descobrir como é a minha?

— Posso tentar. Se ela estiver pronta, acabará se revelando. Fique quieto. Não se mexa.

Alek retesou o corpo e o tengu riu. Na dúvida sobre se ele estava brincando ou se o conselho era válido, permaneceu imóvel.

Kurutta o observava virando a cabeça para um lado e para outro.

— Hummm... diferente... mas interessante. Seu duplo não tinha nada disso quando saiu daqui... E você já tem pronto.

Alek permaneceu imóvel, rígido. Quase não respirava, e sentiu-se ainda mais tenso quando viu um braço de luz se formar no tengu, mover-se em sua direção e entrar em seu peito. Não doeu, mas podia senti-lo dentro de si, mexendo e remexendo. O braço saiu e desapareceu.

— Pronto. Acho que agora vai conseguir materializar sua essência.

— E como ela é?

— Em momento de necessidade, ela irá se revelar. Tenha paciência.

— E por que não se revelou até agora?

— Era como um dente que tenta nascer, mas é bloqueado pela gengiva grossa... Entende? Tenta rasgar, mas não consegue... porque não está na posição correta.

— Você rasgou a gengiva? É isso?

— Não! Arrumei a posição do dente. Agora, quando quiser nascer, vai sair rasgando tudo! — e gargalhou.

Mais uma vez, Alek não soube se a notícia era boa ou ruim.

— Vejo você na noite depois da próxima noite. Encontre-me lá na taverna — e sumiu.

Alek ainda olhou a noite estrelada por alguns minutos e se deu conta de que não sentia frio como antes. Bom... era bom estar ali.

Respirou fundo algumas vezes e, então, voltou para seu quarto e descansou até a manhã seguinte.

Quando Talek seguia para acordar o Sombrio, carregando a pesada bandeja, encontrou-o no caminho.

— Pode deixar que ajudo você com isso. Vou comer no refeitório.

— Já acordado? E pronto? O que aconteceu?

— Caí da cama... — respondeu, lembrando-se da brincadeira que Leila fazia quando ele acordava cedo.

— E se machucou? Precisa de ajuda? Quer que eu chame Silvia?

— Estou bem, Talek. Nada aconteceu. Fique tranquilo. Você come comigo?

— Não, senhor... Tenho muito a fazer... Receberemos hóspedes e isso gera muito trabalho extra.

— Que hóspedes?

— Não sei. Ficarão na torre antiga do castelo... que não é usada há tempos e precisa de muitos cuidados para ficar em bom estado. Não entendo por que colocar hóspedes lá, isolados... com tantos quartos disponíveis nas outras torres.

Alek pensou que a hospedagem fazia sentido, sim, se fossem os guerreiros da Escuridão que participariam do treinamento dele.

— E quando chegam esses hóspedes?

— Daqui a dez dias... Devem chegar com a lua nova. Pouco tempo para ajeitar tudo.

— Então, até depois, Talek.

— Até mais tarde, senhor Sombrio — e, ligeiro, sumiu.

O dia foi tão intenso quanto o anterior e, ao final do treino, Forbek se mostrou mais uma vez satisfeito com o aprendiz.

Com Mildred, Alek avançou menos na história dos povos antigos. Estava cansado, e o mestre percebeu.

— Talvez seja melhor se recolher. A cabeça cheia compromete o aprendizado. Podemos continuar amanhã.

Ia concordar com o mestre, quando falou sem pensar:

— Mildred, eu gostaria de aprender sobre os Monges do Destino.

— Hummm... Pedido peculiar. Por que a curiosidade sobre os monges? Um assunto tão específico.

Pensou rápido.

— Ouvi dizer que eles tecem o Campo do Destino e, como eu já estive em um desses, gostaria de saber se é verdade e conhecer mais sobre eles.

— Nunca estive em um Campo do Destino, meu jovem. Tampouco conheci quem o soubesse projetar. Contudo, pelo que contam os registros, sim... são eles os responsáveis pela projeção. Conheci, há tempos, um monge leitor... o único que consegue se distanciar do templo, que fica em uma montanha distante chamada... Oblitus... Deixe-me ver — e revirou um livro que tirou de uma das muitas prateleiras daquele aposento. O livro parecia mais novo e menos manuseado que os demais. — Ah, sim... aqui está! Templo de Monte Dald na cordilheira de Oblitus. Veja — e apresentou para Alek uma página com dados sobre os Monges do Destino; tudo o que Alek leu confirmou a visão que tivera dias atrás. O livro descrevia até mesmo o final abrupto e misterioso do mosteiro.

— Aqui diz que os monges foram atacados e provavelmente exterminados. Como isso aconteceu, mestre?

— Ninguém sabe ao certo, Sombrio. Oblitus fica distante de tudo, e são poucos os que viram o ataque acontecer... e viram de longe. Não temos testemunhos dos monges, apenas algumas versões que correm de boca em boca, todas imprecisas, algumas fantasiosas. É seguro dizer que sofreram um ataque anos atrás... Depois disso, os monges leitores não mais foram encontrados em suas peregrinações pelo Mundo Antigo. Não há quem consiga chegar ao templo e, por isso, pensávamos mesmo que haviam sido extintos, como diz o livro. Ele foi escrito por um Anuar reconhecido por suas explorações, e confiávamos na precisão de suas fontes. Foi assim até sua comitiva, Alek, ser presa no Campo e você ser atacado... Se ele foi projetado, algum desses monges deve ter sobrevivido. Desde então, tenho discutido o assunto com Anuar. Penso que é chegado o tempo de enviar um emissário, ou mesmo uma comitiva a Oblitus, em busca do templo... e atualizar a história deste livro... — concluiu, fechando o volume.

— Obrigado, mestre Mildred.

— Amanhã continuaremos... Aproveite seu descanso.

Alek concordou, mesmo sabendo que ainda tinha outro encontro antes de encerrar o dia.

Dessa vez, Alek transportou-se diretamente para um dos centros do Labirinto, o mesmo onde encontrara Ciaran da última vez. Mas ela não estava lá. Nem ela, nem Ring.

Ele a chamou em voz alta. Nada.

Então a chamou em pensamento. Nada.

Estranhou. Observou melhor o lugar. Assemelhava-se a uma clareira em meio à floresta de caixas empilhadas. Ao redor de Alek, a uma distância de uns dez a doze passos, em toda a volta, via as paredes de caixas. Caixas e mais caixas. Pensou no que Ciaran lhe dissera e se perguntou quantas clareiras como aquela o Labirinto teria. Queria ver do alto e descobrir; assim como Draco descrevera a visão do alto da cidade dos dragões, desconfiava que o Labirinto visto de cima se revelaria surpreendente.

Qual seria o tamanho do Labirinto, afinal? Um desafio e tanto tornar-se o guardião de todos aqueles seres! Talvez, o maior de seus desafios.

— Com certeza, ssserá...

Girou nos calcanhares e encontrou a cabeça de Ciaran bem próxima a ele, com todo o grande corpo na sequência.

— Não a ouvi chegando. Não consegui falar com você... Onde estava?

— No vazio...

— No vazio? O mesmo vazio aonde vou quando preciso ficar sozinho?

— Sim, Alekssssander. Mas eu vou de corpo inteiro...

— Você vai para lá de corpo inteiro? Vai me ensinar a fazer isso, certo?

— Há temas mais urgentesss a aprender.

— É... eu sei... Preciso que me conte tudo sobre Cosmos!

— Não era nisssso que eu esstava pensando — Alek teve a sensação de que Ciaran ficara tensa ao ouvir o nome do simbionte.

— Eu sei que preciso aprender muito para me tornar o guardião deste lugar. E farei isso. Hoje mesmo começaremos... mas preciso ajudar Lucas. É urgente.

— Difícil ajudar o humano. Muito difícil.

— Kurutta disse que preciso aprender sobre Cosmos.

— Você tem aprendido muitas coisas em um curto esspaço de tempo. Precisa também dessscansar... deixar os aprendizadosss se consolidarem.

— Ciaran... — E o que falou em seguida disse sem som, na mente da serpente: — *"Não vou desistir de Lucas. Tudo o que tenho feito é por ele."*

"Sei disso, Sssombrio..."

— Cosmossss é um simbionte antigo, talvez um dos mais velhos ainda vivosss. É da época em que os simbiontesss estavam ligados à Escuridão, e foi o responsável pela ruptura dessse vínculo. Em meu preparo para me tornar Ciaran, eu o conheci. Éramos ambos jovensss. Nós doisss estávamos sendo preparadosss. Ainda não esssstava definido quem seria o próximo Ciaran. Isso é raro, masss acontece quando a Escuridão pulsa em perfeição dentro de maisss de um ser.

— E como decidiram que seria você, não ele?

— Acontece naturalmente; a Escuridão escolhe. Na noite da decisão, Cosmosss foi me ver, em meu aposento. Disse que queria me parabenizar, mas na verdade tentou conectar-se comigo. Queria se fundir a mim; não aceitava a posssssibilidade de não ser o próximo líder.

— E então? — Alek estava surpreso com o relato.

— A simbiose sssó se torna perfeita se o hospedeiro permite. Enquanto há resistência, o sofrimento é imenssso.

— Eu vi como Lucas está sofrendo.

— Osss doisss estão. O que ele sente, Cosmosss sente.

— E você resistiu, foi isso?

— Não. Eu amava Cosmos. Ele era meu igual. O companheiro maisss próximo que tive em todo o meu caminho. Os anosss de convivência me fizeram acreditar que eu tinha um parceiro para a vida toda. Naquele momento, quando tentava me dominar, eu sabia que ele não sssentia nada por mim, nenhum afeto. Masss a conexão não me pareceu ruim. Era um meio de tê-lo junto a mim. Não ficaria maisss só. Permiti, e a simbiose aconteceu.

— E o que houve, Ciaran?

— Meusss mestresss perceberam no dia seguinte. Notaram a mudança em minha essência. Fomosss descartados, não podíamos nos tornar Ciaran. Cosmosss revoltou-se. Desprendeu-se de mim, poisss já não lhe servia... atacou um dos mestresss e acabou banido.

— Foi assim que mudou de lado para servir à Luz?

— Foi ssservir à Luz com Escuridão.

— Não entendi.

— Ele manteve sua conexão com a Escuridão. Ainda traz em si todos os seus donsss... e é isssso o que interessa a Anuar. E todos os simbiontes seguiram ssseu caminho, porque viam nele um líder.

— Vocês são complicados... Para que ter dois lados se ficam mudando e quebrando as regras que criam?

— E os humanos, dentre os quaisss você foi criado, são diferentes?

Alek não soube o que responder. De fato, os humanos não pareciam diferentes. Depois de uns instantes quieto, voltou ao que lhe interessava.

— Como você se tornou Ciaran depois da separação de Cosmos?

— Longo processo, Aleksssander. Longo e doloroso processsso.

Alek estendeu o braço e tocou a cabeça da serpente. Ciaran aquietou-se por uns instantes, deixando a cabeça repousar no chão. Depois, reergueu-se. Alek concluiu:

— Para que Cosmos abandone Lucas, então, eu preciso fazer com que não seja mais interessante estar com ele...

— Ou precisa lhe oferecer algo maisss interessante...

Alek pensou e disse baixo:

— Com certeza seria mais interessante unir-se ao Sombrio.

— E muito perigoso para você. Ele não sssairá de você por nada.

— Talvez. Talvez eu possa lhe impor um sofrimento muito maior do que ele a mim.

Ciaran calou-se. Depois de algum tempo, disse:

— Você não poderia destruí-lo, masss eu, sim.

— Como?

— Sou Ciaran, líder de todos os seresss da Escuridão. Posso requisitar para mim a Escuridão que habita em meus súditosss... Cosmos nosss traiu ao escolher servir a Anuar sem abdicar da força da Escuridão. Isssso basta para condená-lo.

— Você o mataria?

— Seria maisss do que isso... eu tornaria a essência dele parte da minha. Cosmosss não teria chance de renascer, deixaria de existir.

— Então é por essa razão que Olaf não a ataca sozinho.

— Na história do Mundo Antigo, um líder nunca foi destruído pelos seusss. Olaf sabe disso. Conhece a lei antiga. Voltando ao seu problema: para que eu possa desssstruir Cosmos, ele não pode essstar em você. Precisa ser apenas ele. Mas é quase impossível que se apresente dessssa maneira.

Alek concordou com um gesto de cabeça. Em seguida, perguntou:

— Por que Anuar não requisita a Luz dos súditos dele? Não seria um jeito de fortalecer-se?

— A conexão dele não é verdadeira... baseia-se no consumo da esssssência de suas vítimas, que ele ingere a cada dia. Duvido que seja capaz disssso.

E não falaram mais sobre o assunto. Naquela noite, Ciaran não só lhe apresentou alguns dos refugiados do Labirinto, que poderiam auxiliar Alek quando se tornasse o guardião, mas também lhe transmitiu alguns de seus mais preciosos dons.

A criatura mais curiosa que Alek conheceu vivia em uma caixa de madeira escurecida, meio amolecida por mofo. Ficava em uma prateleira alta, próxima à entrada que vinha do casarão. Loagraf era seu nome, Loagraf Philosophica. Alek o considerou parecido com um esfregão de óculos. Tinha uns cinquenta centímetros de altura, todo coberto por longos pelos acinzentados. Não dava para ver se possuía pés ou mãos. O formato do corpo de fato era o de um esfregão. Usava óculos, ainda que não fosse possível ver seus olhos. E os pelos mexiam quando falava, embora a boca não se revelasse. Com voz de barítono, logo que se apresentou disse que adorava cantar, mas Ciaran pediu-lhe que deixasse para outra ocasião. Loagraf Philosophica era o refugiado mais antigo do Labirinto, conhecia todos que ali viviam. Sabia em detalhes a história de cada um. Seria o guia de Alek, enquanto ele fosse o guardião, porque durante o treinamento seria impossível conhecer os milhares de habitantes do lugar.

Como guardião, deveria garantir o bem-estar de todos os seres que habitavam o Labirinto. Para isso, precisaria guiar as ações de um exército invisível que trabalhava para manter a ordem e a vida naquele espaço, os Vítreos.

Ciaran pediu a Alek que acendesse os seus olhos e a serpente fez o mesmo. Então, sibilou em um tom baixo, que reverberou por tudo ao redor. Alek sentia o corpo vibrar e sabia que seria capaz de sibilar do mesmo modo, ainda que achasse muito estranho. Na reverberação, conseguiu distinguir distorções ao longo de todo o Labirinto, como se pequenos humanos formados de grãos brilhantes, com não mais do que dois palmos de altura, estivessem por todos os cantos.

— São eles?

Ainda sibilando, Ciaran consentiu com a cabeça.

Não foi difícil aprender a se comunicar com os pequenos e, logo, passou a ouvir deles muitas reivindicações:

— O limo de pedra está acabando; precisamos de mais para amanhã.

— Ah... sangue de sanguessugas também...

— E água do mar... a nossa já está turva.

Quando os pequenos voltaram a seus afazeres, Alek estava curioso.

— Você traz tudo isso para cá, Ciaran?

— Ser uma guardiã do Labirinto implica também ser uma zeladora. Tenho um grupo que me auxilia com esses afazeresss, mas os Vítreos só falam comigo e, agora, com você.

— Posso ajudá-la, se quiser.

— Em breve irei apresentá-lo aos outros e, então, você passsssará a ajudar.

— Quando?

— Em breve.

Enquanto andavam pelos corredores, Alek aproveitou para ter notícias de Garib. Foi uma situação meio constrangedora, porque não sabia como abordar o assunto com Ciaran. Até que, sem qualquer sutileza, ele perguntou:

— Então... como anda a Garib?

— O que Garib tem a ver com o que estamosss fazendo aqui?

– Hummm... não sei ao certo. Apenas pensei nela.

Ciaran o olhou por inteiro.

– Garib está em missão, Alekssssander.

– Guardando alguém importante?

– Bussscando uma coisa importante dessscreveria melhor. Algo que deveria estar aqui, no Labirinto.

– E ela vai demorar pra regressar? Faz tempo que não nos falamos, sabe?

– Ssssei.

E a serpente se calou. E Alek não soube como continuar a conversa.

Naquela noite, ele também aprendeu que o guardião tinha a permissão de realmente ver o Labirinto.

– Na noite de iniciação, você verá o Labirinto como ele é, e não apenasss como as paredes de caixasss.

– Ele é diferente disso tudo? – e apontou ao redor.

– Bem diferente...

۞

Quando Alek retornou ao quarto, deitou-se pensando que pouco descansaria até que Talek o chamasse para mais um longo dia. Porém, despertou com o sol alto, descansado, sem que alguém o tivesse acordado.

Forbek e Mildred não estavam. Não haveria treinos, e Alek tinha o dia livre. Talek segredou que Anuar também só estaria no castelo à tarde, mas os guardas continuavam do lado de fora... se bem que isso não chegava a ser um problema.

Alek nem quis comer, vestiu-se e se transportou para a casa de Martim. Não havia ninguém lá. Sentiu-se um bicho enjaulado. Não queria sair pelas ruas à procura de seus amigos e ser visto. Se Anuar soubesse de sua saída, seria repreendido e, com certeza, investigariam como ele havia conseguido escapulir do castelo sem ninguém o ver.

Sentou-se à escrivaninha de Martim, pensando no que fazer. Viu os papéis e as canetas ali... Nunca os tinha usado, mas por que não tentar?

Pegou um papel, pensou um instante e lembrou-se de como Garib fizera, havia tempos, ainda em sua casa no mundo humano. Então escreveu apenas:

"Preciso falar com vocês na casa de Martim.
A."

Dobrou o papel, colocou-o dentro de um envelope e pensou a quem endereçar... *"Quem localizaria todos mais rapidamente? Gerin."* Não sabia como derreter a cera e selar o envelope. Deu de ombros. Colocou o envelope aberto na pequena caixa de cartas e a correspondência sumiu.

Esperou alguns instantes para ver se alguma resposta chegava, mas nada. Começou a duvidar de que a mensagem chegaria a Gerin.

Deitou-se no tapete em frente à lareira apagada e cochilou.

Acordou com o barulho da porta abrindo e os quatro amigos entrando.

— Ele está mesmo aqui! — retumbou o vozeirão de Martim.

A conversa foi longa, com Alek atualizando os amigos sobre o que vinha acontecendo e guardando para o final o assunto mais delicado.

— Tempos difíceis... — Verônika comentou. — Se Anuar estiver mesmo se unindo a Olaf para matar Ciaran, poderá significar a destruição de muitos dos nossos. Não me admira ele fazer tudo em surdina.

— Eu não vejo outra explicação para isso — Alek insistiu. — Olaf não pode matar Ciaran, como eu expliquei... e quer o lugar dela, sempre quis. Por qual outro motivo ele seria um aliado de Anuar?

— Para conseguir acesso a você? — Martim arriscou.

— O que também leva ao mesmo ponto... Usando-me ou não, a aliança deve ter a morte de Ciaran como objetivo.

— Essa comitiva de guerreiros da Escuridão que Anuar irá hospedar... vocês não acham que isso servirá como um holofote sobre essa aliança? – perguntou Gerin. – Não vai chamar atenção demais?

— Concordo com você, Gerin – Martim apoiou. – E isso pode significar que os planos de Anuar e Olaf estão mais adiantados do que imaginamos.

Abhaya nada comentou. Ficou quieta, muito séria, os braços cruzados sobre o peito.

Alek descreveu também o que Kurutta lhe ensinara, e Verônika se empolgou com a proximidade da descoberta da forma da essência do Sombrio.

— Realmente deve ser algo bem diferente do que fazemos...

— A maioria de nós nem faz... – Gerin falou apontando para ele, Martim e Abhaya.

— Mas ele fará! Se Kurutta viu e disse que irá nascer, vai nascer! E como um dente, rasgando tudo!!! – e riu, divertida, dando uns tapinhas provocativos na cabeça de Alek.

— Quando chegam esses guerreiros Ciaran? – Abhaya se manifestou pela primeira vez.

— Daqui a nove dias, na lua negra.

— Devem todos ser aliados de Olaf. Perigosos. Como Anuar confia que virão para treiná-lo e não para capturar você?

— Ao que parece, Olaf precisa da ajuda dele para destruir Ciaran, não é?

— Ai, Alek! Você seria uma ajuda bem mais interessante, não?

— A forma de pensar de Abhaya não me parece errada – concordou Gerin.

— Talvez seja bom encontrarmos uma maneira de estar com você... Se a gente puder assistir ao treino... – Abhaya idealizou.

— Posso pedir a Anuar. Digo que não vejo vocês há tempos e seria um jeito de nos encontrarmos...

— Aí poderíamos ir um a cada dia... – Gerin complementou.

— E após a lua negra, iríamos todos! – decidiu Abhaya.

— Você acha que consegue essa permissão, Alek?

— Devo conseguir, Verônika. Anuar deve saber que meus progressos são grandes, que estou me dedicando... e esse nem é o pedido mais complexo que vou fazer a ele.

— O que quer dizer? — Abhaya desconfiou de que faltava Alek contar alguma coisa.

Então, ele narrou o que descobriu sobre Cosmos e sua decisão de pedir a Anuar para visitar Lucas e oferecer-se ao simbionte como hospedeiro.

A confusão foi geral. Todos se opuseram. Abhaya chegou a empurrá-lo com força, gritando o quanto era idiota, e saiu da casa de Martim chorando.

— Por que ela reagiu assim?

— Porque você realmente é muito idiota, Alek — concluiu Martim.

— Abhaya já teve um grande amor — Verônika disse, e Alek pareceu surpreso. — Viveu por anos com uma guerreira destemida, Malika. Ela enfrentou um simbionte em uma missão e tornou-se sua hospedeira. Resistiu. Não cedeu. Sofreu. E Abhaya acompanhou tudo sem poder fazer nada.

— É por isso que ela está estranha... Sei lá... distante... desde que soube de Lucas.

— Com certeza. Malika percebeu que sofria com a resistência à simbiose, mas que também era capaz de infringir sofrimento. Começou uma batalha insana que levou os dois à morte, ela e o simbionte.

Alek ficou em silêncio. Já não tinha certeza de que seria capaz de expulsar Cosmos sem sacrificar a própria vida.

— Para mim você descobriu como retirar Cosmos de Lucas... — Martim disse em voz baixa. — Não descarto esse plano. Mas falta descobrir um meio de ele não querer ficar em seu corpo, Alek. Precisamos garantir que ele queira se desprender de você...

— Por qual razão Cosmos faria isso?

— Não faço ideia, mas devemos descobrir.

Naquela tarde, Alek teve uma amostra de que, realmente, seu plano não se concretizaria de um jeito simples como imaginara.

Foi Anuar quem o chamou para uma conversa logo após o almoço. Aguardava-o em sua saleta pessoal, sentado em uma grande cadeira, a expressão cansada. Era notável que algo andava errado com o guerreiro da areia. Desde a lua cheia, Anuar sempre usava luvas, mesmo o calor reinando dentro e fora do castelo. E sua aparência revelava um cansaço crescente. Começou dizendo que sabia do progresso de Alek e estava contente pela dedicação dos últimos dias. O Sombrio aproveitou para dizer que sentia falta dos amigos, o que visivelmente irritou Anuar. Apressou-se, então, a expor que não considerava liberar tempo de seu dia exclusivamente para vê-los.

— E o que sugere? Que eu o libere à noite e permita que lhe roubem horas preciosas de seu descanso?

"Mal sabe ele...", Alek pensou, mas respondeu:

— De maneira alguma. Anuar, estou realmente comprometido em fazer a minha parte. Pensei em vê-los durante os treinos, no campo de treinamento. Quero pedir sua permissão para que, se desejarem, assistam a meus treinos.

— Isso irá atrapalhar sua concentração.

— Acho que não... mas não tenho certeza. Podemos fazer um teste?

Anuar refletiu por alguns instantes.

— Não vejo mal nisso, se o seu rendimento não diminuir. Mande-lhes uma mensagem. Irei autorizar que assistam, mas também acompanharei com Forbek para verificar como a presença do grupo impacta sua evolução. Qualquer alteração negativa, suspendo a autorização. E, Alek...

— Sim...

— Conversas com eles apenas nos momentos de descanso. Combinado?

— Claro.

— Não quero ouvir reclamações de Forbek sobre indisciplina. Não tenho tempo para isso.

— Fique tranquilo.

Alek faria o pedido que considerava mais delicado, quando ouviu:

— E, para você ver que sou benevolente, acompanhe-me.

Ele controlou sua ansiedade por um instante e saiu da saleta seguindo Anuar. Sentiu um calafrio ao perceber que caminhavam para a torre onde Lucas estava hospedado e sem a escolta de qualquer centauro.

Subiram as escadas, já sem proteção mágica. Alek em silêncio, o coração acelerado no peito.

— A partir de hoje, sempre que quiser, poderá conversar com seu amigo. É só pedir que um dos guardas o acompanhe.

— Não poderei vê-lo a sós?

— Melhor não...

Mais silêncio, mais degraus subidos, mais ansiedade explodindo.

— Chegamos — Anuar sorriu, colocando a mão na maçaneta, abrindo a porta e fazendo um gesto para que Alek entrasse.

O quarto era idêntico ao visto na superfície de Ring, exceto pela escrivaninha e a cadeira colocadas próximas da janela, onde Lucas estava sentado de costas para a porta. Era mais iluminado e mais espaçoso do que o ocupado por Alek, na outra torre.

— Visita para vocês, Lumos... — E olhando para Alek: — Eles preferem ser chamados assim após a simbiose.

"Eles?..." Alek sentiu o sangue ferver, mas manteve-se quieto. Lumos levantou-se e veio recepcioná-lo. Andava meio torto para a esquerda, a cabeça um pouco inclinada em direção ao ombro. Alek teve a sensação de que era Lucas e não era. Não usava os óculos, embora espremesse os olhos como se ainda enxergasse mal, e, quando falou, Alek notou a ausência do aparelho grudado aos dentes:

— Olá, Alekssander. Que bom que veio! — disse, estendendo a mão. A voz era a do amigo, e lhe deu vontade de abraçá-lo, porém a maneira como o tratou fez com que apenas correspondesse ao aperto de mão.

Lumos piscou, e Alek viu duas pálpebras: a de Lucas e outra interna, negra, que fechava na vertical. Sentiu vontade de desintegrar Anuar e resolver a situação com Cosmos naquele instante. Como em um flash, lembrou-se de quando dissera, meses atrás, que nunca desejaria matar alguém. Anuar conseguira transformá-lo. Controlou-se; precisava conhecer melhor o inimigo.

— Lucas... — no instante em que ele falou, Alek viu o corpo do amigo se contorcer, como se algo dentro dele se agitasse.

— Lumos! Somos Lumos! — exclamou com uma voz que não era a de Lucas.

— Desculpe. Lumos... Como você está?

— Estamos bem. Obrigado por perguntar.

— E o que você estava fazendo quando eu cheguei?

— Estudando sobre os povos do Mundo Antigo... — e sorriu. Era Lucas novamente.

Falou com tamanha paixão do que estava descobrindo, dos livros emprestados por Mildred e de como eram belos os seres, ressaltando que conheceria um unicórnio no dia seguinte. Alek conseguiu ver o amigo vivo ali, com toda a doçura e empolgação que lhe eram marcantes. Mas, a cada piscar de olhos, havia um alerta de que Cosmos estava presente também, dentro de Lucas.

Conversaram por alguns minutos, e Alek prometeu trazer seus amigos para conhecê-lo. Conforme viessem para assistir aos treinos, arrumariam alguns minutos para visitá-lo, se Anuar permitisse. Estranhamente, Anuar permitiu com doçura, e Alek desconfiou de que a concordância tinha algo a ver com as vontades de Lumos.

— Por hoje chega. Despeça-se de seu amigo, Sombrio. Logo vocês voltarão a ficar juntos.

— Não ficaremos mais presos neste quarto... — Lumos disse a Alek, em tom de celebração.

Um novo aperto de mão, que despertou em Alek a sensação de que quem o olhava era Cosmos, e não Lucas. Não sabia explicar o porquê, mas tinha quase certeza disso. Apesar de nada de concreto haver mudado, ainda assim algo estava diferente. Anuar colocou sua mão sobre o ombro de Alek e o encaminhou para fora. Desceram as escadas sem nada falar. Ao pé da escadaria, Anuar perguntou:

— O que achou de reencontrar seu amigo?

Alek respondeu em tom baixo, segurando a raiva:

— Ele não é meu amigo...

— Não?

— Lumos não é Lucas.

— Verdade. Compreendo o seu ponto de vista. De fato, a simbiose saiu diferente do esperado, talvez por Lucas ser humano...

— Diferente como?

— O normal é as duas personalidades coexistirem após a conclusão da simbiose, formando uma personalidade única, que reflita ambas as originais. E, ao que parece, as duas ainda estão lá dentro, não se uniram... E mais, uma terceira personalidade surgiu.

— Lumos...

— Isso. E ela é a dominante. Não foi como esperado, admito. Ainda assim, serve ao propósito inicial. Lucas não é mais humano.

— Lucas não é mais Lucas! — Alek retrucou agressivo.

— Pense nisso como uma evolução! Lucas evoluiu para Lumos! Ainda é seu amigo, só não é mais humano.

— Você sabe que eu não vou aceitar essa situação, não é, Anuar?

— O que sei é que a segurança de Lucas lhe importa.

— A segurança de Lucas, sim, era importante. A de Lumos, não sei... Fora que algo me diz que Lumos é capaz de se defender sozinho. Ou não?

— Por que diz isso?

— Você foi bem agradável com ele. Agradável demais! Não parece querer aborrecê-lo... E aquilo que ele disse ao final... sobre não ficar mais preso no quarto...

— Está se tornando observador, Sombrio... mas ainda é um menino. Lucas está lá dentro, tenha certeza disso. E não hesitarei em fazer o que for preciso para que você continue a me servir.

— Fique tranquilo. De minha parte, mantenho o combinado. Pelo menos por enquanto. E não precisa chamar os guardas; vou para o meu quarto sozinho.

༺࿓༻

Nos dias que se seguiram, o plano dos guerreiros deu certo. A cada manhã, um ou dois deles apareciam para acompanhar os treinos de Alek. Forbek garantiu a Anuar que isso não atrapalhou em nada o desenvolvimento do Sombrio.

Gerin, Martim e Verônika foram conhecer Lumos e o visitaram outras vezes. Abhaya foi apenas uma vez e, depois, ela e Alek passaram horas chorando, sem nada dizer.

Foi naquele dia que eles se reaproximaram. O choro em silêncio uniu suas mãos. Não precisavam explicar o que sentiam.

Sentados no alto da torre leste do castelo, para onde Alek os havia transportado, certo de que ninguém os incomodaria, sentiam o vento forte e o calor do sol como se a natureza tentasse abraçá-los e consolá-los.

Olhavam para o horizonte, cada um enxergando a própria dor.

Quando seus olhos se encontraram, o choro veio mais forte e a sensação em ambos foi a de que finalmente enxergavam o outro como de fato era.

Alek passou a mão esquerda, a de dragão, pelo rosto de Abhaya, que não se retraiu. Fechou os olhos e aninhou-se. De olhos fechados, ela não o viu se aproximar, apenas sentiu seus lábios.

O beijo cúmplice na dor falou mais do que as palavras conseguiriam expressar.

E a dor cedeu, abrindo espaço para o que de fato sentiam um pelo outro. Um beijo longo, intenso e doce ao mesmo tempo. Um beijo que ambos queriam prolongar, queriam interminável. Quando os lábios se separaram, os olhos se encontraram por um instante apenas e, então, o abraço tornou-se forte, apertado. Uma vibração unindo-os, uma eletricidade alimentando-os, e não havia qualquer necessidade de falar. Estar ali, no alto da torre, juntos, realmente juntos, era tudo o que desejavam.

E outros beijos vieram, ainda mais intensos, mais quentes, e só deixaram de acontecer porque o que Alek considerava improvável ocorreu.

— Ops! Juro que não queria atrapalhar... — Gerin falou ainda voando, próximo a eles, olhando para o outro lado e bloqueando o campo de visão com as mãos. — Não vi quase nada!

O abraço de Abhaya e Alek se desfez, estavam visivelmente desconfortáveis, mas as mãos permaneceram unidas.

— Podemos ajudar em alguma coisa, Gerin? — Alek perguntou meio irritado com o amigo.

— Mildred está bem nervoso, procurando você para a aula. Disse que ou eu ajudava a encontrá-lo, ou ele mesmo requisitaria a Anuar que seus amigos fossem mantidos longe do castelo.

— Melhor a gente voltar... — Alek falou para Abhaya, que apenas consentiu com um gesto de cabeça.

No instante seguinte, estavam na entrada do castelo, e Gerin se viu sozinho, rindo da cena que presenciara e comentando consigo mesmo:

— Até que enfim aqueles dois assumiram o que sentem!

Depois daquele dia, Alek e Abhaya realmente entenderam o que sentiam um pelo outro e, aos poucos, deixaram de lado o empenho em esconder esses sentimentos.

Quanto a Lumos, o Sombrio compreendeu que Abhaya não conseguiria revê-lo e não insistiu.

Em alguns dos encontros com a criatura, Alek conseguia vislumbrar Lucas, como quando o levaram ao jardim interno do castelo para conhecer um unicórnio. A agitação do amigo era tamanha que Cosmos praticamente desapareceu por mais de uma hora. Nem mesmo as pálpebras negras podiam ser vistas. Alek interpretou o fato como algo bom, e Verônika concordou: Lucas estava bem vivo ali. Deveria haver um meio de resgatá-lo.

Poucas foram as vezes em que vislumbrou Cosmos e, em cada uma delas, teve vontade de arrancá-lo de dentro do amigo da maneira que conseguisse.

Mas, na maior parte dos dias, Alek encontrava apenas Lumos, o que o entristecia demais. Abhaya sempre o acolhia com abraços e beijos; isso era bom, mas não curava sua dor.

⚛

Os dias passaram, os treinos continuaram e Alek aprendeu muito com os guerreiros da Luz que enfrentou no campo de treinamento. Seus conhecimentos sobre o Mundo Antigo também evoluíram de maneira acelerada, e Mildred mostrava-se satisfeito com o empenho do aprendiz. Porém, seus maiores progressos se deram com Kurutta e Ciaran.

Alek aprendeu a voar com o tengu e nem sabia descrever como isso aconteceu. Foi durante um voo com ele que sentiu algo se mexendo em suas costas e ouviu:

– Finalmente elas nasceram! Achei que nunca as veria!!!

Asas! Pequenas no início, mas cresceram com o uso. Eram muito parecidas com as asas dos dragões. Gerin apostava que elas tinham alguma relação com o braço-garra de Alek. Agora, ele acompanhava Gerin em alguns voos noturnos, ainda que Abhaya e Verônika bronqueassem, temendo que Anuar descobrisse.

Após cada voo, as asas se recolhiam e desapareciam aos poucos, como um desenho apagado por uma borracha.

As meditações, cada vez mais prazerosas, ajudavam Alek a encontrar momentos de paz e equilíbrio, por mais que tudo ao seu redor ameaçasse desabar. Sentia como se apertasse a tecla pause ao ver um filme... o filme de sua vida.

Com Ciaran, Alek aprendeu o necessário para cuidar do Labirinto, mas a serpente insistia em lhe ensinar mais e mais, como se tivesse alguma outra intenção. De fato, estava decidida a lhe transmitir todos os seus dons. Nesses encontros, por vezes, ele tentou obter notícias de Garib, mas não conseguiu nada além de:

— Ela essstá bem. Ainda não cumpriu a missssão...

Dia após dia, noite após noite, o tempo passou.

Foram apenas poucos dias, mas pareceram meses...

E a lua negra chegou.

SANGUE DE DRAGÃO

O castelo estava em silêncio, e Alek sabia que havia chegado a hora. Como das outras vezes, deitou-se, cobriu-se e transportou-se. Naquela noite, seguiu para a casa de Martim.

Abhaya o abraçou e os dois se beijaram. Martim se manifestou:

— Não há tempo para isso hoje. Você e Gerin devem seguir para Draak. Eu, Verônika e Abhaya iremos descobrir quem são os guerreiros que compõem a comitiva Ciaran.

— Vamos nos encontrar aqui, mais tarde – disse Abhaya, e o beijou mais uma vez, despedindo-se.

— Combinado. Podemos ir? – Alek estendeu o braço de dragão para Gerin.

O amigo apanhou a mão-garra e, no instante seguinte, estavam na casa de Draco, que derrubou a caneca de cerveja com a chegada abrupta dos dois seres flamejantes.

— Vocês precisam aprender a bater!

— Boa noite, Draco!

— Saudações, Cavaleiro do Dragão!

— Boa noite, rapazes. Vamos? – falou, tentando tirar a cerveja da roupa com as mãos.

Saíram da casa e caminharam em direção à montanha. Tudo estava como antes, vazio e silencioso. Alek estranhou.

— Imaginei que todos fossem participar do encontro do Conselho.

— E vão. Já estão lá nos aguardando.

— E onde vai ser?

— No vulcão, Gerin... Em uma ampla caverna, mais próxima ao fogo.

Os dois amigos trocaram um olhar cúmplice, lembrando-se da conversa sobre um invasor não sair vivo de lá, e seguiram em silêncio. Ao se aproximarem da parede de pedra, não havia ponto algum que se movesse, como da outra vez, até que Draco a tocou e murmurou algumas palavras.

Quando tirou a mão, era como se um pequeno redemoinho girasse na pedra.

— Vocês primeiro — disse.

Gerin tocou o turbilhão e desapareceu, em seguida Alek fez o mesmo e, depois, Draco. Do lado de dentro, seguiram o cavaleiro pela trilha que descia, estreita e íngreme. O primeiro trecho estava bem iluminado pelas tochas em forma de garras. Depois de alguns minutos em silêncio, Gerin não aguentou.

— Parecem sua mão, Alek! — falou em tom provocativo, apontando para uma das tochas.

Alek riu e analisou o braço e a mão.

— Parecem mesmo...

— São de um tempo antigo, todas as tochas. De quando os cavaleiros se metamorfoseavam.

Desceram mais alguns minutos e as tochas ficaram para trás. A escuridão reinou. Draco e Alek acenderam os olhos.

— Não vejo mais nada! — Gerin reclamou.

Alek acendeu o braço de dragão e iluminou o lugar.

— Serei sua tocha, amigo.

Pouco depois, Draco anunciou, apontando para uma luz que tremulava adiante:

— É ali. Fiquem em silêncio.

Seguiram por mais algum tempo e a caverna se revelou. No centro do enorme salão, ardia uma grande fogueira. Em um círculo externo estavam os cavaleiros, as amazonas e os dragões. Draco os conduziu para perto do fogo, distantes do círculo. Os dois olhavam todos os detalhes, encantados com os guerreiros e os dragões. Uma menina se destacou do círculo com um chifre grande e retorcido nas mãos, aproximou-se do fogo e o levou à boca, tocando-o com uma força que fez a caverna reverberar. Alek endireitou o corpo, esperando ver homens ou mulheres apresentando-se para o Conselho, entrando por onde vieram, mas não foi o que aconteceu. O chão entre eles e o círculo de guerreiros estremeceu e se abriu, formando um anel.

Draco puxou Alek para ainda mais perto da fogueira. Ele e Gerin se esticaram para ver a abertura profunda e bem distante, que reluzia com a luminosidade do fogo. Distinguiram uma sombra, como se algo voasse para a superfície e se avolumasse conforme se aproximava. Afastaram-se o mais que podiam da beirada.

Logo, três imensos dragões atingiram a caverna, gerando um vento quente com o bater das imensas asas. Sob seus pés, o chão se fechou, selando o anel, e eles pousaram. Eram bem maiores do que os demais dragões guerreiros posicionados no círculo. Dois deles eram negros e totalmente opacos, nos olhos vermelhos, um brilho intenso. O terceiro, ainda maior que os companheiros, tinha todas as nuances da cor do fogo em seu corpo. Brilhava como se ardesse em chamas. Seus olhos eram extremamente negros.

Assim que se acomodaram, formando um círculo interior àquele dos guerreiros, a menina voltou a misturar-se em meio ao seu povo. Draco se colocou à frente dos visitantes e, em voz alta, anunciou:

— Prostor, Vrijeme e Zivot, líderes do Povo dos Dragões, mais uma vez os saudamos e buscamos sua sabedoria.

Um dos dragões negros respondeu em voz grave e tranquila:

— Que nosso fogo seja eterno!

E todos, menos Alek e Gerin, repetiram:

— Que nosso fogo seja eterno!

Draco fez um gesto nervoso, indicando a Gerin que devia ficar ao lado dele.

— Este é Gerin, filho dos Homens de Fogo. Ele busca conhecer sua origem.

— Esse foi você quem fez nascer, não é, Vrijeme? — perguntou o dragão que havia falado ao outro dragão negro.

Vrijeme mexeu-se, aproximando-se da cabeça de Gerin e cheirando-o.

— Você está certo, Prostor... — respondeu com uma voz doce, mas ainda forte e masculina. — Gerin nasceu por minhas garras. O que deseja saber, menino do fogo?

— Quero conhecer meu progenitor.

— Odraz. Também ele foi gerado por mim... — e fechou os olhos, para resgatar suas memórias. — Odraz era hábil, refletia em si o fogo que Draak lhe concedeu. Lutou ao lado dos Anuar e cumpriu seu papel no Equilíbrio do universo. Seu progenitor teceu uma bela história, assim como você está fazendo, Gerin — e abriu os olhos vermelhos.

— Tenho tido sonhos estranhos, que não parecem meus...

— Deixe-me vê-los... — foi a vez de Prostor aproximar-se e olhar bem dentro dos olhos de Gerin.

Alek teve a sensação de que a chama que via nos olhos de Gerin refletiu-se nos olhos do dragão, como que se duplicando.

— Sim, eu vejo... Odraz parece ter deixado algo para você. Isso não é comum. Memórias não passam pelo coração... Mas esse sonho não é apenas sonho. É memória. Você deve procurar o que seu antecessor lhe deixou. Siga seus sonhos. Eles lhe mostrarão aonde ir. Mas não vá agora. A guerra se aproxima e você será de grande ajuda.

Alek sentiu um calafrio.

— Depois da guerra... se houver depois... você deverá buscar seus sonhos.

— Dragões, eu agradeço — Gerin disse e recuou um passo.

— Mais uma coisa! — Prostor falou, chamando a atenção de todos. — Aqui em Draak nascem os Homens de Fogo para servir à Luz. Aqui em Draak se revelam os Cavaleiros do Dragão para servir à Escuridão. Draak zela pelo Equilíbrio, e isso deverá ser lembrado nos tempos de guerra. Antes de servirem à Luz ou à Escuridão, os filhos de Draak servem ao Equilíbrio e devem atender ao chamado dele!

Os três dragões fizeram um pequeno gesto com a cabeça e Draco puxou Alek pelo braço.

— Anciãos... apresento a vocês o Sombrio.

— O filho de Guilherme... — falou o dragão maior, com uma voz feminina bastante firme.

Os três dragões aproximaram as cabeças de Alek, cheirando-o e observando-o de perto, de muito perto.

— É como o pai... — concluiu Vrijeme. — Emoções não controladas, impetuoso, confuso, imprudente.

— Envolvido com duas pessoas, não? — Prostor perguntou ao companheiro, e Alek sentiu o rosto queimar, envergonhado. — Muitas paixões para se tornar um Cavaleiro do Dragão.

— Mas esse braço... Como é possível? — Vrijeme se dirigiu a Zivot.

Gerin sentiu vontade de falar ao amigo que lhes mostrasse também as asas, mas não teve coragem.

— Erramos antes, concordam? Julgamos fraco o guerreiro por entregar-se ao amor. E o filho proibido que gerou nos traz de volta a transmutação... algo há muito perdido, em um tempo que nos antecede.

— Não será fraco, então? — Prostor lhe perguntou.

— A mim me interessa mais se será capaz de se transformar por completo.

— Mas, Zivot, há muito ninguém é capaz. Há muito paramos com os sacrifícios.

Alek sentiu medo e percebeu a tensão de Draco. Era evidente que a conversa tomava um rumo que ele não esperava.

— Então, como vocês interpretam o braço? Devemos tentar mais uma vez — Zivot sentenciou.

Alek desejou que Silvia estivesse com eles, pelo menos teria a esperança de que poderia consertá-lo se algo desse errado. Vrijeme virou-se para ele.

— Você quer? Quer testar sua ligação com nosso sangue?

Ele falou pela primeira vez:

— Eu não sei o que dizer... — foi sincero. — Até bem pouco tempo, eu desconhecia quem era. Acho que continuo a desconhecer... Surpreendo-me com o Mundo Antigo a cada instante. Minhas descobertas apenas começaram. Vocês já viram muito mais do que eu. Sabem muito mais do que eu. Se disserem que devo testar, testarei, ainda que eu não entenda a dimensão do que está acontecendo.

— Você pode ser algo que perdemos, Sombrio... — Prostor falou.

— Você pode ser a prova de que o fogo permanecerá aceso... — Vrijeme explicou.

— Se você tomar de nosso sangue, poderá morrer. Não sabemos ao certo o que irá acontecer porque antes não houve um Sombrio... mas os guerreiros das últimas gerações que tentaram morreram — Zivot foi objetiva.

— E se eu não morrer?

— Se você se ligar a ele, irá passar por uma transformação. No passado, os guerreiros ganhavam um braço, como o que você já possui, ou cuspiam fogo... — ela continuou.

Vrijeme completou:

— Alguns ganhavam asas ou mesmo uma cabeça como a nossa... ou a pele de dragão que lhe servia como armadura.

— Mas as metamorfoses não eram tão persistentes como a sua — expôs Prostor. — Eles se transformavam em combate e, depois, voltavam ao normal.

— E vocês não acham que a minha transformação já ocorreu? Quero que vejam uma coisa — Alek acendeu a própria mão e expôs o braço humano em chamas, antes escondido pela proteção draconiana, coberto por cicatrizes.

— A pele de dragão lhe serve como um escudo... — Zivot concluiu. — Protegendo-o de si mesmo... do fogo que habita em você e arde sem controle.

— E protegendo os outros... — Alek falou. — E tem mais... — disse isso e revelou as asas de dragão, alçando um pequeno voo, contornando os dragões e voltando para perto da fogueira, onde as asas se desfizeram aos poucos.

— Essa mutação é como as que conhecemos; não aparece quando você não a utiliza — Prostor comentou intrigado.

— Para mim, confirma que a garra não desaparece porque lhe serve de escudo — Zivot expôs segura. — Ela retém o fogo que queima sem parar em você.

— Seu vínculo com os dragões é realmente forte. Mas, se a mutação já ocorreu, ele deve provar do nosso sangue? — Vrijeme questionou os irmãos.

Os dragões se entreolharam, e Zivot falou para o Sombrio, decidida:

— Sim, se você aceitar, deve provar nosso sangue.

Atrás dele, Draco demonstrava temer que Alek dissesse "sim", enquanto Gerin torcia de maneira vibrante para que dissesse "sim".

Alek aceitou; estava clara sua ligação com os dragões, não tinha razão para não prosseguir. Se algo desse errado, Draco e Gerin pensariam no que fazer... E ele era o Sombrio, oras!

Os pensamentos rodopiavam em sua cabeça enquanto os acontecimentos se sucediam: a menina reapareceu, assoprou o chifre, fez tudo reverberar. Gerin e Draco se afastaram; Alek não viu aonde foram. Duas guerreiras trouxeram um cálice negro, tão grande que parecia um jarro. Colocaram o recipiente no chão, em frente a Alek. Os três dragões fizeram um corte em uma de suas garras dianteiras, usando uma unha da outra garra. Ao mesmo tempo, deixaram o sangue escorrer para dentro da taça. Conforme o sangue deles se misturava, algo parecido com lava borbulhava na taça. Alek observava a tudo como se assistisse a um filme e ele não fosse um dos personagens.

O sangue parou de escorrer e todos, absolutamente todos, olhavam para Alek. Ele pegou a taça, inseguro, com as duas mãos...

— Devo beber, né?

Os três dragões consentiram.

– Quanto?

– Beba! – Zivot falou em tom de ordem.

Ele virou o grande cálice devagar, pensando que o líquido borbulhante seria quente, mas não era. E seu gosto era bom. Muito bom. Bebeu a goles grandes. Tudo.

Acabou, colocou a taça no chão, a menina tocou o grande chifre e nada aconteceu. Ele apenas se sentia levemente zonzo.

– E agora? – perguntou e, no segundo seguinte, contorceu-se em dor. Foi como se o líquido em seu estômago ganhasse vida e se expandisse, decidido a lhe ocupar todo o corpo. Não via mais os dragões ou nada ao redor. Não sabia dizer se estava gritando ou não. Se estava em pé ou se rolava no chão.

A dor foi muito mais intensa do que aquela provocada pela picada de Ciaran e pelo veneno da serpente preenchendo-lhe o corpo. Pareceu eterna; não era quente ou fria, apenas dor. Pulsante. Cortante. Até que cessou e ele teve a sensação de estar no vazio. *"Será que morri?"*, pensou.

Após um instante, sentiu-se expandir, como se crescesse muito e se tornasse imenso.

Abriu os olhos e viu todos novamente, mas de um jeito diferente... pareciam distantes, lá embaixo. Até mesmo os dragões líderes estavam pequenos. E ele sentia o topo da caverna roçando em sua cabeça.

"É... acho que morri... e estou flutuando aqui em cima. Será que vou conseguir sair? Será que mesmo morto posso me transportar? Por que todos continuam olhando para mim? Eles estão me vendo?"

Olhou para o próprio corpo, como procurando localizar o que chamava a atenção de todos, e o que viu foi o corpo de um gigantesco dragão, todo de escuridão e estrelas. Era como se o universo formasse seu corpo. Mexeu os dedos das garras para ter certeza de que eram suas. Elas reagiram. Olhou assustado para todos. Viu Gerin, pequenino, lá embaixo. Procurou Zivot, que parecia um filhote agora, e arriscou falar:

– Eu me transformei, né?

Zivot sorria.

– Por completo... por completo... – respondeu.

Ao redor, todos o reverenciaram com um movimento de cabeça e ele correspondeu. Depois, ergueu uma das garras dianteiras, observando-a.

– Que legal!!! – falou, olhando para a extensão de seu corpo e vendo as imensas asas.

Então gargalhou e sentiu o estremecer da caverna. Olhou em volta e viu a cara de apreensão dos dragões anciãos.

– Pense em sua forma humana; chame-a de volta para você – Zivot orientou.

Lembrou-se primeiro do rabo de cavalo... Gostava dos cabelos longos. Agiu do mesmo modo em relação ao corpo, mas, quando pensou no braço esquerdo, se perguntou se preferia o braço humano ou o braço de dragão, e optou pelo segundo. Sentiu o corpo encolhendo e retorcendo-se, sem qualquer desconforto. Era como se mudasse de posição e a Escuridão que o transformara em dragão voltasse para dentro dele.

Quando recuperou o corpo humano, passou a mão direita na cabeça, esperando encontrar a cabeleira... mas tudo continuava igual, nem sequer um fio!

– Sombrio, o sangue do dragão pulsa em você. Saiba usá-lo. Não há registro em nossas memórias de um cavaleiro que tenha se transformado por completo. Isso era lendário até hoje. Você é o primeiro, e o tempo irá revelar o significado disso. Por ora, devemos celebrar – concluiu Zivot e, aproximando-se de Alek, disse algumas palavras que apenas ele ouviu.

A menina, mais uma vez, veio ao centro tocar o chifre e, como no início, o chão se abriu e os imensos dragões flutuaram no ar, provocando um vento intenso com o movimento das asas; dessa vez não foi quente como o instante da chegada. Quando desapareceram nas profundezas, o chão se fechou.

Draco agradeceu aos companheiros e uma saudação foi feita por todos os guerreiros, dragões e cavaleiros, preenchendo a caverna com um som reverberante.

Alek, Gerin e Draco foram os primeiros a se retirarem.

— Eles não vêm? — Gerin percebeu que se organizavam em um círculo mais próximo à fogueira.

— Não. Vamos discutir sobre o progresso dos aprendizes e avaliar se algum deverá ser iniciado na próxima lua.

— Na próxima lua negra? — Alek perguntou.

— Isso. Também precisamos dar nome ao dragão recém-nascido. E se decidirmos pela iniciação de algum aprendiz, nós o chamaremos para participar, Alek.

Do lado de fora da montanha, Draco se despediu e voltou para compartilhar as discussões de seu povo.

— Que noite! — Gerin suspirou, olhando para o céu.

— É...

— Você tem noção de que pode se transformar em um dragão gigante???

— É... Tenho. Baita metamorfose aquela! Totalmente diferente do que já experimentei no Mundo Antigo. E olha que experimentei muita coisa neste seu mundo.

— Nosso mundo, Alek. Nosso mundo... Em você pulsa o sangue de dragão!

— Sangue de dragão... veneno de serpente... Estou sempre me transformando e tenho a sensação de que sou cada vez menos eu, Gerin. — E suspirou, ficando em silêncio um pouco. Depois comentou: — Você estava assim, ó, pequenininho! — falou, aproximando o polegar do indicador da mão direita.

— Você é que estava absurdo de imenso! Quantos dons já tem, Alek?

— Muitos, Gerin. Acho que demais. Sou cada vez mais a arma que Anuar desejava, e isso me preocupa. Há duas semanas eu não poderia enfrentar um exército sozinho...

— E hoje, pode?

— É provável... Ainda mais depois desta noite.

Os dois silenciaram de novo.

— Mas você não será a arma de Anuar, Alek. Você é o Sombrio.

— O ser capaz de unir os seres do Mundo Antigo... — Respirou e então completou sério: — Ou de destruí-los...

— É, está difícil fazer você enxergar o lado incrível da coisa toda...

— Não se preocupe, Gerin. Eu estou vendo. Só tenho dúvidas se serei capaz de usar bem toda essa força... Afinal, eu sou apenas eu, né?

Depois de mais um tempinho em silêncio, ambos olhando para o céu estrelado, Alek deu uma cotovelada suave no amigo e comentou:

— Foi beeeem incrível virar um dragãozão...

— Coloca incrível nisso! E você fez tudo tremer quando rugiu.

— Não era rugido... eu estava rindo.

— Imagina se rugir então!

E os dois riram gostosamente.

— Vamos?

— Vamos...

Aquele breve momento de descontração e cumplicidade seria relembrado com carinho pelos amigos nos tempos que viriam. Tempos que exigiriam deles que fossem guerreiros experientes, e não mais os jovens que de fato eram.

• PARTE IV •

TEMPO DE GUERRA

XV
QUANDO NÃO HOUVER SAÍDA...

Alek tocou Gerin e logo estavam na sala de Martim, onde ele, Verônika e Abhaya os esperavam. Dessa vez não se incendiaram, o que foi notado por todos.

— Deve ter a ver com a sua transformação, Alek. Só pode ser isso... — Gerin concluiu.

— Mas nem você pegou fogo com o meu toque.

— Vai ver que o dragão pode tocar em mim...

— A gente precisa falar sobre isso com Draco.

— Hã-hã! — resmungou Martim, chamando a atenção de ambos e indicando que não estavam entendendo nada.

Primeiro, os dois descreveram o que havia acontecido, e o trio ficou perplexo com a descrição da transformação de Alek.

— Agora você será imbatível em combate! — Martim expôs seu entusiasmo. — Muito bom termos um dragão ao nosso lado.

— Eu não entendo por que o dragão era formado de Escuridão... — Abhaya disse em tom de reclamação. — Se você é o Sombrio... devia ter Luz também.

— Mas os dragões são seres da Escuridão, Abhaya... — Verônika expôs, sem efeito.

Aí, Gerin tentou explicar a seu modo:

— Tinha Luz! Eu falei que era como olhar para estrelas, constelações, no céu noturno.

Ela não pareceu satisfeita.

— Para mim, a Escuridão domina... Está mais forte em você,

Alek... – disse em tom de acusação.

– Abhaya, os dragões possuem uma forte relação com a Escuridão. É natural – Verônika explicou mais uma vez, em tom de "vamos falar sobre outro assunto". – Não é possível mudar essa natureza.

Então, descreveram a Alek quem ele enfrentaria no dia seguinte, o que o fez pensar não só em estratégias de defesa, mas também em quais dons iria aprender. A comitiva Ciaran era formada por cinquenta e dois guerreiros, então, com certeza seriam dias de treinamento até que pudesse passar por todos. Abhaya aconselhou:

– Alek, o maior cuidado deve ser em relação à dhakira.

– O que e como ela é?

– Pele azul-esverdeada, olhos grandes.

– Se é uma dhakira, com certeza é bem linda e vai tentar beijar você! – Gerin interrompeu. – Porque é isso o que as dhakiras fazem...

– Você está com ciúmes, Abhaya? – ele provocou.

– Não seja idiota, Alekssander! – a guerreira reagiu brava. – As dhakiras seduzem suas vítimas e, com um beijo, roubam-lhes as memórias.

– Todas as memórias?

– Elas saboreiam todas e escolhem quais pegar para si.

– Que horrível! – Alek comentou.

– Por isso, mantenha-a longe. Será bem complicado você perder memórias...

– Principalmente se ela apagar sua relação com os Anuar – Verônika completou.

– Nossa! Seria uma estratégia e tanto de Olaf! – Gerin disse estremecendo. – Já pensou você se colocando contra nós? E bem aqui em Dagaz!

– Ela não irá me beijar. Fiquem tranquilos – garantiu olhando direto para Abhaya.

– Não menospreze a dhakira. Ela será persistente...

– Eu entendi, Abhaya – e abraçou-a com carinho, beijando sua testa. – Mas estranhei uma coisa nessa comitiva...

– O quê? – Martim quis saber.

– Não há Anjos da Escuridão entre os guerreiros que irão me treinar.

– Verdade. Olaf não deve querer que você conheça mais sobre a essência de seu povo. É uma maneira de se resguardar.

– Existe algum ser que consegue ver as fraquezas dos outros?

Ninguém respondeu.

– Se tem... não diz isso a ninguém – concluiu Gerin.

– Uma vez, Lélio viu a minha essência... – e, falando sobre isso, se deu conta de que poderia fazer o mesmo. – Como será que ele fez? – pensou em voz alta e, mais uma vez, ficou sem resposta.

Antes de voltar para o castelo, Alek passou um tempo com Abhaya, namorando e aproveitando a agradável sensação de estar com ela. O fato de a guerreira implicar com cada aspecto de Escuridão que enxergava nele o incomodava. Ainda assim, não conseguia ficar sem ela, sem seus beijos, sem suas implicâncias... Percebia que estava amando cada traço de sua personalidade: os doces e atraentes... e os irritantes também. Quanto mais o tempo passava, mais Alek se reconhecia apaixonado por Abhaya e gostava mais da própria vida com a guerreira fazendo parte de sua história.

⚔

Alek teve uma noite de sono tranquila e repleta de sonhos bons, todos em companhia de Abhaya. Ele a apresentava a Leila como sua namorada, e a avó não reagia de maneira negativa, como se aquilo desencadeasse um conflito entre Anuar e Ciaran; era tudo tranquilo e normal. Os dois riam em companhia de seus amigos Lucas, Marcelo e Douglas, acampavam perto da cachoeira no mundo humano, dormiam na casa de pedra, comiam com Silvia e passeavam em unicórnios... como se o Mundo Antigo e o mundo humano pudessem coexistir tranquilamente, fossem um só.

Na manhã seguinte, quando Talek trouxe sua refeição, o encontrou feliz. Quis saber sobre Silvia.

— Faz dias que não a vejo. Sabe onde está?
— Ela voltou para o santuário, senhor Sombrio.
— Nem se despediu?
— Partiu há dois dias, enquanto o senhor Sombrio treinava. Anuar assim ordenou.
— E se eu precisar dos cuidados dela?
— Acho que volta. Se Anuar assim quiser.
— Ela fez algo para que isso acontecesse, Talek? Desagradou a Anuar de alguma maneira?
— Não sei. Penso que não... Talvez seja por causa da comitiva de guerreiros que chegou durante a noite — arriscou inseguro. — Talvez Anuar não quisesse que ela visse isso.
— Você é bem esperto, Talek — o goblin estufou o peito, mostrando que gostara do elogio.

Foram dois dias intensos de treinos, durante os quais Alek sentia estar construindo um equilíbrio dentro de si. Luz e Escuridão encontravam seu espaço nos dons que absorvia e manifestava. Como previsto por Abhaya, a dhakira tentou atingi-lo em diversos momentos, mas sem sucesso. Apenas ele sabia o quanto fora difícil mantê-la longe. Ela exalava aromas, entoava cânticos, tentava entrar em sua mente, tudo para vencer suas resistências, mas não conseguiu.

No primeiro dia, Martim e Abhaya assistiram ao treinamento, apreensivos, prontos para intervir a qualquer momento. No segundo, Gerin e Verônika tinham uma postura mais descontraída, chegando a torcer em determinados momentos de combate. Os dois quiseram visitar Lucas ao fim dos treinos, e Alek os levou, exausto e ensopado de suor.

Aquele não foi um bom dia de conversa. Lumos estava alheio, concentrado no estudo de um texto escrito em runas, e dispensou-os assim que pôde.

— Runas dos anões... — constatou Verônika ao sair do quarto.

— E o que ele pode querer com os anões? — Alek questionou.

Ela fez uma expressão de que não fazia ideia, mas Gerin respondeu:

— Pelo que eu saiba, os anões só escrevem dois tipos de livros... Um para o registro de suas posses e o andamento de seus negócios. Outro para narrar os feitos de seu povo, suas conquistas, suas escavações e seus tesouros.

— Posses... tesouros... — Alek disse baixinho.

— Pois é, pensei nisso também — concordou o amigo.

※

Ainda teria mais alguns dias pela frente para enfrentar os trinta e tantos guerreiros da comitiva que não conhecera em batalha. Estava exausto, mas sua atenção se concentrava no que faria naquela noite.

Conversara com Ciaran e Kurutta; não veria nenhum dos dois e iria até o Santuário. Encontrou Silvia perto do fogão a lenha, preparando uma sopa. A casa estava igual, com as ervas penduradas pelo teto, o pão rústico sobre a mesa, o barulho da cachoeira lá fora... mas, aos olhos de Alek, tudo era diferente. Parecia fazer tanto tempo que estivera ali pela primeira vez. Ela não se assustou quando o viu chegar.

— Ainda bem que veio, Alek... Estava começando a duvidar que conseguiria tempo para me visitar.

Ele a abraçou.

— O que aconteceu, Silvia?

— Não entendi. Anuar mandou um centauro até mim, com a ordem de que eu partisse. Imaginei se seria uma punição, mas nem sabia por quê...

Ele contou sobre o treino que estava enfrentando nos últimos dias, e ela concluiu:

— Provavelmente Anuar não queria que eu reconhecesse os aliados de Olaf... Sinal de que não confia em mim.

— Ele sabe de sua ligação comigo. É mais provável que não confie em mim.

Ela deu de ombros.

— Não foi a saudade que o trouxe aqui, foi?

— Não. Preciso rever Lélio. Ele está no Santuário?

— Está, mas um centauro de Anuar assumiu os cuidados dos unicórnios. Não penso que ele deva saber que você veio ter essa conversa. Estou certa?

— Certíssima... E como posso falar com ele?

— Para você vir até mim, deve ser algo importante... – falou curiosa.

— Sim, é – concordou Alek, sem dar pista alguma.

— Pode ser nas Cavernas?

— Nas Cavernas?

— Sim... Posso dizer que preciso de alguns compostos para minhas poções de cura e que preciso ir até Casca de Árvore adquirir os insumos do apotecário.

— Casca de Árvore?

— Aquele povoado próximo às Cavernas. Terei de me hospedar lá por uma noite porque estou velha e cansada... você vê! Não dou conta de fazer a viagem em um só dia... – ela falou em tom arrastado.

— Você é esperta! Isso sim!

E ele recebeu uma piscadela de volta.

— Pedirei ao centauro que está cuidando deles que me ceda Lélio, o unicórnio tagarela, por ser uma boa companhia para uma velha.

Alek sorriu.

— Quando nos encontraremos?

— Amanhã à noite. Parto amanhã pela manhã.

Despediram-se e, antes de retornar ao castelo, passou pela casa de Martim. Sentiu-se muito encabulado ao surpreender o guerreiro e Verônika aos beijos, em frente à lareira, deitados no tapete da sala.

— Decididamente, precisamos encontrar um jeito de você anunciar sua chegada! — Martim reclamou com a costumeira voz de trovão.

Ao saberem sobre os planos de Alek visitar as Cavernas, eles se preocuparam.

— O melhor seria usar um portal e não ir sozinho... — Verônika orientou. — Não é bom arriscar que mais alguém saiba de sua capacidade de se transportar.

— Mas se abrirmos um portal de Luz, Anuar saberá...

— Alek, você deve conseguir abrir outro tipo de portal — ela retrucou.

— Consigo?

— Sim... Abrir um portal pode ser desgastante, consome nossa energia vital, e ainda pode mostrar aos nossos iguais por onde andamos, porque todo portal deixa um rastro... Por isso, muitas vezes, escolhemos fazer a viagem da maneira mais demorada, sem ativar um portal. Por outro lado, não temos tempo para chegar às Cavernas usando cavalos... E acho que ninguém conseguirá rastrear um portal aberto por você. Sua essência vai gerar um rastro bem diferente, desconhecido por nós...

— E como faço isso?

— Aí eu não sei ajudá-lo... Mas Kurutta deve saber.

— Preciso falar com ele agora, então...

— Se dermos sorte, ainda o encontraremos na Taverna da Lua.

Martim pegou uma de suas capas e com ela cobriu Alek. Ficou grande demais, mas servia ao propósito de ocultá-lo. Não teria como Anuar ou um de seus informantes reconhecê-lo se cruzassem com ele pelo caminho. Os três seguiram para lá e se depararam com os atendentes dando conta dos últimos clientes.

— Fecharemos logo... — anunciou um fauno mal-humorado.

— Procuramos Kurutta... — Verônika disse, sorrindo.

— Ele acabou de ir para casa — a fada que atendia o balcão respondeu.
— Alek, é melhor se transportar para lá — Martim falou baixo.
— Eu não sei onde Kurutta mora.
— Aí fica difícil...
Agradeceram e estavam quase saindo da taverna quando ouviram:
— Quebra-Queixo, esqueci de avisar que precisa fazer a encomenda de hidromel amanhã... Pede para a Pisca-Pisca separar as moedas quando fechar o caixa hoje. Minha nossa, visitas ilustres!
O trio já estava encarando o tengu.
— O senhor não tinha ido embora? — perguntou a fada, sem jeito.
— Eu fui, Pisca-Pisca... mas lembrei o que tinha esquecido... e voltei... e olha o que encontrei. Vieram me procurar?

⚔

Kurutta tinha um jeito diferente de extrair as informações das pessoas. Conduziu o trio para a sua saleta e, quinze minutos depois, além de saber da necessidade de Alek de descobrir como abrir um portal, sabia também do ocorrido com os grandes dragões e do encontro que o Sombrio teria nas Cavernas.
— Precisa de mais coisa... — concluiu Kurutta. — Precisa aprender a abrir portal, fechar portal e...
— Sim... fechar portal! — Alek disse, reconhecendo sua falta de experiência.
— Isso... e precisa descobrir como se transmutar.
— Transmutar? Tipo o que fiz quando virei dragão?
— Não... Isso você já sabe. Precisa de habilidade para se disfarçar. Não pode ir a lugares cheio de seres e mostrar sua real aparência. E se o virem? Como garantir segredo?
— E tem um jeito de aprender isso rapidinho? Assim... para amanhã?
— Hoje, você vai comigo até minha casa, onde passaremos a noite em busca desses dons... e de outras coisinhas... — e riu.

— Não vou para o castelo?

— Sua casca está lá. Não há com o que se preocupar. Pronto? Ou precisa se despedir de seus amigos?

— Um minuto. Obrigado, Martim e Verônika.

— Nós nos vemos amanhã. Onde e a que horas? — o guerreiro perguntou.

Observando a expressão confusa de Alek, Verônika explicou:

— Iremos com você para as Cavernas.

Combinaram de se encontrar na casa de Martim e seguirem juntos para a Clareira da Morte, território Ciaran, portanto, lugar em que o portal poderia ser aberto sem chamar a atenção de Anuar. No momento seguinte, Alek estava diante de uma linda e tradicional casa em estilo oriental, cercada por um bem cuidado jardim, que seguia até um lago. Para além, uma floresta se erguia, ocultando aquele pequeno paraíso. Era manhã ali, e pássaros faziam uma bela algazarra. Kurutta segurava o ombro de Alek. Entraram em uma área de recepção da casa e o Sombrio ouviu a orientação:

— Bem-vindo ao meu lar! Tire os sapatos antes de entrar... Isso, deixe-os voltados para a porta, assim... — e demonstrou.

Alek obedeceu e seguiu Kurutta para uma bonita sala, decorada com vasos, objetos de madeira e algumas armas expostas como obras de arte sobre uma estrutura mais elevada, semelhante a um largo degrau. Em um dos cantos, reinava uma grande armadura de samurai. Tatames de palha protegiam a sala, e, em uma das paredes, uma enorme estante acumulava muitos livros. Ao centro, uma chabudai trazia um chá fumegante e dois zabutons estavam dispostos, prontos para recebê-los.

Sentaram-se e o tengu serviu o chá em canecas decoradas e sem alças. Alek gostou de segurar a sua e sentir o calor nas mãos. Estranhou o gosto amargo da bebida, mas achou saboroso.

Kurutta foi até a estante, pegou um livro, voltou, sentou-se, abriu-o e começou a ler.

Alek, em silêncio, o observava, esperando que dissesse algo, mas Kurutta parecia alheio, totalmente imerso na leitura.

Alek acabou o chá e, impaciente, esperou. Nada. Tamborilou os dedos, nada. O tengu virava as páginas, lia concentrado, emitia resmungos de interação e nada mais.

— Interessante a leitura? — Alek perguntou passado algum tempo.

Kurutta o olhou por sobre o livro, erguendo o dedo indicador como se pedisse um instante. Leu mais umas duas páginas e fechou o livro satisfeito.

— *A vivaz narrativa do Espectro Lunar*, obra interessantíssima. Conhece?

Alek negou com a cabeça.

— Deveria ler mais... Seria importante em sua formação.

— Ando meio sem tempo... sabe? — resmungou.

Kurutta fez uma expressão de reprovação, respirou fundo e falou em tom cerimonioso:

— Quando não há saída, criamos uma saída. Quando não há passagem, criamos uma passagem. Quando não há meios de prosseguir, criamos um meio. Vem daí a força dos portais, mas ela é muito maior, Alekssander.

Ele estava atento, e o tengu aprovou.

— As histórias de luta, de disputa, de combate, de guerra nos acompanham. Você já esteve em meio a conflitos. O que observou?

Alek fechou os olhos antes de responder e lembrou-se da primeira batalha em que se envolvera, ao sair das Cavernas, no dia em que recebera o veneno da serpente.

— Todos sangram igualmente.

Kurutta sorriu.

— Sim... compreendo o que diz. Todos são iguais, independentemente do lado em que estão, se são mais fortes ou fracos... As vidas se esvaem da mesma maneira.

— Não vejo sentido em conflitos, Kurutta.

— Sempre há sentido, Alek. Sempre há... Para quem se envolve neles há sempre algo importante a defender.

— Existem outros caminhos, não?

— Até não existirem mais... Há situações em que apenas o conflito se coloca à nossa frente.

— Mas, quando não há caminhos, criamos um. Não foi isso o que disse?

— Esse é o princípio. Não buscamos o conflito, no entanto, se ele constituir um caminho, não fugimos dele.

— Não entendi. Podemos ou não criar caminhos?

— Quando não há saída, podemos. Mas, se o conflito for um caminho, devemos trilhá-lo.

— Em que situação o combate pode ser um caminho?

— Se a vida de um ser é ameaçada e você pode defendê-la...

— Tirando a vida de outro ser? Já fiz isso. Mais de uma vez... — enquanto falava, revivia os momentos em que tirara vidas e os mesmos sentimentos voltavam a invadi-lo.

— Começo a entender sua natureza, Alekssander. Por que escolheu o caminho do guerreiro se não é a sua essência?

— Seria certo eu dizer que o caminho me escolheu?

— Seria... Você daria um bom líder. Ainda está cru. Mas, se passar pelo cozimento correto, poderá tornar-se um bom líder.

— Não pretendo ser líder de ninguém, Kurutta. Por ora, preciso aprender a abrir um portal.

— E fechar!

— Isso... e fechar.

— Vamos para fora. É mais seguro treinar lá.

No jardim, perto de um arbusto precisamente podado, o tengu perguntou:

— O que você vê ali?

— Um arbusto? — falou, inseguro.

— Isso. Agora olhe para ali! — e apontou.

— Para o lago?

— No meio dele...

— A ilha?

— Isso. De novo para cá.
— O arbusto...
— E se precisar ver a ilha sem virar a cabeça?
— Eu imagino?
— Isso. E se precisar chegar à ilha sem ser a nado?
— Eu me transporto?
— Seria isso... se essa fosse a lição. Não é. Você não se transporta. Vocêêêê...
— Abro um portal?
— Responder a perguntas com perguntas é irritante em um aprendiz, mas, sim, abre um portal.
— E como faço?
— Criando um caminho. Ligue o arbusto com a ilha!
— Na minha cabeça?
— Não. Aqui!!! – apontou para o arbusto.
— Não sei fazer isso.
Kurutta respirou fundo e resmungou:
— Não vai funcionar... Deixe-me ver... – e começou a caminhar pelo jardim.
Alek, bem cansado, achava que seria melhor estar no castelo, dormindo.
— Não é seguro... mas talvez funcione com você. Lembra que no seu quarto, aquele para onde me levou no mundo humano, havia um papel na parede?
— Meu calendário? Sim, era a contagem regressiva para um passeio que eu ia fazer... e não fiz.
— Você consegue dizer o que sente quando pensa no tal calendário?
— Algo estranho, aqui... – indicou o peito.
— É sua ligação com ele. Você pode sentir essa ligação com todos os lugares em que esteve. Deixe essa ligação puxar você.
— Para o calendário?
— Isso.

Alek olhou para baixo, respirou fundo e deixou aquela sensação pulsar no peito, forte, forte, cada vez mais forte. A imagem dos amigos, os preparativos, Leila... Na frente deles, começou a girar um vórtice como o de uma constelação. Luz e Escuridão mescladas, como tintas.

— É um portal?

— Instável, mas, sim, é um portal.

Alek celebrou e o portal se desfez. Notou que estava ainda mais cansado, como se tivesse corrido por vários minutos.

— Precisa tomar cuidado. O portal pode sugar toda a sua energia, Alekssander. Use a energia que está ao seu redor... Seja apenas o caminho para ela.

Concentrou-se, e lá estava ele novamente.

— Dá pra atravessar?

— Do jeito que está oscilando, só se você quiser virar Sombrio fatiado...

Depois de muitas tentativas, enfim conseguiu estabilizar um portal e ir do arbusto para a ilha e da ilha para o arbusto.

— Pronto... Deverá funcionar para amanhã — disse Kurutta exausto.

— Deverá?

— Só saberemos quando vocês tentarem. Se alguém voltar para a roda da vida ao atravessar, é sinal de que não funcionou.

Alek controlou-se para não iniciar uma discussão.

— Bom, vou dormir. Obrigado, Kurutta.

— Espere! Tem a transmutação.

— Não sei se vou conseguir aprender isso agora. Estou exausto, Kurutta.

— Não precisa aprender! Eu tenho um... — disse, remexendo na bolsa presa à cintura.

— Negocinho! — disseram os dois juntos.

Kurutta gargalhou.

— Isso mesmo... Tenho um negocinho bem aqui... em algum lugar.

Depois de virar e revirar a bolsa, tirou de lá algo muito parecido com uma goma de mascar bem mastigada, cinza-esverdeada, com aspecto de mofada.

— Aqui! Artefato maravilhoso este!

Foi a vez de Alek rir.

— É um metamorfoseador. Você coloca na boca, morde e pronto!!! Metamorfose feita. Precisa ficar mascando... E, embora nunca saiba no que vai se transformar... funciona bem.

— Não sei no que vou me transformar?

— Não sabe, não! Mas vai achar divertido. Bem... quase sempre! — e estendeu o artefato para seu aprendiz.

— Pelo visto, já foi bem usado — Alek falou, pegando-o com as pontas dos dedos.

— É... tenho outro novo, mas vou guardar para mim. Pode ficar com esse. Ainda deve funcionar bem por mais uns oitenta ou cem anos.

— Posso lavar antes de usar?

— Não! Nunca! Você já engoliu ranho de verme e reclama de mascar uma goma que foi mastigada por mim?

— É, tem razão. Obrigado pelo artefato maravilhoso, Kurutta. Posso ir?

— Mais uma coisa... — e voltou a remexer na bolsa. — Aqui! — estendeu para Alek uma bolsa como a dele, um saco preso a um cinto.

— Para você guardar os negocinhos. Serão muitos. É bom já ter uma bolsa, não?

Alek sorriu e abraçou o tengu, que pareceu surpreso, mas retribuiu com tapinhas nas costas.

— Pode ir. Tenha uma excelente noite de descanso.

— Acho que não terei muito tempo pra dormir.

— Meu lar fica fora do tempo do Mundo Antigo. Terá todas as horas que tinha antes, menos alguns minutos.

— Você não sabe o quanto gostei de ouvir isso!

— Vá, menino! Nos vemos daqui a três noites. Cuidado com os caminhos e não fuja dos conflitos necessários.

Alek partiu, e o tengu ficou algum tempo observando a tranquilidade de seu jardim. Então, bateu palmas e se fez noite. Respirou profundamente.

— Vou descansar... Lavar a goma! Que ideia! Como não sabe coisa tão básica? Podia esterilizar com fogo... mas não perguntou. Precisa aprender a fazer as perguntas certas. Agora vai provar de minha saliva... e da saliva do ogro para quem emprestei o negocinho outro dia — riu alto e entrou em casa para repousar.

No terceiro dia de treino com os guerreiros Ciaran, a dhakira fez uma nova tentativa e, dessa vez, Alek escapou por pouco. Ela agiu com uma gárgula, em um ataque duplo, e ele não estava preparado. Absorvia o golpe de petrificação quando ouviu o canto e esqueceu-se de se concentrar no que fazia. A petrificação o imobilizou.

Alek via a dhakira aproximar-se e pensava apenas em como era bela, em como seria bom vê-la de mais perto, mais perto, mais...

— Afaste-se dele, sua sugadora de memórias!

Ele despertou do transe ouvindo o grito de Abhaya e vendo-a saltar sobre a dhakira. Precisou se concentrar para quebrar o efeito da petrificação e sentiu-se zonzo, parecia que tudo aquilo acontecia muito longe dele. Foi uma tremenda confusão. Acabaram ele, Abhaya, Martim e Forbek em uma daquelas construções estranhas do campo de treino, que haviam chamado a atenção de Alek no primeiro dia em que estivera ali.

— Ah... é uma sala bonita... — disse e riu, como se estivesse embriagado. — Para que serve? — tentou afastar-se para explorar ao redor, mas Martim o segurou pela roupa e ele passou todo o tempo tentando descobrir o que o prendia.

— Vocês deveriam apenas assistir! Nunca interferir no aprendizado do Sombrio! Terão de se retirar.

— Olhe para ele, Forbek... — Martim tentou demonstrar que Alek não tinha qualquer condição de se defender.

— Efeitos colaterais fazem parte do aprendizado.

— Esquecer os Anuar e nos ver como inimigos faz parte do aprendizado? — Abhaya foi direto ao ponto e Forbek calou-se. Claramente não havia pensado nessa possibilidade.

— Eles não seriam capazes. São aliados de Anuar... Abandonaram a Escuridão e desejam se unir a nós.

— Foi essa história que Anuar lhe contou?

— Chega, Abhaya... — Martim advertiu.

— Por quê? O que quer dizer com isso, guerreira?

— Que eles são Ciaran e ainda não se uniram a nós — Martim interveio. — Não há como confiar plenamente e é preciso cautela. — E, vendo a expressão de dúvida no rosto de Forbek, completou: — O que mais uma dhakira pode querer com o Sombrio? É o terceiro dia que ela tenta chegar até ele. Nenhum outro guerreiro Ciaran fez o mesmo, ainda que seus ataques tenham sido barrados pelas defesas dele.

O argumento racional fez mais efeito.

— Faz sentido. De fato, é estranho. Proibirei qualquer movimento da dhakira. Por hoje, interromperei o treino. Vocês acompanham o Sombrio até Silvia?

— Silvia não está no castelo — Abhaya disse.

— Como ela pôde se ausentar? Deveria ficar de prontidão, ainda mais nesses dias.

— Partiu por ordem de Anuar... — ela explicou, e recebeu de Martim um olhar que lhe pedia para calar-se.

— Que absurdo! Vou ter com ele e descobrir o motivo dessa ação sem sentido. Bom, a confusão mental do Sombrio não parece ser grave. Peçam a um serviçal do castelo que chame algum dos outros curandeiros. Eles deverão saber o que fazer.

Seguiram para o quarto de Alek, guiando-o sem qualquer resistência. Tudo lhe parecia lindo, divertido, novo. No caminho, avisaram um grupo atarefado de fadas, que carregava roupas de cama, sobre a necessidade de um curandeiro para atender ao Sombrio. Uma delas passou sua carga para as outras e partiu.

Quando chegaram ao quarto, encontraram Talek e Luavin, um homem-folha bastante idoso, um antigo curandeiro de Dagaz. Ele era mais alto que todos ali reunidos e tinha a pele em tons de amarelo e marrom. Olhando-o de frente, parecia um humano comum, exceto pela cor. Mas, observando-o de lado, praticamente sumia, fino como uma folha.

— Avisaram sobre a necessidade de um curandeiro. O que houve? — perguntou, olhando para Alek de cima para baixo e espremendo os olhos.

— Ele ficou assim após a aproximação de uma dhakira.

— Esses seres da Escuridão em nosso castelo... Não está certo... — resmungou e voltou-se para Martim. — Foi apenas isso? O ataque da dhakira?

— Combinado ao ataque de uma gárgula.

— Está intoxicado. Repouso, água e tempo. Vai passar.

— O senhor não pode ajudar de alguma maneira? — Abhaya se manifestou.

— Não é preciso. Melhor que o corpo se limpe sozinho. Água, muita água. Alguém precisa ficar com ele, para evitar que faça alguma asneira e para convencê-lo a beber água.

— Eu fico — prontificou-se Abhaya.

— Não, guerreira, eu fico! — opôs-se Talek.

— E se ele quiser se atirar pela janela, você conseguirá impedir? — ela provocou irritada, e o goblin fez um não com a cabeça. — Então, eu fico.

Abhaya até que gostou de passar aquela tarde com Alek. Depois que sua raiva diminuiu por ele ter se descuidado, divertiu-se em vê-lo delirar e cantar canções de ninar e cantigas de roda, para que ela conhecesse. Quando o dia se despedia, Alek estava melhor, apenas com a fala ainda meio embolada. Abhaya decidiu que acompanharia a ida às Cavernas e permaneceu ali, mesmo quando Talek trouxe o jantar e tentou dispensá-la.

— A guerreira Abhaya partirá após o jantar, correto? O senhor Sombrio precisa repousar.

— Pode ficar tranquilo, Talek. Assim que o Alek dormir, eu vou.

Comeram e, logo, Abhaya se despediu.

— Encontro você na casa de Martim. É melhor que os guardas me vejam saindo, assim não levantamos suspeitas.

— Até já. Obrigado por hoje. Devo ter dado muito trabalho.

— Foi divertido – disse, sorrindo, e o beijou.

Quando Abhaya chegou à casa de Martim, Alek estava lá, contando sobre o portal que aprendera a abrir e a fechar e sobre o metamorfoseador. Estranhou a expressão dos três ao ouvirem falar do artefato.

— O que foi? O que há de errado com isso? – perguntou tirando a goma da sua nova bolsa.

— Não dá para controlar o processo, você nunca sabe no que irá se transformar... – Martim comentou.

— Já tivemos experiências bem... hummm... estranhas com um desses – Verônika completou.

— E é meio nojento mascar um usado! – Abhaya fez uma careta. – Você já desinfetou essa coisa?

— Kurutta disse que não posso lavá-la – respondeu, observando a goma na palma de sua garra de dragão.

— Lavar não pode mesmo. Mas pode esterilizar com fogo.

Alek fez uma cara de "aquele tengu me paga". Tirou o manto e expôs o braço. Suas garras retraíram-se e as escamas recolheram-se, entrando na carne. A pele vermelha e marcada por cicatrizes ficou exposta, e apenas a mão incendiou-se. O controle estava bem melhor desde a transmutação em dragão. Os amigos observaram mais uma vez atentos àquela transformação que, para ele, já não exigia qualquer esforço.

Após alguns instantes, Abhaya falou:

— Acho que já está bom, Alek.

O fogo apagou, o braço retomou a aparência de garra e na palma estava a goma, soltando fumacinha e brilhando em tom azul. A cor cinza-esverdeada dera lugar a um azul luminoso. Não parecia mais mofada.

— Agora, sim, dá coragem de colocar isso na boca — Abhaya comentou, e Martim e Verônika trocaram olhares acenando a cabeça negativamente.

— Bom, hora de irmos — Martim encerrou a conversa. — Daqui até a Clareira da Morte teremos uma meia hora de caminhada. Você nos encontra lá, Alek?

— É mais rápido eu me transportar com cada um de vocês – disse e sumiu, levando Abhaya.

Menos de dois minutos depois, estavam os quatro na clareira.

— Que sensação mais estranha! — reclamou Martim, o último a chegar, apalpando-se. — Deu uma impressão de retorcer tudo e distorcer depois.

— Eu não senti isso... Mas me deu um pouco de enjoo e senti um puxão bem aqui — Abhaya falou, apontando para o umbigo, e olhou para Verônika, esperando seu relato, mas ela estava atenta ao que Alek fazia: mascava concentrado o metamorfoseador.

— Até que o gosto não é ruim... – disse, sorrindo, e viu as caras dos companheiros se distorcerem em expressões de espanto, nojo ou algo assim.

Sentir, ele não sentiu nada.

— Como estou? – perguntou, olhando para as mãos amareladas, craqueladas e com longos dedos finos, que acabavam em unhas enormes, afiadas e negras.

— Você tem um rabo agora... – Martim disse em tom de constatação.

Alek olhou rápido e viu o longo e forte rabo que despontava por baixo do manto.

— E, com certeza, um buraco nas calças! – o guerreiro falou às gargalhadas.

— O que eu virei?

— Um lagarto amarelo e grandalhão – e riu mais.

Verônika olhou para ele, repreendendo-o em silêncio.

— Você virou um Lagarto do Sol, Alek. Um povo que vive nas montanhas do Sul, em áreas secas, e não se envolve muito em nossas questões.

— Vai chamar a atenção... – Abhaya concluiu. – Muita gente irá querer saber o que um Lagarto do Sol faz em nossa companhia.

— A ideia não era justamente o contrário? – Alek perguntou, pensando em Kurutta. – Não era para eu passar despercebido?

— Acho que era apenas não ser reconhecido... – Verônika constatou. – Melhor seguirmos. Quando chegarmos lá, inventamos alguma desculpa.

— Você pode ser um lagarto desgarrado, que decidiu se unir aos guerreiros Anuar para nos animar com saltos e acrobacias divertidas! – sugeriu Martim.

Alek respondeu com uma rabada que desequilibrou o guerreiro e quase o levou ao chão.

— Assim? – perguntou, provocando. As guerreiras riram. – Fique quieto que quero me concentrar.

Afastou-se um pouco dos amigos e permaneceu em silêncio, buscando em si o que aprendera e tentando abrir o portal.

Todos pararam e assistiram à espiral se formar e crescer.

— Como é diferente! – Verônika comentou baixinho. – Lindo! Parecem estrelas no céu noturno.

— Mas ainda tem mais Escuridão que Luz! – Abhaya falou em tom de crítica.

— É parecido com o corpo do dragão em que me transformei... – Alek falou ao concluir a abertura. – Parece que está estável. Vamos?

Os três passaram pelo portal, e a noite de céu limpo deu lugar a uma neblina espessa e fria. Estavam no campo entre Ondo e as Cavernas. A neblina era tão densa que Alek, mesmo seguindo os amigos de perto, não sabia se iam em direção à hospedaria ou à floresta.

— Foi realmente como atravessar um céu noturno, estrelado — Martim avaliou, observando o portal. — E esta neblina foi providencial. Densa assim, ninguém consegue ver o portal à distância.

Esperaram Alek fechar a passagem e caminharam juntos, quietos. Quando avistaram o anão que guardava o portão, já estavam muito próximos dele. Alek sussurrou:

— Não trouxe o pagamento!

— Fique tranquilo — Martim pediu.

Instantes depois, o anão acenava para o grupo, feliz.

— Como é bom ver nossa gente regressando!

— Karan, bom revê-lo forte e reluzente! — Martim adiantou-se e abraçou o anão. — Noite enevoada!

— Sim! Ótima para estar no grande salão...

Alek notou que era outro guarda, não o mesmo de sua estada anterior. Não usava um tapa-olho, seus olhos verdes brilhavam alegres em um rosto sardento e emoldurado por uma longa e densa barba azul, adornada por muitos *beads* prateados. O cabelo, igualmente azul, era curto e arrepiado. Parecia mais jovem que o anterior. Vestia uma túnica de couro marrom sobre uma blusa de algodão de mangas longas. As botas, igualmente marrons, vinham até o joelho, o que o deixava com uma aparência mais encurtada. Karan era forte e, como a maioria dos anões das Cavernas, ostentava sua riqueza: correntes grossas e trabalhadas, um medalhão que parecia pesado sobrepondo-se a elas e anéis adornando todos os dedos. O formato do medalhão chamou a atenção de Alek.

— A tríplice espiral... — falou ainda oculto pelo manto com capuz.

Karan olhou para o próprio peito e apanhou o medalhão.

— Triskle. Mandei fundir há muito tempo, quando vivi com os Cavaleiros do Dragão. Trago sempre comigo — e, erguendo a cabeça, assustou-se. — Um Lagarto do Sol?

Verônika interveio rapidamente.

— Raio de Luz é um viajante... Separou-se de seu povo ainda criança. É um buscador de conhecimento e dedica a vida à convivência com diferentes povos do Mundo Antigo...

— Estranho... — Karan coçou a barba intrigado. — Nunca ouvi falar em lagartos buscadores de conhecimento.

Martim mudou de assunto.

— Amigo, não vamos pousar. Apenas jantar. Passamos para encontrar uma conhecida que deve estar hospedada aqui.

— Ostegard garante que você e os seus sempre tenham alimento nesta casa! Sejam bem-vindos! — e deu passagem aos quatro, ainda encarando Alek, claramente desconfiado.

Assim que ganharam distância de Karan, já mergulhados na névoa, Alek se manifestou:

— Raio de Luz? Não tinha um nome melhor?

— Eu improvisei... — Verônika respondeu entre divertida e culpada.

— Ei! Cuidado com a cauda! — Abhaya reclamou, desviando-se de um golpe involuntário.

— Foi mal... Acho que balanço mais quando fico nervoso.

Os quatro riram e se silenciaram diante do grande salão que, como sempre, estava lotado.

— Onde está Ostegard? — Abhaya perguntou.

— É difícil vê-lo em meio a essa agitação... — Verônika se esticou.

— Fiquem tranquilas; ele nos verá e logo estará aqui!

— Tem música agora... viram? — Alek apontou para a banda de elfos e todos olharam tentando ouvir o que tocavam, mas o som se misturava ao barulho ensurdecedor do salão.

— Ei! Ei! Ei! Vejam quem chega à nossa porta! — Ostegard caminhava na direção deles, de braços abertos. Abraçou Martim e, por cima dos óculos, observou Alek. – E que noite! Que noite! Primeiro tenho a honra de receber a Sombria...

Abhaya segurou no braço de Alek ao ouvir tais palavras.

– ... e, agora, recebo meu primeiro Lagarto do Sol! Você é um, não é?

Martim repetiu para ele a apresentação inventada por Verônika e retomou o assunto.

– Então, a Sombria está hospedada aqui?

– Não hospedada... Passou pelo salão e levou consigo todos os Renegados, veja se é possível algo assim! Parece que irão decidir uma nova liderança para Ondo esta noite, e não sei o que ela tem a ver com isso... mas o fato é que já hospedei o Sombrio e, agora, recebi a Sombria... Digno de uma bela página de história no livro dos grandes feitos dos anões, não?

– Com certeza! As Cavernas são, verdadeiramente, importantes! – Martim elogiou, e Ostegard sorriu, orgulhoso. – Mas a Sombria assim se apresentou?

– Que nada! Chegou sorrateira. Nem Karan soube dizer como entrou. E você sabe... poucos conseguem se transportar ou abrir portais dentro de meus domínios.

– Só os verdadeiramente poderosos... – Martim confirmou, e Ostegard concordou com um movimento de cabeça.

– E quem tem poder não deseja chamar atenção... Mas a Sombria chegou, falou com um dos Renegados e, rapidamente, eles se organizaram para partir. Estávamos a uma hora de começar o serviço da noite e eu tentei impedi-los. Não consegui. Um deles, antes de ir, disse que precisava responder ao chamado da Sombria.

– E você concluiu que a mulher que os chamou era a Sombria... – Verônika falou, e Ostegard fechou a cara.

– Só alguém de grande poder conseguiria entrar nas Cavernas sem passar por meus portões – falou muito sério; não gostava quando duvidavam de suas histórias. – Vieram se encontrar com Silvia, não foi? Ela avisou que alguns amigos viriam procurá-la, só não disse que seriam vocês. Se tivesse explicado, eu os colocaria em uma mesa melhor. DANIKA! – gritou para dentro do salão.

– Ostegard... – Alek perguntou inseguro, e o anão o olhou de cima a baixo. – Como consegue manter a ordem e a paz entre os seres da Luz e da Escuridão sem a presença dos Renegados?

– Observador você... Deve mesmo estar em busca de conhecimento, não? É muito simples! Ninguém os viu sair, então não imaginam que eles não estejam nas sombras... – e gargalhou.

Os quatro trocaram olhares, e Alek insistiu:

– Mas se alguém desconfiar...

– Fiquem tranquilos! Tenho a minha maneira de garantir a segurança de todos! – exclamou com um sorriso enigmático.

Danika, uma anã bastante jovem, apareceu carregando uma bandeja grande repleta de pães.

– Leve-os à mesa de cedro velho. Eles são aguardados lá. – Abraçou novamente Martim, acenou para os demais e avisou: – Ah! Se lhes servirem o drinque azul, não bebam! – e logo desapareceu no salão.

– Céus! Ele deve estar dopando a todos para garantir a tranquilidade – Abhaya comentou, e recebeu um olhar de repreensão da anã que os guiava.

Os quatro seguiram Danika com dificuldade. Alek estava nervoso.

– Minha irmã está em Ondo – disse baixo e aflito para Abhaya.

– Não temos certeza...

– Mas e se estiver? Preciso dar um jeito de falar com Ela.

– Depois vemos isso. Aqui não é o lugar para conversarmos sobre o assunto.

Ele se calou e concentrou-se em Danika. Ela era muito ágil e sabia como se desviar de qualquer obstáculo que encontrasse, fossem mesas, outros anões acelerados ou hóspedes beberrões...

– Eles estão sempre aqui – ela comentou ao passar pela mesa em que um grupo de ogros se divertia e marcava o ritmo da música batendo as canecas cheias de cerveja. – Adoram as músicas do Arroto Profundo.

— Arroto Profundo? Esse é o nome do grupo? — Alek estranhou.

— Sim... — respondeu, sorrindo e desviando-se de um pé-grande que dançava desajeitado.

— Nome esquisito, não? — ele continuou a conversa.

— Até que não. Há maneira melhor de se mostrar plenamente satisfeito que um arroto profundo? A ideia é essa... a música deles satisfaz.

— E satisfaz mesmo? — Alek duvidou.

— Bem, tem atraído cada dia mais gente que vem para comer e se divertir, mesmo que não queira se hospedar... Ostegard ainda não sabe se gosta disso — e sorriu novamente. — Aqui, chegamos!

A mesa ficava bem no meio do salão, quase de frente para o pequeno palco onde os músicos tocavam canções que falavam principalmente de bebedeiras e confusões. Alek sentia-se bem naquele clima agitado, queria poder dançar como o pé-grande, sem qualquer compromisso ou preocupação. Silvia os esperava.

— Você está diferente... — disse insegura para Alek.

— Kurutta me deu um metamorfoseador...

— Você continua vendo aquele tengu?! E um metamorfoseador não é seguro para ninguém.

— Já dissemos a mesma coisa para ele — Verônika apoiou.

— Acho que eu entendi isso... — Alek aceitou, olhando para as mãos amarelas.

Por quase uma hora, ele conseguiu esquecer-se de que era o Sombrio. Conversaram como os amigos que eram, contaram as novidades para Silvia, comeram, beberam, cantaram uma canção conhecida por todos, menos por Alek, e até dançaram. Ele achou divertida a cauda que balançava enquanto dançava. Não se importou com os olhares que atraía ou com os amigos desviando-se de golpes involuntários. Na verdade, estava acostumado a causar essa reação de estranhamento onde quer que entrasse. Não foi uma novidade. Então, apenas ignorou o desconforto e divertiu-se.

— Vamos nos encontrar com Lélio?

O convite de Silvia fez Alek lembrar-se de sua realidade e do propósito daquela noite. Saíram todos e despediram-se de Ostegard, que estava esbaforido, dizendo que acompanhariam Silvia até a caverna. Assim o fizeram, e logo já não podiam ser vistos em meio à neblina. Durante a curta caminhada, falaram pouco. Silvia estava hospedada em uma caverna no térreo, já que Lélio ficara com ela e não no estábulo, um lugar bem menor do que aquele em que se hospedaram tempos atrás.

O reencontro foi carinhoso. Alek abraçou seu companheiro por um longo tempo. Deixaram os dois a sós e ficaram do lado de fora do aposento, conversando.

— Bom vê-lo, amigo... ainda que esteja com essa aparência!

— Lélio, eu queria falar com você. Lembra-se de quando Ciaran injetou seu veneno em mim e você disse que podia ver a cicatriz em minha essência?

— Sim... ela ainda está aí. Mais escura agora. E você traz muitas outras marcas em sua essência, Alek.

— Sempre que alguém usa um dom em mim, eu o aprendo. E você fez isso, mas não consigo reproduzi-lo. Não consigo ver a essência de ninguém.

— Você precisa primeiro ver a si mesmo, Alek. Precisa enxergar-se como é. Aceitar-se. Isso pode ser difícil e doloroso. Depois, só depois, conseguirá ver o outro como ele é.

— E como faço? Olho no espelho?

— Não... — Lélio fez um barulho esquisito, e Alek concluiu que ele estava rindo. — Pelo menos, não em um espelho normal. Há, sim, alguns artefatos e até lugares que refletem o que somos.

— Mas você pode se ver sem usar nada disso?

— Sim... Vou tentar explicar como faço... Feche os olhos, Alek. Ouça seu coração bater. Ouça seu corpo... sua respiração... Deixe que você se aproxime de você... sem medo.

Alek a princípio só via a escuridão... mas, conforme foi se concentrando, um ponto de luz surgiu. Continuou ouvindo a si mesmo e impressionou-se com a quantidade de sons que produzia e não percebia no dia a dia. O som do engolir saliva, o ar entrando e saindo de seu corpo, o pulsar...

Em sua mente, alguém se aproximava com a luz. O coração acelerou. O barulho se intensificou. Era ele e não era. Viu o Alek que lembrava ser, mas diferente, com marcas, cicatrizes. Era como se alguns pedaços seus faltassem e fossem substituídos por outros. Algo se agitava dentro daquele Alek, o retorcendo. Sentiu vontade de tocar aquele Alek, de dizer para ele que tudo ficaria bem, que iria cuidar dele... de si... que não haveria mais dor. Não percebeu quando começou a chorar, abriu os olhos e encontrou os de Lélio.

— Você se viu?

Ele acenou concordando.

— Estou desaparecendo, Lélio. Estou deixando de ser eu...

— Você não é imutável, Alek. É um ser em transformação... Quanto mais aceitar isso, menos intensa será a sensação de desaparecer...

— Remendos. Foi bem o que vi. Sou feito de retalhos.

— Você está se transformando. Só isso.

— Eu quero ver você, Lélio.

— Então, veja.

— Como faço?

— Ouça o som que trago em mim. Concentre-se em mim.

Alek achou difícil, e por longos minutos nada aconteceu. Até que parou de se esforçar e apenas se abriu para sentir o outro. Fechou os olhos e ouviu a respiração do unicórnio... e a sua própria começou a seguir aquele ritmo. Depois, ouviu o coração batendo, calma e compassadamente. Seu peito afinou-se àquele ritmo.

Mas nada apareceu em sua mente. Abriu os olhos e viu Lélio brilhando, lindo. Não havia remendos nele, cicatrizes. Era muito diferente do que vira dentro de si.

— Você é lindo, Lélio.

— Sou simples, Alek. Você é complexo, mais do que todos que já vi... Acho que não lhe dei o que procurava, não?

— Você me deu algo maravilhoso! — falou, sorrindo, e viu a imagem de Lélio voltar a ser como sempre o vira.

— Mas era isso o que esperava?

— Não — foi sincero. — Queria ver os dons dos outros para descobrir suas fraquezas. Mas não quero mais, Lélio. Não quero.

Quando entraram, os amigos encontraram os dois abraçados.

— Vamos, Alek? — Martim chamou. — Um vento forte está dissipando a névoa. É melhor regressarmos logo.

— Ah, sim... — disse, recobrando-se. — Eu queria verificar a Floresta de Ondo.

— Não é uma boa ideia — Verônika discordou. — Se for sua irmã, não temos garantia de que o encontro de vocês será pacífico. Ainda mais em meio aos Renegados.

— Se escolherão um novo líder esta noite, todos os clãs estarão reunidos em Ondo... — Silvia explicou.

Ele queria encontrar a irmã e nunca estivera tão próximo dela, pelo menos não que soubesse. Ainda assim, entendia a posição dos amigos. Despediram-se com promessas de logo se reencontrarem. Caminharam até os portões e saudaram Karan. Ouviram trovões e o vento anunciou o aroma da chuva. Apertaram os passos.

— Precisamos nos afastar mais — Martim falou, olhando para trás. — A neblina está muito rala agora. Não podemos correr o risco de Karan ver seu portal, Alek.

— Posso parar de mascar esse negócio?

— Sim, pode... — Verônika concordou. — Nessa escuridão, ninguém o verá.

Alek tirou o metamorfoseador da boca e guardou-o na bolsa. Grudou a goma no extrator de essência dos Renegados, que agora também carregava ali. Instantes depois, seu corpo voltava ao normal.

— Bom ver você assim, Alek! — Martim celebrou. — Cuidado com o vento no traseiro!

Alek sentiu-se encabulado e respondeu na defensiva, como o garoto que era:

– O manto cobre o rasgo... eu acho.

Os três riram, o que aumentou ainda mais seu desconforto.

Uns dez minutos depois, estavam próximos de Ondo. Pararam, e Alek preparou-se para abrir o portal, mas foi interrompido por um Renegado que se destacou das sombras.

– Sombrio, sua irmã o aguarda.

XVI
DESAPARECER

Ela os aguardava em uma clareira não muito aprofundada na mata. A chuva começara, mas ali não caía gota alguma. Era possível, apenas, ouvir os trovões e a ventania no topo das árvores. Vestia uma longa saia, da cor da terra, de tecido leve e esvoaçante. Um corpete verde, aveludado, cobria uma camisa branca de mangas longas e moldava seu corpo. Os cabelos soltos. Estava bonita e sorria.

— Você demorou, irmão...

Ele não sabia o que dizer, ou mesmo se devia dizer algo.

Ela parecia estar sozinha, mas era evidente que os Renegados permaneciam ocultos, observando, monitorando ao redor ou sobre as árvores.

— Vimos o portal que abriu quando chegaram, e eu soube que você estava aqui. Seu portal é como o meu. Eles queriam trazê-lo para mim, mas achei melhor aguardar. Se vieram, é porque tinham algo a resolver... — ela os observava com cuidado, atenta. — Resolveram?

Ele consentiu. Ainda calado.

— Entendo o desconforto de todos... Nosso último quase encontro não foi dos mais tranquilos.

— Você nos atacou e nos aprisionou! — Abhaya exclamou com raiva.

— Eu não fiz nada. Dario fez. Ele era um tanto... hummm... impulsivo. Tinha a mania de agir sem pensar nas consequências. Mas vocês lidaram bem com a situação.

— Se você os comandava, poderia ter evitado a morte de tantos Renegados! — a guerreira a acusou com ira.

— Eu não os comando, guerreira Anuar... Você não entendeu.

Quem age comigo não está, necessariamente, sob meu comando. Não tenho a intenção de dominar ou comandar nada nem ninguém.

— São seus aliados, não são?

— Estou tentando ser uma boa anfitriã — respirou com enfado —, mas sua postura não está ajudando. Eu até gostei de discutir com você... Parece inteligente. Podemos fazer isso em outra ocasião. Agora, preciso falar com meu irmão, se me permite — e, com um movimento do dedo indicador, selou a boca de Abhaya, Martim e Verônika. Era como se elas não existissem. Os três se agitaram e, com um estalar de dedos, Ela os imobilizou.

Alek preparou-se para o conflito.

— Nããão. Por favor, não quero brigar... — disse entediada.

— Não é o que parece.

— Temos pouco tempo. Assim eles não nos interrompem. Reconheço que não foi sutil... mas foi... eficiente. E totalmente indolor. Prometo fazê-los voltar ao normal assim que acabarmos nossa reunião familiar.

Como em outras situações que vivera, muitas perguntas se atropelavam na mente de Alek, mas o que saiu de sua boca, mais uma vez, foi incontrolável e surpreendeu a ele mesmo e à sua irmã:

— Você mantém nossa mãe acorrentada?

— Como sabe disso?

Ele pensou por alguns segundos e decidiu falar abertamente:

— Tive uma visão há algum tempo. Vi seu passado em Monte Dald... e a perseguição que Gálata comandou.

Ela ainda se sentia surpresa, abalada pelo rumo inesperado da conversa.

— Então, deve concordar comigo que o mais seguro, para mim e para você, é que ela esteja acorrentada... ou morta!

Alek concentrou-se na respiração da irmã.

— O que está fazendo? — perguntou incomodada, observando a conexão formar-se entre os dois. Ela conseguia ver a união acontecendo, mas não a entendia. Era algo novo.

O coração dela batia acelerado, o dele também, juntos.

— Alek, pare com isso, por favor... Não quero entrar em conflito com você. Pare de se unir a mim desse jeito. Pare agora!

Ele a viu, uma mistura pulsante de Luz e Escuridão. A forma de menina se concentrava no centro da força em movimento. Era pequena, frágil... como a garota que corria pelos corredores de Monte Dald, vestida em sua roupa pesada de lã escura. Ela tinha muitas cicatrizes, muitas feridas abertas, muitas marcas, muita dor. Ele sentiu a dor e teve vontade de abraçá-la, aninhá-la. Então, Luz e Escuridão se agitaram e engoliram a pequena, formando algo monstruoso e disforme.

— CHEGA! — Ela gritou, e a ligação entre os dois se rompeu.

Alek voltou a vê-la como antes.

— Não sou frágil... — disse com raiva, sabendo o que ele encontrara no interior dela. — Não mais!

— Nos transformamos.

— Desaparecemos — disseram juntos.

— Nos tornamos algo novo... — Ela completou. — Algo feito de pedaços. E, entre os pedaços, escolhi libertar o monstro que vive em mim... — sorriu.

— Eu o vi — os dois deixaram os olhos repousarem um no outro. — Mas não foi apenas ele que vi. Você traz muita coisa em si.

— Você também. Mas não foi para isso que o chamei aqui, Alek. Ambos temos nossos monstros e nossas fragilidades. Eu o chamei porque precisamos nos unir.

— Foi pra me convencer disso que atacou o Lucas e armou toda aquela loucura?

— Eu não fiz nada do que me acusa! Quer dizer, não desse jeito. Foi Olaf quem atacou o seu amigo humano e matou a tia dele. Antes de Anuar, o líder dos Anjos da Escuridão viu a oportunidade de manipular você por meio de suas fraquezas. E identificou em Lucas a solução mais rápida para essa manipulação. O que foi? — perguntou, vendo o estranhamento do irmão. — Surpreso que eu saiba dos interesses de Anuar? Sei o que ele fez. Sei sobre Cosmos. Agora nem mais humano seu antigo amigo é... Não podemos confiar em ninguém, Alek, além de um no outro.

Alek conteve-se para não reagir. Queria entender as intenções de seu duplo.

— Eu sigo os atos de Olaf há tempos. Se conheceu a minha história em sua visão, você sabe desde quando o Anjo da Escuridão se tornou meu inimigo. Tão logo percebi o que ele pretendia, salvei seu humano e o trouxe para cá.

— Salvou? Ele foi envenenado nesse seu salvamento.

— Consequências imprevistas. Não sou muito delicada — falou, apontando para os companheiros de Alek, imobilizados e sem boca —, mas sou eficiente. E não tenho qualquer intimidade com a natureza humana. Não fazia ideia do que ele conseguiria ou não se defender. Aí... eu estava com ele... queria devolver para você... pensei no encontro e as coisas saíram um pouco do controle. Já expliquei: Dario não era nada prudente e nem seguia os planos. Preferia improvisar.

— E o Campo do Destino? Não foi você quem projetou?

— Foi. Para protegê-lo também... Soube que um membro da sua comitiva, um reptiliano, era aliado de Olaf e planejava uma cilada. Mas eu também tinha uma aliada naquele grupo, e ela estava encarregada de proteger você, mantê-lo longe do conflito quando ele acontecesse. Agi antes que o encontro com os Anjos da Escuridão se concretizasse. Sua comitiva seria destruída por eles se eu não tivesse impedido.

— Então, você é a heroína, não a vilã. Não sei se acredito.

— Não me enquadro em categorias, irmão. Não pretendo ser boa ou má. Sou o que sou. Complexa, como você. Até hoje não quis atacá-lo, essa é a verdade. Muitos são os que querem nos dominar e nos usar. Temos inimigos. Vários. Mas, por enquanto, não somos inimigos.

Ele a observou e quis acreditar.

— Precisamos nos unir. Você sabe que Olaf planeja se tornar o próximo Ciaran. Conhece a natureza de Anuar. Acredite, eu sei do que Olaf é capaz. Com os dois como líderes, os tempos futuros serão de destruição.

Em alguns segundos de silêncio, Alek reviu Olaf desintegrando Salkhi em pleno ar. Sabia que a irmã revivia o momento também.

— Pense: se eles estiverem no poder e forem aliados — Ela continuou —, a guerra se voltará contra nós. Anuar pensa que o controla, Alek, mas logo irá perceber que não. Você será caçado, muito em breve... assim como eu sou há tempos.

— E você propõe...

— Uma aliança. Precisamos mostrar a eles que não há forças capazes de nos atingir. Juntos devemos subjugar os povos da Luz e da Escuridão. Devemos mostrar-lhes que podemos destruí-los... a todos... se assim desejarmos! Eles precisam entender isso e respeitar.

— Você vê a todos como inimigos, Tulan. Eu não.

— Não me chame assim. Deixei de ser Tulan há muitos anos. Se ainda não os enxerga como inimigos, isso acontecerá em breve. Nunca nos verão como seus iguais. Disso você sabe. Podemos destruí-los, Alek. E eles precisam reconhecer essa ameaça. É o único jeito. Só assim poderemos coexistir. Este mundo também é nosso e devemos ter nosso espaço nele!

— Não quero dominá-los. Muito menos destruí-los.

— Por enquanto não, mas irá querer, em breve. Irá desejar destruir a todos, Alek. Sei que sim. Voltarei a procurar você quando a guerra começar.

— Irmã, não se transforme no monstro; não se deixe desaparecer.

— Já não há retorno para mim... — o sorriso lhe pareceu triste.

Ela fez um gesto suave, como uma folha caindo pelo ar, e os amigos de Alek voltaram ao normal, libertos da imobilidade e com as bocas onde sempre estiveram. Então, desapareceu... E a chuva atravessou a copa das árvores e desabou sobre eles.

XVII
TRAIÇÕES

— Ela é totalmente descontrolada! — Abhaya vociferava na sala de Martim, secando-se próxima ao fogo.

— Ela não pretende nos destruir... — Verônika tentava ordenar seus pensamentos. — Apenas quer que todos reconheçam seu poder e a respeitem.

— E a adorem como a soberana dos mundos???

— Ela não disse isso, Abhaya... Quer que parem de persegui-la.

— Agora você vai defendê-la, Alek?

— Não, Abhaya... Você precisa se acalmar.

— Como? Cada vez que nos encontramos com sua irmã é essa loucura. E ela disse, sim, que pode nos destruir. Eu ouvi!

— Mas não falou que irá fazer isso — Martim cortou a discussão com a voz grave.

— Eu não duvido que faça. Tulan deixou claro que quer subjugar os povos da Luz e da Escuridão — Alek refletiu.

— Agora, sim, você está sendo mais coerente! — Abhaya comemorou.

— Precisamos evitar essa guerra entre Anuar e Ciaran, Abhaya — no momento em que falou, Alek sabia que esse seria o único caminho seguro, mas não tinha ideia de como conseguir tal feito.

— Você precisa ir. Deve descansar. Amanhã estaremos os quatro em seu treino.

— Eu vou, Verônika, mas, antes, gostaria de vê-los. Vocês me permitem?

— Ver a nossa essência? — Abhaya perguntou encabulada.

— Pode me ver primeiro — Verônika sorriu com doçura.

A elfa guerreira, assim como Lélio, era formada por um brilho intenso, completamente dourada, exceto pelos olhos, que se tornavam negros. Ela vibrava em ondas, como se fosse feita de luz líquida. Se isso fosse possível. Alek descreveu o que via, e Verônika pareceu apreciar a descrição.

Martim foi o segundo. O guerreiro revelou uma essência rígida, diferente do que Alek conhecia. Uma mistura de uma gema preciosa e bruta, não lapidada, com um metal escuro e evidentemente forte. Não tinha forma humana, era concentrado, impenetrável. O guerreiro gostou da descrição, mas irritou-se com a provocação de Verônika.

— Eu falo que você é insensível como uma rocha. Está aí a explicação... na sua essência!

Abhaya revelou-se vermelha, como se estivesse inteira em carne viva. Alek sentia que não fora sempre assim, era como se ela mostrasse a ele que havia sido esfolada muitas e muitas vezes. Os olhos felinos, esverdeados, e os dentes pontiagudos. Não era bela como Verônika, mas feroz. Ele receou descrever o que via, pensou em inventar algo, mas decidiu ser sincero, e Abhaya não evidenciou qualquer descontentamento com o que ouviu. Também não demonstrou contentamento algum. Permaneceu impassível, como se já soubesse o que ouviria. E, naquela noite, esteve arredia na despedida, não se entregando ao beijá-lo.

Mais tarde, deitado, Alek pensava na natureza tão diversa dos amigos. Em nenhum deles havia os remendos que vira em si ou na irmã. Concluiu que os dons de todos eles faziam parte dessa essência única. Não eram como os Sombrios, que, a cada momento, mesclavam-se com algo externo, dons que não habitavam suas essências, se encaixavam nelas.

— Desaparecemos... — pensou na irmã e não percebeu o sono chegar e o carregar para longe dessas reflexões.

— Não consegue dormir? — Verônika aproximara-se tão suavemente que ela não notara.

— Não... Perdi o sono e não o encontro — Abhaya respondeu ainda olhando o céu, pela janela.

— Pensando em Alek?

— Não. Pensando no que ele descreveu... em como me viu. Refletindo sobre o que eu sou.

— Pareceu feroz.

— É, me senti feroz quando ouvi a descrição...

— Não se sente mais?

— Acho que não. Não sei... Sinto como se tudo em mim ardesse, sabe? Tudo está muito sensível.

— Entendo, Abhaya.

— Sinto falta de Malika. Ela conseguia me transformar... Eu me sentia mais suave com ela, menos em carne viva.

— Malika era muito mais ardida que você! — Verônika sorriu. — Talvez por isso se sentisse mais suave.

— Talvez.

Ficaram em silêncio uns instantes, Verônika ao lado dela, também olhando o céu.

— Sabe... — Abhaya retomou a conversa. — Já passou tempo demais, não é?

— O que você quer dizer?

— Eu nunca regressei para o meu povo. Penso que já é hora de voltar para casa, rever as Valquírias.

— Gostaria de ir com você. Sempre quis conhecer o lar das guerreiras.

— Martim não poderia ir.

— Ele não irá. Não sou presa a ele.

Abhaya aprovou.

— Depois da guerra? — ela perguntou à amiga.

— Depois da guerra!

— Selado, então! — e bocejou. — Acho que encontrei o sono... Vamos dormir?

Abhaya parecia mais tranquila após aquela decisão. Verônika, no entanto, herdou sua agitação.

"Depois da guerra...", pensava, revirando-se na cama, ao lado de Martim, que dormia profundamente. *"Tomara que tenhamos um depois da guerra!"*

Alek despertou com um barulho intenso, que o lembrou do campo de batalha, mas bem ali, do lado de fora de seu quarto. Sonolento, levantou-se e lavou o rosto. Olhou pela janela. Nada estranho nas ruas de Dagaz, a não ser a altura do sol... Parecia ser umas nove, talvez dez horas da manhã. Já deveriam tê-lo acordado. Onde estaria Talek?

Vestiu-se e abriu a porta. Uma muralha de guardas a protegia. Tanto que nem conseguia ver além dela.

— Volte para dentro, Sombrio! — um dos centauros ordenou, visivelmente tenso.

— O que está acontecendo?

— Os guerreiros Ciaran... Traição. Incendiaram a torre antiga, e isso, ao que parece, era um sinal. Anjos da Escuridão e muitos outros guerreiros Ciaran surgiram do nada. Invadiram o castelo.

— Anjos da Escuridão? Olaf está aqui?

— Ao que sabemos, não. Enviou um grupo dos seus para comandar os demais. Não estávamos preparados. O assalto nos pegou de surpresa. Anuar em pessoa está à frente da batalha. Irá controlar a situação. Fique tranquilo; você está seguro.

— Deixem-me passar!

— Nossa ordem é protegê-lo. Devemos mantê-lo no quarto.

Por um instante, Alek considerou livrar-se deles e seguir, mas não precisava neutralizá-los. Podia mantê-los ali, a salvo, e supondo que cumpririam o seu dever.

– Onde a luta está acontecendo? Próxima daqui?

– Ainda não. Estão mantendo-os na área do jardim interno e nos corredores daquela ala do castelo.

– Certo, vou entrar. Não criarei problemas.

O centauro consentiu, satisfeito.

Fechou a porta e pensou em qual seria o melhor lugar para se transportar. Deveria usar o ancorador? A imagem de alguém entrando e esfaqueando a sua casca gritou em sua mente. Tirou o ancorador do pescoço e guardou-o na pequena bolsa.

"O campo de treino... talvez seja o melhor lugar. Fica bem acima do jardim interno. É isso!"

Decidiu arriscar. Transportou-se. Lá de cima do campo de treinamento, viu o jardim e o amplo acesso a ele transformados em uma arena sangrenta. Anuar e um grupo de centauros lutavam ferozmente contra guerreiros Ciaran. Dois Anjos da Escuridão aproximavam-se, a poucos metros do chão. Anuar enfrentava uma quimera, e os centauros combatiam dois guerreiros fortes e encouraçados. Alek ainda não havia encontrado a quimera nos treinos, e os outros dois não estavam ali nos dias anteriores. Os anjos o atacariam traiçoeiramente pela retaguarda.

Usou uma de suas novas habilidades, aprendida com um dos seres que agora investiam contra o castelo: soprou com suavidade, visualizando o pequeno furacão crescer e alimentar-se do ar ao redor. Os anjos foram sugados pelo rodopio, que quase levou também Anuar.

O guerreiro da areia saltou e, com o escudo, golpeou a cabeça leonina da quimera, decepando-a. Com a espada firme na mão esquerda, acertou a cauda de serpente, mutilando-a.

Então, olhou para cima e viu os anjos rodopiando, presos naquele furacão. Mais acima, o Sombrio. Alek acenou para ele e lançou os dois anjos para longe, com força suficiente para lhes quebrar parte dos ossos e das asas.

Desceu até o chão usando o mesmo controle do ar, formando rodopios mínimos, mas densos, que lhe serviam de degraus.

— Vejo que está dominando plenamente seus novos dons, mas o que faz aqui? Os centauros não estão montando guarda em seu quarto?

— Estão. Saí de lá sem que vissem. Vim ajudar.

— É a você que eles querem, Alek. Se conseguirem, não terá ajudado em nada.

— Eu penso que já estou contribuindo, não? Ou não o salvei de um ataque traiçoeiro agorinha?

— Tudo isso é traiçoeiro. CUIDADO! — gritou, e Alek entendeu o sinal para se abaixar.

Por cima de sua cabeça, Anuar atacou e se engalfinhou contra a Aracna que tanto trabalho dera a Alek no treino do dia anterior.

Ia avisar a Anuar que tomasse cuidado com o veneno que ela cuspia, mas não teve tempo. Um anjo da Escuridão o atingiu com um golpe desconhecido, envolvendo-o em uma escuridão densa. Não seria capaz de ver nada se fosse um Anuar, mas não era. Acendeu seus olhos em verde e viu o anjo além do breu que o envolvia, no instante em que disparou o fluxo de luz azul-escuro em sua direção.

— Esse eu já conheço! — falou alto e rebateu a luz com um escudo, que projetou sem que percebesse. Seu escudo era muito parecido com o portal e com o corpo do dragão em que se transformara. Uma mistura viva de luz e escuridão. Confirmou que Kurutta estava certo em dizer que trazia tudo pronto dentro de si, prestes a nascer... como um dente.

Mais uma vez, fez o vento soprar, dissipando o manto denso de escuridão que o envolvia. O anjo tinha uma expressão mista de espanto e felicidade.

— Sombrio! Não esperávamos encontrá-lo em meio ao combate. Que honra!

Alek não respondeu. Envolveu-o em sua bolha de água e o liberou quando perdeu os sentidos.

— É preciso matá-los, desacordá-los é inútil... — Anuar bronqueou, aproximando-se e fincando a espada no peito do anjo.

O guerreiro da areia estava coberto pelo sangue dos inimigos Ciaran.

— Eu posso neutralizá-los sem lhes causar a morte. Não preciso matar ninguém! — Alek falou com raiva.

O rosto de Anuar revelou o desprezo que sentiu ao ouvir essa resposta, mas não tiveram tempo de prolongar a discussão.

— O que é aquilo? — Alek apontou para o corredor que se abria às costas de Anuar.

Na direção deles, vinha algo monstruoso. Tinha quase três metros de altura e o corpo, de estrutura humana, era seco como se fosse mumificado. Os braços e as pernas eram longos demais e não terminavam em dedos, mas em uma única garra escura, comprida e afiada. A cabeça praticamente se resumia a uma boca enorme, da qual se projetavam dentes distorcidos. Eram muitos os dentes daquela criatura, grandes e pontiagudos. Os olhos, bolotas negras, como duas bolas de tênis mal encaixadas na cabeça, meio saltando dela. Sem pálpebras ou nariz. Com o braço direito arrastava uma corrente enorme, grossa e farpada, presa ao pulso. Conforme se aproximava, era possível ver que a corrente trazia uma gosmenta camada de sangue e restos de pele e carne.

Juntos, Alek e Anuar lutaram. Não havia maneira de deter aquilo. E a criatura não parecia preocupada com a possibilidade de matar Alek. Ele tentava, sem sucesso, imobilizar o monstro, mas nenhum dos dons de que dispunha surtia qualquer efeito. Anuar se empenhava em golpeá-lo, mas de cada corte se projetava um líquido amarelado, fervente e muito ácido, que atingia o guerreiro da Luz ainda que se protegesse com o escudo. Anuar feria-se mais do que afetava o oponente. Alek acendeu o braço de dragão para incendiar aquilo, mas o fogo, ainda que o envolvesse, não parecia debilitá-lo. Viu a flecha incendiada atingir um dos olhos negros, e soube que Abhaya estava ali. Um líquido grosso e escuro brotou do olho ferido, e a criatura urrou de dor. Seu ponto frágil.

A corrente farpada foi lançada com precisão e, no instante seguinte, o corpo de Abhaya estava envolto por ela, com as farpas fincadas em toda a sua extensão. Mais um movimento e a criatura poderia matá-la, fazê-la em pedaços. Alek não pensou. Apenas disse a palavra proibida, que aprendera com Gerd. A criatura ainda teve tempo de olhar para ele, mas desintegrou-se no instante seguinte.

Apesar dos diversos ferimentos, Anuar não demonstrava sofrimento e parecia enfim satisfeito com o desempenho de Alek. Abhaya continuava caída, com a corrente fincada em seu corpo, cortando-o profundamente.

— Deixe-a aí; enviaremos ajuda logo que possível.

— Olhe pra você, Anuar! Também precisa de ajuda.

As feridas do guerreiro da areia não paravam de borbulhar e se expandir.

— Meu corpo irá se recuperar. Agora devemos seguir e eliminar os guerreiros Ciaran que entraram no castelo. Não há como levá-la sem a ferir ainda mais.

— Não vou abandoná-la! — Alek estava ajoelhado ao lado de Abhaya, vendo o sangue jorrar por todo o corpo e pela boca, sem poder tocá-la. Os olhos dela gritavam toda a sua dor, até que, sem aguentar mais, a guerreira desfaleceu. — Se você não desejasse tanto uma arma, eu poderia curar, não apenas matar... Poderia ter aprendido os mais perfeitos dons de cura...

— Não é hora para ressentimentos infantis! E você já foi curado tantas vezes que poderia ter aprendido mais se fosse essa a sua natureza. Você é um guerreiro, Alekssander, não um curandeiro. E não tenho qualquer responsabilidade por isso!

— Senhor Sombrio! — Talek apareceu, apavorado, vindo da direção da torre principal. — Que bom que esteja bem! Céus! O que houve com a guerreira? Meu senhor Anuar!!! — disse tudo em um só fôlego e paralisou.

— Talek, busque ajuda para Abhaya!

— Não há como, senhor Sombrio, invadiram a torre principal. Os curandeiros não podem sair de lá.

— A torre principal? — estranhou Anuar, avaliando que a torre onde Alek ficava era outra, e ali só estariam os curandeiros, ele próprio e...

— Lucas! Eles não vieram me buscar! Querem Lucas.

Só então Anuar pareceu sentir-se completamente traído. Cosmos teria participado daquilo? Anuar saiu em direção à torre, ainda sem demonstrar dor pelos ferimentos que o devoravam.

— Transporte-se para o povoado de Casca de Árvore, Talek. Encontre Silvia e a traga para cá! — Alek pediu ao goblin e, vendo sua hesitação, ordenou: — AGORA!

Talek desapareceu e, minutos depois, estava de volta com a curandeira.

— Minha nossa, Alek!!! O que houve com Abhaya?

— Você pode curá-la, não pode, Silvia? — ele chorava e não conseguia controlar a emoção que o dominava. Não suportava a ideia de perdê-la.

— É seguro ficarmos aqui? — ela perguntou, vendo o sangue e os restos de corpos pelo jardim interno e nos largos corredores.

— Não. Com certeza, não. Mas se a movermos...

— Isso entrará ainda mais em seu corpo.

— E poderá cortá-la em pedaços... — Talek concluiu o que os dois temiam pensar.

— Precisamos tirá-la daqui, sem a mover.

— Senhor Sombrio... isso não é possível.

— É, sim, Talek. É possível, sim...

Silvia entendeu.

— O Campo do Destino?

Alek consentiu e começou a tramar a mandala de luz que conhecera em sua visão.

— Você consegue tecer o campo, Alek?

— Preciso conseguir, Silvia!

Concentrado em cada detalhe, dançou como vira Amidral dançar, relembrando a sensação de ser envolvido pelo campo. Ninguém o atacou durante a ação. A batalha avançara para outra ala do castelo.

Quando a mandala ficou pronta, empurrou-a sobre Silvia, Abhaya e Talek. Só teve tempo de dizer "Silvia, salve Abhaya. Ajude-a, Talek!", antes que os três desaparecessem.

Naquele momento, percebeu que não sabia desfazer o campo. Sentiu a ansiedade explodir, dominando-o por completo. Concentrou-se para recuperar o equilíbrio, como Kurutta ensinara. Reteve o choro que teimava em sair. Respirou. Acalmou-se.

– O campo irá se desfazer quando o Destino se cumprir – falou para si mesmo.

Quando esteve lá, tudo se desfez após o ataque dos traidores. Qual seria o Destino a se cumprir? Abhaya sobreviveria ou morreria? Não seria capaz de continuar sua trajetória sem ela, não mais. A guerreira fazia parte de sua história, e Alek não estava disposto a renunciá-la. Precisava acreditar que ela iria resistir, que Silvia conseguiria curá-la, assim como fizera com ele tantas vezes.

Não podia fazer mais nada. Pelo menos, não por enquanto. Tinha de se concentrar na situação de Lucas.

Foi para a torre principal e o cenário ali era pior. Mais guerreiros Anuar e Ciaran mortos e feridos pelo chão ao longo de todo o caminho. O castelo cor de areia tornara-se rubro. Queria chegar ao quarto de Lucas o quanto antes. Na enorme área onde começava a escadaria, o combate era feroz. Viu Verônika e Martim no primeiro nível de degraus, e soube que ninguém havia passado por ali. Não localizou Anuar, mas era difícil ter qualquer certeza em meio àquela confusão. Alek estancou. Qual seria a maneira mais eficaz de chegar até os companheiros?

Transportou-se. Naquele caos, não se preocupou se alguém veria isso ou não. Quando reapareceu atrás de Martim e Verônika, os dois quase o atacaram.

— Lucas?

— Gerin está com ele. Por aqui ninguém subiu — Verônika respondeu e, com seu bastão de luz, perfurou a cabeça de um guerreiro de lama que se aproximava.

— Anuar? — Alek questionou.

Martim fez uma negativa com a cabeça e partiu para cima da gárgula que atacara Alek no dia anterior e rompera o que restava da barreira feita pelos guardas centauros.

— Se ele está protegido lá no alto, vamos acabar com isso de uma vez. Martim e Verônika, é melhor se afastarem. Subam alguns lances da escadaria.

Ao dizer isso, Alek desceu os poucos degraus e iniciou sua transformação. Em instantes, um imenso dragão de Luz e Escuridão tomava todo o átrio, a cabeça forçando o teto até parte dele desmoronar.

Espanto e medo paralisaram a batalha. Só aí, Alek percebeu que não tinha ideia do que fazer. O efeito de sua transformação fora tão eficiente quanto a paralisação que a irmã causara em seus amigos. Que estava imenso e assustador era fácil de notar, mas era evidente que isso não imobilizaria a todos para sempre.

"E agora?", pensou. *"O que um dragãozão faz???"*

Os guerreiros próximos notaram essa hesitação e decidiram atacar. Alek viu um ser todo encouraçado tentando golpear sua pata dianteira com a espada, sem sucesso. *"Foi como uma picada de formiga"*, pensou.

Por instinto, bateu a garra no chão para afastá-lo e acabou jogando um grupo grande para longe, não apenas o guerreiro que o atacara, mas todos os que estavam a um raio de uns dez metros.

"Hummm... acho que só preciso SER dragão", concluiu e rugiu com força.

O castelo tremeu, e Alek imaginou que talvez fosse uma boa ideia mesclar seus dons... já que eram seus... por que não?

Tentou cuspir um jato d'água com a intenção de inundar o andar, mas o que saiu de sua boca foi fogo líquido, uma lava incandescente que atingiu guerreiros Anuar e Ciaran.

Apavorou-se... Não era tão simples quanto imaginava.

Dois anjos da Escuridão fugiram antes de a lava atingi-los. Os demais não tiveram chance.

Alek apressou-se a voltar à sua forma humana e, aí, lançar a água que queria. A lava se solidificou e aprisionou a todos, imobilizados, gemendo pelos ferimentos.

— Você resolveu mesmo a situação, mas feriu amigos e inimigos sem distinção... — Martim falou atrás dele.

— Acho que não matei ninguém, né?

— Parece que não... — Verônika avaliou. — Alguns estão chamuscados... outros queimaram bem... mas os curandeiros darão um jeito em todos.

— E ainda teremos prisioneiros! — celebrou Martim. — Genial a ideia de lançar a lava e depois a solidificar.

Alek sorriu sem jeito, pensando que precisava ter umas aulas urgentes com seus amigos dragões.

— E bem que Gerin falou: você vira um dragão imenso! — Verônika vibrou enquanto subiam a escadaria para o quarto de Lucas.

Encontraram Gerin caído no chão, desacordado, a testa sangrando. Verônika aproximou-se e acendeu suas mãos em dourado. Aquilo fez Alek lembrar-se de sua avó e da luz prateada que lhe emanava das mãos.

— Um dom de cura... — falou baixo, assistindo à elfa cuidar de seu amigo e pensando no que Anuar lhe dissera sobre sua incapacidade de desenvolver dons como aquele.

— Não sou uma grande curandeira, mas em casos sem gravidade é o suficiente — explicou, enquanto Gerin despertava.

Ele narrou que Lumos o atacara:

— Estava muito agitado. Disse repetidas vezes que não podia ser capturado pelos Ciaran, que não podia mais ficar aqui, que precisava encontrar o tesouro o quanto antes.

— Bem que a gente desconfiou da ideia de um tesouro...

— Pois é, Alek! Eu falei para ele se acalmar, disse que estava aqui para protegê-lo. Ele até pareceu aceitar, mas estava só esperando o momento certo. A culpa foi minha; baixei a guarda. Ele me atingiu e nem sei com o quê.

— Você acha que ele fugiu? Ou foi capturado pelos Ciaran? — Verônika perguntou.

— Ele deve ter fugido.

— Mas como? — Martim olhava em volta.

— Anuar... — Alek disse entre dentes, lembrando-se que não o vira em lugar algum depois que se separaram.

— Anuar?

— Ele é o único que pode abrir portais aqui dentro do castelo de areia, não é?

Olaf aguardava o relatório do ataque sentado em seu novo trono, esculpido em turmalina negra. Sentia-se bem ali. Aninhado. Sua escuridão fundia-se com a do trono, em harmonia perfeita. Pura beleza.

Apreciava esse castelo havia muito tempo. Nowa, o castelo noturno. Nunca considerou os reptilianos dignos de ocupá-lo. Ainda mais desde que se posicionaram ao lado dos Anuar.

"Povo do Pântano. Tanto eufemismo para esconder a natureza deles... Reptilianos!", pensou.

Tudo ali emanava Escuridão. Perfeito. Poderia ser a sede do poder Ciaran quando ele se tornasse o novo líder.

Ouvia os gritos e os sons do combate com prazer. Aqueles reptilianos eram hábeis, mas seus anjos eram melhores. Não precisava se preocupar nem sequer em tomar parte daquilo.

Do lado de fora, os corredores escuros do castelo se tingiam com o sangue dos antigos senhores. A resistência foi intensa, mas inócua. Os Anjos da Escuridão estavam preparados; suas roupas leves e aderentes aos corpos, tão negras quanto eles, retinham os golpes como se fossem um líquido derrubado sobre um tecido impermeável.

Só pararam quando consideraram já dada uma boa amostra de seu poder. Aí, então, passaram a negociar os termos da rendição.

No silêncio, Olaf impacientou-se. Reviveu sua chegada sangrenta a Nowa, reconstruindo a cena em sua mente. Daquele dia glorioso, apenas não apreciou ter de matar Douglas, o ancião herdeiro de Iberaba. É certo que ele vivia seus dias finais, mas não foi nada bom ser o responsável por findar a vida de um dos anciões. Isso poderia lhe causar problemas no futuro. Douglas se colocara entre ele e o trono, como a última resistência. Ridículo. Podia ter ordenado que alguns de seus guerreiros o levassem, mas isso reduziria seu poder perante eles. Era temido também pelos seus comandados e desejava manter a situação assim. Fez Douglas desaparecer, desfazer-se no ar, para não deixar restos mortais que pudessem ser enterrados, lembrados e reverenciados por seu povo.

Avaliava que fora uma boa estratégia começar o conflito por ali. Reconhecia que continuava um ótimo estrategista. O Povo do Pântano não era muito social... demoraria algum tempo até que a invasão fosse percebida pelos Anuar. Tempo suficiente para tudo fermentar.

Primeiro entrou Talim, rápido, resoluto. Notificou-o de que o controle fora estabelecido. Os prisioneiros, isolados em um campo de contenção, não dariam trabalho. Tampouco incomodariam o senhor dos Anjos da Escuridão.

— Tiveram de matar muitos reptilianos?

— Não mais do que um décimo da população, meu senhor.

— Extremamente eficiente, Talim. Não desperdice recursos com os prisioneiros. Dê a eles apenas o suficiente para que sobrevivam. E não permita que os guerreiros se divirtam torturando-os. Poderemos precisar deles nos tempos que virão.

— Fique tranquilo, senhor. Assim será feito.

— Notícias de Marara?

— Chegou de Dagaz há pouco. Está se recompondo e logo irá se apresentar.

— Avise-o de que não estou aqui à disposição dele. Que se apresente logo.

Talim saiu após uma reverência, tão ligeiro quanto havia entrado. Alguns minutos depois, Olaf observou Marara caminhar em sua direção, com sua sombra projetada tremulamente pelas muitas tochas que iluminavam o salão com a luz azul, o fogo dos Anjos da Escuridão. O próprio Marara parecia trêmulo, e Olaf não gostou disso.

— Senhor! — disse próximo ao trono, curvando-se diante de Olaf.

— Conte-me, Marara... Vejo-o de fato tremer ou é apenas impressão? Qual foi o resultado em Dagaz? — a poderosa voz de Olaf preencheu todo o salão com facilidade.

O anjo claramente engoliu em seco.

— Falhamos, meu senhor — seu corpo se retraiu, como à espera de um golpe fulminante.

— Falharam? — Olaf mantinha o semblante calmo, mas a voz trovejava. Observava seu guerreiro com curiosidade; ali estava um general jovem, em sua primeira missão de liderança. Se houvesse mesmo falhado, talvez isso revelasse uma trinca na perfeição estrategista de seu mestre... e não aceitava a ideia de que ele próprio não era perfeito. — O que houve?

— Não capturamos o simbionte e o humano, senhor... O Sombrio tomou parte no combate.

— Hummm... Então, não deduziram que o ataque era direcionado a ele?

— Deduziram, senhor. Como havia planejado. Segundo nosso informante, o aprisionaram em seu quarto, guardado por diversos centauros. Ele deve ter escapado.

— Isso não é de todo mal. Como ele é em combate?

— Terrível, senhor! — E, vendo a expressão de estranheza no rosto de Olaf, continuou: — Ele é esplêndido, senhor. Nosso esquadrão não pôde nada contra ele. Não teve sequer uma escoriação!

— Quero um relatório detalhado sobre o combate e o desempenho do Sombrio. Reúna informações com seus guerreiros e guerreiras. Anuar participou do combate?

— Ativamente, senhor. Enfrentou pessoalmente o Mutilador. Cheguei a ver as feridas ferventes em seu corpo.

Olaf sorriu.

— E o Sombrio, então, está com Cosmos e o humano?

— Não, senhor. Nosso informante garante que o simbionte e o humano desapareceram de Dagaz.

— De que maneira?

— Ao que tudo indica, Anuar o retirou de lá; não sabemos para onde.

Olaf riu com força, revelando os dentes pontiagudos e de um amarelo intenso. A gargalhada reverberou pelo grande salão, estremecendo tudo ali. Ele gostou daquilo.

— Perfeito! Não podia ter se saído melhor, Marara! — concluiu e levantou-se. Em pé, era bem maior que seu jovem general, que parecia confuso por não receber a esperada punição. — Anuar não aceitou os termos de minha negociação para nos aliarmos. Nosso ataque deixou claro que não nos submeteremos à sua vontade, como ele pensava. Se não nos aliarmos sob os meus termos, seremos inimigos. O combate com o Mutilador deve ter acentuado sua putrefação, e ele precisará de Ciaran o quanto antes. Fará nosso serviço por nós!

— Mas, senhor, não conseguimos recuperar o simbionte.

— Conseguiram muito mais! Pensarei em outra maneira de garantir que o Sombrio não se envolva na guerra. Por ora, está dispensado, Marara.

O jovem anjo retirou-se rapidamente, ainda não acreditando que saíra daquela conversa com vida.

Olaf ficou saboreando os acontecimentos desencadeados, novamente aninhado no trono.

Em silêncio, traçava os próximos passos.

"Anuar iniciará a guerra por mim", pensava, orgulhoso. *"Poderei ser o líder de que os Ciaran irão precisar sem sujar minhas mãos no sangue da serpente. O resultado não poderia ter sido melhor! Só preciso garantir que os duplos não se intrometam…"*

XVIII
INSTÁVEIS

Era gelado ali, e o vento forte cortava a pele com suas finas lâminas. Os cabelos de Anuar esvoaçavam, e o rosto mostrava certo alívio. As feridas não borbulhavam mais, tinham a superfície aparentemente congelada. Lembravam pequenos lagos com a face cristalizada.

— Agradecemos por nos tirar de lá. Mas precisava nos trazer para um lugar assim, tão inóspito? — Lumos reclamou, girando sobre os calcanhares e verificando que estavam rodeados por árvores escuras cobertas de neve.

Para todos os lados do pico, a floresta se estendia ocupando a extensão da paisagem para onde quer que olhassem. A floresta escura e outros picos como aqueles, carecas, sem qualquer vegetação, destacando-se brancos e altivos.

— Não tinha um lugar melhor para nos levar, não? — continuou a reclamar. — Aliás, onde estamos? Cosmos não reconhece essa paisagem... Nenhum de nós reconhece.

Anuar manteve o olhar fixo ao longe, como procurando um sinal. Inspirou profundamente antes de responder:

— É bem irritante ouvi-lo falando de si mesmo no plural. Quem sabe se um de vocês matasse os demais isso não se resolveria?

— Somos um, não há como tal coisa acontecer! Pelo menos, não por enquanto. Você devia saber disso! — respondeu com irritação.

Anuar apenas ergueu as sobrancelhas, sem demonstrar qualquer outra reação.

— Onde estamos? — Lumos insistiu. — Responda! O frio nos incomoda e este cheiro podre no ar também... Estamos enojados. Podemos sair daqui?

— Cheiro podre? — questionou encarando Lumos.

— Sim, não sente? — E farejou o ar, dizendo com espanto: — Vem de você, Anuar!

— Estamos em Kraj — Anuar disse, ignorando o comentário sobre seu odor e voltando a observar atentamente a grande floresta.

— A terra dos curandeiros, Cosmos já ouviu falar dela. Seus ferimentos não parecem tão sérios. Não foram eles que o trouxeram até aqui. Estou certo?

Anuar manteve-se em silêncio.

— Foi este mau cheiro... Ah... foi! O que poderia causar tamanha putrefação ao líder da Luz? Opa! Será que sua conexão com a Luz não é assim tão forte como deveria ser?... Hummm... Será que as histórias sórdidas sobre sua conexão com a Luz são verdadeiras? Será que você realmente se alimenta da essência de outros seres da Luz? Será? Que coisa feia, Anuar... — Lumos falava encarando Anuar, provocando-o.

— Cale-se, idiota! Precisamos descobrir para qual lado seguir.

— Então... você vem até aqui, em meio a este mundo congelado, e não sabe ao certo onde fica a aldeia deles?

— Estive aqui uma vez, ainda criança. Fui trazido desacordado e parti de olhos vendados. Lembro-me bem dos picos nevados e dessa visão da grande floresta.

— Tamno Bela... não é esse o nome dela?

— Tamno Bijela.

— Isso! Tamno Bijela. De fato, é branca e escura ao mesmo tempo, como descrevem as histórias.

— Refletem o equilíbrio como ele é.

— Pra nós, refletem a morte próxima. É bom decidirmos logo para onde devemos seguir... Não iremos resistir muito a este frio. Lucas não se adapta bem... e nós sentimos a dor dele. Será que seus comandados irão demorar para rastrear seu portal e nos encontrar? Precisamos ser resgatados logo!

— Ninguém virá, Lumos. Tenho como lhe garantir que meu

portal não pode ser rastreado por nenhum dos Anuar.

— Está gelando rápido. Não queremos morrer aqui. Por onde saímos e qual terra faz fronteira com Kraj?

Anuar olhou para seu acompanhante novamente, com uma expressão de desprezo.

— Sair?

— Sim... Você vai procurar seus curandeiros. Nós vamos resolver nossos negócios.

— E qual negócio você tem a resolver? Posso saber?

— Não! Interesses pessoais.

— Cosmos... Lumos... seja lá a porcaria de nome que for... você não vai a lugar algum. Eu não o libertei. Eu o tirei das garras dos Ciaran e das de Alekssander e seu bando. Fiz isso porque me interessa mantê-lo comigo, não para ajudá-lo. Sei que você é inteligente o suficiente para saber disso sem que eu lhe diga. E não tente me desafiar. Com certeza não estou em minha plena forma, mas tenho poder para contê-lo. Aconselho a não me testar.

— Para onde, então, ó líder poderoso da Luz? — Lumos fez um gesto mostrando a imensidão que os rodeava.

— Por aqui! — Anuar respondeu, já iniciando a descida pelo lado leste do pico nevado.

A descida não foi fácil. A neve fofa dificultava a cansativa caminhada. Foram mais de três horas de muito esforço, e isso porque não tiveram outros desafios além da neve e do frio. Quando atingiram as árvores, sentiram alívio; enfim, estavam afastados do vento. Quanto mais adentravam a floresta, menos o vento os acompanhava.

— Você sabe mesmo para onde estamos indo, Anuar?

— Lá do alto eu vi um único ponto em que as árvores não se uniam.

— Uma clareira?

— Um lago, se tivermos sorte.

— Sorte? Do que vai nos servir um lago possivelmente congelado?

— Ele nunca congela, não por completo.

Seguiram em silêncio, e Lumos avaliava que não seria uma boa opção separar-se de Anuar ali, em meio àquela floresta congelada. Precisava encontrar um abrigo o quanto antes e reabilitar Lucas — ele estava exausto, o que dificultava as coisas para Lumos.

A noite dominou o céu, mas Anuar não interrompeu a caminhada. Apanhou um galho seco de uma árvore morta, fez uma bola com a neve que pegou do chão e colocou-a em uma extremidade do galho. Então soprou e a bola de neve emanou luz, iluminando o caminho.

— Belo truque! — comemorou Lumos, tremendo de frio. Os lábios arroxeados e a pele queimada pelo gelo destacavam o quanto estava debilitado.

— Carregue-a. Além de iluminar o caminho, vai lhe ceder calor.

Lumos apanhou a estranha lanterna e sentiu uma onda quente invadir seu corpo, reavivando-o.

— Cosmos não suporta o calor extremo e, ao que parece, o humano não suporta o frio... Duas fragilidades... Precisamos resolver isso — comentou para si mesmo e apressou-se para alcançar Anuar bem à frente. — Não vai fazer uma dessas para você?

— Não preciso — ele respondeu, virando-se para Lumos e mostrando os próprios olhos totalmente acesos em tom amarelo.

— Belo truque esse também... Aprendeu com os Ciaran?

— Você devia se calar e prestar mais atenção aos sons da floresta.

— Sons? Quais? Não tem nada vivo aqui além de nós. Falta muito para o tal lago? Será que não devemos descansar?

— Quem repousa em Tamno Bijela não desperta, Lumos.

— Que beleza de lugar esse, hein! O que acontece? A floresta nos devora?

Anuar consentiu com um gesto de cabeça.

— O quê??? Você está falando sério?

— É por isso que o aconselhei a calar a boca e a prestar atenção aos sons de Tamno Bijela.

Lumos calou-se e passou a caminhar atento a tudo ao seu redor, buscando não ficar mais do que dois passos atrás de Anuar.

No silêncio, os sons a que Anuar se referia eram perceptíveis. Todos ali, como um zumbido formado por estalos, rangeres, gemidos. Mórbido, avaliou Lumos, concluindo que ouviam as entranhas da floresta.

Era difícil dominar a exaustão, manter a passada com o correr das horas. Cada vez mais difícil. E os dois passos de distância entre ele e Anuar se tornaram cinco, depois dez e, então, vinte... para sorte de Lumos.

Anuar desapareceu, engolido por um buraco, pensou. Correu, mas, ao chegar ao local em que o buraco deveria estar, não havia nada.

– Magnífico! E agora? Seremos devorados por uma maldita floresta?

Olhou ao redor, nada. Passou o pé pelo chão, tentando varrer a neve, e só encontrou outra camada de neve. Então, olhou para a lanterna em sua mão... Se não desse certo, estaria verdadeiramente enrascado!

Virou a bola luminosa em direção ao chão, sem tocá-lo, mantendo-a a uns dez centímetros de distância. A neve afastou-se. Não derreteu. Fugiu como um ser vivo foge de uma tocha.

Lumos riu, reconhecendo na neve algo semelhante a si mesmo. Cosmos também se retrairia e fugiria se exposto ao calor extremo. Assim que toda a neve se afastou, revelou-se não um chão terroso ou pedras, mas algo semelhante a uma boca repleta de pequenos dentes afiados, que não se moveu pela proximidade da fonte de calor.

– Lá vamos nós! – Lumos disse e, com força, bateu seu bastão luminoso contra aquilo.

A bola de neve luminosa se desfez e o galho de madeira incendiou-se. Lumos soltou-o assustado, sentindo a mão queimar, e a boca no chão abriu-se. Teve a sensação de que ela gritava, mas era apenas uma vibração estranha que percebia nos tímpanos, como se o grito estivesse ali, mas não em uma frequência que conseguisse realmente ouvir.

Rápido olhou dentro da cavidade, antes que ela se fechasse, e viu Anuar debatendo-se no interior do que parecia um imenso verme.

Lançou tentáculos na direção do guerreiro da areia, alcançando-o e tirando-o dali segundos antes de a boca se fechar e a neve voltar a protegê-la.

Os dois, sentados no chão coberto de gelo, respiravam ofegantes.

— O que foi isso? — Lumos questionou.

— Tamno Bijela tentando se alimentar.

— O que houve? Como você foi cair lá?

— Me perdi em meus pensamentos e parei de prestar atenção aos ruídos da floresta. Não cometerei o mesmo erro.

— E nada de nos agradecer por salvarmos a sua vida?

— Sou grato, Lumos — disse contrariado. Não desejava dever nada a ele, mas era tarde.

— Acho que merecemos outra daquela lanterna, não?

— Sim... assim que encontrarmos uma árvore seca pelo caminho. Por ora, mantenha-se próximo.

— Não podemos cortar um galho qualquer de uma dessas árvores?

— Em Tamno Bijela? Eu não me arriscaria...

Seguiram no escuro. Lumos tentava acender os olhos de Ciaran de Cosmos, mas não funcionava. *"Conexão incompleta e defeituosa essa com o humano..."* Caminhavam tão próximos que Lumos sentia o calor emanado do corpo de Anuar. Não o aquecia como a lanterna, mas já era alguma coisa. Lumos continuava a ouvir o zumbir de muitos sons, sem os distinguir, ao contrário de Anuar, plenamente focado e desviando o caminho quando aquela vibração sonora sofria qualquer alteração.

— Como você sabe por onde deve ir?

— Você não escuta?

— Sim, mas não entendemos o que ouvimos.

— Como disse, eu já estive aqui antes — e fez um gesto para que se aquietassem.

Pararam. Lumos não entendeu o motivo. O sol já começava a colorir o céu, e a luminosidade fraca mudava bastante o cenário ali, possibilitando-lhes enxergar mais longe.

À frente deles, alguns metros adiante, o chão não era mais branco, tornou-se cinzento e vibrava, como se um ninho de serpentes se agitasse.

— O que é aquilo?

— Raízes se alimentando. Vamos pelo outro lado. Devem ter capturado algo vivo...

— Ou alguém... — comentou Lumos, seguindo Anuar e olhando para trás.

Sob a luz do dia, a floresta parecia menos ameaçadora, e os dois não tiveram outra surpresa até chegarem ao lago.

Estavam exaustos.

— Nós dissemos que estaria congelado... — Lumos falou, sentando-se em uma pedra cinzenta, depois de chutá-la algumas vezes para ver se não reagia.

— Eu disse que não completamente — Anuar retrucou, começando a caminhar sobre o gelo escorregadio.

— Sério? Vamos patinar agora? Qual o objetivo disso?

Anuar deteve-se e olhou para ele.

— Eu não lembro onde fica a vila dos curandeiros, mas, quando me encontraram, eu tinha caído nesse lago. Disso eu tenho certeza.

— Devia ser primavera...

— É sempre inverno em Tamno Bijela.

— Certo. Então, vamos andar até o gelo rachar e cairmos no lago gelado. E aí? Aí os curandeiros vão aparecer e nos salvar? Pelo que vimos até aqui, é mais provável a floresta nos devorar congelados.

Anuar virou-se e continuou a caminhada escorregadia sobre o gelo.

Lumos levantou-se e o seguiu contrariado.

— Ora, vamos... teremos de salvá-lo novamente... Isso está muito cansativo e repetitivo também.

O gelo estava ainda mais escorregadio do que imaginara. No segundo passo, Lumos caiu. Anuar estava bem à frente. Concentrou-se para erguer-se, sem êxito. Então, projetou dois grossos tentáculos dos próprios ombros e se pôs de quatro, apoiado neles e nos pés.

— Assim é melhor... — falou, caminhando sem escorregar. Os tentáculos gosmentos de sangue iam deixando um rastro que logo desaparecia, absorvido pelo gelo sedento.

— Aqui, venha! — Anuar acenava para que se aproximasse.

Seguiu em sua marcha atenta e, quando chegou, viu uma área do lago que, de fato, não estava congelada, e a água parecia estranhamente quente. Recolheu seus tentáculos e agachou-se, tocando-a com a mão.

— Está morna.

Anuar sorria.

— O que pretende fazer? Afogar-se?

— Vamos mergulhar — o guerreiro respondeu.

— Vamos? Por que devemos confiar em suas memórias de criança? Por que devemos presumir que não seremos cozidos e transformados em refeição suculenta assim que entrarmos aí?

— Vamos mergulhar.

— Não lhe parece uma péssima ideia?

— Vá primeiro.

— Se algo nos acontecer, podemos confiar que irá nos resgatar?

— Ainda quero sua companhia, Lumos. Não irei perdê-la.

Lumos mergulhou, e a sensação foi ótima. O corpo, dolorido e enrijecido pelo frio, relaxou. Sob a água conseguia ver uma luminosidade fraca e azulada. Voltou para a superfície e a descreveu para Anuar.

— É esse o caminho! Vamos.

Anuar também entrou na água e mergulhou, aprofundando-se em direção à luz. Lumos o seguiu.

Estranho, mas o ar retido nos pulmões não se esgotava, mesmo estando submersos havia muitos minutos, indo cada vez mais para o fundo. Lumos notou isso, assim como percebeu que a luminosidade estava aumentando. Cresceu mais e mais até que os dois emergiram em um outro lago. O que deveria ser o fundo revelou-se a superfície, e esse lado não estava congelado, tampouco os levava de volta ao local de onde partiram.

— Onde estamos?

— Ainda em Tamno Bijela, mas do lado de dentro. Agora me recordo bem... – disse, saindo da água e caminhando para a mata.

Não havia neve ali, e ouviam-se pássaros cantando e cigarras também.

Lumos olhava ao redor, encantado. Lucas havia recuperado parte das próprias forças com o mergulho, o que lhe dava a sensação de bem-estar. Ainda exausto, mas animado.

Olhou para os braços de Anuar e não havia mais sinal dos ferimentos da batalha. Farejou o ar. O cheiro putrefato ainda estava nele.

Seguiu-o para dentro da nova floresta que, em comum com a anterior, só tinha os troncos cinzentos e rugosos das árvores. Contudo, boa parte deles estava coberta por cipós ou trepadeiras floridas.

Caminharam pouco até chegar a uma aldeia, construída de pedra, madeira e cipós, com mais de vinte casas, todas cobertas por uma fibra acastanhada. Dali do chão, era impossível perceber, mas, se vissem o local do alto, notariam que tinha o mesmo formato de Draak, o povoado dos Guerreiros do Dragão – um triskle.

— Não tem ninguém em casa – concluiu Lumos, olhando ao redor e vendo as habitações aparentemente vazias.

— Não estamos sozinhos. Você verá.

E seguiram para o centro da aldeia, onde um poço reinava.

— Vamos aguardar – Anuar disse, sentando-se e recostando-se na parede de pedra do poço.

— Não precisamos nos preocupar quanto a nos devorarem?
— Aqui não.

Logo, o cansaço os dominou. Dormiram e não saberiam dizer por quanto tempo, até que Lumos foi despertado pelas diferentes vozes que os rodeavam.

— O cheiro de podre vem desse aqui...
— Estranho... Acho que me lembro dele... Mas não homem assim... menino.

Lumos abriu os olhos preguiçosos e viu vários curandeiros observando-os. Pareciam humanoides como Anuar ou Lucas, mas os corpos se recobriam de uma pele como a do tronco das árvores, cinzenta e rugosa.

— E esse aqui? — perguntou uma voz feminina próxima a ele. — Muito diferente...
— Uma existência tríplice, mas não estável... cada uma das três sofre.

Lumos olhou para o lado e viu que Anuar ainda dormia.

Um deles aproximou-se do guerreiro da areia, e Lumos pensou se deveria defendê-lo.

— Fique calmo... — falou a mesma voz feminina. — Não iremos lhes fazer mal.
— Vocês sozinhos fazem todo o mal a si mesmos... — comentou o que estava agachado perto de Anuar, com uma voz muito envelhecida.

Ele tirou a luva grossa do guerreiro e revelou uma mão escura e ressecada.

— Putrefação — constatou.
— A outra também? — um deles questionou.

Com cuidado, retirou a outra luva.

— Não, só a mão direita.
— É Avaz, não é? — falou a primeira voz, finalmente reconhecendo o guerreiro.
— O menino da areia de quem cuidamos ainda criança?

— Sim... trazia muita ganância em si. Lembram?

Todos emitiram pequenos rumores em sinal de concordância.

— Por que ele não acorda? — Lumos perguntou.

— Vimos que é um guerreiro e o fizemos dormir — falou aquela ao seu lado, apontando para uma hera que se enrolava pela perna direita de Anuar. — Não sabíamos se iria nos atacar e decidimos adormecê-lo até o analisarmos.

— E por que não nos adormeceram?

— Tentamos, mas não deu certo.

Só aí Lumos viu a mesma hera subindo-lhe pela perna e mexeu-se com agilidade para livrar-se dela.

— Você é amigo de Avaz? É Avaz, não?

— Não posso dizer que somos amigos dele. Nós servimos a ele. Bem, Cosmos serve. Lucas é seu prisioneiro. Eu apenas estou preso aos dois — disse tudo de uma vez, sem compreender por que revelara aquilo.

— Fique tranquilo — pediu um dos curandeiros. — Tomamos providências para que não mentisse para nós.

Lumos procurou qualquer outra coisa grudada em seu corpo, mas não encontrou nada.

— E ele... é Avaz? — insistiu.

— Já foi Avaz, o guerreiro da Luz. Não é mais. Hoje é Anuar.

— Anuar? — disseram vários ao mesmo tempo e agitaram-se.

— Não... não é Anuar! — definiu aquele que o examinava mais de perto. — Sua conexão com a Luz não é absoluta. Nunca foi.

— Alguns dizem que ele construiu essa ligação — Lumos falou, fazendo força para não dizer mais nada, mas em vão —, alimentando-se da essência de outros seres da Luz.

Nova agitação.

— Mata os seres para extrair deles a essência, não? Deve ser... Isso explicaria a putrefação — concluiu o dono da voz envelhecida. — E você, o que é?

E todos voltaram a atenção para ele.

— Somos Lumos.

— Perguntei o que é.

Lumos pareceu confuso.

— Vejo um simbionte que se uniu a algo diferente – o da voz envelhecida analisou. – Não houve uma conexão completa... Lumos é o resultado dessa conexão. Mas quem é seu prisioneiro?

— Um humano.

Dessa vez, a agitação foi absoluta e Lumos não viu o final da discussão, pois alguma coisa picou o seu braço e ele apagou.

Três luas se passaram até que Anuar despertasse, confuso, no leito de uma das casas da vila. Olhou para a mão enrijecida, que cheirava a incenso.

— Tivemos de embalsamá-la – explicou uma voz suave de uma posição que não conseguia ver.

— Esmerel, é você? – tentou sentar-se, mas estava tonto demais.

— Não se agite, Avaz. Espere os medicamentos saírem de seu corpo e a força retornar.

— Há quanto tempo estou aqui?

— Três luas. Foi difícil conter a putrefação. O que você fez, Avaz?

— Tornei-me aquilo que devia ser.

— Se você voltar a ingerir essência de criaturas mortas, não haverá como deter a putrefação.

— Por quanto tempo essa solução irá funcionar? – questionou, avaliando a mão.

— Se não ingerir mais a essência, por muitos e muitos anos. Se voltar a ingeri-la, por algumas semanas talvez.

— Devo ser Anuar! Não sou mais Avaz e não tornarei a sê-lo.

— Então, por que veio?

— Precisava de mais tempo e vocês me deram isso. Sabia que não conseguiriam resolver a putrefação, mas acreditava que seriam capazes de retardá-la.

— E para que precisa de tempo?

— Para conseguir extrair de Ciaran um meio definitivo de estagnar a putrefação.

— Você irá matar a serpente? Provocar uma guerra?

— Se for necessário, sim.

— Para conseguir o que quer terá de matá-la.

— Não se ela decidir colaborar.

— Então, você não sabe?

— O quê? O que eu não sei, Esmerel? – perguntou, levantando-se.

— Não serei eu quem irá lhe revelar isso.

— Ora, vamos! Estou disposto a extrair o que preciso de Ciaran. Posso fazer o mesmo com você, Esmerel.

— Você causaria mal a quem lhe salvou a vida pela segunda vez? – ele questionou, procurando a resposta bem no fundo dos olhos de Anuar. – É... vejo que sim.

— Então, evite essa situação desagradável e me diga o que quero saber.

O curandeiro permaneceu em silêncio.

Anuar se vestiu com calma. De costas para Esmerel, perguntou:

— Minha espada?

— Será devolvida quando deixar nossa aldeia.

— Acha que preciso de armas para me defender? Ou para lhe tirar a vida? – então, virou-se para Esmerel com olhos acesos em dourado, como na noite em que atravessara Tamno Bijela. – Não preciso disso para extrair o que quero saber.

Esmerel sentiu-se queimar por dentro.

— O que está fazendo, Avaz?

— Não sou Avaz! Não mais! Irei queimá-lo como o graveto que é, se não me revelar como Ciaran pode me salvar.

Esmerel curvava-se, sentindo-se arder, a dor era insuportável.

— Deixe-o! — gritou o dono da voz envelhecida, à porta da casa.
— Por que o deixaria, Madril?
E Esmerel gritou de dor, caindo de joelhos no chão.
— Você sabe que não temos habilidade de combate, não podemos atacá-lo, não podemos nos defender. Você sabe que poderá nos matar um a um, nos exterminar. Você também sabe que Tamno Bijela não perdoará e você nunca voltará a seu mundo se a floresta não permitir!

Anuar parou e Esmerel ficou caído.
— Você vai partir, Avaz. Ou Anuar, se assim deseja ser chamado... ainda que não mereça.

Anuar o olhou com ódio, os olhos brilhando como dois pequenos sóis.
— Três luas não bastam para abalar minha ligação com a Luz, Madril. Não abuse. Conte-me o que quero saber e deixe-me partir. Prometo não regressar a Tamno Bijela. Prometo que a guerra não chegará até aqui.
— É a glândula de veneno de Ciaran que poderá deter a putrefação.

Esmerel se contorceu em agonia, manifestando-se contra aquela revelação.
— De que adianta esconder isso? Ele matará a serpente de qualquer maneira! Isso se ela não o matar...
— A glândula? E o que devo fazer com ela? Como irá me curar?
— Você deverá comê-la. E ela não irá curá-lo, mas combaterá a putrefação em seu corpo por muitos anos, talvez séculos.

Anuar sorriu satisfeito. Os olhos voltaram ao normal.
— Parece-me bom o suficiente. Partirei. Você pode chamar Lumos?
— Lumos?
— Sim, o que chegou me acompanhando.
— O tríplice... Ele partiu há dias.
— O que diz?
— Ele tem uma busca pessoal a empreender.

— Que raios de busca é essa que ele pode ter? Aonde ele foi?
— Não sabemos.

Era visível que Anuar buscava controlar a sua ira. Saiu da casa sem dizer mais nada e seguiu para o lago. A espada e o escudo jaziam sobre a grama, próximos à margem. Arrumou-se e mergulhou no lago.

Na pequena casa da vila, Madril fazia Esmerel engolir um líquido esverdeado.

— Por que você contou tudo a ele? — falou assim que conseguiu.
— Eu não contei tudo. Não tudo... — Madril respondeu com os olhos perdidos em pensamentos.

XIX
ENCAIXE IMPERFEITO

Alek, agitado, movia-se como um bicho enjaulado. Martim, Verônika e Gerin terminavam sua refeição na velha cabana de pedras onde vivia Silvia. O som da cachoeira estava mais forte, reforçado pelas chuvas que caíam havia dias, sem trégua.

— Três semanas, Martim! Três semanas!!! Nada de Anuar, nada de Lumos, nada de Silvia, nada de Abhaya, nada de Talek! Como podemos estar tão perdidos?

— Nós já falamos sobre isso, Alek... — Gerin tentou acalmar o amigo.

— Eu não consigo acreditar que está tudo bem com eles, Gerin. Nem sei se fiz certo, se teci mesmo um Campo do Destino. E três semanas já seriam suficientes para Abhaya se recuperar ou... — e deteve-se com medo de falar "morrer".

— Nós não sabemos disso, Alek — Verônika disse reflexiva. — Não conhecemos o real estado de saúde de Abhaya.

— Sabemos que o caos se instalou na ausência de Anuar e estamos aqui, sem fazer nada — Martim reclamou.

— Essa não é nossa luta — Verônika rebateu.

— Como não? Não somos guerreiros Anuar?

— Não há perigo real, não percebe?

— Os Ciaran atacaram uma vez. Podem voltar a atacar, Verônika.

— Não, Martim, não podem. Se fossem atacar, já o teriam feito. E Anuar irá retornar.

— Como sabe?

— Apenas sei!

— Você e essas intuições sem sentido! Dagaz está sob controle dos centauros. Os boatos sobre o desaparecimento de Anuar já se espalharam por todos os povos da Luz. Quanto tempo mais você acha que irá demorar para o Conselho dos Anciãos se reunir?

— O Conselho tem meios para saber que Anuar está vivo e regressará. Se assim não fosse, não deixariam transcorrer semanas sem nos orientar, sem iniciar o processo de escolha do novo líder da Luz.

— E se não fizeram isso só porque não acharam um novo líder?

— Ah, Martim... essa não seria uma razão para o silêncio. Preocupo-me mais com os boatos que ouvimos sobre o Povo do Pântano.

— Se é verdade que Ciaran os atacou, a guerra já começou! Essa é mais uma razão para regressarmos a Dagaz.

— Não devemos retornar! Nossa missão é aqui!

— Verônika, somos guerreiros! Guerreiros! Devemos ir aonde o conflito está! — e o guerreiro levantou-se irritado e saiu para a chuva, batendo a porta com força.

— Concordo que precisamos fazer alguma coisa... — Gerin refletiu. — Ficarmos aqui, esperando o retorno de Silvia, Abhaya e Talek, não está nos ajudando em nada. Apenas piorando os ânimos.

— Estamos fazendo alguma coisa, Gerin! Estamos garantindo que Alek fique a salvo.

— Será mesmo, Verônika? Ele sai direto! Transporta-se para encontrar Kurutta e Ciaran. Ciaran!!! Toda essa confusão não ocorreu por causa justamente de um ataque Ciaran a Dagaz?

Ela calou-se.

— Vocês falam de mim como se eu não estivesse aqui. Também saio para ir a Draak. Coloque aí na sua lista, Gerin.

— Desculpe, Alek.

— Eu não estou passeando; vou até eles para aprender. E Ciaran nada teve a ver com o ataque a Dagaz, vocês sabem disso. Foi tudo ação articulada por Olaf, que, aliás, era aliado de Anuar!

— Alguma coisa aí não se encaixa! — Gerin desabafou.

— Ao que tudo indica, Anuar apenas achava que eram aliados... — Verônika afirmou sem olhar para os amigos.

Alek sentou-se em uma das cadeiras, exausto. Também considerava que as peças não se encaixavam bem. O que Olaf queria com aquele ataque? Dominar Lumos? Submeter o Sombrio à vontade dele? Achava que havia algo mais nas intenções do anjo, algo que justificaria aquela pausa de três semanas.

— Sabe o que seria útil? — Verônika perguntou depois de alguns momentos de silêncio.

Os dois olharam para ela, esperando uma resposta.

— Irmos até Monte Dald.

— Monte Dald? — Gerin não entendeu nada.

— Mesmo que não haja mais monges do Campo do Destino, deve existir algum registro lá, algo que nos ajude a localizar Abhaya.

— E Silvia e Talek...

— Sim, sim, Gerin.

— E como iremos para lá? Você consegue abrir um portal?

— Devo conseguir, Gerin. Mas para Khen Öngörökh... De lá, precisaremos dar um jeito de chegar ao templo.

— Acho mais prático nos transportar — Alek concluiu.

— E você conseguiria?

— Peraí... — respondeu para Verônika e sumiu.

Conseguiu. Viu-se no pátio de entrada do templo. O frio era intenso, o vento cantava, e não havia ninguém por ali. Exatamente como em sua visão.

— Consegui! — falou de volta à cabana. — É melhor vocês se agasalharem.

Instantes depois, todos com casacos, Alek apanhou a mão de Verônika e a levou para o mosteiro. Em segundos, estava de volta para buscar Gerin.

Quando chegou com ele ao templo, não se encontravam mais sozinhos. Os monges guerreiros os cercavam. Gal aproximou-se com o garoto Golyn a seu lado. Alek observou o corpo pulsante do guerreiro, tomado pelo sangue negro de Oblitus, e notou a pequena mancha negra que se movia da mesma maneira na mão da criança.

— Quem são vocês e por que razão chegam dessa maneira a Monte Dald, sem nos dar a chance de escolhermos recebê-los ou não?

— Desculpe a nossa chegada abrupta... — Verônika falou calmamente, colocando-se à frente de Alek e Gerin. — Essa era a única maneira que nós conhecíamos para chegar até aqui, e a situação é urgente. Procuramos a orientação dos Monges do Destino.

— Para que precisam de nossa orientação?

— Para resgatar nossos amigos de um Campo do Destino.

A fala visivelmente agitou a todos ali presentes.

— Como é possível? — Gal perguntou, mas sua expressão revelou que, no instante seguinte, respondia a si mesmo: — A Sombria projetou o Campo, foi isso?

— Não... — Alek respondeu. — Fui eu. Eu projetei o campo.

Todos falavam ao mesmo tempo, evidenciando o desconcerto gerado por aquela revelação.

— Quem é você? — Gal questionou já desconfiado da resposta.

— O irmão de Tulan; sou o Sombrio.

Os monges guerreiros fecharam o cerco, prontos para defender ou atacar. Gal subiu seu tom de voz ao dizer:

— Desconhecemos o quanto podemos contra a natureza Sombria, mas estamos dispostos a lutar por nossa sobrevivência.

— Sei que estão e reconheço o valor guerreiro de vocês. Tenham certeza de que não vim para lhes fazer mal. Vim em busca de ajuda, da sabedoria de vocês.

Gal pareceu aprovar.

— Não sinto nada de agressivo vindo de você, Sombrio. É melhor conversarmos. Todos poderão presenciar. Vamos por aqui.

Os visitantes foram levados ao refeitório do templo, o único lugar em que poderiam se reunir para presenciar aquela conversa.

Para Alek, andar em Monte Dald se assemelhava a revisitar um lugar conhecido, perdido havia muito. Via as crianças correndo em grossas roupas de lã escura e lembrava-se da irmã, que por anos vivera ali e correra por todos os cantos do mosteiro. No refeitório, notou a grande janela que levava ao pico e teve vontade de perguntar se ainda existiam os ninhos das fênix. Conteve-se. Não queria ter de explicar como sabia tanto.

Serviram leite de castanhas a todos, preparado com açúcar queimado e canela. A bebida quente derreteu o frio que penetrara nos ossos dos viajantes. Queriam saber quem era o Sombrio, se seguira os mesmos caminhos de Tulan. Os monges ansiavam por encaixar as peças daquela história, compreender onde os duplos se aproximavam ou se afastavam. Alek apresentou seus companheiros e narrou aos monges o destino que tivera, sua criação entre os humanos, sua introdução ao Mundo Antigo, seus encontros com Tulan. Enquanto falava, pensou que produzia uma edição bem resumida de sua saga, mas seria o suficiente para os monges compreenderem sua trajetória. Não lhe perguntaram como aprendera a invocar o campo. Talvez tenham deduzido que ele era como a irmã, aprendia pela observação.

— Não há entre nós quem domine os segredos do campo, Sombrio. Tememos não poder ajudar.

— E não há algum livro sobre o tema? Algo que explique a natureza do campo, como lidar com ele, acessá-lo, desfazê-lo? — indagou Verônika.

Gal balançou a cabeça negativamente.

— Nada.

— O Sombrio disse que Tulan sabe projetar o campo... — o menino Golyn falou.

— E no que isso pode ser útil? — Gal perguntou.

— Talvez a Sombria conheça uma maneira de tirar os amigos dele de lá.

— Mas não fazemos ideia de onde encontrar minha irmã.

— O Livro Eterno pode ajudar com isso... — Como já fora iniciado, Golyn não precisava ocultar seu dom dos demais.

Apenas ele e Gal seguiram com os forasteiros para a antiga sala dos livros de mestre Golyn. No caminho, Verônika perguntou:

— Vejo que você é um iniciado, Golyn — o menino sorriu, feliz, mostrando a marca na mão para que ela a visse. — Então, não é verdade que vocês deixaram de se iniciar após o ataque que sofreram há anos?

Foi Gal quem respondeu:

— Foi verdade até algumas luas atrás. Sua irmã nos visitou, Sombrio, e nos ajudou. Pudemos retomar as iniciações e voltaremos a ser o que um dia fomos.

— Tulan ajudou vocês? — Alek duvidou.

— Pelo tom de sua voz, vejo que conhece a natureza da Sombria. Ela teve o que queria, é claro... mas, sim, nos ajudou muito.

— Chegamos — anunciou Golyn, correndo para o Livro Eterno, aberto sobre a antiga mesa de pedra, folheando-o com avidez. — Está aqui! As linhas de vocês se cruzam, Sombrio.

— Quando?

— Muitas vezes... — ele pareceu confuso.

— Nosso próximo encontro será quando? — insistiu.

— Na quarta noite de mortes deste tempo de guerra.

Todos ficaram incomodados com a fala de Golyn.

— Você irá até sua irmã.

— Onde ela estará?

— Isso ainda não está bem definido... é confuso — os três se entreolharam, compartilhando a frustração. Golyn continuou: — Só diz aqui que vocês se encontrarão onde tudo começou... Faz sentido?

— Onde tudo começou... — Alek repetiu. — Na casa de minha avó. Será?

— Para Tulan, começou aqui em Monte Dald... ou em Khen Öngörökh... Ou seria onde vocês se encontraram pela primeira vez? — Verônika refletiu.

— Mas nos encontramos de verdade só agora... em Ondo. Antes nos vimos apenas por sonhos e visões. A não ser que seja nosso momento de nascimento. Aí voltamos a Khen Öngörökh.

— Não, Alek. A história de vocês começou antes, bem antes! — Gerin disse empolgado. — Draco contou que o povo de sua mãe acampou próximo a Draak, lembra? Foi na Floresta de Keinort que ela e seu pai se conheceram. Foi ali que a história de vocês começou, Alek!

— O livro fala que, nesse encontro, você vai precisar da força da tríplice espiral... — Golyn complementou.

— Triskle! — Alek vibrou. — É lá mesmo, em Draak! Você está certo, Gerin. Mas o que é a força da tríplice espiral? — perguntou, dando-se conta de que não fazia ideia do que se tratava.

— Hummm... aqui não explica. Diz assim: "só a força da tríplice espiral poderá salvar o Sombrio de ser extinto".

— O Sombrio ou a Sombria? — Verônika aproximou-se de Golyn.

— O Sombrio.

— Salvar do quê? Se ele está indo até lá buscar ajuda... — ela insistiu. Golyn apenas gesticulou indicando que não sabia.

— Talvez não seja uma boa ideia procurar sua irmã, Alek. Encontraremos outra maneira.

— Gerin, em plena guerra, não será uma boa ideia deixar minha irmã tão próxima de Draak. Agora, existem duas razões para esse encontro acontecer.

— Você acha que Tulan pode fazer algo contra os cavaleiros?

— E contra o Conselho de Dragões também... se decidirem não se unir a ela.

— Ah... aqueles dragõezões vão é engolir sua irmã inteira! — apostou Gerin.

— Sua irmã se envolveria na guerra? — Verônika pareceu assustada. Quem respondeu foi Golyn:

— Ela será o terceiro exército.

— Juro que não entendi... — disse Gerin horas depois, sentado à mesa da casa de pedra, beliscando um pedaço de pão. — Para mim, o primeiro e o segundo exércitos seriam os de Anuar e Ciaran. O terceiro seria o de Olaf. O que sua irmã tem a ver com tudo isso?

— Também não sei, Gerin...

— Será que ela se uniu a Olaf? Só pode ser!

— Duvido, Gerin! Tulan o odeia. Antes tomaria para si o exército dele do que seria sua aliada. Além disso, minha irmã parece muito interessada em demonstrar sua força a todos. Quando nos encontramos, Ela deixou claro que teme que essa guerra se volte contra nós. Talvez tenha decidido fazer parte do conflito para evitar que isso aconteça.

— Ou para tomar proveito da situação e nos subjugar... — disse Verônika da janela, ainda olhando para fora. — Martim já devia ter voltado... — comentou preocupada.

— Deve ter ido para uma taverna beber — Gerin falou e arrependeu-se em seguida.

— Será que voltou a Dagaz? — ela perguntou aflita.

— Não creio — Alek tentou acalmá-la. — É mais provável que tenha ido às Cavernas buscar notícias.

— Sim! — Gerin apoiou. — Não há criatura da Luz ou da Escuridão mais bem informada que Ostegard.

— Não... Eu conheço Martim... Ele deve ter regressado a Dagaz. — Verônika continuou a olhar a noite escura e chuvosa. As nuvens pesadas encobriam o céu e nenhuma estrela estava visível.

— Bem — disse Alek, levantando-se —, preciso encontrar Kurutta. Tentarei voltar cedo e, quem sabe, com novidades.

Desapareceu deixando Gerin e Verônika perdidos em seus silêncios. Apenas os ruídos da chuva mansa e da cachoeira volumosa preenchiam o espaço. Algum tempo se passou até que a guerreira fechou a janela e propôs:

— Somos só nós dois esta noite, amigo. O que acha de abrirmos um portal e jantarmos nas Cavernas? Não deve ter ninguém por aqui interessado em nos rastrear...

— Nesse tempo de guerra, só nós parecemos ver sentido em nos afastar... Concordo, não há perigo em abrirmos o portal. Jantamos bem, pegamos informações e regressamos antes de o Alek voltar... — Gerin confirmou e recebeu de volta uma piscadela.

Anuar caminhou por seu castelo verificando se tudo estava em ordem. Não havia sinal algum da batalha ali travada semanas atrás. O líder de sua guarda, Ágria, o acompanhava na inspeção e lhe relatava a confusão instaurada após seu desaparecimento. Narrou também os boatos sobre o ataque ao Povo do Pântano, explicando que dois emissários para lá enviados não retornaram.

— Resolverei isso em breve. Por agora, faça voar a notícia de que regressei e tomarei as providências necessárias para a nossa segurança! Ainda esta noite a situação seguirá um novo rumo!

Livrou-se de Ágria e caminhou até o quarto de Luavin, o homem-folha, que o aguardava.

— Quando ouvi que regressara, imaginei que logo viria até mim, senhor.

— E teve tempo de providenciar a essência?

— Sim, meu senhor — confirmou, passando-lhe uma garrafa preenchida com o líquido brilhante. — Recém-extraída.

Anuar bebeu ali mesmo, de uma vez, com goles largos.

Logo sentiu o corpo preencher-se com aquele poder.

— O senhor ficou muitos dias sem sua dose. Penso que deverá ingerir porções como essa, maiores que as usuais, até sentir sua força plena.

— Pela manhã.

— Fique tranquilo; levarei a seu aposento.

Anuar caminhou com tranquilidade para sua saleta, onde dedicou horas a escrever cartas aos líderes de todos os povos da Luz, convocando-os para o Conselho de Guerra.

Deveriam se apresentar em Dagaz dali a quatro noites. Isso lhe daria tempo suficiente para os preparativos exigidos por tal situação.

Enquanto escrevia, pensava que Olaf acabara por facilitar a sua vida. Afinal, dera a ele os motivos para agir contra Ciaran. O ataque ao castelo, para todos os efeitos, era obra da líder da Escuridão. Todos desconheciam seu acordo com Olaf. Sofrera uma traição, o que acabara por facilitar suas ações. Agora, não precisava aliar-se a Olaf no combate, pois toda a nação Anuar o apoiaria. O ataque a Ciaran estava justificado ante os povos da Luz. Nenhum líder iria se opor à guerra.

É claro que não perdoaria a traição do Anjo da Escuridão, mas o castigo poderia esperar. Assim que resolvesse sua situação e recuperasse a ligação plena com a Luz, iria puni-lo. Com certeza, Olaf não se tornaria o próximo líder da Escuridão. Garantiria isso.

Apenas uma coisa o atormentava: os Sombrios. Duvidava de que conseguisse recuperar o apoio de Alekssander. Seria um reforço e tanto a seu exército. Mas sem Lumos sob sua guarda, não poderia manipulá-lo. E, depois do que fizera, não acreditava que o Sombrio escolhesse lutar a seu lado por vontade própria. Como garantir que os duplos não se envolvessem no conflito? Irmão e irmã eram os únicos que poderiam atrapalhar seus planos.

Quando Alek regressou para a cabana de pedras, encontrou-a vazia. Não era o que esperava. Estava ansioso para contar a todos suas descobertas.

Acabou por deitar-se na cama de Silvia, que agora era compartilhada por Verônika e Martim. Embora cansado, a agitação mental o impedia de pegar no sono.

O primeiro a regressar foi Martim.

– Onde estão os outros?

– Não faço ideia. Saí para encontrar Kurutta e, quando voltei, não havia ninguém.

– Já está sabendo? Anuar convocou os líderes de todos os povos da Luz.

– Sim. Irá declarar guerra a Ciaran, é certo.

– E todos iremos apoiá-lo!

– Iremos?

– A declaração de guerra já foi feita por Ciaran, com o ataque ao castelo.

– Ora, Martim! Para quem desconhece a ligação de Anuar com Olaf, sim, entendo essa interpretação dos fatos. Mas de você?! Esperava algo diferente.

– Olaf nos traiu, disso eu sei. Porém, deve ter sido a mando de Ciaran! Afinal, ele é um guerreiro da Escuridão.

– Você bateu a cabeça?

Gerin e Verônika entraram nesse momento, quando a discussão estava prestes a se transformar em uma briga verdadeira. Traziam comida e bebida e pareciam animados, mas a cena serviu como um balde de água gelada.

– O que fazem vocês dois? – Verônika tentou chamá-los à razão.

– Martim se convenceu de que Olaf agiu sob comando de Ciaran!

– Iremos para a guerra! – ele anunciou. – Anuar regressou e iniciou a convocação dos líderes.

– Quando se reunirão? – ela perguntou.

– Daqui a quatro noites.

– Vocês não veem? – Alek se exasperou. – Olaf conseguiu o que queria! Ele anseia por tomar o lugar de Ciaran. Agora, o ataque de Anuar a Ciaran parece justo e ganha força. Apenas ele sai lucrando com essa situação.

— Você está emocionalmente envolvido com Ciaran! — Martim acusou.

— E você está cego. Esqueceu-se de quem é Anuar?

— Martim, entendo que nosso sangue guerreiro pulsa mais forte neste momento em que nos atacaram de forma tão traiçoeira, mas não podemos perder a cabeça.

— Verônika, você também acredita que Anuar participou de tudo isso, armou o ataque ao próprio castelo? Colocou a própria vida em risco?

— Opa! Não é isso que estou dizendo! — Alek reagiu. — Acredito que Olaf traiu a confiança de Anuar, mas essa traição acabou por ser útil aos dois.

— E qual seria o interesse de Anuar em atacar Ciaran agora, se não mais apoia Olaf? Como essa guerra lhe poderia ser útil? Veja... sob essa sua interpretação, se Olaf traiu Anuar, ele deveria ser o foco do revide, não? O que Anuar ganha declarando guerra a Ciaran?

Alek calou-se. Não tinha resposta. A questão também o intrigava, mas não conseguia acreditar que Ciaran estivesse tramando todo esse tempo, envolvendo-o, preparando o território para dar um bote como esse. As peças não se encaixavam. Nesses meses de convivência, reconhecia a perda de vitalidade da serpente, via seu cansaço e, intimamente, sabia que seu tempo estava acabando. Desconfiava de que o fim chegaria com ou sem guerra.

— Bem... — Gerin resolveu falar —, talvez o que eu e Verônika descobrimos seja a peça que falta nessa história.

Conforme ele narrou as descobertas, os ânimos se aquietaram.

Nas Cavernas, Gerin e Verônika não tiveram qualquer informação útil de Ostegard, o que, de início, os frustrou. Decidiram ficar por ali, comer, beber e ouvir um pouco da música do Arroto Profundo que, novamente, animava a noite. A caminho da mesa que ocupariam, estranharam a presença de um ghoul sentado próximo ao palco. De longe, buscaram observá-lo. Os Renegados faziam a costumeira guarda ao salão.

— Ele não atacará ninguém com tantos Renegados aqui – Gerin comentou.

— Espero que não. Ghouls não são confiáveis, tampouco agem pela razão.

Em pouco tempo, a boa comida, bebida e música fizeram com que ignorassem a presença inusitada do carniçal. Quando iam saindo do salão, Verônika questionou Ostegard:

— As Cavernas alimentam ghouls agora?

— O quê? – ele pareceu assustado com a ideia. – Ghouls? Você se refere àquele ali? Lahm não é nosso hóspede, mas tem vindo de tempos em tempos. Mais frequentemente do que eu desejaria, admito. Parece gostar da música. Não come ou bebe nada por aqui, obviamente. Mas paga uma boa quantia para poder apreciar a música e não nos causa problema algum. Fica algumas horas, depois desaparece.

— E quando ele começou a vir?

— Bem... – Ostegard coçou a barba, recordando –, foi no primeiro show, na lua de sangue.

— Deve ser fã da banda... Provavelmente segue os shows... apenas isso – Gerin sugeriu.

— Nunca vi um ghoul seguir nada que não pretendesse devorar... – Verônika comentou.

— Para ser bem preciso... ele não veio com a banda. Naquela noite, chegou sorrateiro e partiu da mesma maneira. Estava acompanhado por alguém, falaram por muito tempo. Sentaram-se lá no fundo, naquela mesa que quase sempre fica vazia. Não consegui ver o acompanhante porque se ocultava sob algum feitiço ou artefato... impossível enxergá-lo com nitidez. Mas com certeza era alguém de grande poder.

— O quê? — Verônika se interessou ainda mais.

— O acompanhante dele era de grande poder, fingiu estar hospedado aqui. Ao sair do salão, seguiu para uma das cavernas vazias. Eu observei bem! — disse, olhando por cima dos óculos e arregalando os olhos. — Entrou e desapareceu. Abriu um portal, vi os rastros... Mas foi impossível definir se foi um portal de Luz ou Escuridão. E apenas alguém de grande poder consegue fazer isso aqui nas Cavernas.

— Sim, sabemos... — Gerin concordou. — E quem você acha que era? A Sombria, talvez? — sugeriu, pensando na relação que ela mantinha com os Renegados de Ondo.

— Não! Não era. Parecia ser maior. Tinha um porte maior, entende? Como Martim...

— Um porte de guerreiro? — Verônika tentou.

— Sim. O feitiço ou sei lá o que ocultava sua figura, mas não seu porte.

— Um guerreiro de grande poder... — Verônika retomou.

— Olaf? — Gerin arriscou.

— Faria sentido que Olaf estivesse na companhia de um ghoul, mas por que se ocultaria? — Verônika duvidou.

Ostegard acompanhava o raciocínio dela, atento.

— Concordo... — opinou. — Só faz sentido se fosse alguém que não quisesse ser visto nem aqui, nem com o ghoul... Um guerreiro da Luz, por exemplo.

— Anuar... — Verônika rebateu, e os dois se contraíram. — Na lua de sangue você disse, correto? — Ostegard consentiu. — Anuar estava em uma viagem misteriosa. Lembra, Gerin? Tínhamos regressado com Lucas e o Alek não conseguia encontrar Anuar para falar sobre a situação.

— Foi mesmo! Ninguém sabia dizer para onde ele tinha ido ou quando regressaria... Precisamos descobrir o que esse ghoul sabe.

— Espero que não causem confusão por aqui. Não terão tratamento especial por serem parceiros de Martim. Prezo pela neutralidade das Cavernas. Esse é meu bem mais precioso. Aqui, todos estão em segurança e sempre estarão, independentemente do que façam ou de quem sejam. Os Renegados irão agir se vocês atacarem Lahm.

— Não preciso atacá-lo... — Verônika falou e logo entrou no salão novamente.

— O que ela vai aprontar? — Ostegard perguntou, acompanhando a movimentação da guerreira.

— Não faço ideia — Gerin respondeu igualmente curioso.

A elfa seguiu diretamente para a mesa do ghoul. Passou por ele e, então, regressou, como se o reconhecesse.

— Lahm, é você?

O ghoul estranhou e se contraiu.

— Está falando comigo, elfa?

— É natural que não se lembre de mim, faço a guarda pessoal de Anuar, mas sempre me mantenho oculta... Se não se recorda é sinal de que tenho feito meu trabalho com eficiência.

— Guarda pessoal de Anuar? — ele disse como se aquilo não fizesse sentido, e ela decidiu arriscar um pouco mais.

— Isso mesmo. Estava bem ali — e apontou para uma reentrância escura na parede de pedra —, naquela noite.

— Você deve ter me confundido com outro ghoul.

— Penso que não. Você é Lahm, certo?

— Sou.

— Então é você mesmo. Na lua de sangue, você e Anuar se sentaram bem ali... — e apontou a mesa corretamente. — Voltou para ouvir a banda de novo? Eu também voltei para isso. Gostei muito do Arroto Profundo. Aproveitei meu dia livre e aqui estou. Posso me sentar?

— Você quer se sentar comigo?

— Se Anuar sentou-se, por que eu não me sentaria?

— Ok, sente-se... — ele mordera a isca.

Para a sorte de Verônika, a banda tocou a canção de bêbados que animara o salão na noite em que estivera lá com seus companheiros. Ela, o ghoul e boa parte do salão cantaram animadamente. Assim, Lahm teve a confirmação de que ela realmente gostava do som do Arroto Profundo. Verônika tagarelava sem parar, falando coisas sobre o cotidiano de Anuar, reclamando de sua personalidade prepotente e de suas manias, principalmente agora que retornara, buscando a cumplicidade do ghoul, mas não parecia funcionar. Até que ele perguntou:

— E a putrefação? Estagnou ou avançou?

— A putrefação?

— Isso... Ainda está concentrada no dedo dele?

Ela pensou por um instante.

— Avançou pouco, não atingiu outros dedos.

Lahm desconfiou.

— Em qual das mãos ela avançou?

Ela sabia que não poderia errar. Precisava arriscar e ia fazer isso, quando Gerin a chamou de certa distância.

— Ei! Precisamos ir! Todos os outros já estão prontos para partir...

— É verdade! Começamos cedo amanhã. Boa noite, Lahm. Obrigada pela companhia. Direi a Anuar que nos encontramos.

Ela levantou-se, e ele segurou-a pelo pulso e lhe cheirou a mão.

— Desconheço seu nome, guerreira, mas agora conheço seu doce aroma. Desconfio que tenha me enganado esta noite. Não sou louco de agir na presença de tantos Renegados, mas saiba que consigo reconhecer o perfume de sua carne em meio a um exército. Hoje, não. Amanhã, quem sabe? Vamos nos encontrar novamente e saberei arrancar a verdade de você. Camada por camada... Tenha certeza de que irei saborear cada momento! — e sorriu com crueldade.

Verônika puxou o braço com força e saiu apressada.

— Que esse ghoul ouse se aproximar de você! Eu arrancarei a cabeça dele com minhas mãos! — Martim disse exaltado.

— Eu sei me defender, guerreiro... — Verônika rebateu secamente.
— Putrefação? — Alek não entendia o que significava.
— Fizemos o mesmo questionamento quando saímos de lá. Conversando, lembramos do que dizem sobre Anuar não ter uma conexão verdadeira com a Luz e se alimentar da essência dos prisioneiros. Precisávamos entender isso melhor. Então, antes de voltarmos para cá, fomos falar com a Fiandeira.
— Quem? — Alek não fazia ideia de quem era.
— Não acredito que foram atrás de uma feiticeira. Ghouls, feiticeiras... essa história só piora.
— Ela é uma curandeira, Martim. Curandeira de Kraj. Viveu quase toda a vida em Tamno Bijela! Você sabe o que isso significa... — Verônika retrucou. — Fiandeira não vive sob a influência de Anuar. Pode falar livremente o que souber ou quiser.
— Ela é neutra? — novamente Alek tentava entender.
— É mais complicado que isso, Alek. Depois lhe explico... — Gerin conteve o amigo.
— O fato é que ela disse ser possível, sim, que Anuar tenha desenvolvido a putrefação se estiver ingerindo a essência de seres sacrificados.
— Essência moooorta, ela falou! — Gerin acentuou dramaticamente.
— Certo, certo... Suponhamos que tudo isso seja verdade... Ainda não entendi o interesse de Anuar em atacar Ciaran.
— Devorar a líder da força oposta! — Gerin respondeu empolgado.
— O quê? — Martim não sabia se ria ou explodia de raiva.
— A Fiandeira explicou que devorar Ciaran pode deter a podridão — Verônika expôs mais tranquila que Gerin.
— Anuar vai comer Ciaran, é isso? — Martim estava muito irritado. — Vocês não percebem o quanto nada nessa história faz sentido?
— Ou é você quem não enxerga, Martim? — Alek falou em um tom muito sério, desconhecido dos companheiros. — O fato é: o cenário está montado. Anuar parece ansioso por promover essa guerra.

Contra os fatos, contra a invasão ao castelo e ao Pântano, Ciaran não pode fazer nada. São fatos.

— Você confirmou que invadiram os Pântanos? — Gerin perguntou, e Alek acenou a cabeça afirmativamente.

— Olaf pegou a região para si. Não consegui saber se fez prisioneiros ou se matou a todos. Fui até lá com Kurutta, mas tivemos de regressar logo. O lugar está tomado pelos anjos.

— Olaf novamente! — amaldiçoou Verônika.

— Pois é... — Alek olhou para Martim, como esperando uma reação, e o guerreiro se exasperou.

— E o que vocês esperam? Que eu lute ao lado dos Ciaran?

XX
CONSELHO DE GUERRA

Ciaran estava calada. Parecia não ter mais recomendações a dar a Alek. Apenas o observava cuidando do Labirinto e de todos. Não fizera um ajuste, uma recomendação, nem uma crítica sequer, como acontecia a cada encontro.

Assistiu a Alek recebendo as requisições dos refugiados e não palpitou em como lidar com elas, deixando-o decidir sozinho, até mesmo quando ele concordou com a instalação de um lago em uma das clareiras do labirinto.

Quando ficaram a sós, ela constatou:

— Você esssstá pronto para ser o guardião. Quero lhe conferir isssso hoje. Quero que você veja o Labirinto como ele é, antesss que eu parta.

— Não gosto quando você fala dessa maneira.

— Você tem notado meu desgassste, não tem?

— Você parece cada vez mais cansada.

— E esssstou. Alek, quando osss Anuar descobriram que você era guardado por Leila, no mundo dosss humanosss, um conflito feroz começou. Recorda?

— Sim... e só parou depois de nosso encontro na floresta... e... do veneno.

— Masss, antesss disso, eu fui atacada pessoalmente. Conseguiram entrar em Nagib, a Cidade Escura.

— É onde você vive?

— É o coração dosss povosss da Escuridão. Um dia você a conhecerá.

— Então, da mesma maneira que Olaf atacou Dagaz, os Anuar atacaram Nagib, é isso.

— Não foi da messsma maneira. Olaf traiu a confiança de Anuar. Implantou seusss guerreiros no castelo e orquessstrou o ataque de dentro para fora. Em Nagib, guerreiros Anuar travaram uma luta jusssta. E eu fui ferida, antesss de conseguir fugir para o Labirinto. Foi Leila quem tratou de meusss ferimentosss. Masss algo não cicatrizou. Não consegui trocar de pele desde então. Sinto como se estivesse cristalizando...

— O que aconteceu? Você é a líder Ciaran, um simples ferimento não causaria isso.

— Tenho bussscado compreender. Penso que me feriram com o meu próprio veneno.

— É possível?

— Em temposss de guerra, todosss os Ciaran têm acesso a meu veneno.

— O beijo da serpente. Eu lembro! Garib falou isso quando atingiu uma guerreira Anuar com o chicote e ela regressou para a roda da vida... Foi na noite em que vim para o Labirinto. Foi um Ciaran quem a atacou?

— Não. Não foi. Não havia Ciaran algum entre elesss. Masss um Ciaran deve ter doado o veneno, entregue sssua arma por vontade própria.

— Ou podem tê-la tomado à força.

— Não podem. O veneno teria agido no agressssor.

— Uma traição, então. E o seu veneno lhe faria mal?

— Sssim. Na verdade, é um dosss poucosss para o qual não há antídoto.

— E qual foi a arma que a atingiu, Ciaran?

— Uma essspada.

— Muitos dos Anuar e dos Ciaran lutam com espadas.

— Não com uma essspiral tríplice gravada.

— Um Cavaleiro do Dragão?

— Tentei desssvendar o que aconteceu. Não consegui. E já não me importa. Talvez importe ao próximo líder Ciaran.

— De novo essa conversa.

— Quero abdicar de ssser a guardiã do Labirinto; quero que você consiga ver o encanto que eu vejo. Isssso irá garantir que entenda a importância desse refúgio.

— E eu quero que você continue vendo. Quando chegar a minha hora, verei. Não precisa antecipar o momento. Tenha certeza, Ciaran, mesmo enxergando apenas caixas e mais caixas, já me sinto responsável pelos moradores delas.

— Está bem. Não falaremosss mais sobre isso... Venha, vou ensiná-lo como ssselar o Labirinto para que ninguém entre. Ssserá importante quando a guerra chegar.

Antes de partir, Alek fez mais uma tentativa.

— E Garib, Ciaran... Ainda não regressou?

— Está em Nagib. Chamei-a de volta quando Anuar emitiu as convocaçõesss aos líderesss da Luz.

— Ela cumpriu a missão?

— Infelizmente, não, Alekssssander.

***

Martim, Verônika e Gerin concordavam que deviam seguir para Dagaz. Estudavam uma maneira de participar do Conselho, mas não a encontravam. Alek era o contraponto. Argumentava que, se já sabiam qual seria a decisão dos líderes no encontro Anuar, deveriam usar o tempo para armar uma estratégia, decidir como agir.

— Eu já disse que não lutarei ao lado de Ciaran, Alekssander — Martim sentenciou com sua voz de trovão.

— E eu não lhe peço isso.

— Você tem alguma outra ideia, Alek?

— Olha, Verônika, eu nem acredito que vou dizer isto... mas sinto que devemos defender o Equilíbrio.

Os três olharam para ele.

— E como faremos isso? — Martim se interessou de verdade.

— Não sei, mas acho que conhecemos quem pode nos ajudar.

Os quatro foram para Dagaz naquela noite em que o Conselho de Guerra se reunia, mas não seguiram para o castelo de areia. Alek transportou seus amigos para a casa de Martim e, juntos, caminharam até a Taverna da Lua. Com a agitação de tantos visitantes na cidade, com certeza o tengu estaria lá, cuidando dos negócios.

As ruas estavam cheias. Soldados dos mais diversos povos da Luz se misturavam em Dagaz. A cidade toda soava barulhenta como uma grande festa a céu aberto. Ao contrário da região do Santuário, ali em Dagaz não chovia.

— Não pensei que haveria tanta gente... — Alek disse, mastigando o metamorfoseador. Dessa vez, assumira a forma de um elfo de pele muito alva e longos cabelos dourados.

— Não foi à toa que sugerimos o uso do metamorfoseador, mesmo não confiando nele — Martim retrucou.

— Até que agora deu bem certo. Como um elfo, Alek não irá chamar a atenção de ninguém por aqui — Verônika aprovava o resultado.

— Mas por que tanta gente veio para o Conselho?

— Eles não vieram para o Conselho propriamente dito, Alek — Martim explicou. — Cada líder traz uma pequena demonstração de apoio a Anuar. É tradicional que, à convocação do Conselho de Guerra, respondam com presteza, apresentando a si e as suas forças.

— E onde fica toda essa gente? — perguntou, desviando de um grupo de fadas que ria gostosamente na companhia de alguns faunos, dedicados a tocar e cantar uma alegre canção. — Nem parece que caminham para uma guerra... — Alek lamentou, olhando para eles.

— A guerra não é tristeza para o guerreiro quando as razões são justas — Martim explicou. — Para eles, o ataque dos Ciaran já aconteceu; agora é tempo de garantir a segurança de todos os povos da Luz.

— Devem estar acampados nos arredores da cidade. A tradição é essa — Gerin disse ao amigo.

Chegaram à Taverna da Lua, mas não conseguiram entrar. O lugar estava lotado, e um guarda, com corpo de gorila e cabeça de rinoceronte — pelo menos foi essa a impressão de Alek —, organizava uma fila, garantindo que só entrasse um cliente quando outro saísse, o que praticamente não acontecia.

Alek tentou falar com ele:

— Precisamos entrar.

— Vocês e todos eles.

— Viemos falar com Kurutta.

— Não escolheram uma boa hora. Voltem outro dia ou peguem a fila.

— Não deu certo... — Alek falou, voltando para perto dos companheiros.

— E o que faremos? — Gerin perguntou, olhando ao redor.

— Posso nos transportar para o escritório de Kurutta.

— Com toda essa gente em volta? É bom não arriscar chamar tanta atenção — recomendou Verônika.

— E se voltarmos para a casa de Martim? Aí nos transporto de lá.

— Já não fizemos isso porque não sabemos se, com essa algazarra, Kurutta estará sozinho na sala.

Alek, então, teve uma ideia.

— Vai ficar bem confuso aqui, mas... deve funcionar. Na hora em que a bagunça começar, a gente entra.

— O que você vai fazer? — Verônika não parecia muito confiante.

Alek pensou que ali estava um bom momento para testar um de seus novos dons, ou não... Descobririam em instantes. Ele engoliu o ar, e a sensação foi estranha, como um arroto ao contrário. Então, arrotou de verdade, ôôôôôrrrrr, na direção do segurança e dos primeiros da fila. O som retumbou tão alto que, mesmo com a agitação festiva, todos em volta olharam para ele, sem entender como um elfo, um ser da Luz, conseguia fazer algo que só Gênios da Lama, seguidores da Escuridão, costumavam fazer. As pessoas tentaram se desviar, mas não teve jeito. Assim que o arroto esquisito chegou até elas, envolveu-as em bolhas fedorentas de ar. O segurança e mais uns quinze seres que aguardavam na fila flutuaram como balões de festa, debatendo-se com cara de enjoo por conta do odor fétido das bolhas.

Tudo virou uma confusão, assim como Alek previra. E, antes que as pessoas compreendessem algo ou tomassem qualquer atitude, os quatro entraram na Taverna totalmente lotada.

Alek guiou os amigos para o balcão, enquanto Quebra-Queixo, o fauno que cuidava do salão, seguia para a porta a fim de checar o que estava acontecendo lá fora.

Quando a fada se aproximou do grupo para atendê-los, Quebra-Queixo já voltava com o grandalhão, tentando reconhecer quem o colocara para flutuar.

— Pisca-Pisca! Sou eu, o Sombrio!!!

Ela olhou para o elfo sem qualquer paciência.

— Não é, não. Vão pedir alguma coisa? Tenho muito o que fazer esta noite.

— Precisamos falar com Kurutta — Martim caprichou no vozeirão.

— Não vieram em uma boa hora... Voltem depois que esta confusão terminar, certo?

— Não dá para ser depois! — Alek disse, e tudo aconteceu ao mesmo tempo.

Ele e os amigos foram para trás do balcão, tentando chegar à porta que levava ao escritório de Kurutta, com a fada esbravejando e o segurança, que se aproximava, gritando:

— Foram eles! Aqueles ali!!!

Uma típica briga de tavernas lotadas começou, com gente que nada tinha a ver com a história tacando canecas uns nos outros, dando e recebendo socos, só porque era assim que se comportavam em uma ocasião desse tipo. Até Pisca-Pisca atirou algumas garrafas na direção dos invasores. E ela tinha uma ótima mira! A testa de Martim foi a primeira a ganhar um galo latejante.

Quando Quebra-Queixo finalmente conseguiu pegar Alek pelos cabelos, a porta por detrás do balcão abriu.

— QUE CONFUSÃO É ESSA? – o tengu gritou, e estalou os dedos. Todos dentro da Taverna da Lua ficaram paralisados, feito que lembrou a Alek o golpe que sua irmã usara.

— Esse aqui começou tudo! – disse Quebra-Queixo com dificuldades, indicando Alek com os olhos, a única parte do corpo que se movia bem.

— Um elfo encrenqueiro! Na minha taverna, não!!!

— Sou eu, Kurutta... – Alek disse com esforço.

— Eu quem? Eu devia conhecê-lo? Epa! – como Alek parara de mastigar o metamorfoseador, seu corpo estava retomando a forma normal, e o tengu percebeu.

Com um novo estalo de dedo, todos recuperaram os movimentos.

— Mastigue isso! – ordenou a Alek. – Solte ele! – ordenou a Quebra-Queixo. E ambos lhe obedeceram prontamente. – Quanto a todos vocês, se continuarem a se comportar mal, eu os transportarei um a um para dentro de um vulcão ativo! – E, virando-se para Pisca-Pisca, falou baixo: – Coloque duas doses da poção da tranquilidade na cerveja e sirva uma rodada gratuita para todos.

— Agora mesmo, senhor Kurutta – respondeu, já pegando uma garrafa cheia de um líquido azul brilhante.

— Vocês me acompanhem... – disse a Alek e a seus companheiros.

Dentro do escritório, eles se espremeram entre muitas caixas.

— Está cheio aqui!

— Acabei de voltar do Sul. Fui buscar um carregamento de hidromel, cerveja e vinho. Ainda preciso pegar mais barris de cerveja. E tenho de levar parte de todo o carregamento para a Taverna do Sol, em Nagib.

— Nagib? – Alek estranhou. – Você tem uma taverna na capital Ciaran?

— Claro! Sou pelo Equilíbrio, lembra? – sorriu mostrando todos os dentes.

— Por que nunca contou isso?

— Você nunca perguntou...

— E por que está se esforçando em levar coisas para lá em uma noite tão agitada aqui em Dagaz? — Alek desconfiou.

— Porque Nagib está igualmente agitada com as comitivas dos povos da Escuridão.

— Ciaran convocou um Conselho de Guerra? — Alek sentiu um misto de decepção e raiva.

— Pela sua cara... não sabia de nada... Então, a velha serpente não lhe conta tudo?

Alek negou com a cabeça.

— E o que você esperava? Que ela ficasse quieta aguardando as forças de Anuar se organizarem? Tempos de guerra, Sombrio! — o tengu falou em tom de bronca.

— Noite agitada — Gerin disse, tentando apaziguar os ânimos.

— E será assim enquanto as comitivas permanecerem aqui e lá em Nagib. Nem tudo será decidido em uma noite, claro.

Os três concordaram, e Alek não entendeu, mas não teve tempo de perguntar.

— Agora me contem — o tengu perguntou olhando para Alek. — Por que raios causaram toda essa confusão e simplesmente não se transportaram para cá?

— Pensamos que você podia estar acompanhado... — Alek justificou. — E a gente não queria chamar a atenção de ninguém.

O tengu gargalhou.

— Bem, foi exatamente isso que fizeram, não? Chamaram atenção espetacularmente, eu diria. E pode parar de mascar isso agora, Alek.

Mais uma vez ele obedeceu, guardando a goma na bolsa e notando a aprovação de Kurutta.

— Está na hora de lhe dar mais uns negocinhos úteis para guardar aí! — e piscou marotamente para seu aprendiz. — Mas o que os trouxe aqui em uma noite tão especial? Vontade de tomar uma cerveja?

Alek explicou ao tengu tudo o que acontecera, revelando também a conversa que tiveram em Monte Dald sobre o terceiro exército, o que foi novidade para Martim.

— Nada bom... nada bom... — o tengu repetia. — Sua irmã não pode se envolver no conflito. Você precisa evitar. Se Ela guerrear, o Equilíbrio será destruído. Se vocês querem garantir o Equilíbrio, o melhor que podem fazer é tirar a Sombria desse conflito.

— Fácil falar! — Martim reclamou.

— Ora, você não queria uma batalha digna e que não fosse ao lado dos Ciaran? — Verônika bronqueou. — Não tem batalha mais desafiadora que essa, guerreiro.

O tengu olhava para os dois divertido e não se conteve.

— O casal precisa de descanso. Um no Sul, outro no Norte... — e riu.

— Mas como enfrentamos minha irmã? Ao que parece, Tulan terá um terceiro exército...

— Essa é fácil, Alekssander! Com um quarto exército! — o tengu fez um gesto com as mãos destacando a obviedade da resposta.

— Fácil? Tulan levou anos para fazer isso... e deve ter dado trabalho porque até agora não sabemos quem compõe suas forças. Como pode ser fácil montar um exército? Ainda mais em poucos dias?

— Convocando um Conselho... — Gerin concluiu.

Kurutta apontou para ele, consentindo.

— Olha aí! O menino do fogo é mais esperto que você, Alekssander.

— Um Conselho?

— Isso, Alek. Você não precisa fazer nada às escondidas, como sua irmã. Pode se expor — Gerin incentivou.

— E a quem eu chamaria?

— A todos, Alek, a todos! — Verônika respondeu animada. — Você convocaria todos os povos da Luz e da Escuridão.

— As Forças do Equilíbrio! — Martim afirmou começando a gostar da ideia.

— Certo... certo... eu mandaria as convocações por cartas, é isso?

— Isso! — Kurutta estava animado.

— E onde eu faria o Conselho? Será que lá na casa de pedra seria possível?

— Não. Precisa ser em uma região de seu domínio — Kurutta explicou.

— Eu não tenho um domínio.

— Também pode ser no domínio de um aliado seu.

— Tipo na casa de Martim?

— Não... — o guerreiro respondeu. — Aqui é domínio de Anuar, certo? — Buscou a confirmação de Kurutta.

— Isso, domínio de Anuar. Podemos fazer o Conselho na minha montanha! — decidiu.

— Você vai ficar ao meu lado, Kurutta?

— Ficarei do lado do Equilíbrio, Alek... Preparem seus pertences, devemos partir pela manhã, quando essa gente toda estará dormindo e tudo ficará tranquilo. Precisamos aproveitar esse tempo para organizar tudo. Alek, você conhece o caminho. Pode transportar seus amigos para lá... pela manhã, quando poderei recebê-los.

— Obrigado, Kurutta — Alek abraçou o tengu, pegando-o de surpresa novamente.

— Não tem o que agradecer... estamos eu e você servindo ao Equilíbrio. Agora, transporte seus amigos para a casa de Martim porque tenho muito trabalho a fazer, muitos guerreiros a embebedar!!!

No castelo de areia, o clima não se mostrava tão festivo quanto nas ruas de Dagaz. Ao contrário do que Anuar esperava, o apoio à guerra não foi unânime.

O grande salão do Conselho abrigava os líderes da Luz que atenderam ao chamado de Anuar. Eram mais de mil, sentados na arena circular. Ao centro, Anuar, de pé, presidia o encontro.

Um informante do Povo Reflexo trouxera notícias preocupantes do Pântano. Os Reflexos não revelavam sua verdadeira aparência aos outros povos. Fora de seus domínios, camuflavam-se perfeitamente no ambiente, sendo imperceptíveis quando assim desejavam. Foi dessa maneira que conseguiram entrar no domínio do Pântano sem que os guerreiros de Olaf os notassem.

— Ele está mais poderoso do que nunca; apossou-se do território com grande agilidade e sem causar mortes excessivas no combate — expôs Triak, o líder do Povo Reflexo.

— E como conseguiu tais informações, Triak? — quis saber Jush, o elfo muito idoso que liderava os Elfos da Terra e se assemelhava a Verônika.

— Meu informante conversou com prisioneiros. Eles são mantidos em áreas de contenção, com pouca comida e água, sem outros maus-tratos por enquanto. Ao que tudo indica, serão usados como moeda de negociação no conflito que virá.

— Começamos perdendo, então... — concluiu Tok-Rag, líder dos Lagartos do Sol. — Eles já possuem prisioneiros de guerra a negociar. Detêm praticamente todo um povo.

— Não irão fazer isso. Não irão negociar... — Anuar sentenciou.

— Como tem tanta certeza?

— Também possuo meus informantes, Triak. Devemos agir com presteza, antes que outros reinos sejam tomados pelas forças de Ciaran. Devemos reconhecer a ameaça iminente. Um de nossos domínios foi invadido, um povo subjugado, e ousaram articular um ataque a Dagaz!

— Esse episódio não está claro. Como invadiram o castelo? Descobriu algum traidor? — quis saber Lantis, uma das três líderes do Povo Águia, conhecida por sua perspicácia.

— Ainda estamos investigando.

Lantis trocou olhares com Triak, como o incentivando a falar:

— Anuar... — pigarreou. — Tenho informações de que você hospedava guerreiros da Escuridão aqui no castelo, antes de o ataque ocorrer.

A informação caiu como uma bomba em meio aos líderes dos povos da Luz. Anuar não contava que um informante reflexo estivesse espionando suas ações, mas, se Triak assumira isso publicamente, dera a ele munição para um contra-ataque. Acalmou os presentes e esperou o silêncio para responder:

— Se teve a petulância de infiltrar um de seus informantes em Dagaz, Triak, assume sua posição contrária a mim. Pois apenas isso justifica espionar seu líder.

— O interesse era acompanhar o desenvolvimento do Sombrio — ele tentou se justificar, percebendo a cilada que Anuar armava.

— Ora, ora... se o interesse fosse esse, poderia tê-lo anunciado e seria bem recebido.

Triak permaneceu quieto e Anuar prosseguiu:

— Quem confiará nas calúnias daquele que assume ter espionado seu líder? Creio que todos aqui testemunham as inúmeras vezes que derrubei meu sangue pelos povos da Luz. Se há quem duvida de minha ligação com a Luz, se há quem questione minha liderança, que o faça abertamente, e não se escondendo nas brechas da parede!

Novo tumulto. Anuar ergueu a voz acima de todos, como fazia em campo de batalha, ao dar o grito de guerra aos seus comandados:

— Você tem apenas palavras contra minha vida de dedicação, Triak. Peço que se retire do Conselho, antes que decidamos puni-lo. Espero que se recolha à neutralidade, pois qualquer outra posição irá garantir nossa ação contra o Povo Reflexo. Diante dessas discordâncias, convido a todos que reflitam com seus iguais esta noite e retomaremos o diálogo pela manhã. Peço que tenham em mente a urgência de nossas ações. Não podemos arriscar uma espera mais longa. Sobre os fatos, sobre os feitos concretos dos comandados de Ciaran, não há o que negar. Eles são o que são. Orquestraram, traiçoeiramente, um ataque aos Anuar. Por ora, reflitamos. Uma refeição aguarda a todos.

Lantis aproximou-se de Anuar.

— O Sombrio estará conosco esta noite?

— Não. Não é o momento de expô-lo.

— Mas lutará ao nosso lado no campo de combate? — Friana, líder das Fadas de Escamas, entrou na conversa. — Ouvi o que dizem sobre a participação dele no conflito aqui em Dagaz. Parece estar pronto para a guerra.

— Dou ao Sombrio o direito de decidir — Anuar respondeu para descontento dos que aguardavam a notícia do reforço ansiado pelos povos da Luz. Percebendo a decepção e querendo evitar mais perdas dentre os aliados, emendou: — Ao que tudo indica, ele estará ao nosso lado no campo de combate.

A fala funcionou como esperava e espalhou-se durante o jantar, como um tônico revigorante. E ainda se espalharia mais tão logo os líderes voltassem para seus acampamentos naquela noite e dessem a notícia aos seus. Contudo, mais uma vez, o efeito não foi tão longo quanto o esperado por Anuar, porque desmentiram a informação menos de um dia depois.

Quando os primeiros raios de sol iluminaram o céu, Dagaz finalmente silenciou. As ruas esvaziaram, e os quatro amigos estavam prontos para partir. Alek era o único que não carregava bagagem alguma. Apenas trocara as vestes por outras limpas, de Gerin, que lhe caíam bem e garantiam a abertura para suas asas, sempre que precisasse delas. Lembrou-se de que seguia como Abhaya, quando a conheceu, sem que carregasse nada além de seu arco e a aljava repleta de flechas. Gostaria que ela estivesse com ele naquele momento. Sentia demais a sua falta.

A cada instante em que ficava só, perdia-se nas memórias dos beijos e carinhos trocados. O peito doía. Queria encontrá-la em breve. A ela, Silvia e Talek.

Um a um, transportou os companheiros para a casa de Kurutta. O lugar estava diferente, todo enfeitado com bandeiras, estandartes e flâmulas vermelhas estampadas com um dragão. No centro do corpo do dragão, feito de Escuridão, brilhava uma tríplice espiral de pura Luz.

– Gostou? – Kurutta perguntou assim que Alek chegou com Gerin, o primeiro transportado.

– UAU! – Gerin rodopiava perplexo!

– O que é tudo isso, Kurutta? – Alek estranhou.

– As Forças do Equilíbrio precisam de um símbolo. Usei você de símbolo... Ali, viu? O dragão de Escuridão e Luz! O exército da Luz tem estandartes brancos, com a espada e o escudo dourados e prateados estampados, os símbolos do guerreiro da areia.

– E os Ciaran trazem o estandarte negro com a serpente acesa em uma luz verde – Gerin completou.

– Qual será o símbolo de minha irmã? – os dois olharam para ele sem saber o que responder, e Kurutta retomou o ânimo.

– Diga logo, gostou?

– Bem... – Alek procurava o adjetivo que melhor descreveria o cenário. – É bem feroz!

– Isso! – Kurutta riu gostosamente. – Vá buscar os outros; temos muito o que fazer!

Alek trouxe Verônika e, depois, Martim. Ambos tiveram a mesma surpresa ao chegarem à montanha nevada, decorada até onde a vista conseguia alcançar.

– Belos estandartes os seus, Alek... – Martim comentou, impressionado.

– Os nossos estandartes, Martim – o Sombrio observou e o guerreiro consentiu.

– Será que conseguiremos manter o Equilíbrio? – Gerin duvidou.

– Faremos o possível e o impossível! – Verônika disse, vindo de dentro da casa de Kurutta. – Vamos entrar? Kurutta já preparou tudo para Alek fazer o chamado.

Em uma pequena reunião, decidiram o que deveria ser dito na carta que seria enviada aos povos da Luz e da Escuridão.

– Você tem certeza disso, Kurutta? – Alek queria mais uma confirmação. – Este lugar pode virar uma bagunça, igual ao que vimos em Dagaz.

— Isso seria um sinal de que seu chamado foi atendido. E não será igual a Dagaz. Sou muito bom em organizar grandes encontros. As comitivas ficarão na floresta, lá ao pé da montanha. Preparei tudo por lá, até uma taverna foi montada, Taverna Bafo do Dragão. Gostou do nome? É muito maior que a de Dagaz ou Nagib. Não teremos filas. E ela pode ser transportada para onde as Forças do Equilíbrio seguirem! Até penso em chamar a Arroto Profundo para tocar durante as noites. Conhecem?

Os quatro amigos trocaram olhares divertidos e confirmaram com um aceno de cabeça.

— Espero que a Bafo do Dragão tenha clientes... — Alek disse inseguro.

— Terá. Terá... E apenas os líderes chegarão até aqui em cima. Montarei uma tenda naquele pico. Lá caberão quantos vierem. Darei um jeito. Agora, vamos gravar os chamados.

O tengu apresentou a Alek uma alta pilha de papel, as folhas eram delicadas e traziam tramas visíveis, como fios entrelaçados.

— Terei de escrever uma a uma?

— Você faz cada pergunta... — o tengu reprovou. Colocou a pilha de papel sobre a mesa baixa, em frente a Alek. Então apresentou uma tigela repleta de um líquido escuro.

— O que é isso?

— Sangue de fada! — e, vendo a cara de espanto do Sombrio, riu alto. — É tinta de tulipa negra. Muito tolo!!! Acredita em tudo! Você coloca sua mão direita aqui dentro. A outra, a garra, coloca sobre a pilha de papel. Aí, é só ditar o chamado em voz alta. Só isso.

Alek pareceu desconfiado.

— E se eu errar?

— Não pode errar. Concentre-se. O chamado deve vir de seu coração, de sua essência para que tenha força verdadeira.

Alek agiu conforme o tengu orientara. Mergulhou a mão no líquido escuro, viscoso e morno. Colocou a garra de dragão sobre os papéis. Fechou os olhos e começou a falar, forte, sem dúvidas:

— A todos os povos da Luz e da Escuridão: uma guerra se aproxima, uma guerra movida por motivações forjadas, manipulações e interesses pessoais. Vidas já foram sacrificadas. Muitas outras serão. O Equilíbrio está ameaçado, e eu, o Sombrio, decidi defendê-lo. Convoco o Conselho de Guerra com a intenção de montar as Forças do Equilíbrio. Chamo a comparecer os povos que enxergam além das histórias contadas, que veem as reais ameaças que enfrentamos. Venham ao meu encontro nas Geleiras do Norte, nos domínios de Kurutta. Esta noite um portal será aberto a quem disser sim ao chamado. Esta carta será a chave, e ela responderá ao sim de sua essência. O Sombrio.

Abriu os olhos e viu lindas letras grafadas com tinta negra sobre os papéis. A mão ainda continuava na tigela, mas a tinta desaparecera por completo, apenas deixando-lhe a palma escurecida.

— Muito bom! — exclamou Kurutta. — Agora se afaste.

Alek obedeceu e, a um gesto do tengu, os papéis dobraram-se em três partes e foram lacrados com cera quente, vermelha. Um sinete, que se movia sozinho no ar, gravava o dragão. Cada carta selada desaparecia imediatamente.

— Começou! — Kurutta falou. — Vamos lavar essa mão e cuidar dos preparativos, Alek. Venha.

— Será que ninguém aparecerá? — Gerin não parava quieto, andando ao redor da fogueira.

— Aquiete-se, menino do fogo, aquiete-se. A noite acabou de cair — Kurutta bronqueou, sem sair de sua posição meditativa.

Estavam na mata, onde os acampamentos seriam montados.

— O tempo daqui não é igual ao de lá... — Alek lembrou. Estava tão inquieto quanto Gerin, mas tentava disfarçar a ansiedade.

— Hoje é igual. Hoje o tempo é o mesmo — Kurutta retrucou e voltou a fechar os olhos, sentado em posição de lótus.

— Pode ser mais seguro permanecer ao lado das forças tradicionais — Martim refletiu.

— Pode ser mais seguro? — duvidou Verônika. — Uma guerra nunca é segura, esteja do lado que estiver.

Um clarão reluziu.

— Ali! — Gerin apontou animado. — Um primeiro portal.

— Não é um dos meus... — Kurutta observou curioso.

Da Escuridão rodopiante, Garib saiu. Não estava como da última vez em que Alek a vira. Agora sua pele brilhava em um tom azul-escuro, como se trouxesse pequenos cristais sobre ela. Os cabelos curtos e negros e os olhos acesos em verde contrastavam bastante. Vendo a cara de surpresa de todos, foi falando com seu usual jeito descontraído:

— E aí? Acho que fui a primeira a chegar, né? Sempre faço isso... chego antes da hora. Mas tudo bem, né? Tá certo que não sou uma líder Ciaran, mas acho que reforços são sempre bem-vindos, certo?

— Garib! — Kurutta foi ao encontro dela. — Sim, você é bem-vinda. Sempre!

— Mestre! — ela o abraçou com carinho, e Alek teve a confirmação de que eles se conheciam. — Nossa! Bem legais esses estandartes, hein! Mais bonitos que os da Luz e os da Escuridão. Feroz esse dragão! — e piscou para Alek. — Vamos receber armaduras assim por nos alistarmos?

Depois de cumprimentar a todos, chegou a vez de Alek. Não houve beijo, como no encontro anterior. Apenas um abraço. Alek sentiu-se aquecer e seu coração pular incontrolável no peito, o que piorou quando ela perguntou:

— Cadê a insuportável da Abhaya? Vai dizer que ficou ao lado de Anuar?

Foi Gerin quem contou tudo o que havia acontecido, e Garib se mostrou preocupada, mas tentou ser positiva.

— Ela é uma valquíria; há de se recuperar e nos encontrar quando mais precisarmos.

Garib relatou como havia ocorrido o Conselho de Guerra Ciaran e o impacto que as convocações do Sombrio causaram.

— Ciaran está discutindo com todos quem deve se unir a você, Alek.

— Não entendi.

— Ela quer apoiá-lo. Disse que, se fosse possível, todos os povos da Escuridão se aliariam às Forças do Equilíbrio. Mas que, por si só, essa atitude seria oposta ao Equilíbrio... Decidirão em conjunto.

Martim ouviu o relato da guardiã com desconfiança.

— Então, eles virão? – Alek perguntou inseguro.

— Claro! Você é o Sombrio! Um chamado seu deve ser ouvido. Todos sabem que você é a força que poderá unir os povos antigos... Ou... destruir todos nós!

— Eu e minha irmã...

— É... tem ela... Sabe por onde anda?

— Não. Mas sei aonde irei encontrá-la tão logo a guerra comece.

Permaneceram mais algum tempo ali, e a animação decorrente da chegada de Garib se diluiu.

— É... – Alek comentou. – Parece que um chamado do Sombrio não é assim tão forte.

Foi ele dizer isso para o primeiro portal se abrir e muitos outros depois dele.

— As Valquírias se apresentam ao Sombrio. Atendemos ao chamado do Equilíbrio.

— As Feras Noturnas se apresentam ao Sombrio. Atendemos ao chamado do Equilíbrio.

— Os Pés-Vermelhos se apresentam ao Sombrio. Atendemos ao chamado do Equilíbrio.

— Os Cavaleiros do Dragão se apresentam ao Sombrio. Atendemos ao chamado do Equilíbrio.

— O Povo Águia se apresenta ao Sombrio. Atendemos ao chamado do Equilíbrio.

— Os Metamorfos se apresentam ao Sombrio. Atendemos ao chamado do Equilíbrio.

— Os Elfos da Terra se apresentam ao Sombrio. Atendemos ao chamado do Equilíbrio.

— Os Homens de Fogo se apresentam ao Sombrio. Atendemos ao chamado do Equilíbrio.

— O Povo Reflexo se apresenta ao Sombrio. Atendemos ao chamado do Equilíbrio — e Triak e seus seguidores, pela primeira vez, revelaram sua aparência real a todos ali, não mais refletindo o ambiente ao redor, mas magros, altos, a pele em um tom suave de lilás.

Alek estava muito emocionado com o que acontecia ao seu redor. Cumprimentava a cada povo com uma reverência, abaixando a cabeça, e sentia uma eletricidade extrema tomar conta de seu corpo. Garib percebeu essa emoção e manteve a mão nas costas dele para lhe dar forças.

Ela comentou, baixinho, que pela primeira vez o Povo Reflexo se mostrava como de fato era. Ele entendeu a importância desse ato e, mentalmente, agradeceu. Achou que lembravam pássaros, mas em corpos humanos, com membros finos e compridos demais. Os olhos inteiramente azuis, do tom de um céu de verão. Não tinham cabelos e vestiam-se com roupas leves e claras, como véus sobrepostos, nada parecidas com as vestimentas de combate dos demais povos.

O corpo de Alek vibrava, tremia a cada povo que declarava sua entrega. Fez muita força para não chorar, mas quem o conhecia sabia o quanto estava abalado.

Não foram milhares os que se apresentaram aquela noite, respondendo ao chamado do Equilíbrio. Tampouco centenas. Dezessete povos, oito da Luz e nove da Escuridão, se uniram às Forças. As comitivas foram bem recepcionadas pela recém-inaugurada Taverna Bafo de Dragão, e os líderes foram guiados ao alto de um dos picos, onde uma tenda os aguardava com o número exato de futons para acomodá-los e xícaras de chá fumegante para aquecê-los.

Ali ouviram o relato do Sombrio sobre os acontecimentos, a manipulação que sofrera de Anuar, usando Lucas para dominá-lo. A transformação do amigo pelo simbionte Cosmos. A descoberta sobre a possível putrefação de Anuar e sua união a Olaf. As peças se encaixavam, e todos ali presentes sabiam que muitos outros se uniriam a eles caso conhecessem tudo aquilo.

— A ideia não foi convencê-los para que se unissem a nós. Está aqui quem realmente anseia pelo Equilíbrio. A verdade é importante para nós porque eu não proponho a destruição de nenhum dos exércitos. Proponho que as Forças do Equilíbrio atuem para manter a existência de todos os povos.

— E sabemos que muitos apoiariam Anuar ou Olaf ainda que conhecessem suas razões — Lantis se pronunciou, e Véu e Sensara, as outras líderes do Povo Águia, concordaram.

— Com certeza. Mas, no momento, muitos dos povos da Luz não lutam pelas razões reais. Lutam para se defender de um ataque que supostamente partiu do comando de Ciaran. E isso não é certo. Deveriam saber a verdade para, ao menos, não colocar suas forças nas mãos de Anuar — Alek expôs. — Ao apoiarem Anuar, satisfazem as vontades de Olaf e abrem caminho para que ele chegue ao poder.

— E você propõe defender Ciaran? — estranhou Domi, a líder das Valquírias.

— Não. Para isso acredito que ela tenha um volumoso exército. — disse Alek, e Garib, que estava atrás dele, junto a Kurutta, Martim, Gerin e Verônika, consentiu. — Minhas preocupações são duas. Primeira, caso Anuar consiga o que deseja, Olaf não pode tornar-se o novo líder da Escuridão.

Todos consentiram.

— Não seria bom para os Anuar, e desconfio que nem mesmo para os Ciaran... — Triak comentou. — Ele não hesita em eliminar quem se opõe à sua vontade.

— Nós iremos nos opor — Alek disse seguro. — Se for necessário, seremos o que impedirá Olaf. E minha segunda preocupação refere-se a algo mais com o que devemos nos inquietar: minha irmã.

— A Sombria se aliou a um dos lados? — o líder dos Cavaleiros do Dragão perguntou.

– Pelo que sabemos, ela criou um outro lado.

A fala agitou o Conselho. Para muitos deles, a notícia da existência da Sombria era recente, e o envolvimento dela no combate os pegou de surpresa.

– Minha irmã não nutre qualquer apreço pelos povos antigos e acredita que deve dominá-los, fazê-los reconhecer o seu poder. Disse isso pessoalmente a mim. Ela não crê no Equilíbrio como o vemos, fruto da união e conciliação. Defende que o medo e a destruição são mais eficazes na construção do Equilíbrio.

– E você propõe que enfrentemos sua irmã? – Domi pareceu incrédula. – Que destruamos a Sombria?

– As Forças do Equilíbrio não estão sendo reunidas para destruir nada nem ninguém. Se minha irmã se envolver no combate, o Equilíbrio não será o resultado. Com certeza, muitos povos serão dizimados. Precisamos evitar sua ação ou neutralizá-la.

– Dois desafios gigantescos... – comentaram Tulhar e Konkar, casal que liderava os Reptilianos Subterrâneos, seres da Escuridão que lembravam bastante o Povo do Pântano, mas com a pele em tons de amarelo-queimado e marrom. – Evitar que Olaf se torne líder Ciaran e anular as ações da Sombria para que não interfira no conflito.

– Se não agirmos, poderemos entrar em uma guerra sem fim – Garib rebateu. – A Sombria não irá se satisfazer enquanto não subjugar cada um dos povos antigos. Ela e Olaf querem o mesmo, a predominância de uma só força, ainda que isso implique a extinção de muitos povos. Se Olaf pode ser terrível, ela pode ser mais porque deseja ter o próprio líder dos Anjos da Escuridão sob seu controle!

– Tenham certeza de que sempre estarei com vocês. Faremos isso juntos e iremos garantir que o tempo após a guerra exista! – Alek falou com vigor.

O apoio foi selado naquela noite e, ao se unirem às Forças do Equilíbrio, o dragão de Luz e Escuridão apareceu gravado na vestimenta de todos. E nem mesmo Kurutta sabia explicar como aquilo acontecera.

XXI
NEM TODO SANGUE É VERMELHO

Nagib seria o alvo preferencial de Anuar, mas nem sua extrema ousadia e arrogância o impeliam a mirar a capital Ciaran no início do conflito. Iria, sim, destruí-la, mas percorreria o caminho até lá, formando um memorável rastro de morte.

Foi pela fragilidade aparente que escolheu iniciar o conflito por Tordá, o vilarejo onde viviam os últimos remanescentes dos shedus e lamassus, os touros e leões alados que por eras mantiveram sua essência neutra e à parte das divisões do Mundo Antigo. Quando a serpente assumiu a liderança da Escuridão, esse povo guardião uniu-se aos Ciaran, e Anuar, assim como seu antecessor, não via a situação com bons olhos. Sabia que não lutariam nessa guerra. Estavam velhos demais para os conflitos, havia muito não geravam descendentes. Pensou que os aprisionar representaria uma bela afronta a Ciaran, uma provocação para despertar sua ira e, também, uma moeda de troca para o resgate do Povo do Pântano.

Marchou pela pradaria que levava ao povoado com um exército desproporcional à missão traçada; no entanto, o desejo de dominar aquele povo foi frustrado.

Encontrou Tordá vazia. Na verdade, coberta de moscas que se aglomeravam sobre os cadáveres dos poucos mais de vinte seres alados. Não era possível dizer se algum deles sobrevivera, escapara, fora feito refém, ou se toda a espécie havia sido dizimada. O sangue prateado das criaturas, já cristalizado, formava veios brilhantes por todo o vilarejo.

Anuar revoltou-se. Quem teria feito aquilo?

Olaf! Era a única resposta que lhe vinha.

Qual seria a intenção do Anjo da Escuridão ao provocar assim a ira dos Ciaran?

"Transformar a mim, Anuar, em um inimigo odiado...", concluiu, certo de que esse era o plano de Olaf. O Anjo da Escuridão não se contentaria em destruir Ciaran e tomar seu posto. Óbvio! Iria desejar ser visto como o salvador de todos, como um anjo justiceiro. Mas, se ele se antecipava dessa maneira às ações do exército da Luz, deveria haver um traidor, um informante da Escuridão entre os guerreiros.

Era esperado que houvesse traição em tempos de guerra. Precisaria apenas ser cauteloso. Pediu a seus feiticeiros uma poção de juramento, o que não era simples de produzir, ainda mais na quantidade desejada pelo guerreiro da areia. Levariam, ao menos, um dia e uma noite inteira trabalhando.

Por essa razão suas forças de ataque seguiram para o próximo destino por um imenso portal, aberto por sete centauros de sua guarda pessoal. Seguiram sem que as tropas soubessem para onde marchavam. Não houve tempo para pensar; apenas para lutar pelas próprias vidas. O portal os levou direto ao acampamento das defesas Noroeste dos Ciaran. Anuar, que também tinha seus espiões, sabia que estavam concentrados nas Planícies Sangrentas, tingidas de sangue em outras eras, por outras guerras.

O combate feroz apagou a sensação estranha deixada pelos mortos de Tordá. Anuar era um guerreiro e sabia do que seus guerreiros precisavam. Os defensores do Noroeste resistiram bravamente, mas não esperavam o ataque repentino e tão numeroso. Pereceram. Poucos foram feitos prisioneiros nesse dia. E as Planícies Sangrentas, mais uma vez, fizeram jus ao nome: beberam o sangue de muitos seres em toda a sua extensão.

A noite foi de celebração para o exército Anuar, até que luminosos olhos verdes começaram a aparecer por todos os lados. Muitos.

Muitos mais do que alguém poderia contar. Muitos mais do que os guerreiros enfrentados na batalha anterior. E, outra vez, a terra sorveu o sangue de guerreiros Anuar e Ciaran. O líder da Luz lutou junto aos seus, feroz, motivando a todos e insistindo em acreditar na vitória. Até que ela se concretizou.

Ao final da batalha, coberto do sangue inimigo, convocou Luavin à sua tenda. Precisava se recuperar rapidamente. O curandeiro demorou um pouco mais de meia hora para atender a seu chamado e foi repreendido assim que chegou.

— Meu senhor deve compreender que aqui não há prisioneiros dos quais posso dispor para extrair a essência — justificou a demora, enquanto tirava de sob seu manto um frasco preenchido de um líquido luminoso.

— Foi discreto?

— Sempre.

— A quem sacrificou? — perguntou, já com o frasco em mãos, observando-o como se pudesse ver algo na essência.

— Uma fada. Depois dos unicórnios, elas rendem a maior quantidade. E imaginei que o senhor precisaria de uma dose reforçada após o dia de hoje.

Anuar destampou o frasco e ingeriu o líquido luminoso a goles largos. Após esvaziar o vidro, concluiu:

— Imaginou certo. E o corpo dela?

— Entre os muitos mortos desta noite.

Ele apenas concordou com um gesto de cabeça.

— Preciso repousar agora — com um aceno dispensou Luavin, que saiu apressado, deveria organizar sua tenda com urgência. Primeiro, porque não seria interessante que alguém notasse o uso do equipamento de extrair essência em pleno campo de batalha. Segundo, porque a fada lhe dera certo trabalho. Resistente, insistia em se debater com vigor, na tentativa de escapar da cadeira de extração. Luavin precisou cortar o pescoço dela durante o processo... o que resultou em bastante sangue de fada espalhado por todo o equipamento e pela tenda, deixando tudo com uma aparência gosmenta e brilhante. Como não tinha serviçais fiéis acompanhando-o, precisaria limpar a cena ele mesmo. E a sua era a maior tenda do acampamento, graças a todos os aparatos que trazia para atender aos guerreiros feridos em combate... Seus assistentes continuavam o atendimento pelo campo e poderiam retornar a qualquer momento. Estava apavorado. Tudo tinha que estar em ordem logo.

Luavin era bom em muitas coisas. Incrivelmente bom em algumas... Limpeza não estava entre essas habilidades. Viveu minutos estressantes nessa missão e, ainda assim, o homem-folha deixou escapar a mancha dourada na lona de sua tenda, bem no alto, próxima do mastro central que a mantinha em pé.

Quando os assistentes retornaram, relatando os atendimentos feitos, a maior preocupação de Luavin era dispensá-los rapidamente.

– Amanhã, falaremos em detalhes. Por agora, descansem porque precisamos despertar com o sol.

A batalha foi como deveria ser em uma guerra, Anuar avaliou na manhã seguinte, olhando a pira de incineração e os corpos de aliados empilhados e aguardando sua vez.

"Sem dúvida, um saldo positivo", pensou e sorriu, observando os cadáveres dos guerreiros Ciaran ainda espalhados pelo campo e começando a servir de alimento para as aves de rapina. Estava na hora de agir com mais cautela e fazer prisioneiros de guerra. Tinha alguns, mas não somavam duas dúzias e não eram nada significativos, aparentemente.

Com tranquilidade, voltou para sua tenda, tomou seu desjejum e traçou a estratégia para o novo dia. Antes de revelá-la aos seus, reuniu o Conselho e anunciou a presença do traidor, do que todos já desconfiavam, depois do que viram em Tordá. Expôs a necessidade da poção do juramento, e isso causou desconforto, ainda que ninguém se opusesse abertamente. Os feiticeiros se encarregaram de que, um a um, todos os seres da Luz naquele campo de batalha ingerissem um gole da poção. E os que chegaram para reforçar o exército também. A cada gole, a fidelidade a Anuar era reafirmada. A partir daquele momento, se tal fidelidade fosse corrompida, o guerreiro ou a guerreira queimaria de dentro para fora, até ser transformada em um monte de cinzas horas depois. Uma punição lenta e dolorosa. Garantia um espetáculo cruel para que todos testemunhassem o que aconteceria a um traidor.

Só depois de todos terem ingerido o preparado, Anuar revelou as estratégias traçadas. Seriam três as frentes de combate a partir daquele dia. O Povo Tigre tomaria a liderança de ataque à frente da resistência Sul e poderia escolher os guerreiros que deveriam se unir a eles. Os Elfos Dourados comandariam as forças que permaneceriam ali, na frente Noroeste. Deveriam garantir a posição e, lentamente, avançar rumo ao Norte. Decidiram por empalar os Ciaran mortos e emoldurar o caminho rumo a Nagib. Os que não tinham os corpos em condições para tal uso forneceriam suas cabeças. O medo deveria acompanhar a marcha das forças Anuar. Eles seriam o próprio horror, assim como Olaf parecia idealizar. E Anuar não via nada de negativo nessa ideia.

Ele mesmo lideraria a terceira frente de combate, menor, com apenas duas dúzias de guerreiros de elite. Atacariam os refúgios, os lugares sagrados dos Ciaran. Isso nunca havia sido feito. Por tradição, ambas as forças respeitavam os lugares sagrados. Quando a guerra chegava a eles, significava que já se espalhara por toda parte. Anuar pensou que seria interessante antecipar algumas etapas nesse jogo mortal. Queria provocar o encontro com a serpente o quanto antes, e imaginava que essa seria uma boa maneira de atraí-la para fora de Nagib.

Com o número reduzido de ótimos guerreiros, Anuar se dirigiu para o antigo Círculo de Pedras, onde os Ciaran realizavam a celebração de união com a Escuridão a cada novo líder. Profanou o local e derramou sangue Ciaran e Anuar por todos os cantos. Sangue que recolhera dos mortos nos combates do dia anterior. Não encontrou a serpente, mas protetores apareceram e lutaram bravamente. Mais do que ele esperava. Sangue fresco de guerreiros da Luz e da Escuridão também mancharam o solo sagrado. E mesmo o sangue dele marcou o lugar. Anuar saiu ferido do conflito e sabia que o ferimento não cicatrizaria sozinho, porque na lâmina que lhe cortara havia o veneno da serpente.

Naquela noite, no campo Noroeste, precisou ingerir uma dose extra de essência, para desespero de Luavin, a quem coube fazer duas vítimas, sem poder simplesmente as atirar em uma pilha de corpos, pois no acampamento já não restava qualquer sinal da batalha da noite anterior, a não ser os empalados nos limites, como uma mórbida cerca de proteção.

Um talho rasgava o antebraço esquerdo do guerreiro da areia; não era o suficiente para detê-lo, mas incomodava. Luavin cuidou do ferimento, envolveu o braço em uma atadura besuntada com um unguento gorduroso e garantiu que estaria curado em alguns dias. Precisaria ter cautela para que isso não fosse notado no campo de batalha. Vê-lo ferido, sem ser curado pela ligação com a Luz, poderia levantar suspeitas e abalar a fidelidade de seu exército.

— Quem escolheu esta noite? — Anuar perguntou, recebendo os dois frascos.

— Penso que é melhor o senhor não saber, para que não haja complicações futuras. Garanto que estavam embriagados e praticamente nada sofreram.

Quando voltou para sua tenda, Luavin abriu um portal e levou os dois corpos para longe. Sabia que se arriscava, sabia que poderia ser rastreado, mas não conseguia pensar em outra maneira de resolver a situação rapidamente.

Já de volta, preparava-se para dormir, quando um arqueiro elfo veio até ele.

— Mestre Luavin, as ataduras feitas ontem se desfizeram – disse, mostrando a coxa ferida.

— Procure um de meus assistentes; eles irão atendê-lo prontamente.

— Meu pai recomendou que eu o procurasse.

Luavin apertou os olhos, tentando em vão identificar o guerreiro.

— Sou Teafa, filho de Zold, rei dos Elfos Dourados.

— Quando o vi era ainda um garoto! Não o reconheci. Perdoe-me, príncipe Teafa.

— Não há do que se desculpar, mestre. O senhor pode me ajudar com esse ferimento? Temo não ter a agilidade necessária no próximo combate.

— No que depender de mim, terá. Acomode-se aqui – falou, apontando para a maca próxima ao centro da tenda. – Vou aumentar a iluminação.

Enquanto Luavin acendia algumas tochas presas ao mastro central, Teafa observava o lugar, tentando desviar sua atenção da dor pulsante na perna. Um brilho dourado, no alto da lona, reteve seu olhar quando Luavin acendeu a tocha mais próxima da maca.

— O que é aquilo?

— O quê? – Luavin olhava para o alto tentando localizar o que o jovem elfo apontava.

— Aquele brilho dourado.

O curandeiro não precisava enxergar para saber do que se tratava, e não via outro caminho exceto a verdade. A meia-verdade para ser mais preciso.

— Meus olhos já não estão bons, mas só pode ser sangue de fada – disse, enquanto tratava o ferimento.

O elfo assustou-se. Também ele conhecia os rumores sobre os sacrifícios e as extrações de essência. Histórias aterrorizantes são as que primeiro ocupam nossa mente em situações assim.

— Ontem, em meio a tantas mortes e tantos feridos, atendi a uma fada que teve seu pescoço cortado. Nada pude fazer pela pobre criatura. O sangue jorrava de seu corpo com uma força tamanha.

— Imagino... Para que ela tenha sido trazida até aqui e ainda assim o sangue tenha tido força para atingir o alto de sua tenda... deve ter sido terrível.

— Pronto! Amanhã você estará melhor e é bem provável que nem precise mais dos curativos. Mande minhas saudações a seu pai.

Teafa saiu da tenda despedindo-se com cortesia, mas sua mente continuava a insistir na versão mais obscura da narrativa, repetindo incansavelmente que o sangue só alcançaria tamanha projeção no exato momento em que a garganta da fada fora cortada. O príncipe confidenciou suas reflexões a companheiros e, em pouco tempo, a história tomava corpo e espalhava-se com o vento, aos sussurros, entre os guerreiros Anuar, levando a todos a sensação desconfortável de que, além de servirem ao guerreiro da areia, poderiam ser usados como seu alimento.

A mata que rodeava Draak estava tomada pelas Forças do Equilíbrio. Estavam muito próximos do território dos Renegados, a Floresta de Keinort, mas o clima não era tenso. Nada ali indicava que a guerra se espalhava pelo Mundo Antigo ou que os Renegados estivessem ao lado. Ainda mais quando Kurutta transferiu para lá a Taverna Bafo de Dragão. Garib subiu ao palco, tocando seu tambor e cantando animada com os músicos da Arroto Profundo. A alegria era geral e em nada lembrava a guerra.

— Sabem... — Kurutta estava sentado à mesa com Alek, Verônika, Martim, Gerin e Draco, como se fosse um cliente e não o dono do estabelecimento. — Tenho pensado em ser concorrente direto dos anões.

Martim deu uma sonora gargalhada.

— Um tengu no ramo da mineração?

— Não, guerreiro de pouca visão! Penso em abrir pousadas pelo Mundo Antigo, como as Cavernas, as Tocas, os Ninhos... Todas as maiores hospedarias do Mundo Antigo são comandadas por anões. Se pensarmos bem, as tavernas que comando já são praticamente hospedarias! Vejam... muitos viram a noite bebendo... só não dormem... — E, olhando para um guerreiro tombado sobre a mesa ao lado, completou: — Ou até dormem! — e gargalhou de novo. — Mas minhas tavernas ficam em grandes cidades, nos corações da Luz e da Escuridão. A Bafo de Dragão me fez pensar diferente... Lugares ermos também podem ser lucrativos. No entanto, não bastaria o serviço de taverna... Precisaria entrar para o ramo das hospedarias.

Todos estavam calados, e Alek sentiu-se na obrigação de dizer algo:

— Pode ser uma boa ideia! — olhou para os amigos e viu que só o tengu sorria, aprovando o apoio; os demais pareciam querer lhe dizer alguma coisa com os olhos. Martim balançava a cabeça negativamente.

Foi Draco quem decidiu falar:

— Kurutta, você sabe como os anões são... hummm... qual seria a palavra certa? Hummm... Protecionistas? — olhou para os companheiros. Martim acenou afirmativamente e ele continuou: — Isso! Os anões são protecionistas quanto às suas áreas de atuação. Talvez você tenha problemas com eles se decidir abrir hospedarias.

— Ah! Anões e suas carrancas não me preocupam! O Mundo Antigo é imenso. Há espaço para todos. E não vou abrir hospedarias exatamente.

— Não? — Verônika pareceu perdida. — Então, não entendi.

— Minha guerreira querida, o segredo está nos detalhes! Abrirei uma rede de tavernas... que também oferecem pouso — e gargalhou gostosamente.

Draco deu de ombros e levantou o caneco de cerveja, propondo o brinde:

— Ao sucesso!

E todos brindaram e voltaram à conversa animada. Garib uniu-se a eles e brindou feliz.

— Cansou de cantar? — Alek provocou.

— Você devia se unir a nós e relaxar um pouco. Pelo que me lembro, toca bem o suficiente para isso.

Ele apenas ergueu o braço de dragão para ela. Garib sorriu sem jeito e sentou-se ao lado de Verônika, puxando assunto:

— Você não acha estranho não termos sinal da Sombria?

— Sim. Estou incomodada com isso desde que chegamos.

— Se um exército se desloca para cá, já deveríamos saber.

— Concordo totalmente, Garib. A quarta noite é amanhã, e nenhum de nossos batedores acusou sinal algum. Nenhum movimento foi avistado. A única possibilidade a esta altura é chegarem por meio de portal.

— Para mim, vocês entenderam alguma coisa errada da tal profecia.

— Não foi uma profecia, Garib. Um garoto leu o Livro Eterno, apenas isso.

— Esse garoto não devia saber ler direito. Ele disse que seria aqui?

Verônika já não prestava atenção em Garib. Olhava em volta, agitada, e perguntou:

— Você viu aonde Alek foi?

— Deve ter ido lá para dentro da montanha falar com os dragões de novo! Tem feito isso todas as noites.

— É... deve mesmo.

— Mas, voltando ao assunto — Garib insistiu —, o Livro disse que o exército da Sombria estaria aqui na quarta noite. Foi exatamente desse jeito?

— Exatamente, não. Primeiro falou que o encontro seria onde tudo começou. Aí, discutimos e concluímos que a história dos dois começou aqui.

— Faz sentido.

— E disse que o encontro seria na quarta noite de morte deste tempo de guerra.

— Tá... E que ela viria com o exército...

— Não — Verônika parecia surpresa. — Não disse isso.

— Como não? A gente não está aqui por causa do tal terceiro exército?

— Foi dito que ela será o terceiro exército.

— Pelos fundilhos dos vermes gigantes! Você percebe o quanto isso é diferente do que estamos esperando, Verônika?

— Agora percebo.

— Ela pode já estar aqui!

As duas levantaram-se ao mesmo tempo.

— Draco! — chamou Garib. — Venha com a gente. Precisamos ir até o Alek.

— Ele tá ali! — riu apontando para a cadeira vazia. — Não tá! Puf, Alek! — concluiu com um movimento com os dedos, indicando o desaparecimento de algo.

— Bêbado! — Verônika constatou.

Ela e Garib saíram da taverna e tomaram a trilha que levava para a vila de Draak.

— Verônika — Garib parou no meio da trilha —, a guerra foi declarada há três noites.

— Isso... — a elfa olhou para ela sem entender.

— Mas a quarta noite de morte deste tempo de guerra é hoje.

— Não, Garib, veja...

— É, sim, Verônika! O ataque de Olaf a Dagaz aconteceu durante o dia, mas o ataque a Nowa, em plena noite. Aquela foi a primeira noite de morte deste tempo de guerra.

Verônika pareceu assustada.

— Você tem razão, Garib. Vamos!

E passaram a correr a toda velocidade pelo restante da trilha.

Quando Alek chegou ao centro de Draak, estranhou não ver a fogueira acesa. O fogo que nunca apagava fora extinto. Todos estavam no Bafo do Dragão, e Alek preocupou-se com a ausência do fogo.

Pensou se deveria seguir ao encontro do Conselho, como nas noites anteriores, ou se era melhor reacender a fogueira antes. Julgou que o certo seria deixar Draak guardada pelas chamas, para depois mergulhar no interior da montanha.

Caminhando para a fogueira, em meio à escuridão da noite sem lua, ouviu o barulho de correntes.

Estancou.

— Quem está aí?

Não teve resposta e prestou atenção para localizar de onde vinha o barulho. De um dos caminhos, na direção do poço do vilarejo.

Acendeu seus olhos Ciaran e foi verificar o que estava acontecendo.

Ainda longe do poço, viu uma sombra arrastando-se próxima a ele. Parecia presa, acorrentada.

Continuou a caminhar naquela direção, atento a qualquer ataque que pudesse surpreendê-lo.

A poucos passos do poço, parou. Viu uma mulher. Maltrapilha, descabelada, magérrima, imunda. Ela não parava quieta, tentava se afastar do poço, mas a grossa corrente prendia-lhe o pé direito a ele. Parecia amedrontada, movimentando-se como um animal preso para o abate. Alek sentiu o estômago revirar:

— Mãe?

A mulher continuou empenhada na vã tentativa de livrar-se da corrente. Não pareceu perceber a presença de Alek ou ouvir sua voz.

Ele aproximou-se mais um pouco.

— Mãe, é você?

Nenhuma reação além dos movimentos nervosos e obstinados.

— É ela, sim — ele ouviu atrás de si. — É nossa mãe.

Apesar da surpresa, não se virou para ver a irmã.

— Não esperava você hoje... — ele disse calmo, sem desgrudar os olhos da criatura acorrentada à sua frente.

— Mas me esperava... certo?

— Sim. Vim para cá apenas para encontrar você. Só pensava que isso iria acontecer em Keinort.

— Aí tem alguma confusão... — a Sombria retrucou de maneira divertida. — Você chegou aqui há alguns dias, e eu só vim até este lugar perdido do mundo para encontrá-lo... Eu não viria para cá por outro motivo. Os Renegados de Keinort me informaram sobre o seu exército absurdo, o acampamento de guerreiros que você montou por lá... Até uma taverna você trouxe, Alek?

— E o seu exército? — ele ainda fitava a mulher acorrentada.

— Meu o quê? Quem tem um exército é você, Alek, não eu.

— Mas o Livro disse que... — e falou virando-se para a irmã.

— O livro? Qual livro?

— O Livro Eterno.

— Você falou com um Monge do Destino, foi isso? — ele não precisou responder para a Sombria ter a confirmação, estava claro em seus olhos. — Legal esse negócio de acender os olhos... uma das habilidades que ainda não aprendi. Bom, o Livro fala as coisas como são, mas nós interpretamos como queremos. Não sei o que o Livro disse, mas estamos aqui, juntos. E a guerra está devorando o Mundo Antigo. Podemos impedir isso, Alek.

— Por que ela está aqui? — perguntou, apontando para a mãe.

— Eu sempre a levo para ver momentos importantes de minha história. Se bem que ela já perdeu a sanidade há tempos. Não acho que entenda mais nada do que vê... Se é que ainda veja algo... Mas, por via das dúvidas, achei que ela devia estar aqui hoje. Presenciar esse encontro em família...

Alek voltou a observar a mãe, o estômago retorceu-se com mais força ao ouvir a irmã falar daquele jeito.

— Está com pena dela, né? Deve estar... Mas é só porque você não a conhece, Alek. Se a conhecesse, iria me agradecer.

— Não acredito que nem o pior dos seres mereça viver assim.

— Ah... ela merece!

— E o que de tão importante vai acontecer hoje, Tulan, para que você a tenha trazido para assistir?

— Já lhe pedi que não me chame mais assim. Esta é a noite de nossa união, Alek. E acredito que seja um presente para nossa mãe ver seus filhos se unirem.

Alek riu nervoso.

— Não mudei de ideia. Não irei me unir a você para subjugar o Mundo Antigo.

— Podemos acabar com essa guerra, Alek... e sem qualquer exército. Sei que você quer isso.

— Impor nosso poder? É o que você quer, não?

— Você deu uma reduzida nas coisas, mas, em linhas gerais, é isso mesmo.

— Eu quero o Equilíbrio.

— Eu também, irmão...

— Não. Você quer o poder, a submissão, o medo, o controle.

— A garantia de que poderemos viver sem ser caçados. Subjugar a Luz e a Escuridão trará um período de Equilíbrio para o Mundo Antigo, enquanto existirmos. Então, quero, sim, o Equilíbrio — falou firme e em tom bastante alto.

— Você sabe que causará morte e sofrimento. Não vou aceitar nada disso. Sabe que não vou impor nada aos povos antigos.

— Eu sei.

— E ainda insiste? Vem até aqui para defender essa união?

— Ela vai acontecer, você querendo ou não.

— Ah, Tulan... não vai acontecer, não mesmo! — falou e viu sua irmã lançar inúmeros tentáculos negros em sua direção, saindo de diferentes pontos do corpo dela.

Os tentáculos o atingiram, e Alek sentiu como se agulhas muito finas entrassem em sua pele e se afundassem na carne. Uma dor angustiante. Seu corpo pulsava no mesmo ritmo que os invasores.

Tinha a consciência de que o sugavam vivo.

– Absorvido! – ela disse.

– Está lendo a minha mente? – ele perguntou com muita dificuldade.

– Estou na sua mente e logo ela será parte da minha mente. Oblitus me ensinou a absorver, Alek. Seremos um, você querendo ou não.

Alek tentou se mover. Em vão. A dor era diferente de quando fora quase desintegrado. Pensou que era devorado vivo. Seus pensamentos pousaram em Kurutta e nos grandes dragões, dos quais trazia o sangue pulsando no corpo.

– Você não irá me absorver, Tulan... – murmurou.

Ela sentiu os tentáculos retesarem, não reagindo a seu comando.

Alek lembrou-se das palavras segredadas em seu ouvido pelo grande dragão, aquelas que usava para entrar na montanha. Murmurou cada uma com muito foco, buscando a conexão com a energia em espiral. Em sua mão direita, aparentemente desfalecida, projetou-se do corpo uma espiral de três pontas, na verdade, três lâminas feitas de Luz e Escuridão.

Apesar de observá-lo, a Sombria não compreendeu o que estava acontecendo. Não conseguia ver como ele fazia aquilo. Dessa vez, não enxergava o processo, não via nada. Com um gesto forte e rápido, Alek girou o braço para dentro e cortou os tentáculos que prendiam esse lado de seu corpo.

Ela sentiu dor, mas, sem expressar qualquer reação, lançou novos tentáculos para atingi-lo.

– Essa é a arma da sua essência? Vai ser legal aprender a fazer isso! É melhor parar de se debater. Será mais rápido e menos doloroso.

Alek não respondeu; apenas lançou o triskle contra a irmã, antes de os novos tentáculos lhe atingirem o corpo. Eles caíram ao chão, decepados. Viu que um líquido negro escorria do corpo de Tulan, nos pontos em que os tentáculos foram cortados.

O triskle reapareceu em sua mão, e ele o lançou no lado oposto da irmã.

Tudo rápido demais, inesperado demais.

Mais tentáculos cortados e, dessa vez, Alek puxou para dentro de si os restos que sobraram pendurados a seu corpo, absorvendo-os.

Tulan parecia surpresa.

— Você aprende rápido, irmã. Eu também!

Era visível que os cortes causavam sofrimento a Ela.

— Eu já disse que isso não vai acontecer. Não vou me unir a você! Muito menos serei absorvido por você! — dessa vez disse forte, quase gritando.

Nem ele nem a irmã notaram a aproximação de Verônika e Garib.

O chicote prateado cortou o ar e atingiu o braço da Sombria.

Tulan recuperou-se da surpresa imediatamente e soprou sobre o chicote, que congelou e se desfez como gelo em pó.

— Mais uma vez vocês se metem em assunto de família... A gente continua nossa conversa depois, Alek — ela agachou-se, bateu no chão, e uma poeira densa e escura se ergueu, como aquela que vira Garib erguer havia muito tempo, no primeiro combate que presenciara. Tulan desapareceu.

— Aonde ela foi? — Garib olhava em volta de si com os olhos acesos em verde.

Verônika aproximou-se de Alek.

— Você está bem? — perguntou, tocando-lhe o corpo e assustando-se ao perceber que sangrava.

— Acho que sim.

Conforme a poeira se desfez, elas viram o corpo de Alek coberto por cortes minúsculos, por onde o sangue minava.

— Quem é ela? — Garib apontou para a mulher acorrentada deixada para trás na fuga de Tulan.

— Minha mãe...

— Acho que você não falou sobre o Campo do Destino com sua irmã, né?

— Não, Verônika. Ela tinha outros planos para o nosso encontro.

Alek sentiu-se extremamente tonto e não ouviu mais nada.

Os cortes não paravam de sangrar e, mesmo pequenos, drenavam seu líquido vital com muita velocidade. Verônika e Garib providenciaram ajuda e contaram a todos o que viram.

A história completa só foi conhecida no dia seguinte, quando Alek acordou, ainda em recuperação.

Sua mãe estava recebendo cuidados no primeiro quarto da Taverna-hospedaria Bafo de Dragão, já que não fora aceita em Draak. Alek foi visitá-la, mas não conseguiu qualquer comunicação. Apesar de alimentada, limpa e sem correntes, continuava a se debater e a se arrastar.

— Ela continua presa... — Kurutta falou.

— Mas não há correntes.

— Alek, as piores correntes estão aqui dentro... — explicou, apontando para a própria cabeça.

— Não consegui descobrir nada que possa ajudar Abhaya, Silvia e Talek. Tampouco consegui neutralizar minha irmã...

— É... Tulan poderá fazer um grande estrago ainda. Mas, por agora, você precisa decidir como devem agir as Forças do Equilíbrio antes que essa união perca o seu propósito. O primeiro deles, a missão de deter o exército da Sombria, se desfez como poeira. Quem poderia imaginar que não haveria um terceiro exército, que o exército seria apenas Ela?! — e riu. — Bem, ainda terão de detê-la, certo?

Anuar teve uma noite de sono tranquila e acordou sentindo-se bem, com o braço incomodando menos. Ainda assim, os movimentos lhe provocavam dor. Precisava encontrar a serpente o quanto antes. Não poderia se expor ao risco de que pequenos ferimentos minassem seus planos.

Enquanto vestia a armadura sobre a leve roupa de algodão, recebeu a líder do Povo da Areia, Serena. Fez isso naquele momento com a intenção de provocá-la.

— Desculpe, pensei que estava pronto — a guerreira disse, abaixando o olhar.

Anuar sabia o quanto sua aparência atraía a atenção, era belo e apreciava usar sua beleza como mais uma de suas armas.

— Não estou desnudo, Serena. Apenas sem a armadura. Não há motivo para constrangimento. Sabia que queria falar comigo. Deve entender que estamos em meio a uma guerra e não posso lhe dar a atenção que merece — falou, aproximando-se dela e tocando uma mecha do cabelo cinzento que se desprendeu da trança presa na nuca.

Ela se afastou.

— Por quem me toma, Anuar? Por uma de suas muitas conquistas?

Ele a analisou por alguns instantes, sorrindo.

— Você já foi feliz por ocupar um lugar dentre elas.

— Outros tempos! Eu era uma criança tola.

— Pensei que a morte de sua mãe não significaria o fim de nossa relação.

— Sou a guerreira-chefe do Povo da Areia, Anuar. É esperado mais de mim do que ser uma simples concubina.

— E o que você quer, não conta? — ele aproximou-se novamente, tentando beijá-la, e Serena se desvencilhou.

— Esse tempo acabou, Anuar! Estou aqui para tratar de um assunto que realmente importa.

Anuar aborreceu-se.

— Não espere qualquer privilégio por liderar o povo do qual provenho. Hoje sou líder de todos os povos da Luz e devo a todos o mesmo tratamento.

— Não venho pedir. Venho dar! Tenho informações de que as Forças do Equilíbrio rumam para o Castelo de Nowa, no Pântano.

Anuar abandonou a postura de sedutor aborrecido e assumiu o papel do líder determinado, conhecido por suas forças de guerra.

— São confiáveis as suas fontes?
— Plenamente.
— E qual seria o objetivo do Sombrio? Enquanto a guerra ruma para Nagib, ele pretende atingir o Pântano?
— Ao que parece, ele não mira o conflito entre Anuar e Ciaran. Concluo que tenha como objetivo atacar o general que deu início à guerra, Olaf – Serena disse, segura de suas palavras.
— Não há como termos certeza... As Forças do Equilíbrio devem ser consideradas inimigas por enquanto.
— Alguns povos da Luz passarão a discutir se devem se unir às Forças do Equilíbrio quando conhecerem as escolhas do Sombrio.
Essa fala fez Anuar estremecer por dentro.
— E serão igualmente considerados inimigos se assim o fizerem – respondeu, dando as costas para a guerreira e voltando a vestir a armadura. – Tem algo mais a informar?
— Não, senhor... – fez uma reverência que não foi vista e saiu.
Enquanto terminava de se preparar, Anuar pensou se deveria unir-se às Forças do Equilíbrio nesse ataque. Afinal, Olaf não era seu aliado, e o Sombrio não interferira nos combates travados entre os seres da Luz e da Escuridão até ali. Serena estava certa, esse não parecia ser o foco das Forças do Equilíbrio.
Continuava a considerar ridículo esse nome.
Quando soube das convocações para o Conselho do Equilíbrio, temeu que o controle lhe escapasse das mãos. Que seus aliados se reduzissem a algumas dezenas de povos da Luz. Mas poucos confiavam no Sombrio. A grande maioria temia o ser criado da união entre Luz e Escuridão. Unir-se ao diferente, ao desconhecido, não surtira o apelo que Anuar havia imaginado, e praticamente não teve impacto no tamanho de seu exército. Perdera o apoio de alguns povos de tradição guerreira. Valiosos em combate... mas a perda em números fora mínima.
Saber do tamanho reduzido das Forças do Equilíbrio não lhe trouxe alívio, porque conhecia o potencial crescente do Sombrio. Tinha esculpido boa parte dele, dom por dom...

Agora, com a marcha anunciada a Nowa, começava a acreditar que o Sombrio mais ajudaria do que constituiria uma ameaça.

"Pensando assim... Dividir para conquistar!"

Concluiu ser melhor deixar Nowa para ele e estruturar seus próximos ataques rumo ao encontro com Ciaran.

⚔

Duas noites depois do encontro com Tulan, Alek estava prestes a comandar sua primeira batalha naquela guerra.

— Você tem certeza de que o melhor é enfrentarmos Olaf agora? — Garib perguntou, quando finalmente conseguiu ficar sozinha com Alek.

— Foi ele quem começou tudo isso, Garib. Estamos disputando um jogo que ele criou. Se atacarmos o mestre do jogo...

— O jogo não acaba, Alek. Anuar tem interesses próprios para continuar seu caminho de sangue até Nagib, até chegar a Ciaran.

— Eu não ia dizer que o jogo acaba, Garib. Ele fica equilibrado. Se neutralizarmos Olaf, Ciaran terá de lidar apenas com Anuar.

— E com sua irmã... não se esqueça dela.

— Ela não entrou em cena ainda, pelo que sabemos. Só tentou me atacar... mas era meio esperado. Vou lidar com Tulan em breve. Sinto isso.

— E você acha que Olaf estará em Nowa? Esperando as Forças do Equilíbrio?

— Em alguns momentos, penso que sim. Que ele acredita que é capaz de nos enfrentar e até mesmo de me dominar. Em outros, penso que não haverá combate e apenas libertaremos os sobreviventes do Pântano.

— Alek, já lutei ao lado de Olaf muitas vezes. Acredite: ele é capaz de nos enfrentar. Não é de fugir. A não ser que seja parte da estratégia.

— Se você estiver certa, em algumas horas teremos nosso primeiro combate nesta guerra. Os dragões chegaram, Garib?

— Sim. Todos eles e seus cavaleiros atravessaram o portal. Estão montando o acampamento. Sabe... não sei por que inventaram esse nome ridículo.

— O quê? — Alek não entendeu a observação, concentrado que estava em suas preocupações.

— Cavaleiros do Dragão... Pense! Não faz o menor sentido... Cavaleiro é de cavalo e seus parentes... Dragão não tem nada a ver com cavalo, quer dizer... dragões comem cavalos... mas...

— Você pensa cada coisa, Garib! — Alek disse, sorrindo.

— Eu tô falando sério! Podia ser dragoeiros... ou mesmo os Guerreiros do Dragão. Olha aí! Fica muuuito melhor. Acho que vou sugerir a mudança a eles.

— Isso. Vá lá sugerir e veja se dorme um pouco porque amanhã partiremos cedo.

Garib saiu convicta de suas ideias, procurando Draco pelo acampamento para apresentar sua proposta. Alek esperou que ela desaparecesse para projetar as asas de dragão e ganhar os céus. No topo da árvore mais alta que protegia a clareira onde estavam, Gerin o esperava.

— Achei que não viesse.

— Ainda tive uma conversa com Garib sobre o que nos aguarda e um projeto dela...

— Projeto? — Gerin não entendeu.

— Ela quer mudar o nome dos Cavaleiros do Dragão para Guerreiros do Dragão.

— Sabe que faz mais sentido? Sempre achei que "cavaleiros" não tinha nada a ver com eles.

— Ah! Você também? Vocês dois precisam conversar mais...

Os amigos riram e levantaram voo juntos. Do alto, o acampamento tornava-se um pequeno foco de luz na extremidade de uma gigantesca floresta.

Voaram por quase meia hora até ver as árvores desaparecendo e o pântano, pouco a pouco, dominar a paisagem. Não havia um mirante onde pudessem pousar. No ar, Gerin apontou o local distante, que tremulava como a luz do fogo.

— Lá adiante, vê?

— Nowa?

— Sim, é o castelo de Nowa.

— Demoraremos o dia todo para atravessar essa distância por terra, Gerin. E é isso que eles esperam... porque, a esta altura, sabem de nosso acampamento. Chegaremos após o anoitecer e estaremos desprotegidos.

— Por isso a minha ideia, Alek!

— Transportar um exército inteiro ao mesmo tempo não parece uma boa ideia, Gerin.

— Você é o Sombrio! Você consegue! E a coisa é tão absurda que ninguém vai entender o que aconteceu. Nem do nosso lado, nem do deles.

— Preciso ir ao castelo, vê-lo, para conseguir transportar alguém para lá. E até hoje só transportei um por vez.

— Está na hora de evoluir, Alek! E não dá para chegar mais perto. Eles poderiam nos ver. Se, pela manhã, você nos transportar para cá — e apontou uma vasta área plana do pântano que não estava alagada —, em pouco mais de uma hora atingiremos o castelo e não haverá tempo para Olaf escapar.

— Se é que ainda está lá.

— Então... O que me diz? É ou não é um bom plano?

— Talvez o melhor seja abrirmos um portal.

— O portal desgasta a força de quem o abrir e seria visto com facilidade do castelo, Alek. E ainda tem uma travessia lenta, aos poucos. Voando, os anjos chegariam aqui em minutos e iniciariam o ataque antes de todos terem atravessado. Com o seu transporte não, seria imediato!

— Vamos descer; quero ter uma visão melhor do lugar.

— Você vai tentar?

— Vou pensar, Gerin. Vou pensar.

Os dois pousaram e Alek andou pela área. Era um pouco elevada, um platô de pouco mais de um metro de altitude, o que lhe garantia permanecer sobre a água e não coberto de vegetação e lama como tudo ao redor.

De volta ao acampamento, Alek teve muita dificuldade de dormir. Desejou que Kurutta estivesse ali com ele, para discutir a probabilidade de conseguir transportar seus guerreiros. Até imaginava o que ouviria, mas... seria bom tê-lo ali. Kurutta decidira reunir informações sobre a Sombria, de maneira a preparar Alek para um novo encontro. Também disse que levaria a mãe de ambos para um lugar seguro. Encontraria Alek dali a alguns dias e, por enquanto, ele precisaria decidir sozinho.

Após uma noite agitada, quando todos levantavam acampamento, Alek chamou Martim, Verônika e Garib para apresentar a ideia de Gerin.

— E você consegue? — Martim parecia duvidar.

— Não sei.

— Vamos tentar... — Garib sugeriu. — O que poderia dar errado?

— Foi o que eu disse! — Gerin apoiou.

— Bem... — Verônika ponderou. — A gente pode ficar preso no vazio, nossas essências talvez se misturem, podemos até virar algo bem diferente do que somos!

— Legal!!! — Garib tentava imaginar. — De repente, viramos todos Sombrios, misturando nossas essências!

— Gostei! — Gerin apoiou.

— Não acho que isso possa acontecer... — Verônika tentou novamente doar alguma sensatez aos dois, sem sucesso.

— Você deve tentar, Alek! — Martim expôs sua opinião, surpreendendo negativamente a guerreira.

— Martim!

— Verônika, é a maneira mais eficiente de chegarmos bem perto de Nowa. Se queremos resultados, devemos tentar.

Ela se calou.

Alek apenas consentiu com a cabeça.

Minutos depois, vendo tudo pronto, pediu a todos que se segurassem nos companheiros, mantendo o contato físico de alguma maneira, formando uma grande corrente. Seus aliados não entenderam, mas fizeram o que lhes foi pedido; até os cavalos das Valquírias participaram dessa imensa corrente.

Esperavam que o Sombrio fizesse algum tipo de cerimônia antes de partirem para a jornada do dia.

— Prontos?

Com a mão esquerda, Alek tocou o ombro de Gerin; com a direita, uniu-se à corrente aliada pegando na mão de Garib. Respirou fundo, olhou os amigos e percebeu a tensão em alguns deles. Martim nem sequer respirava.

Precisava fazer aquilo dar certo.

Fechou os olhos, concentrou-se, buscou lembrar-se do platô em detalhes.

Não podia dar espaço à dúvida e ao medo, mas eles estavam ali. Reconheceu ambos e deixou os sentimentos de lado.

Acalmou ainda mais a respiração, viu-se no local desejado e, no instante seguinte, todos estavam no platô, em meio ao pântano.

Alguns vomitaram o desjejum, outros caíram sentados, todos discutiam o que acontecera. Apenas Garib, que estava de mãos dadas com Alek, perguntava baixinho em seu ouvido:

— Você está bem?

— Estou. Sinto a cabeça muito tonta, mas estou bem.

— Isso foi incrível pra caramba!

— É... eu sei, Garib!

— Não sabia que você era capaz de tal façanha!

— Nem eu — Alek disse e notou o ar de perturbação da amiga.

Gerin ouvia a conversa e completou:

— Eu sabia que você ia conseguir! Não tinha dúvidas. Garib, o Alek é capaz de coisas ainda maiores. Ele se transforma em um dragão imenso, mas imenso mesmo! Você precisa ver...

Garib não se conteve e, mais uma vez, abraçou o Sombrio e lhe deu um beijo que o deixou muito mais tonto do que ter transportado seus aliados para o platô. Gerin olhou para o outro lado.

— Abhaya não ia ficar feliz de ver isso... — Verônika comentou.

— Eu ficaria feliz de saber que Abhaya ainda consegue ver alguma coisa — Martim respondeu.

Em poucos minutos, as Forças do Equilíbrio se organizaram e marcharam rumo a Nowa. Alguns dos guerreiros capazes de voar acompanhavam do alto, seguindo o ritmo dos que iam por terra; outros preferiam caminhar com eles.

Não havia sinal algum dos anjos de Olaf no ar, nenhum batedor, nada.

— Você nos transportou. Foi isso, não foi? — Draco perguntou a Alek, enquanto o Sombrio andava em meio aos dragões e seus cavaleiros.

— Foi.

— Imaginei. Não fazia ideia de que fosse capaz de transportar tantos ao mesmo tempo.

— Nem eu! — Alek repetiu, e percebeu que ainda não acreditava que tinha dado certo.

Os dois riram, entre divertidos e nervosos com a situação.

— Será que Olaf nos espera?

— Draco, não tenho uma resposta e nem sei o que desejo encontrar.

— Eu compreendo, Alek. Você acredita que, em meio a tudo o que está acontecendo, a Garib veio me atormentar ontem com a ideia de que nosso povo deve passar a se chamar Guerreiros do Dragão? Ficou mais de uma hora tentando me convencer a apresentar a proposta dela ao Conselho!

Alek pensava no que responder, quando foi salvo por uma guerreira alada que interrompeu a conversa deles para avisar:

— Hora de atenção total, guerreiros. Há movimento vindo de Nowa.

Do castelo de Nowa, Olaf observava a aproximação das Forças do Equilíbrio.

— Tudo preparado? – perguntou ao jovem general.

— Como ordenou – Marara respondeu com segurança.

O sorriso de Olaf conseguia refletir a crueldade de seus pensamentos:

— Logo irão querer voltar... e não poderão...

XXII
DO LADO MAIS ESCURO

O Conflito de Nowa entrou para a memória do Mundo Antigo como um dos mais rápidos e sangrentos de sua história e, também, o último de uma era. Não durou mais do que uma hora e, ao terminar, não havia um vencedor definido. Um combate interrompido.

A pouco mais de mil metros da fortificação, a profundidade do pântano aumentava abruptamente. Era uma armadilha natural que funcionava como um fosso oculto pela água. Uma única passagem estreita conduzia a salvo ao castelo, mas não era fácil identificá-la e minava a tentativa de um ataque massivo.

Olaf preparou cuidadosamente a recepção aos inimigos. Quanto ao fosso, não precisou fazer quase nada... Ele causou algum estrago quando uma dezena de guerreiros desapareceu, sugados pelo abismo pantanoso. Havia algo de mau ali, não era apenas a água, alguma coisa se agitava e se contorcia sem se revelar. Nenhum dos guerreiros que seguia à frente do grupo retornou à superfície. Não houve grito algum, apenas uma agitação silenciosa naquelas águas escuras. Tal escuridão era tão densa que nem mesmo os Ciaran, com os olhos acesos, conseguiram ver o que se escondia sob a água lamacenta.

A reação foi recuar, mas Domi, líder das Valquírias, conteve os guerreiros e se propôs a percorrer o perímetro ao redor do castelo. Não demorou para encontrar a trilha que poderia levá-los a ele.

Até esse momento, nenhum dos anjos de Olaf fora avistado. Mas, quando os guerreiros do Equilíbrio iniciaram a caminhada pela trilha estreita que os levaria ao castelo, tudo se transformou.

Os companheiros que podiam voar chegaram no instante em que mais de vinte daqueles que seguiam por terra foram empalados vivos. A armadilha era uma das melhorias instaladas a mando de Olaf. Os Anjos da Escuridão ganharam os céus tão logo os gritos de dor e de revolta se espalharam em terra. Eram muitos os inimigos alados, bem mais do que o imaginado por Alek, o suficiente para escurecer o dia. E Olaf estava entre eles, um general que tomava a dianteira de seus principais conflitos, e lutar contra o Sombrio merecia sua participação.

Os guerreiros das Feras Noturnas que vinham por terra conseguiram chegar ao castelo, escapando com agilidade das estacas que brotavam do solo encharcado. Mas o portão estava fechado, e precisavam que algum dos companheiros entrasse pelo alto e abrisse a passagem. Domi desistiu de salvar seu cavalo e o sacrificou para depois unir-se às feras. A maior parte dos guerreiros não conseguiu sequer iniciar a trilha, e permaneceu na área antes do fosso, aguardando o ataque dos anjos da Escuridão. Garib, Martim e Verônika estavam ali e decidiam o que fazer quando foram atacados de cima, por um grupo liderado pelo jovem general de Olaf, Marara.

No ar, Alek viu o real poder dos anjos e de seu líder. Em combate, apenas os Cavaleiros do Dragão faziam frente a eles e os enfrentavam em pé de igualdade. Os demais não tinham chance alguma de reação. Olaf preparou-se para desintegrar um dragão e sua guerreira ao alcance dele. Foi tão ágil que Alek observou a cena sem tempo de reação.

Em terra, Garib foi atingida por um fluxo de luz azul e caiu desacordada. A seu lado, os corpos de dois Elfos Dourados, que não tiveram a mesma sorte, foram acesos por completo e incinerados no instante seguinte. Lá do alto, Alek não conseguiu identificar onde estariam Verônika e Martim.

Depois de ver a guerreira e o dragão virando poeira, o Sombrio parou de atacar os oponentes e passou a defender seus aliados. Atento a tudo o que acontecia ao seu redor, conseguiu envolver Gerin em um campo de força antes que Olaf o fizesse desaparecer. A manobra chamou a atenção do anjo e, mesmo a distância, Alek compreendeu o que ele disse sorrindo.

– Finalmente nos encontramos, Sombrio.

Olaf voou diretamente para Alek, que decidiu que não era mais o momento de apenas se defender. Enquanto o anjo se aproximava, transformou-se no imenso dragão de Luz e Escuridão e pôde ver o olhar de seu oponente mudar. Seria medo? Se foi, não o deteve. Lançou uma luz branca e muito fria na direção do dragão gigantesco, mas Alek nem sequer sentiu ser atingido, apenas abaixou a cabeça e o abocanhou, fincando os dentes no corpo de Olaf e sentindo o líquido quente e amargo escorrer para a língua.

Quando parecia tudo resolvido, um golpe de extrema força, como um vento concentrado e elétrico, o atirou para longe.

Percebeu-se no chão, sentado, o corpo totalmente dolorido e de volta à forma humana. Ao redor, apenas os sobreviventes das Forças do Equilíbrio, igualmente caídos e atordoados.

O sangue escuro e amargo de Olaf ainda lhe preenchia a boca. Passou a mão para limpar o líquido que escorria pelo rosto e viu que o sangue de Olaf era verde, com o mesmo brilho dos olhos acesos dos Ciaran. Cuspiu, olhando ao redor, tentando localizar o exército alado, que desaparecera.

– Ali! – gritou Martim, e todos olharam em sua direção.

Distante, no platô de onde vieram, viam-se todos os guerreiros de Olaf e ele próprio, aparentando estarem igualmente confusos. Nenhum dos guerreiros de ambas as forças conseguiu voar. Algo os prendia ao solo. Por terra seguiram uns em direção aos outros. Alek sabia que os seus não eram em número suficiente para o enfrentamento com aquela força que apoiava Olaf, mas estava disposto a lutar sozinho se fosse preciso. Das duas direções, uma longa caminhada, e foi aflitivo avançar pouco a pouco no terreno pantanoso, vendo o inimigo fazer o mesmo. Quando os guerreiros que seguiam à frente estavam a quase vinte metros dos oponentes, uma nova onda de energia os separou com força, como se fossem polos opostos de ímãs. Todos pararam. Alek e Olaf se colocaram à frente dos seus e, passo a passo, tentaram se aproximar, sem sucesso. Daquele ponto ninguém passava. O anjo trazia a marca de uma das presas do dragão por onde o sangue verde ainda minava.

O rosto de Olaf se iluminou em um repentino esclarecimento. Curvou-se em uma respeitosa reverência ao oponente, olhando-o diretamente nos olhos. Sorriu com desdém e disse com sua voz poderosa:

— O combate está suspenso, Sombrio. Teremos de esperar para decidir nosso conflito. Aguardarei ansioso.

— Como você fez isso, Olaf?

— Está além do meu poder, ou do seu, Sombrio. Quando um líder do Mundo Antigo morre, até mesmo a guerra deixa de acontecer... Os combates só são retomados quando o novo líder é escolhido. Ciaran ou Anuar caiu. A nós, só resta apresentar nosso respeito — concluiu com desdém.

Enquanto falava, alguns de seus anjos abriram um portal, e os sobreviventes das Forças do Equilíbrio viram os inimigos partirem.

— Ciaran caiu? — Verônika perguntou a Draco, que estava ao lado dela, assim que o último anjo se foi e o portal fechou.

— Caiu — ele respondeu de olhos fechados.

— Como você tem certeza? — Alek estava agitado, sentindo o mesmo aperto no peito de quando perdera Leila, com uma imensa vontade de simplesmente sumir.

— A força que emanava de Ciaran não está mais aqui — ele respondeu, olhando para sua espada. — O veneno da serpente se foi.

— Você pode estar enganado!

— Sombrio... — Draco aproximou-se dele. — Os povos da Escuridão devem seguir para Nagib. O novo Ciaran será escolhido e todos os povos irão testemunhar.

Alek consentiu e dois portais foram abertos, um para os guerreiros da Luz e outro para os da Escuridão.

— Você vai até Nagib? — Garib o convidou.

Ele fez que não com a cabeça, comprimindo os lábios.

Assim que ela passou, o portal se fechou.

Martim, Gerin e Verônika se voltaram para ele.

— Para onde? — Gerin perguntou.

— É seguro para vocês voltarem a Dagaz?

— Provavelmente não, Alek — Verônika avaliou. — O conflito está suspenso, mas Anuar com certeza tem outros meios para nos atingir.

— Então, sigam para a montanha de Kurutta.

Ela concordou.

— Você não vem conosco?

— Não, Martim. Tudo está acontecendo como não poderia acontecer. Olaf se aproxima cada vez mais de se tornar o novo Ciaran. Tudo o que fizemos foi em vão. Eu vou até o castelo, verificar se algum ser do pântano sobreviveu. Depois, preciso encontrar um meio, qualquer meio de deter Olaf.

— Eu acompanho você ao castelo — Gerin falou.

Martim e Verônika seguiram para o lar de Kurutta por um portal que ela abriu.

— Você consegue ir para lá depois, Gerin?

— Consigo, sim.

Os dois voaram em direção a Nowa. Poucos sobreviventes os aguardavam. Os Anjos da Escuridão haviam assassinado a maioria dos prisioneiros antes de receber as Forças do Equilíbrio. O castelo estava completamente escuro, quase vazio. Por onde andavam encontravam sangue e corpos. Soltaram os poucos viventes e recomendaram que seguissem para Dagaz, que saíssem dali até que tudo se resolvesse.

— Devemos dar a eles um funeral... — relutaram.

— Anuar vai cuidar disso, com certeza. Todos vocês devem partir.

E, assim que desapareceram, Alek e Gerin contemplaram sozinhos aquele cenário de morte.

— Você não vai à montanha, vai, Gerin?

— Não... não vou. A guerra não irá recomeçar tão cedo. Talvez nem recomece. Vou aproveitar a pausa nos conflitos e descobrir o que meu progenitor deixou para mim.

— Você sabe para onde seguir?

— Para o Norte do Mundo Antigo, para as Colinas do Deserto, lar do Povo da Areia.

— Nós nos veremos novamente?

— Espero que sim, amigo.

Os dois se abraçaram, sem que nenhum deles se incendiasse, e cada qual seguiu seu rumo, ambos em busca de respostas. Gerin voou para o Norte; Alek se transportou para o vazio, dessa vez de corpo inteiro.

⚔

Olaf surpreendeu-se ao saber que não fora Anuar o algoz de Ciaran. Em Nagib, todas as conversas giravam em torno disso. A Sombria dera fim à vida da serpente. As versões sobre como isso acontecera eram inúmeras, todas repletas de exageros e especulações. Apenas Anuar sabia o que realmente havia acontecido, e não seria fácil ouvir sua versão porque ele desaparecera.

Muitos garantiam que partira levando a Sombria a seu lado. Aliados. Tantos outros defendiam que ele agora era prisioneiro dela.

O certo é que encontraram Ciaran morta quando o conflito cessou. Nagib estava sob ataque dos guerreiros da Luz, mas os ferimentos da serpente não se assemelhavam a nada do que conheciam. Sua essência não deixara rastros aparentes, e um lobisomem que presenciara a cena garantia que a Sombria sugara a essência de Ciaran, usando tentáculos escuros e pulsantes.

A narrativa, ainda que soasse fantasiosa, explicava os furos espalhados pelo corpo da serpente.

Anuar?

O lobisomem contou que fora imobilizado com certa facilidade e levado com vida, como um prisioneiro comum.

Apesar de essa ser apenas uma dentre as muitas versões que circulavam de boca em boca, era a que mais convencia Olaf. Sozinha, a Sombria fizera algo maior do que os exércitos que se confrontavam. Sozinha, Ela era um exército. Sozinha, afetara consideravelmente o Equilíbrio.

Precisaria se preocupar com Ela assim que se tornasse o novo Ciaran.

Em Nagib, o ritual de sepultamento foi feito como o costume determinava, mas, sem a essência da serpente regressando à roda da vida, não teve o mesmo efeito. A energia que ela concentrava não foi devolvida à Escuridão. Com isso, os videntes não viam qualquer sinal de quem seria o novo líder dos Ciaran, e precisaram tomar o caminho mais longo: os testes.

Assumiria o lugar da serpente quem demonstrasse conexão mais plena com a Escuridão.

Olaf apresentar-se era esperado.

Ninguém se opor a ele e se candidatar, não.

Seriam três noites de espera para que os candidatos se revelassem, para só depois ocorrerem os testes. No primeiro dia da seleção, o anjo sentia-se vitorioso. Tinha a certeza de que ninguém se apresentaria para também ser avaliado, o que lhe dava a esperança de que os testes não seriam necessários.

A conexão de Olaf com a Escuridão era intensa. Nenhum povo a questionava, mesmo não apreciando a ideia de ser liderado por ele. Mas o próprio Olaf duvidava de que sua conexão era plena como a da serpente e a de todos os líderes que a antecederam. Evitar que alguém se opusesse a ele constituía o caminho mais seguro.

Uma onda de medo nasceu e cresceu com grande velocidade entre os povos da Escuridão. Tudo indicava que, em poucos dias, Olaf seria o novo Ciaran e iniciaria seu comando de força e dominação. Não traria uma época de paz, nem mesmo para os muitos povos da Escuridão. Ele valorizava a obediência cega e não se contentaria com menos do que isso. Também buscaria estabelecer a era da noite sem fim e isso significava que a guerra seria longa e cruel.

Alek fez como Ciaran tantas vezes descrevera. Talvez a necessidade verdadeira lhe tenha servido de guia, talvez a dor emocional intensa... Estava no vazio. Não era como das outras vezes em que se isolara de tudo e de todos e refugiara sua mente lá. Estava de corpo inteiro em meio ao vazio. Caminhou olhando para os próprios pés até ter vontade de sentar-se e repousar. Fechou os olhos e, como sempre fizera, deixou tudo passar por sua mente, sem se apegar a nada, apenas assistindo... como se fosse um filme. Viu o momento em que um bilhete apareceu em meio ao seu caderno, sua fuga no Labirinto com a serpente atrás dele, o encontro na floresta em que ela injetou o veneno em seu corpo, seus muitos reencontros com Ciaran no Labirinto... As imagens fluíram até silenciar. Nada mais visitou sua mente. Ficou ali por quanto tempo? Não sabia dizer.

O vazio se transformou e lhe mostrou algo que não tinha vivido. Seria sua imaginação ou uma visão? Não era como as outras imagens, não estavam no interior de Alek; ele as via de olhos abertos, ao redor, como cenas transparentes projetadas no escuro.

Uma imensa cidade de pedra estava sob ataque. De alguma maneira ele sabia que era Nagib. Anuar investiu contra a cidade com todas as suas forças, destruindo o que encontrava pelo caminho sem se importar se era um oponente ou uma criatura frágil, que nada podia fazer contra seus guerreiros. Era possível perceber a satisfação de Anuar com aquela mortandade violenta. Alek sentiu uma repulsa enorme e fechou os olhos; não queria ver aquilo.

Só assim, de olhos fechados, deu-se conta de que o que via tinha sons. Os gritos, a marcha, as lâminas, os risos... Não aguentou. Abriu-os, e Anuar estava em frente a Ciaran, em um grande salão desprovido de móveis, iluminado por muitas janelas. Nas paredes, muitas imagens gravadas na pedra. Ali estavam apenas os dois. A serpente não fugiu. Aguardou-o. Lutaram. Ainda que ambos debilitados, travaram um combate intenso. Eram fortes. Foi doloroso.

Ciaran teve chance de perguntar se Anuar não considerava mesquinho demais o motivo da guerra.

— Meu poder não é mesquinho. Faço tudo pelos seres da Luz.

— Você sabe que não é verdade... conhece a razão de seusss atosss. Esssa guerra foi travada para que você não apodreça em vida. Para que não colha os frutosss de ter causado tantas mortesss, de ter ssse alimentado de ssseu próprio povo, de ter forjado uma ligação que não exissste — foram essas as últimas palavras de Ciaran.

Tulan os surpreendeu. Rápida e furtiva como sempre. Atrás dela, um lobisomem gritava, tentando avisar a serpente. Ela imobilizou-o e desacordou Anuar sem qualquer dificuldade. Era como se estivesse aguardando o ponto ideal da fragilidade deles, o desgaste atingir o nível certo para atacar. Matou Ciaran com os tentáculos projetados, absorveu da serpente o que pôde. Nada do que Ciaran fez a afetou, a líder da Escuridão estava fraca, exaurida. Se não fosse Tulan, Anuar a teria matado; a serpente não tinha mais forças para reagir. Uma cena triste e perfeita. Tulan foi precisa. Atacou sem piedade. Ao lobisomem deu a honra de presenciar o fim de sua líder.

Com a serpente inerte, sem vida, Ela desapareceu, levando Anuar consigo. O lobisomem, livre de sua imobilidade, saiu em correria, para avisar a todos o que ocorrera, mas não havia necessidade: o combate já fora suspenso, a lei maior dos povos antigos separara os inimigos. Do corpo de Ciaran, Alek viu algo se desprender — sua essência? — e sumir.

Na noite que antecedia a definição dos candidatos a Ciaran, Alek saiu do vazio e seguiu para o Labirinto. Tudo lhe pareceu totalmente diferente, e foi ali, no Labirinto, que teve certeza de que Ciaran de fato partira. Do vazio, tentara inutilmente contatá-la e convencer-se de que vira os próprios medos projetados ao redor dele, não os fatos. Mas presenciar o Labirinto revelado indicava que Ciaran não era mais a guardiã. Agora, para ele, o lugar não se limitava apenas a um amontoado de caixas e mais caixas. Muitos pequenos Vítreos, formados de partículas brilhantes, se agitavam pelos corredores, mantendo tudo em ordem.

Por onde ele passava, saudavam-no como Guardião. Corredores e espaços desconhecidos se revelaram, lugares onde os refugiados se reuniam para comer, ler, divertir-se, conversar, conviver.

Não ficavam confinados nas caixas, como imaginava. As caixas eram para onde seguiam quando precisavam descansar, ou se necessitassem de proteção, em caso de uma invasão ao refúgio.

A vida pulsava no Labirinto, e Alek precisava contribuir para que continuasse assim. Selou todos os acessos para garantir que ninguém tivesse chance de se apossar das forças que habitavam aquele lugar. Apenas aos Vítreos autorizou a saída e a entrada, para que conseguissem os suprimentos necessários à vida dos refugiados.

Totalmente envolvido com os afazeres do Labirinto, tão concentrado estava que a morte de Ciaran deixou seus pensamentos. Levou um tremendo choque quando ouviu a voz de Garib.

— Alek, finalmente o encontrei! Você precisa vir comigo!

— Como chegou aqui? Eu selei todas as passagens.

— Não aquela da rampa que vem do casarão...

Garib explicou tudo o que acontecera em Nagib, revelando a participação de Tulan na morte de Ciaran e no desaparecimento de Anuar.

— O que vi no vazio é verdade, então.

— Você foi para o vazio? Quer dizer, você foi mesmo para lá? De corpo e tudo?

— Ciaran me ensinou como fazer isso. É o melhor lugar para pensar.

— E teve uma visão?

— Agora acredito que tenha sido... Vi o combate em Nagib e a participação de minha irmã.

— Por que ela fez isso?

— Deseja criar seu próprio equilíbrio. Sabia que não teria como negociá-lo com Ciaran, mas com Anuar ela podia negociar qualquer coisa... Ele fará o que minha irmã quiser.

— Não entendi.

— Tulan tem como alimentar Anuar com essência viva.

Garib pensou um pouco.

— Com os Renegados!

Alek consentiu.

— Ela irá se aliar aos Anuar?

— Penso que transformará os Anuar em escravos. A subjugação de uma das forças ela garantiu, a meu ver. Agora, de fato, terá um exército grandioso. E, muito provavelmente, os Anuar nem terão conhecimento de que obedecem a um novo mestre. Pelo menos, não de imediato.

— E quanto a nós? Quais serão os planos dela para os Ciaran?

— Com Olaf assumindo o poder, Tulan só desejará destruí-los. Ele é o que minha irmã mais odeia neste mundo.

— Na próxima noite Olaf iniciará os testes. Dizem que, se ninguém mais se apresentar, talvez eles nem aconteçam. Se for verdade, amanhã Olaf poderá ser o novo Ciaran.

— Não se eu puder evitar, Garib.

Ela olhou surpresa para ele, sem entender direito o que queria dizer.

— Você não pode fazer nada contra Olaf. O combate está suspenso até...

— Eu sei disso! – ele a interrompeu. – Quero dizer que, se a conexão de Olaf com a Escuridão é intensa, a minha é maior.

Garib duvidou.

— Você... não... espera... Você vai se apresentar para os testes? Você vai se apresentar para ser o novo Ciaran?

— Sim, Garib!

— Alek! Você faz ideia do que isso significa? Seus amigos Anuar... as Forças do Equilíbrio...

— Meus amigos continuarão a ser meus amigos, Garib. Pelo menos eu os verei assim. E as Forças do Equilíbrio ainda terão um papel no futuro.

— E Abhaya? Você desistirá dela?

— Não! Vou descobrir como trazê-la de volta.

— Não é sobre isso que estou falando. Você sabe! É sobre o relacionamento de vocês. Eu sei que eu e você temos um... uma atração. Mas também sei o que sente por ela. Você ama Abhaya. Se você se tornar o novo Ciaran, sua história com ela não poderá continuar.

— Pensar nisso agora seria muito egoísmo meu, Garib.

— Está renunciando a algo muito valioso, Alek. A conexão entre vocês é rara.

— Você me mostra o caminho para Nagib?

⚔

A chegada do Sombrio a Nagib causou um impacto que se espalhou como uma onda de esperança. Ninguém imaginava o que ele poderia fazer, mas, nas conversas de taverna, entre grupos de amigos ou famílias, todos tinham certeza de que poderia evitar que Olaf fosse o novo Ciaran.

O Anjo da Escuridão também teve essa ideia e não gostou nada da possibilidade de o Sombrio apresentar um novo candidato, protegido por ele.

No entanto, ninguém imaginou que Alek se apresentaria à Seleção:

— Você está ciente do significado disso? — perguntou Jardá, o velho Cavaleiro do Dragão que comandava o Conselho de Seleção.

— Que enfrentarei Olaf nos testes.

Alek observava cada um dos dez membros do Conselho, reconhecendo alguns deles.

— Os testes dificilmente colocam um candidato contra o outro. Eles verificam sua conexão com a Escuridão... — explicou Luana, uma Fera Noturna que estivera lutando ao seu lado nas Forças do Equilíbrio.

— E se a sua conexão não for verdadeira — Jardá retomou —, a Escuridão pode destruí-lo.

— Minha conexão é verdadeira. Se é plena, descobriremos. Mas é verdadeira. E eu me apresento para o teste.

A disposição de Alek não bastou para que fosse aceito, como seria para qualquer ser da Escuridão que se apresentasse. Um Sombrio nunca se colocara nessa posição, e o Conselho discutiu longamente sobre a situação. Não seria possível a ele se separar da conexão com a Luz. Nunca seria apenas Escuridão.

— Mas se a conexão que tem com a Escuridão não for suficientemente forte, ele não será o escolhido! — Luana defendeu.

— Suficientemente forte não significa plena! Até aqui, nossos líderes possuíram uma conexão perfeita com a Escuridão — defendeu Muatag, um vampiro que abertamente apoiava Olaf.

— Não há motivo para se preocupar, Muatag... Se Olaf tiver a conexão necessária, saberemos.

— A questão não é essa, Jardá! Queremos ser liderados por um Sombrio?

A discussão avançou pela madrugada, e apenas quando o sol despontou no céu o Conselho divulgou que aceitara testar Alek.

A notícia foi celebrada por grande parte dos seres da Escuridão, mas houve quem fizesse o mesmo questionamento de Muatag e julgasse que não seria legítimo o comando de um líder Sombrio.

Olaf pensou em recusar ser testado ao lado do Sombrio, mas avaliou que isso daria a Alek uma vantagem. Mesmo se sentindo ultrajado, tinha a certeza de que um mestiço não teria uma ligação tão pura quanto a sua, e, então, decidiu enfrentar os testes.

A cada era, quando escolhiam um novo líder Ciaran, o Círculo de Pedras era o ponto de partida e o ponto de conclusão. Ali, os testes se revelavam e se concluíam. No entanto, Anuar profanara esse refúgio, e não seria nessa geração que teria seu poder restabelecido.

Então, um portal foi aberto no centro de Nagib, levando quem desejasse para o refúgio escolhido pelo Conselho, mas poucos quiseram acompanhar a comitiva da Seleção. A Garganta de Fogo não constituía um ponto de peregrinação como o Círculo de Pedras. Era inóspita, uma ilha dentro de um imenso vulcão ativo; uma porção de terra em meio a um mar de lava, calor e fogo que dominavam o lugar.

Para Alek, isso não causou qualquer desconforto; seu sangue de dragão sentiu-se em casa, e, tão logo entrou no refúgio, seu braço incendiou-se e as asas de dragão se mostraram mais imponentes do que nunca. Os olhos acenderam-se espontaneamente, e ele se sentiu desnudo por não poder controlar nada disso. Com Olaf, a situação foi oposta: ele estava visivelmente incomodado com o calor intenso, e nada havia mudado em sua aparência, apenas os olhos estavam tão acesos quanto os de Alek.

— A Garganta de Fogo nos mostra como vocês são verdadeiramente — avaliou Jardá, observando-os. — Revelar-se é o início dos testes, e este refúgio já começou a testá-los antes mesmo do ritual de abertura.

Os dez membros do Conselho desenharam uma mandala na areia fina e branca que cobria o chão e, quando terminaram, o centro dela acendeu-se em verde. Agora, os olhos de todos os presentes estavam acesos.

A forma do verde da mandala mudou, até que se revelou ali, nitidamente, um dragão.

— Você deve ir primeiro... — Muatag disse para Alek.

— Para onde devo ir?

— Para o centro da mandala! — Olaf disse com desprezo. Ele se preparara a vida toda para aquele momento e tinha de vivê-lo ao lado de alguém que não fazia ideia do que aquilo representava.

Alek caminhou para o centro da mandala e seu corpo acendeu-se em verde por completo, o grande dragão revelou-se a todos, ainda aceso, e muitas sombras se projetaram ao redor. Alek reconheceu em algumas as mortes que causara. De tantas outras não tinha qualquer lembrança de sequer as ter enfrentado.

— Seus mortos o visitam... — ouviu um dos conselheiros dizer.

Entristeceu-se, e lágrimas escorreram pelo seu rosto de dragão; tornara-se aquilo que tentara evitar. Uma arma letal e perigosa. De dragão voltou à forma humana e, depois, as asas desapareceram, o braço apagou-se e foi recoberto pela garra... e ele ainda chorava.

— É um fraco! — ouviu Olaf comentar.

Saiu da mandala, de cujo centro brotou a imagem do Anjo da Escuridão. A forma de Olaf não mudou ao ir para o centro, apenas o corpo acendeu em verde. O número de mortos que o visitou foi tamanho que se projetavam para além da ilha. Ele girou sobre si mesmo, observando a todos, em todas as direções, e os saudou com um gesto de cabeça, como se cumprimentasse velhos conhecidos.

Alek sentiu-se como o menino que era, ingênuo, fraco... diante de alguém poderoso, que sabia o que deveria ser feito.

Por um instante, desviou sua atenção de Olaf e observou os mortos que ele acumulava. Via sofrimento, medo, dor... mas também respeito.

Olaf saiu da mandala avaliando que vencera o primeiro teste. O Conselho também pensava dessa maneira, e, como a tradição mandava apenas um teste por dia, prepararam-se para voltar a Nagib. No entanto, no centro da mandala novamente se formou a imagem do dragão.

— Não se pode dar a ele uma segunda chance... — Olaf manifestou-se com agilidade.

— Não existem segundas chances... — Luana avaliou. — Isso é algo diferente...

— Devo voltar ao centro?

— É o que parece... — Muatag concluiu.

Ele foi e não sofreu qualquer transmutação. O corpo não se acendeu em verde. Uma enorme serpente se manifestou, vinda da escuridão, com o corpo feito de luz.

— Ciaran! — Alek exclamou feliz.

— Impossível! — Olaf rebateu. — É um truque! A essência da serpente foi destruída.

— Aleksssssander, o que faz aqui? Sabe o cusssto que terá esssa essscolha?

— A antiga líder recebe o novo líder! — Jardá falou, e todos baixaram as cabeças em respeito.

— Ciaran, eu falhei. Não consegui deter Olaf, tampouco salvar você. Apresentar-me aos testes é tudo o que me resta fazer.

— Perderá a vida que iniciou para sssi.

— Sei disso.

— Perderá o amor que esstava traçado em ssseu Dessstino.

Alek sentiu como se Abhaya estivesse ali, abraçando-o com força, como fazia.

— Sei disso.

— Deixará de ssser o Sombrio...

— E roubará o poder que é meu! Que me pertence! — Olaf esbravejou com sua voz de trovão. — E isso não posso permitir!

Alek não estava preparado para defender-se, e a luz negra emitida por Olaf o atingiu em cheio. Sentiu seu corpo trincar, como se arrancassem lascas de sua carne, muitos pedaços, todos... de uma vez.

Estava desaparecendo, e sabia disso.

Mas Luz e Escuridão não permitiram. Alek conseguia se perceber em fragmentos, a dor pulsando em cada um deles, mas sua consciência continuava plena. Viu-se formado por Luz e Escuridão, como seus amigos descreveram. Sentiu que ele próprio tomava a forma da tríplice espiral, como a arma que usara contra a irmã. Não importava se era um gigante dragão ou apenas poeira... era ele. Sempre seria ele. Não resistiu, entregou-se, e foi como repousar.

Os conselheiros e Olaf permaneceram quietos, estranhamente imobilizados, apenas observando o que acontecia.

Quando abriu os olhos, não sabia quanto tempo depois, Alek tinha o próprio corpo de volta. Sem roupas. Deitado em posição fetal no centro da mandala. Ao seu redor, a serpente de luz verde formava o grande círculo, com a cabeça junto à cauda, protegendo-o.

Alek se ergueu, abriu os braços e teceu para si uma roupa de Escuridão. Em seu peito, a tríplice espiral brilhava em verde. Em suas costas, um grande dragão luminoso.

Ainda envolto pelo ouroboros, olhou para Olaf. Os olhos de Alek estavam acesos em uma intensidade muito maior que antes.

— Sou o Sombrio... E não deixarei de sê-lo. Trago em mim Luz e Escuridão. Enquanto for preciso, faço a escolha por ser Ciaran.

— Que absurdo! Vocês irão aceitar? Não há como isso acontecer. Eu sou o candidato verdadeiro à liderança dos Ciaran.

— Você não é digno, Olaf. Posso requisitar a Escuridão que habita em você por ter tramado a morte de sua líder. Entretanto, não o extinguirei. Não o condenarei a sair da roda da vida. Você será exilado, Olaf. Perderá a liderança dos Anjos da Escuridão e, até onde eu puder garantir, não liderará mais ninguém.

Alek não se sentia mais o menino de antes. Trazia em si uma certeza e uma segurança que não eram suas, mas dos líderes que o antecederam e com os quais se conectava.

A serpente desfez seu anel e entrou no peito de Alek pelo símbolo da tríplice espiral. Ele sentiu aquela força absoluta se unir a ele. Agora compreendia perfeitamente o significado de ser Ciaran.

Olaf não reagiu. Não podia nada contra Ciaran e o reconhecia diante dele. Preferia ter a chance de reiniciar seu caminho, em vez de desaparecer ali, naquele momento. Como bom guerreiro, considerou a batalha perdida, mas não a guerra.

Alek sabia disso enquanto o observava sendo guiado para o exílio. Compreendia o peso da decisão de extinguir um ser, retirá-lo da roda da vida, e não sentia que deveria agir de tal modo; alguma coisa lhe dizia que o anjo ainda teria um papel a cumprir.

Enquanto a cerimônia de sua nomeação era preparada em Nagib, Alek passou alguns dias sozinho na fortificação que servira de lar aos líderes que o antecederam.

O grande salão onde Ciaran morrera estava sendo mobiliado. Todo o castelo passava por uma adaptação à forma física do novo líder.

Da janela do quarto, via a cidade de pedra com curiosidade; lideraria um mundo desconhecido. Por mais que houvesse aprendido, ainda sabia tão pouco do Mundo Antigo!

Comitivas de todos os povos da Escuridão chegavam a Nagib, e ele se deu conta da imensidão em que se envolvera, o que o fez se sentir ainda mais só.

— Esssse é o maior dosss preçosss...
— Eu compreendo, minha amiga.
— Depois da cerimônia não mais nos falaremosss, Aleksssander. Retornarei para a roda da vida.
— Estarei só em meio a uma multidão.

Perguntava-se por que Garib não vinha até ele. Sabia que a tradição mandava que ficasse só, mas Garib não era boa em respeitar regras...

Pensava também em Kurutta. Em algum lugar, em meio àquelas construções de pedra cinzenta, ficava a Taverna do Sol. Até nisso o tengu revelava seu senso de humor, já que nada naquela cidade escura lembrava a luz solar.

O movimento em Nagib durante o dia era pouco. Ao anoitecer, a cidade ganhava vida e efervescia até o sol iluminar o céu.

Alek percebia, ali da janela, a verdade da descrição sobre os diferentes povos se relacionarem com a luz do dia ou a escuridão da noite.

Três dias se passaram durante os quais Alek viu apenas os serviçais que corriam pela fortaleza, preparando tudo e servindo-lhe da melhor maneira que podiam. Nenhum dirigia a palavra a ele, sempre solícitos, ágeis e mudos.

Pensou em se transportar para visitar o Labirinto, ou encontrar Martim e Verônika na casa de Kurutta, mas Ciaran o alertou da necessidade do isolamento.

— O contato com você antesss do ssselamento pode ssser mortal, Alekssander. A Essscuridão está emanando de você, não percebe?

Ele percebia. Bastava olhar para as roupas que criara para perceber. Pura Escuridão.

Os olhos de Alek estavam continuamente acesos, com uma intensidade absurda.

— Quando você receber o ssselo, poderá voltar ao convívio normal, ou maisss ou menosss isso.

A serpente atuou como tutora dele e foi sua única companhia até a sétima noite após o teste na Garganta de Fogo. A lua negra deixou as estrelas reinarem, e a fortaleza foi aberta a todos os que vieram para presenciar o ritual.

Alek chegou ao grande salão ansioso por ver Garib, Draco e outros rostos conhecidos, mas o lugar fora expandido por algum tipo de manobra e se parecia com uma arena imensa. Por mais que tentasse, não conseguiria identificar alguém em meio à multidão.

Os conselheiros se posicionavam em um local semelhante a um pequeno palco no meio da arena, aguardando-o. O caminho até lá estava livre. Seguiu olhando para os rostos que o observavam, alguns com admiração, outros com receio.

Caminhou lentamente e, quando subiu os degraus do palco, percebeu o chão coberto por aquela areia branca, a mesma da ilha na Garganta de Fogo.

Uma mandala estava desenhada na areia, e o centro aceso em verde na forma do dragão.

"*Lá vamos nós de novo...*", pensou.

Ao ir até o ponto luminoso, mais uma vez seu corpo se acendeu e se transformou no grande dragão para que todos o vissem.

Enquanto a mudança encantava a plateia, Alek via a serpente sair de si e despedir-se. Estava só. Um turbilhão de areia se fez ao seu redor, deixando de ser clara e tornando-se negra como a noite sem lua. Sentiu essa areia cobrir seu corpo e entrar em sua carne. Ardeu como se tivesse caído e ralado o joelho, mas o ralado se expandia pelo corpo inteiro.

Quando a areia desapareceu, os olhos de Alek estavam apagados e até sua roupa mudara. Era a mesma de antes, mas opaca. O triskle em seu peito ainda estava lá, mas sem luminosidade alguma.

— A selagem foi concluída com sucesso. O novo Ciaran inicia sua era! – anunciou Jardá. – Que seja uma era próspera para os povos da Escuridão! Que seja uma era plena ao novo Ciaran!

— Que seja uma era plena ao novo Ciaran! – todos responderam a uma só voz, uma força única que reverberou no corpo do novo líder da Escuridão. – Vida longa a Ciaran! Vida longa a Ciaran! Vida longa a Ciaran!

Podia não conhecer esse mundo em detalhes, mas aquele era seu povo, e estava pronto para ser o que eles precisavam. Afinal, ele sempre fora Alek Ciaran.

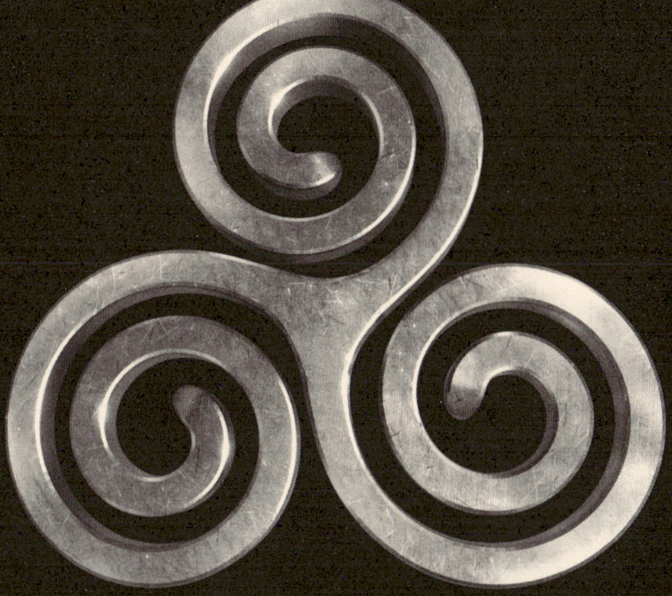

Texto © Shirley Souza

Direção editorial
Marcelo Duarte
Patth Pachas
Tatiana Fulas

Coordenação editorial
Vanessa Sayuri Sawada

Assistentes editoriais
Henrique Torres
Laís Cerullo
Samantha Culceag

Capa
Igor Campos

Ilustração de capa
Kathy Schermack

Projeto gráfico
Vanessa Sayuri Sawada

Diagramação
Elis Nunes

Preparação
Tássia Carvalho

Revisão
Carmen T. S. Costa
Ronald Polito

Impressão
Lis Gráfica

CIP-BRASIL. CATALOGAÇÃO NA PUBLICAÇÃO
SINDICATO NACIONAL DOS EDITORES DE LIVROS, RJ

Souza, Shirley
Alek Ciaran: do lado mais escuro / Shirley Souza. – 1. ed. –
São Paulo: Panda Books, 2023. 376 p.; 23 cm.

ISBN 978-65-5697-294-7

1. Ficção. 2. Literatura infantojuvenil brasileira. I. Título.

23-84182   CDD: 808.899282
                             CDU: 82-93(81)

Meri Gleice Rodrigues de Souza – Bibliotecária – CRB-7/6439

2023
Todos os direitos reservados à Panda Books.
Um selo da Editora Original Ltda.
Rua Henrique Schaumann, 286, cj. 41
05413-010 – São Paulo – SP
Tel./Fax: (11) 3088-8444
edoriginal@pandabooks.com.br
www.pandabooks.com.br
Visite nosso Facebook, Instagram e Twitter.

Nenhuma parte desta publicação poderá ser reproduzida por qualquer meio ou forma sem a prévia autorização da Editora Original Ltda. A violação dos direitos autorais é crime estabelecido na Lei nº 9.610/98 e punido pelo artigo 184 do Código Penal.

XXIII
AREIA

Os três caminhavam pela ventania buscando proteger olhos e narizes dos grãos de areia. Difícil demais. Decidiram parar e esperar até que passasse.

Sentaram-se e abraçaram os próprios joelhos. Uns de frente para os outros, tentando se proteger.

— Isso é novidade – falou entredentes.

Os companheiros ouviram, concordaram, mas nada disseram. Os ânimos não andavam bons havia tempos, e aquela tempestade de areia não ajudava em nada.

Não saberiam dizer por quanto tempo ficaram ali. Tempo era algo que também perdera o sentido para os três.

Quando o vento parou de soprar, ajudaram uns aos outros a ficarem de pé e a livrarem-se de parte da areia que os tinha coberto.

Foi Talek quem olhou para o céu e notou a diferença.

— Vejam! Mais uma novidade! Um pôr do sol...

— Não há pôr do sol no Campo do Destino! – Silvia rebateu sem olhar para onde o goblin apontava.

— Então saímos do Campo do Destino! – ele concluiu com facilidade, e as duas viraram juntas para confirmar que o sol descia no horizonte.

Observaram ao redor, buscando a resposta para o que Talek perguntou em seguida:

— E onde viemos parar?

Abhaya estancou, olhando para o Norte.

— Nas Colinas do Deserto.

— A terra do Povo da Areia? – Silvia duvidou.

— Exatamente!

— Pelo menos é terra Anuar; iremos conseguir ajuda por aqui – ele disse animado. E, olhando para a expressão de desânimo das duas, completou: – O que foi? Não iremos?

֎

O buraco na areia estava pronto.

— Bem em tempo! Precisamos nos esconder antes de o sol se pôr.

Entrou e começou a puxar a areia para cobrir seu corpo e protegê-lo do frio da noite.

Estava cansado, muito cansado. E ainda faltava muito para chegar às Colinas do Deserto. Precisava vencer a travessia de todo um mar de areia. Antes de cobrir a cabeça, reclamou:

— Precisamos chegar ao tesouro! Será bom para nós três! Lucas e Cosmos, vocês têm que me ajudar... Está muito difícil fazer tudo sozinho.

Lumos cobriu a cabeça e dormiu instantes depois. No dia seguinte, sua jornada recomeçaria.